Lance livre

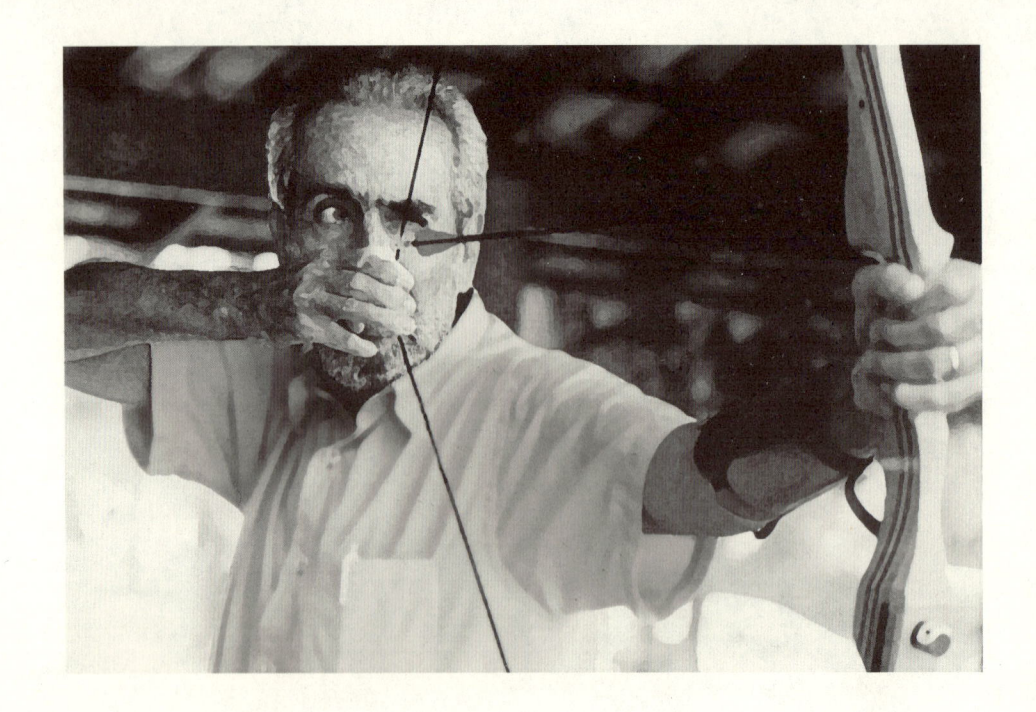

O Arqueiro

GERALDO JORDÃO PEREIRA (1938-2008) começou sua carreira aos 17 anos, quando foi trabalhar com seu pai, o célebre editor José Olympio, publicando obras marcantes como *O menino do dedo verde*, de Maurice Druon, e *Minha vida*, de Charles Chaplin.

Em 1976, fundou a Editora Salamandra com o propósito de formar uma nova geração de leitores e acabou criando um dos catálogos infantis mais premiados do Brasil. Em 1992, fugindo de sua linha editorial, lançou *Muitas vidas, muitos mestres*, de Brian Weiss, livro que deu origem à Editora Sextante.

Fã de histórias de suspense, Geraldo descobriu *O Código Da Vinci* antes mesmo de ele ser lançado nos Estados Unidos. A aposta em ficção, que não era o foco da Sextante, foi certeira: o título se transformou em um dos maiores fenômenos editoriais de todos os tempos.

Mas não foi só aos livros que se dedicou. Com seu desejo de ajudar o próximo, Geraldo desenvolveu diversos projetos sociais que se tornaram sua grande paixão.

Com a missão de publicar histórias empolgantes, tornar os livros cada vez mais acessíveis e despertar o amor pela leitura, a Editora Arqueiro é uma homenagem a esta figura extraordinária, capaz de enxergar mais além, mirar nas coisas verdadeiramente importantes e não perder o idealismo e a esperança diante dos desafios e contratempos da vida.

JAMIE HARROW

Lance livre

Traduzido por Carolina Rodrigues

ARQUEIRO

Título original: *One on One*

Copyright © 2024 por Jamie Harrow
Copyright da tradução © 2025 por Editora Arqueiro Ltda.

coordenação editorial: Taís Monteiro
produção editorial: Ana Sarah Maciel
preparo de originais: Sheila Til
revisão: Juliana Souza e Pedro Staite
diagramação: Miriam Lerner | Equatorium Design
ilustração de capa: Gavin Reece
impressão e acabamento: Bartira Gráfica

CIP-BRASIL. CATALOGAÇÃO NA PUBLICAÇÃO
SINDICATO NACIONAL DOS EDITORES DE LIVROS, RJ

H261L
    Harrow, Jamie
        Lance livre / Jamie Harrow ; tradução Carolina Rodrigues. - 1. ed. - São
Paulo : Arqueiro, 2025.
        320 p. ; 23 cm.

        Tradução de: One on one
        ISBN 978-65-5565-772-2

        1. Ficção americana. I. Rodrigues, Carolina. II. Título.

24-95655
                        CDD: 813
                        CDU: 82-3(73)

Meri Gleice Rodrigues de Souza - Bibliotecária - CRB-7/6439

Para Jeremy, M. e H.
E para minha mãe, que me levou a todos os lugares.

Um

Eu costumava ser louca por momentos dignos de filme.

Então entendo quando a mulher sentada ao meu lado no banco, com um corte bob no cabelo e tênis Skechers, diz:

– Parece coisa de filme.

Entendo por que ela pega o celular e tenta tirar uma foto panorâmica.

É uma daquelas manhãs de outubro perfeitas em que há algo no ar, do tipo que faz meus pulmões ansiarem por mais. Tudo parece caramelizado pela luz do sol. Os alunos da Universidade Ardwyn caminham pelo pátio rumo a um conjunto de prédios antigos de ciências humanas, de pedra, o campo verde feito os montes de dólares das anuidades e podado com perfeição. Inspiro o cheiro de folhas e, inexplicavelmente, de rosquinha de maçã.

– Parece mesmo – murmuro em resposta e percebo o folheto que escapole de sua bolsa com estampa caxemira colorida.

Um futuro brilhante, diz na parte de cima.

Houve um tempo na minha vida em que eu teria engolido essa baboseira com avidez. Agora, por mais estranho que pareça, a Ardwyn lembra a Disney: perfeita demais, como se, depois de uma série de pesquisas com grupos específicos, tivesse sido forjada para parecer uma faculdade, quando na verdade todos os jovens aqui, com seus suéteres volumosos, vão para os bastidores atrás de uma pausa para fumar assim que saem do seu campo de visão.

– Que dia lindo! – declara a mulher ao meu lado.

Meu cérebro ansioso não tem capacidade para jogar conversa fora no momento. Tento dispensá-la com um *um-hummm* evasivo, mas ela me embosca com um contato visual e estende a mão. Eu demoro um pouco mais que o aceitável para cumprimentá-la, dando um sorriso indiferente.

Ela me diz seu nome, que esqueço na mesma hora.

– Sou a Annie – respondo.

– Ah, lá estão eles! – Ela acena para um homem de casaco corta-vento e uma adolescente que vem girando um chapéu tipo *bucket* nas mãos, ambos saindo do centro acadêmico e vindo em nossa direção. – Meu marido e minha filha. Eles foram atrás de um banheiro.

Eu me levanto.

– Vou deixar que eles se sentem com você – digo.

Não consigo ficar parada de jeito nenhum. Minha mandíbula está doendo de tão tensionada, estou batendo o pé no chão e já tinha arrancado a cutícula do meu polegar direito antes de a mulher chegar.

Ela protesta, mas insisto com um aceno. Estou recuando quando um aluno às minhas costas diz:

– Licença.

Então saio do caminho e paro sob a sombra salpicada de um carvalho hediondamente majestoso para lhe dar passagem. Ele está usando o que deve ser o aparato completo da Ardwyn, comprado pelos pais no dia da mudança dele: chapéu da Ardwyn, carteirinha de estudante da Ardwyn pendurada no pescoço por um cordão da Ardwyn e blusa do Ardwyn Tigers exibindo o mascote com uma bola de basquete nas mãos.

Ao ver a bola, meu estômago revira feito o velho e pitoresco moinho de água atrás da biblioteca.

Outro estudante surge diante de mim, um garoto alegre, de rosto corado, camisa polo e calça cáqui.

– Oi! Você veio pra visita guiada? Ainda vai demorar uns minutos.

Pela primeira vez, reparo em algumas famílias perambulando atrás do banco. Prováveis alunos e seus pais, conversando, aguardando e olhando o entorno.

– Não! – respondo, rápido demais. – Não vim. Não. Hum, não, obrigada.

Eu não deveria ter permissão para ficar a menos de três metros desse grupo de visitantes. Oito anos atrás, eu me formei e jurei que não pisaria nesse campus outra vez. Por oito anos, mantive essa promessa. E agora, graças à nostalgia causada por um casamento, à revista *Home Appliance* e ao desgraçado do Ben Callahan, aqui estou outra vez.

Minha nova amiga se inclina na minha direção.

– Fiquei curiosa! – diz ela. – Você é aluna da pós-graduação?

Balanço a cabeça.

– Eu... trabalho aqui. – As palavras parecem equivocadas ao saírem da minha boca. – Hoje é meu primeiro dia.

E foi por isso que eu acordei antes do nascer do sol e agora estou enrolando do lado de fora, quarenta minutos antes da minha primeira reunião.

– Em qual departamento? – pergunta ela. – Madison está em dúvida entre biologia e ciência da computação.

– Na verdade, vou trabalhar com o time de basquete.

Alguns dos pais e filhos ao redor se viram na minha direção e um deles solta um arquejo admirado.

– Que sorte – diz uma das mães com suéter de tricô enquanto ergue os óculos escuros. – Você deve estar muito animada.

Estou aqui porque não tenho opção. Mas, se eu disser isso, o guia da visita provavelmente vai me rebocar com um gancho e me trancar em qualquer cela que estejam usando para esconder os esquisitões de alguma fraternidade e os manifestantes que pressionam a faculdade a não aceitar dinheiro proveniente de combustíveis fósseis.

O marido dela vem para o meu lado, as mãos no quadril.

– Basquete, é? Sou muito fã.

– Da Ardwyn?

Ele ri como se a pergunta fosse uma piada.

– Não, sou da Duke. Mas seu trabalho é legal. Vocês têm andado na corda bamba nos últimos anos, então, se não criar muita expectativa, provavelmente vai se divertir. Mas é uma pena que o antigo treinador não esteja mais com vocês. Sempre falei que ele podia ter feito algo especial aqui.

Dou de ombros, como se não soubesse muito bem de quem ele está falando: o treinador Brent Maynard, ícone da Ardwyn, o preferido de todo mundo. Juro: se eu passar por um corredor e der de cara com uma estátua de bronze desse homem, vou arrastar essa coisa até o rio Schuylkill e deixar afundar lá. O guia da visita não vai conseguir me impedir.

Ainda está cedo, mas é a minha deixa para ir embora.

– Foi um prazer conhecê-la – digo para a mãe no banco, enquanto me afasto.

Ela dá um sorrisão.

– Tenha um ótimo primeiro dia, Annie!

Desço por um caminho de lajotas desgastadas que passa pelos dormitórios e fico boquiaberta diante do cenário. É estranho e familiar ao mesmo tempo. Tiro uma foto rápida do arco decorado na entrada do Cloughley Hall, onde Cassie e eu dividimos um quarto no primeiro ano, e mando para ela. **Dá pra sentir o cheiro de mofo daqui**, escrevo junto.

Ah, quantas lembranças!, responde Cassie na mesma hora.

Estou prestes a devolver meu celular ao poço sem fundo da minha bolsa quando ele vibra de novo. Dessa vez, Cass está ligando.

– Oi, Cass.

– Oi! Tomou o chá de manhã?

Argh, o chá. É algum tipo de mistura de ervas calmante mas revigorante que Cassie deixou no meu apartamento novo ontem à noite, como em um gesto de apoio. Podia ser pior. Eu meio que esperava que ela aparecesse hoje de manhã para me acompanhar até o trabalho, como se fosse o primeiro dia no jardim de infância. Por sorte, Ardwyn fica nos idílicos subúrbios da Filadélfia e Cass precisa estar no escritório, no centro da cidade, às oito da manhã.

– Não, preferi tomar um café irlandês – respondo. – É bom pros nervos.

Ah, lá está a origem do cheiro das rosquinhas de maçã: um grupo de meninas da irmandade montou uma mesinha de vendas em frente ao refeitório, anunciada por um cartaz feito à mão. Os fundos vão ser revertidos para um abrigo de animais.

– Ah, foi? – pergunta Cassie, como se soubesse que é brincadeira, mas não estivesse cem por cento certa disso.

Consigo imaginar seu rosto, a pele bronzeada, uma ruguinha surgindo entre as sobrancelhas, sua nuvem de cachos caindo para o lado quando ela inclina a cabeça, preocupada.

– Não, tomei o chá – minto.

– Que bom – responde ela, satisfeita. Uma voz ao longe se infiltra pelo lado dela na ligação. – Espera um minuto – diz para mim. – Não desliga!

– É seu chefe? Quero falar com ele – digo. – *DÊ UM AUMENTO PRA CASSIE!!!*

Os sócios da firma de Cassie dizem que ela é uma "estrela", o que no fim das contas quer dizer que não conseguiriam funcionar sem ela, mas, ainda assim, não pagam bem.

Cassie segura uma risada.

– Shhh!

Ouve-se um farfalhar e em seguida uma conversa abafada com algum sujeito do outro lado.

Parte da culpa por eu estar aqui é dela. Fiquei entorpecida pelo sentimentalismo no casamento dela com Eric no verão. Não é todo dia que seus melhores amigos se casam um com o outro. Depois do fim da festa, nós três nos sentamos ao redor de uma fogueira em um pátio repleto de plantas, perfeitamente embriagados e felizes. Eric, que é um dos assistentes do treinador da Ardwyn, me pegou desprevenida ao falar bem sério: "Volta a trabalhar com a gente! Estamos dando uma movimentada nas coisas. O treinador quer renovar o programa de vídeo."

Ele deu bons argumentos. E eu estava desesperada. Fazia 42 dias que, num impulso, eu tinha pedido demissão do meu trabalho sugador de almas – um bico de criação de conteúdo educativo para uma empresa de refrigeração – depois de entrar para a lista de 35 Grandes Talentos Com Menos de 35 Anos da revista *Home Appliance*. Isso foi tão constrangedor quanto aqueles pedidos de casamento que são exibidos num telão e nos quais a pessoa surpreendida claramente não quer aceitar. Meu direito ao plano de saúde estava prestes a terminar e eu estava ficando sem dinheiro e, pela primeira vez, estava com dificuldade de achar um emprego.

Aparentemente, o pessoal da internet sabe do que está falando quando diz que pular de um emprego para o outro "estraga o currículo". Mesmo tendo tido sete empregos em oito anos, até ali eu tinha conseguido escapar das perguntas sobre meu histórico durante as entrevistas. *Inconstante?*, tinha rabiscado uma pessoa do RH na parte de cima do meu currículo, e dava para ler a pergunta do outro lado da mesa de reunião. Ninguém entrou em contato depois.

Apesar disso, hesitei. Em parte, pensei que seria melhor dar fim à minha carreira com vídeos e seguir em frente com o que quer que viesse depois que a pessoa aceita que fracassou em atingir todo o seu potencial.

– Foi mal. Voltei – diz Cassie. – Mas então, como está o campus?

– Esquisito – respondo. – Não tinha imaginado que seria tão estranho estar de volta.

Minha voz vacila na última palavra e dou um pigarro. Silêncio.

– Annie, tem certeza que é isso que você quer?

Ranjo os dentes.

– Por acaso eu já fiz alguma coisa sem pensar muito bem antes?

Cassie não responde. Já me viu fazendo declarações o suficiente para saber que não é para responder à pergunta.

Eu fiquei indecisa quando Eric me ofereceu o trabalho, até que, em algum momento de seu discurso fervoroso, ele mencionou Ben. "Ele acabou de ganhar um prêmio importante da ESPN", disse ele, do nada. "Jovens Líderes de Escritório, ou algo assim."

Ben Callahan, o craque em dados da equipe. Trabalhamos lado a lado para os Tigers na faculdade, liderando o time de estagiários que mantinha a operação em pleno funcionamento. Até que, para mim, foi tudo por água abaixo.

Poderia ter sido eu. Senti algo quente no peito que não reconheci e as palavras saíram da minha boca: "Eu topo."

Três anos de penitência, depois é dar o fora. Acho que três anos é tempo suficiente para provar para outros empregadores que sou confiável. Sei que tenho sorte de ter um amigo que pode me dar essa oportunidade. E juro pela *Home Appliance* que vou dar o melhor de mim para construir algo mais duradouro depois que encerrar meu trabalho por aqui.

Os sinos da igreja do campus ressoam pelo pátio e me arrancam dos meus pensamentos. Está alto demais e não dá para conversar, então torço para que Cassie ouça quando falo:

– Espera aí.

Enquanto aguardo, finalmente me permito olhar para a Igreja. Não confundir com a igreja de verdade, a que tem os sinos. Igreja é o apelido da Arena Simon B. Curry, onde o Tigers joga. Erguendo-se acima da copa das árvores, ela é um aglomerado de tijolos vermelhos velhos com um teto pontiagudo, o que a deixa parecida com uma catedral.

Engulo em seco. O basquete foi meu primeiro grande amor, e nada chegou tão perto disso, nem mesmo meu ex, Oliver. Nunca fui jogadora, mas cresci na quadra e adorava tudo ali: o guincho dos sapatos e o suor, o arco de um arremesso perfeito rumo ao seu destino inevitável, a camaradagem entre jogadores e equipe. A onda de dopamina com a vitória.

Eu não vejo um jogo da Ardwyn desde que me formei, nem nenhum jogo de basquete desde que meu pai morreu, dois anos atrás.

Os sinos badalam de novo e de novo, marcando o tempo. Então o som vai diminuindo e são nove da manhã. Hora de ir.

Dou um suspiro teatral. Faço uma pausa. Aí, com a minha voz mais grave possível, proclamo:

– Eles dobram por mim.

Cassie dá um grunhido.

– Sabia que você ia dizer isso.

Tá bom, talvez eu ainda seja um *pouquinho* louca por momentos dignos de filme.

A caminho da reunião de apresentação ao departamento de esportes, passo pela academia e pela biblioteca, me parabenizando por lembrar a localização de tudo. Mas, quando chego ao prédio e seguro a maçaneta da porta, ela não se mexe.

Um aluno passa e olha para mim, e sinto meu rosto esquentar. Dou uma espiada através do vidro. Fica óbvio que a entrada não é mais ali. Lá dentro não há nada além de uma antessala abandonada.

Beleza. Não me deem atenção. Eu sei direitinho o que estou fazendo aqui.

Caminho com hesitação por alguns minutos e acabo chamando a atenção de um segurança.

– Remodelaram o prédio cinco anos atrás – explica ele. – Os fundos agora são a frente.

Por pura preguiça, contorno o prédio cortando caminho pela grama e passando por uma longa fileira de arbustos, em vez de voltar por onde vim. Quando chego ao outro lado, não há nada em volta que remeta a uma saída. Me enfio por entre dois rododendros, tirando galhos da frente, e saio direto na calçada.

A poucos metros de mim, dois sujeitos seguram copos de café.

– Consegue me arrumar uns ingressos para a estreia? – pergunta um deles.

Os dois viram a cabeça na minha direção ao mesmo tempo quando a conversa é interrompida. Sei que um deles é Ben, mas não faço ideia de quem seja o outro.

– Annie Radford – diz ele, com neutralidade e sem piscar, como se tivesse esperado a manhã toda que os arbustos me cuspissem a seus pés.

No terceiro ano da faculdade, quando ele e eu competimos pelo estágio no Philadelphia 76ers, eu costumava dizer para Cassie: "A porcaria do Ben Callahan, minha nêmesis", e então a gente caía na gargalhada. Não porque eu não tivesse medo que ele me superasse – eu tinha. Mas pela ideia absurda de que ele fosse a nêmesis de alguém, porque Ben é, veja só, uma boa pessoa.

Fico tonta assim que ele fala comigo, talvez porque seja o primeiro rosto familiar que vejo desde que cheguei. Ou talvez porque, *nossa*, o rosto já não seja exatamente o mesmo.

Ben sempre foi bonito de um jeito saudável, para quem curte esse tipo de coisa. Olhos castanhos sinceros, dentes brancos, uma postura perfeita. Na escalação, da época em que jogava, constava 1,88 metro de altura, o que significava na realidade 1,83 metro.

Ainda me lembro do que um dos veteranos disse durante o trote dos calouros: "Ben Callahan está aqui esta noite, pessoal. Veio acompanhado pelo bando de passarinhos que paira sobre ele aonde quer que vá, porque ele é uma gracinha."

Muito engraçado, mas já não se aplica. A geometria do rosto dele evoluiu. Faíscas disparam pelo meu sistema nervoso diante do efeito geral causado por seu queixo e maçãs do rosto. Algumas linhas finas e um olhar magnético e mais sombrio, uma barba por fazer bem cuidada. O cabelo castanho-escuro está com um penteado meticuloso, como o de um apresentador de telejornal. Se você ignorar o cabelo, ele é quase... será possível que ele... tenha virado um gostosão? Procuro uma aliança, porque estou com *assustadores* 30 anos. Nada. Surpreendente.

Ele também está me avaliando. Me examina da cabeça aos pés e vice-versa, e se mostra impassível, a boca curvada muito de leve para cima; nem dá para classificar como um sorriso. Esse não é o seu semblante de sempre. Onde está o sorrisinho ávido? O abraço caloroso?

Ops, é minha vez de dizer alguma coisa. O silêncio já se prolongou demais.

– Ben, oi!

Apesar do nervosismo, forço um pouco de entusiasmo e um sorriso que provavelmente parece tão tenso quanto de fato está. Coloco o cabelo atrás da orelha e uma folha se solta dele e flutua até o chão. Todos nós fingimos não perceber.

Eu me preparo para uma porção de perguntas simpáticas, mas Ben não fala nada. Levo um instante para entender o motivo: interrompi o pedido de ingressos do outro sujeito. É por isso que Ben está parado ali com a expressão pesada de quem está ouvindo um pedido pela milionésima vez: *Pode me arrumar um contato?*

Sinto uma dor no pulso e o esfrego com a outra mão. Meus dedos encontram um arranhão que está inchando, cortesia dos arbustos.

Beleza. Provavelmente eles querem saber por que me materializei do meio da folhagem como um esquilo amistoso demais.

– Me perdi – explico. – A porta está diferente.

Ben dá uma olhada na entrada.

– É, trocaram há bastante tempo – diz em um tom de voz neutro. – Faz tempo que você não vem aqui.

Não estou tão perto a ponto de conseguir manter uma conversa em um volume normal, então dou dois passos à frente para não ter que gritar.

– Como você está? – pergunto.

– Estou bem.

– Que bom, que bom. Ouvi falar do prêmio da ESPN – digo, me dando um tapinha nas costas por ser tão agradável. A Miss Simpatia em pessoa. – Que incrível. Parabéns.

– Obrigado.

Ele troca o copo de mão e examina a tampa. Fico mexendo no arranhão em meu pulso. O Cara do Ingresso tosse. Ben está esperando que ele vá embora?

Mas o Cara do Ingresso não pega a deixa.

– De onde vocês se conhecem? – pergunta ele com educação.

– Já faz muito tempo – explico.

– Ela trabalhava aqui – responde Ben ao mesmo tempo.

– Uma vez vomitei nos sapatos de Ben em um voo, voltando de Chicago. A pior turbulência que já peguei – conto.

Ficamos presos nos assentos por mais 45 minutos, o que dificultou um bocado a limpeza. Ben dispensou meus pedidos de desculpa e passou mais tempo se preocupando em conseguir água para eu me limpar do que tentando ficar limpo.

– É o tipo de vínculo que é eterno – acrescento.

É uma piada, mas Ben mal ergue as sobrancelhas para reagir, então se segue um silêncio constrangedor. Sinto uma pontada de vergonha. Será que estou sendo informal demais? Meus quatro anos na Ardwyn foram os mais importantes da minha vida, e Ben e eu passamos mais tempo juntos do que com nossos amigos ou família. Mas muito tempo se passou.

Fico ali por mais um instante, tentando encontrar o jeito certo de me despedir de forma casual e sair parecendo impassível. Ou talvez eu deva pegar a rota de fuga mais rápida até os arbustos. Estava mais confortável lá.

O Cara do Ingresso sai na minha frente.

– Callahan, preciso correr. A gente se fala mais tarde – diz ele.

Ele me oferece o mais ínfimo dos acenos de cabeça.

– Claro – responde Ben, o tom de voz de repente mais animado. – E os ingressos estão garantidos, como sempre.

E então ficamos sozinhos. Ele olha para seu zíper fechado até a metade e espana um farelo invisível do brasão da Ardwyn. Sobe o zíper mais um pouco.

Eu começo:

– Algumas coisas nunca mudam.

Uma linha se forma na testa dele.

– Como assim?

– Você sabe. – Gesticulo para o Cara do Ingresso, que se distancia. – Todo mundo querendo que você dê uma força.

– Ah – diz ele. – Que nada. Ele é meu amigo. – Ben dá um pigarro. – Fiquei triste ao saber do seu pai.

– Obrigada.

Por um breve instante, me pergunto se todo esse constrangimento é por ele estar desconfortável em falar da morte do meu pai. Tem gente que fica com medo de dizer a coisa errada, então acaba não falando nada. Pelo menos Ben disse *alguma coisa*.

– Estou animada com a minha volta – digo, mudando um pouco o rumo da conversa. – Eric falou que nesta temporada vocês querem focar em uma estratégia com vídeo.

Ele infla um pouquinho as narinas.

– Contanto que a gente também foque em jogar direito. – Ao avistar uma mulher mais velha estacionando sua bicicleta do lado de fora do prédio, ele acena com o rosto iluminado. – Oi, Cindy, como foi o fim de semana?

Sinto o estômago revirar com um súbito desconforto. Se eu não soubesse a verdade, diria que isso é mais do que indiferença ou falta de jeito em busca de dizer a coisa certa. Eu acharia que Ben de fato não tinha gostado de me ver.

O que não faria sentido. Ben é uma das pessoas mais atenciosas que já conheci. Nem no terceiro ano, quando estávamos uma pilha por causa do estágio, ele deixou de ser gentil. Não houve nenhuma sabotagem secreta, nenhuma briga. Ele me ajudou a pesquisar vídeos de jogos antigos quando precisei e pediu minha opinião sincera sobre os relatórios que tinha escrito.

Isso tinha sido um inconveniente. Às vezes, eu ficava com inveja, porque tudo fluía com facilidade para Ben e ele era próximo do treinador Maynard. Ben já tinha jogado basquete. Sua ligação com Maynard foi natural e imediata. Depois de dois anos no banco da Ardwyn sem ganhar bolsa de estudos ou ser contratado por um time, ele se aposentou como jogador e se tornou estagiário no intuito de se preparar para ser treinador no futuro, assim como Maynard. Esqueça a ligação entre mãe e filho. Não existe vínculo mais forte do que aquele entre um homem e outro homem que o lembra de si mesmo.

Eu precisava me esforçar loucamente para chegar ao mesmo ponto. E acabei chegando – uma representação perfeita de *cuidado com o que deseja* –, mas exigiu muito mais de mim. Só que eu nunca poderia usar isso contra Ben, porque ele era muito *legal*.

Era. Minha paciência acabou. Cruzo os braços bem forte.

– Está tudo bem? – indago.

Ele enrijece, pego em flagrante. Um lampejo de culpa passa por seu rosto.

– Sim, sim, tá, claro.

Seu tom sai mais amistoso, mas é forçado.

Estreito os olhos.

– Não está se sentindo bem?

– Estou ótimo.

– Alguém estragou seu café?

O copo está a meio caminho dos lábios dele quando faço a pergunta. Ele toma um longo gole.

– Tá tudo certo.

– Perdeu o sono?

– Dormi bem a noite toda.

Contraio os lábios.

– Bom, se não é com você, então deve ser comigo.

Ele alisa o cabelo com uma das mãos, estreitando os olhos para mim, o maxilar rígido e teimoso.

– Não sei do que você está falando.

Ele retesa o lábio superior, como se tentasse forçar uma expressão mais amigável e não conseguisse sustentá-la.

– Bem, preciso ir – diz ele. – Dia cheio. – Ele começa a se afastar, mas se vira enquanto uma brisa suave espalha folhas pelo caminho. Faixas estampadas com o brasão da universidade ondulam de forma graciosa nos postes de luz atrás dele. Ben ergue o copo para mim, como se quisesse provar que está tudo bem e que ele ainda é o cara mais legal do campus. – E, olha, bom ver você. Bem-vinda de volta.

Mas não soa nada sincero.

Dois

Quando entro no departamento de esportes, não há ninguém na mesa da recepção. Ouço alguém falando ali perto, fora de vista, por cima do som da máquina de café pingando e de colheres tilintando.

Depois de um momento, a recepcionista aparece, uma caneca na mão e um andar cambaleante que denuncia décadas de trabalho em escritório. O cabelo grisalho é curto e ela usa um broche com o *A* da Ardwyn no suéter. Olho para o broche. Não consigo evitar. Eric e eu uma vez fizemos um pacto de tatuar aquele mesmo *A* no corpo depois que eu me formasse. A cor oficial do time, a fonte oficial. A minha ficaria na lateral do tronco, na altura das costelas. Nenhum de nós cumpriu o combinado.

A recepcionista me leva até uma sala de reunião vazia e, com uma voz fina e indiferente, me convida a sentar em uma cadeira. Olho meu celular e vejo uma mensagem de Eric: **OI, COLEGA DE TRABALHO! Estou preso em outra reunião. Te vejo de tarde!!**

Que maravilha. Eu tinha planejado grudar em Eric como se ele fosse meu bichinho de pelúcia favorito até eu me acostumar, mas ele já me abandonou no primeiro dia.

Duas jovens chegam alguns minutos depois. A primeira entra com um laptop aberto, senta e se debruça na tela. Seu cabelo ruivo cai na frente dos olhos e, sem dar muita atenção, ela o junta de um lado e o torce em uma longa espiral, tirando-o do rosto.

A segunda entra devagar na sala, como se estivesse fazendo o maior esforço do mundo. Seu laptop faz um estrondo quando ela o larga na mesa com um pouco de força demais. Ela se deixa cair em uma cadeira e solta o ar com vontade, então esfrega os olhos por baixo dos óculos grossos. Um gorro frouxo cai por cima de sua testa.

– Oi, eu sou a Jess.

De algum jeito, ela consegue suspirar a cada palavra.

A outra ergue os olhos, os dedos pairando acima do teclado.

– Ih, nem vi você aí. Eu sou a Taylor. Você é a Annie?

Assinto.

– Prazer em conhecer vocês.

Taylor sorri e acaricia o cabelo enrolado.

– Somos do time de mídia. Administramos as redes sociais do departamento de esportes.

Jess se vira na cadeira.

– Vai ter comida nessa reunião?

Eu puxo um caderno e uma caneta. Não vai ser difícil parecer que estou me empenhando.

– Não vi nada. Acho que não estou apta a ser recebida com um café da manhã.

– Nem uma salada de frutas? – Jess se desespera.

– No máximo, eu devo estar no nível pra pão dormido.

Jess solta uma risada pelo nariz.

– O futuro pertence àqueles que acreditam que merecem um banquete de omelete. Eleanor Roosevelt.

Taylor bate no teclado com a testa franzida.

– Eu falei pra você comer antes daqui. Você fica esquisita quando a sua glicose baixa. – Ela aperta uma última tecla e volta toda a atenção para mim, a boca se curvando para cima. – Sabe, você é uma lenda por aqui.

Pisco, surpresa.

– Eu?

Impossível.

– Ah, não fica tão animada. Tem só, tipo, uns cinco de nós aqui no departamento, mas a gente sempre quis saber quem é que tinha feito aqueles vídeos antigos de basquete. Eles são muito bons.

– São bons mesmo – acrescenta Jess. – A sua câmera era obviamente péssima, mas você fez um trabalho incrível.

– Puxa. Obrigada – digo, sentindo o meu rosto ruborizar. – A câmera era péssima mesmo. Acho que a encontrei em um armário. Nosso orçamento era de zero dólar.

Taylor se inclina para a frente e apoia o queixo na mão.

– Você se formou um semestre mais cedo? A gente sempre quis saber por que os vídeos param em dezembro, em vez de no final da temporada.

– Ah. – Eu me remexo na cadeira. – É, eu já tinha créditos suficientes, então não dava pra justificar mais um semestre de mensalidades.

Não foi só por isso, mas eu realmente tinha completado os créditos para tirar meu diploma – por pouco – e fugir dos problemas quando precisei, depois do torneio de fim de ano na Flórida.

Por sorte, Taylor não tem chance de fazer mais perguntas, porque um homem com peitoral largo, de blazer e calça cáqui, entra na sala. Seu cabelo é grisalho e partido para o lado, caindo pela testa como as cerdas de uma vassoura.

– Ted! – Jess e Taylor falam ao mesmo tempo.

– Como vocês estão? – Ele tem um rosto receptivo, um sorriso aberto. E se vira para mim. – Ted Horvath, diretor assistente de esportes – diz, com um aperto de mão firme. – Bem-vinda de volta à Família Ardwyn.

Família Ardwyn. Duas palavras, uma emboscada, um farol que indica o retorno para casa sendo aceso dentro de mim. Uma expressão tão familiar... a cadência, cada sílaba... era como colocar um par de sapatos que estava guardado no fundo do armário ou lembrar a letra inteira de uma música que eu não ouvia há muito tempo. Meus batimentos aceleram e um leve enjoo sobe pela minha barriga quando percebo meus sintomas, como se fosse minha própria médica. Diagnóstico: alergia severa ao espírito universitário.

A Família Ardwyn é uma família cujo ex-patriarca – um treinador incrível, herói do campus – era um narcisista manipulador que abusava do poder. Me desculpe se isso não deixa meu coração quentinho.

– Sem café da manhã, Ted? – pergunta Jess.

Taylor ergue a bolsa até a mesa e a pousa ali com um baque.

– Jess está irritada de fome – explica ela, remexendo na bolsa. – Pasta de amendoim ou amêndoa?

– Pasta de amendoim, por favor. – Jess estende a mão e espera até Taylor encontrar uma barrinha de cereal e passar para ela. – E você está com o carregador do meu laptop?

Ela está. Reprimo um sorriso. Parece uma bolsa de recém-nascido. Provavelmente ali também tem uma garrafa de água, uma carteira e remédio para alergia.

– Por que ela está irritada de fome? – Ted se inclina para a frente, apoiado nos cotovelos.

Antes que alguém possa responder, a porta se abre uma última vez e entra um homem.

– Treinador! – grita Ted.

Taylor ajeita a postura na mesma hora. Jess arranca o gorro e some com a barrinha de cereal. A energia da sala evapora, tipo quando um professor entra em uma turma do nada e os alunos estão conversando.

O treinador assistente Travis Williams é alto, parece ter uns 2 metros de altura. Preciso me acostumar com isso, senão vai ser um longo dia reparando na altura de todo mundo. Estou de volta ao basquete, pelo amor de Deus.

Williams é branco, tem cabelo louro e fino e sua pele tem a textura seca de um pimentão maduro demais.

– Bom dia – diz ele.

Seus olhos são a parte mais escura do rosto, o que lhe confere um visual de austeridade. Ele não sorri, nem mesmo com indiferença. Ninguém lhe diz que Jess está irritada de fome.

Ele se senta em frente a mim na mesa e junta as mãos. Não coloca nada à sua frente, nem um caderno, nem um celular, nem um copo de café.

Ao que parece, ele é a última pessoa que faltava, porque Ted começa a reunião. Mais ou menos.

– Então, Annie, como foi sua mudança para a Ardwyn?

Williams esfrega a testa.

– Foi bem tranquila – respondo. – É bom estar de volta. Mas fiquei triste quando vi que minha sorveteria favorita fechou.

Hesito em falar mais, alternando o olhar entre Ted e Williams e mexendo em meu cordão. Ted claramente adora jogar conversa fora. Williams parece o tipo de cara que reviraria os olhos se você tentasse lhe desejar feliz aniversário.

Seria bom saber quem eu deveria tentar agradar aqui. Jess e Taylor não ajudam em nada. Ambas estão imersas em seus laptops e, com base no ritmo da digitação, que mais parece um duelo de pianos, tenho quase certeza de que estão trocando mensagens.

Eu era superfamiliarizada com a política deste lugar, mas costuma haver muitas mudanças no quadro de funcionários de áreas esportivas, e agora está tudo diferente. No ano em que saí, o treinador Maynard arrumou um novo emprego, ganhando uma bolada do dinheiro destinado ao ensino público na Arizona Tech e levando a maioria de seu pessoal junto. Seu substituto, o treinador Marshall Thomas, trouxe os próprios assistentes, incluindo Williams e Eric.

Ted prossegue:

– Você ainda tem muitos amigos na área?

– Hum, alguns.

Minha mão está de novo mexendo no meu cordão. *Para com isso*, ralho comigo mesma.

– Há quanto tempo você se formou?

– Oito anos.

Forço um sorriso e arregalo os olhos como se não pudesse acreditar que já tem tanto tempo. Essa é uma abordagem que satisfaz todo mundo: eu respondo às perguntas com o mínimo de palavras possível, como se pagasse por sílaba, mas com minha expressão mais simpática.

Ted começa uma história de como foi o primeiro dia de Jess no trabalho e esse é o limite de Williams. Ele se remexe em seu assento e pigarreia.

– Tenho que ir para o aeroporto em meia hora, então precisamos começar.

Viagem de recrutamento? Eu juraria que ele era da parte tática, não de relacionamentos.

Ele se apoia nos cotovelos, inclinando-se para a frente.

– Por favor, me explique por que precisamos de alguém como você no nosso time.

Ted ri, uma risada de "ô-ou" que vem do âmago.

– Ela acabou de chegar, treinador!

Williams o encara sem expressão alguma.

– Hum, não sei se entendi o que você quer dizer – respondo. – Não fui contratada porque você acha que precisa de alguém como eu? Você ou... alguém?

Ele fica em silêncio por um momento. Descruzo as pernas e as cruzo para o outro lado. Taylor digita freneticamente.

– Estou perguntando o que você faz, no nível básico. Não passo muito tempo na internet.

– Ah. Bom, eu costumava fazer esse tipo de trabalho para o time quando era aluna, como o Eric deve ter falado, imagino. Tenho certeza de que a função vai ser um pouco diferente desta vez. Mas, no geral, produzo vídeos para redes sociais. Coisas dos bastidores, entrevistas, sabe? E vídeos pra gerar hype.

– Vídeos pra gerar hype – repete ele, inexpressivo, o rosto sem dar dica nenhuma.

– Tipo trailer de filme, mas para jogos de basquete, entende? – Pigarreio, tentando controlar o tom de voz crescente.

Williams une as pontas dos dedos, depois ergue os olhos e fala para o teto:

– Quando ouvi dizer que o treinador Thomas estava criando uma nova função para uma pessoa de vídeo... não me pareceu uma boa forma de usar nossos *recursos limitados*. – Ele enfatiza as duas últimas palavras com cautela, como se tivessem um significado secreto que eu não deveria decifrar. – Sou da velha guarda, o que talvez me torne parcial. Mas nosso diretor de análise, que é um cara moderno, concorda comigo. Deixamos clara a nossa opinião para o treinador Thomas.

Ted abre a boca, mas pensa melhor.

Os olhos de Williams se voltam do teto para mim.

– Mas agora você está aqui.

Minha vontade é rir. Que babaca. Eu nem procurei este emprego. Por que deveria convencê-lo? *Conversa com quem fez a contratação. Conversa com o Eric, especificamente.*

Por falar em Eric, eu deveria ter dado a ele um pedaço de carvão de presente de casamento, em vez da panela chique. Ele me disse que o treinador Thomas estava desesperado para superar o uso inovador que outras escolas fazem dos vídeos. Só esqueceu de mencionar que havia pessoas na equipe técnica que discordavam disso.

A sorte dele é que eu o amo. Engulo a onda crescente de sarcasmo. Lido numa boa com um cara como Williams porque ele é igual a vários treinadores que já conheci: só se importa em ganhar e acredita que isso é desculpa para ofender todo mundo. Sua crença é respaldada pelo fato de que há milhares de pessoas nos bastidores que comemoram quando ele faz seu trabalho. Só preciso dizer o que ele quer escutar.

Abro um leve sorriso.

– Vou explicar como vídeos podem ajudar no recrutamento.

Depois de uma penosa meia hora, saio da reunião com as mãos pegajosas e trêmulas. *Três anos disso.* Tenho um longo caminho à frente. Queria dizer que não vou me preocupar em conquistar a aceitação de ninguém aqui, mas não posso me dar esse luxo.

Depois do show de horrores, preciso correr até a Igreja. Preciso encontrar Donna, a administradora, às dez e meia para preencher a papelada do RH e pegar meu crachá. Já está quase na hora.

Quando chego lá, depois de cruzar o campus, estou ofegante. O suor ensopa as axilas da blusa branca que estou usando por baixo do blazer. É um blazer novo, de um tom terracota bem mulher poderosa. O intuito era passar um ar de importância com um terninho imponente no meu primeiro dia – sem precisar comprar algo sem graça. Minha mãe o puxara do cabide na Aritzia com um arquejo: "É exatamente a sua cor."

Quando fazemos compras, ela me lembra que minha coloração pessoal é outono quente. Tenho olhos castanhos, sardas no nariz e o que minha avó costumava chamar de "uma boca enganosamente delicada". Meu cabelo ondulado castanho está na altura dos ombros, a evidência de que o Grande Fiasco da Franja de Natal felizmente agora é só uma lembrança. A lembrança traz junto minha irmã Kat segurando uma tesoura depois de vários mojitos de mirtilo e dizendo: "Vai ficar superfrancês!"

Não posso culpá-la. Minha mãe, Kat e eu passamos nosso primeiro Natal em casa, depois do ataque cardíaco do meu pai, decorando a árvore com os enfeites que Kat e eu fizemos quando crianças e brincando com os jogos de tabuleiro que jogávamos no feriado todos os anos. Ficamos arrasadas. É *horrível* jogar cartas quando só há três pessoas. No Natal seguinte, nos esforçamos para fugir de todas as nossas tradições familiares e fomos para a Flórida, onde ficamos igualmente arrasadas, mas bêbadas. Daí a franja.

De acordo com as regras do teste de coloração pessoal, não devo usar tons pastel (válido), preto (sem o menor sentido) nem qualquer coisa próxima ao azul da Ardwyn (mais um sinal do Universo). Minha mãe acredita que saber a própria classificação é a chave para entender a si mesmo. Mas ela tem toda a razão em relação ao blazer.

Não era para estar tocando alguma música?, penso ao erguer os olhos para a Igreja. O tema de *Tubarão*, talvez. Eu poderia ficar do lado de fora, refletir sobre os velhos tempos e transformar isso em algo pleno, mas não há a menor possibilidade de eu me atrasar para encontrar Donna.

Beleza. Respiro fundo para tomar coragem. Vamos acabar logo com isso.

Três

Além de Eric e Ben, Donna é a única pessoa dos velhos tempos que ainda está aqui. Na verdade, Donna ainda estará aqui muito depois que o resto de nós tiver partido para encontrar o Criador, mesmo tendo 25 anos a mais que todo mundo. A Morte ficaria apavorada demais para vir buscá-la, ainda mais se tentasse aparecer sem hora marcada.

Donna está vociferando ao telefone quando me aproximo da mesa.

– Quantas vezes preciso dizer? Nada. De. Procuração. E não ouse ligar outra vez. – Ela finaliza a ligação com tanta força que provavelmente machuca a pessoa do outro lado da linha. – Tem gente que precisa limpar a merda do ouvido – murmura ela.

Eu a idolatro de tal forma que me faz entender por que alguns deuses acham eficaz o caminho da vingança.

Sua fúria se desfaz em um sorriso angelical ao me ver.

– Minha menina linda.

Ela se levanta para me abraçar. Donna é magra e bronzeada o ano todo e seu cabelo curto é pintado em um tom de louro que indica que ela não está nem aí para a possibilidade de as pessoas perceberem que a cor é falsa.

– Que bom te ver – digo.

– É melhor ainda ver você. Senti a sua falta. Estou animadíssima por ter você de volta e é só isso que cabe no tempo que temos para jogar conversa fora, então vamos ao que interessa.

Donna dá conta da papelada e a enfia em uma pasta.

– Era para fazermos uma visita guiada, mas você não precisa e eu tenho que ligar para um dos nossos doadores e falar sobre os ingressos dele pra temporada. Ele fez uma das meninas de desenvolvimento chorar, então agora preciso retribuir a gentileza. Sua sala é por aqui.

Corro atrás de Donna conforme ela atravessa o saguão em direção a uma parte mais quieta do escritório, longe da sala de reunião e da cozinha.

– Os banheiros continuam no mesmo lugar. – Ela gesticula indicando o fim do corredor. – Mas agora temos absorventes internos de graça.

– Que revolução – comento.

Viramos à esquerda. Tem apenas duas salas nesse trecho do corredor. Na que fica à esquerda há uma xícara de café perto do computador e um monte de porta-retratos do outro lado da mesa. Largados num canto, há uma porção de balões de aniversários meio murchos.

Donna me leva à outra sala. A mesa está vazia, mas um enorme quadro de avisos cobre uma parede, repleto de programações de jogos e ingressos amassados. Está na cara que o ocupante anterior era sentimental o suficiente para guardar tudo, mas não tanto a ponto de carregar essas coisas ao ir embora. Na parede oposta há uma fileira de flâmulas, uma para cada time profissional da liga principal da Filadélfia.

– Me avisa quando tirar essas coisas e eu mando alguém tapar os buracos – diz Donna. Ela para à porta. – As coisas mudaram por aqui. O pessoal no comando é outro e dá pra notar. Nunca culpei você por ter ido embora quando conseguiu uma oportunidade melhor, mas fico feliz que esteja de volta e acho que vai ser mais feliz agora.

– Que bom – digo, sem força.

Ela nunca me culpou por ir embora quando consegui uma oportunidade melhor. Que oportunidade? E por que me culparia? A não ser que alguém culpasse.

Ao sair, ela dá uma espiada na sala do outro lado do corredor.

– Ainda não voltou – declara ela, em voz alta. – Espera só até ele saber da última merda que o Kyle fez. Misericórdia. – E então ela se vai.

Preciso começar logo a produzir um fluxo grande e constante de conteúdo sobre a pré-temporada. Tem gente para ajudar com roteiros e filmagem, mas, fora isso, sou basicamente eu no comando. O que significa que sou eu que preciso falar com Ben para pegar as informações necessárias para o meu primeiro vídeo, ainda que eu não saiba o que depreender da conversa que tivemos pela manhã.

Oi, Ben,

Estou ansiosa para trabalhar com você outra vez! Vou começar uma série que destaca os principais jogadores da Ardwyn em cada posição ao longo dos anos, então busco estatísticas antigas.

Em anexo, segue uma lista do que preciso. É bem objetiva. O vídeo tem que estar finalizado na quinta-feira à tarde, então, por favor, me mande tudo até quarta-feira à tarde.

Se tiver qualquer dúvida, é só me falar. Obrigada!

Recosto em minha cadeira, satisfeita. Me obriguei até a incluir dois pontos de exclamação para criar um clima ainda mais amistoso. Funciona bem com os outros! Profissional, mas simpático!

Próxima tarefa: ligar para o pessoal de TI e descobrir por que ainda não consigo acessar os arquivos de vídeo. Passo o dedo pela lista de telefones que Donna me deu, buscando o nome e o ramal certos. O nome de Eric está quase no topo, com *Técnico Assistente* ao lado. Passo pelo de Ben, algumas linhas abaixo, seguido pelo cargo: Diretor de Análise.

A compreensão me corta como uma faca. O que Williams tinha dito na reunião? *Nosso diretor de análise, que é um cara moderno, concorda comigo. Deixamos clara a nossa opinião para o treinador Thomas.* Eu achava que Ben fosse diretor de operações. O cargo de "diretor de análise" nem existia quando estávamos na faculdade, mas eu deveria ter percebido que Williams estava falando de Ben. Ele tinha estudado estatística. Na época do estágio, ele fazia todas as coisas rotineiras: ajudava a analisar o filme, cuidava do inventário de equipamentos, lavava a roupa. Mas ele também vivia pondo papéis diante do rosto do treinador Maynard com um gráfico ou mapa que tinha compilado quando deveria estar dormindo e o incentivava a ajustar a escalação ou falava, cheio de entusiasmo, sobre a eficiência ofensiva.

Eu me lembro de uma conversa em especial.

– O Elliot não deveria nem se dar ao trabalho de praticar de novo aquele arremesso da linha de fundo. Cada vez que ele faz isso, queima uns quinze segundos de carreira no basquete. Ele não tentou arremessar assim em nenhum jogo durante a temporada toda – disse Ben, jogando as mãos para cima.

O treinador Maynard franziu a testa.

– Isso não parece muito certo.

– Os números não *mentem* – respondeu ele, como se precisasse defender a honra deles.

Era tarde da noite no escritório e eu estava escutando a conversa já havia um bom tempo. Digitei algo rápido no laptop e me virei para encarar Maynard.

– Olha, treinador, fiz uma montagem de vídeo com todas as vezes que ele tentou esse arremesso em um jogo este ano.

A tela estava preta.

Ben e eu batemos as mãos. Maynard riu e balançou a cabeça.

Ben foi contra a minha contratação. A opinião de Williams não me incomoda tanto, porque não é nada pessoal. Ele não me conhece. Mas Ben conhece e não me quer aqui mesmo assim.

Isso dói, e muito. E explica o jeito dele de manhã. Mas por que alguém com quem eu costumava trabalhar tão de perto – a ponto de ainda me lembrar do sanduíche preferido dele no Wawa – está agindo assim? Eu devo estar deixando alguma coisa passar.

Não há tempo para isso. Se tenho que convencer o treinador Thomas de que me contratar foi a decisão certa, enquanto Williams e Ben sussurram em seu ouvido que foi um erro, preciso me concentrar.

Vou até a salinha de estoque para verificar o equipamento de última geração que Eric me prometeu. Já passou da hora de darem uma renovada na Igreja, incluindo o escritório. Mesmo limpo, ainda parece empoeirado, e nenhuma das salas tem tomadas suficientes. Mas a rica sanca de madeira que ornamenta os corredores é charmosa, mesmo que desgastada, e o carpete é um luxo, mesmo que seu azul Ardwyn já tenha desbotado.

Passo pela sala onde os estagiários trabalham e sou tomada por uma onda de nostalgia, ainda que mal dê para reconhecer o local sem o cheiro de energético impregnando o ar. Para minha surpresa, não vejo nenhuma bandeira com "Os sábados são dos rapazes". O lugar está cheio de mesas com mochilas por todo lado e uma música alta vem de um laptop, mas não há ninguém ali. O treino acabou de começar, então eles provavelmente estão no ginásio. Mais tarde eu me apresento.

Abro a porta do estoque, entro no ambiente escuro e dou um passo para trás. Um jovem magro, de 20 e poucos anos e cabelo desgrenhado, está diante do meu lindo equipamento novo, mordiscando o polegar e assistindo a *Tirando a maior onda* no celular.

– Hã, oi – falo.

– Eu precisava de uma pausa – responde ele, mal erguendo o olhar.

– Você vem sempre aqui? – brinco.

Donna berra do fim do corredor.

– Kyle! Onde foi que você se meteu, inferno?

Ele me lança um olhar suplicante.

– Pode fechar a porta?

O que quer que ele tenha feito de errado, se esconder não vai deixar Donna menos irritada.

– Quanto mais ela esperar, pior vai ser – aviso.

Pode fazer um bom tempo que eu trabalhei aqui a primeira vez, mas ainda sei algumas coisas sobre este lugar.

A primeira coisa que quero filmar é uma falsa coletiva de imprensa com perguntas engraçadas para o treinador Thomas. Depois que Kyle, relutante, se arrasta para fora do estoque, eu me familiarizo com todo o equipamento à minha disposição, monto uma câmera na sala de mídia e verifico som e iluminação. Tenho apenas meia hora com Thomas amanhã e vai ser nosso primeiro contato, então tudo precisa correr muito bem.

Quando o dia termina, sento à minha mesa para rever o teste da gravação. Uma ligação do departamento financeiro sobre meus depósitos em conta me distrai por um instante e, quando desligo, uma voz desconhecida surge no meu fone.

– O treinador Thomas parece legal.

Olho para todas as janelas abertas e espalhadas pelos três monitores e então percebo de onde vem o som. Depois de montar a câmera, eu a deixei gravando enquanto corria até a minha sala para pegar o celular e fui interceptada por Ted Horvath no corredor por um minuto. Parece que dois estagiários pararam diante da câmera para almoçar enquanto eu estava fora.

– Acho que sim – fala um deles. – Pelo menos ele não é, tipo, um predador sexual nem nada assim.

O sangue se acumula nas minhas orelhas.

O outro solta um riso pelo nariz.

– Que merda é essa, cara?

Depois de um dia cheio de apresentações, não lembro o nome deles. Até agora, são Polo Branca e Monograma Azul.

Uma terceira figura surge no enquadramento. É Ben.

– Oi, rapazes, tudo certo? Quem está pronto pro treino de amanhã?

Polo Branca ergue a mão.

– Quem é a moça nova? – pergunta Monograma Azul. – Com essa coisa? – Ele aponta para a câmera, sem saber que ela está gravando.

Polo Branca tem a resposta.

– A nova produtora de mídias digitais.

Eu deveria parar o vídeo. A iluminação e o som estão ótimos. Mas, em vez disso, coloco os fones e apoio o queixo no pulso, o rosto colado à tela.

– Ela estava conversando com a Donna como se já se conhecessem.

– Ouvi dizer que o pai dela foi treinador do Bauer no ensino médio.

– Caramba, o pai dela era o Ken Radford? Então deve ter sido fácil conseguir esse trabalho.

Ben não diz nada. Que merda é essa? Ele pode escolher qualquer um entre uma infinidade de fatos para corrigir essa palhaçada. Sim, meu pai foi o treinador mais vitorioso do basquete de ensino médio na história do estado de Nova Jersey. E, sim, ele treinou o Eric. Mas esses garotos não sabem nada sobre mim nem sobre meu pai.

Não sabem do senso de humor ácido do meu pai, ou da sua paciência, ou que ele fazia a própria combinação de petiscos para assistirmos aos jogos e preparava um à parte para mim, porque sabia que eu preferia com mais pretzel do que pipoca. E eles não sabem que eu criei esse cargo. Se esses merdinhas que hoje bebem cerveja são torcedores de longa data da Ardwyn, provavelmente ficaram empolgados vendo *meus* vídeos enquanto mal tinham largado as fraldas.

– Disseram que ela trabalhou aqui. Você a conhece?

Enfim Ben fala:

– Ela trabalhou aqui faz muitos anos durante um tempinho.

– Isso é que é aval. As coisas vão ficar esquisitas por aqui? Preciso parar de seguir nossa conta no Instagram?

Eu daria tudo para ver o rosto de Ben, mas ele está de costas para a câmera.

– Esse não é o ponto, mas ela não merece estar aqui. – Ele faz uma pausa. – A única coisa que posso dizer é: vão se acostumando. Somos os melhores que já tivemos em anos. Todo mundo está tentando dar um jeito de entrar por causa do nosso hype. Querem surfar na onda.

O peso das palavras dele puxa meu maxilar para baixo até que fico totalmente boquiaberta diante da tela. Quero rir, mas não consigo achar o ar. Esfrego o rosto com as mãos e as deixo ali por um instante, apertando minhas sobrancelhas e meu queixo.

– Tomara que um pouco desse hype se converta em um lugar entre os Top 25 da pré-temporada – diz Polo Branca.

– Isso não vale de nada – responde Ben. – Vamos ser classificados quando for importante.

– Eu literalmente nunca tinha visto você falar mal de ninguém – diz Monograma Azul. – Ela deve ser infernal.

Eu revejo três vezes. As duas primeiras, só para garantir que entendi Ben direito. A terceira não tem propósito nenhum além de me fazer sentir que minhas entranhas foram enfiadas em uma panela de água fervente.

Ficar sentada ruminando esses sentimentos não parece saudável, então me ocupo com o quadro de avisos, soltando os ingressos amarelados, escalações antigas e impressões de matérias sobre grandes vitórias. Não alivia minha cabeça, mas pelo menos me dá algo para fazer com as mãos.

Isso é pior do que pensei de manhã. Do que não estou sabendo? Não vejo Ben desde o outono do último ano da faculdade, que é um borrão total. Passei uma parte significativa desses meses em um estado de intoxicação pesada. Eu não ficava muito melhor sóbria, presa em uma névoa de preocupação pela maneira como minhas vidas amorosa e profissional se estilhaçavam à minha volta. É possível que eu tenha feito algo digno de rancor, mas nada me vem à mente.

Meus pensamentos são interrompidos por um homem gigante de barba ruivo-escura que entra pela porta guinchando. Eu me sinto mais leve na mesma hora.

– Annie – canta Eric, me puxando para um abraço. – Essa merda é muito vermelha. Você parece alguém que um senador chamaria se precisasse de ajuda para acobertar um crime.

Eu retribuo o abraço forte. Essa é a versão mais recente de uma piada que ele conta há mais de uma década, desde que ficamos amigos no ensino médio. Eric falar sobre roupas é como colocar uma frase em um aplicativo de tradução, traduzir para o húngaro e depois voltar para o idioma original. Você meio que entende, tecnicamente, de onde vem a ideia, mas no geral não faz o menor sentido.

Depois de soltá-lo, aliso a lapela do blazer.

– Valeu, eu acho.

Ele sorri de orelha a orelha e quase saltita pela sala, indo da parede para a cadeira e depois para a janela.

– Estou muito feliz por você estar aqui! Eu estava contando os dias. Sinceramente, fiquei com medo de você desistir.

– Não. Eu vim pra vencer – digo, com um débil cumprimento de soquinho.

– Estou muito feliz. E você começou no dia mais agitado! Soube do que aconteceu? Donna percebeu que nosso diretor de operações, Kyle, usou a agenda do ano passado para reservar todas as nossas viagens para a primeira metade da temporada.

Eu não sabia, mas não me surpreende descobrir que o cara que nem sequer ficou sem jeito ao ser flagrado se escondendo no estoque e vendo vídeos de pegadinha no celular faria uma besteira tão grande.

– Aquele cara é o diretor de operações? Por quê? Como? Ele não parece capaz de dizer nem onde fica o banheiro.

– O tio dele é diretor financeiro da universidade – responde Eric. – Ele é novo. Foi um favor. – Eric vê uma pilha de tachinhas e apetrechos do time em cima do gaveteiro. – Já está fazendo a redecoração? Amei. Me conta: seu primeiro dia foi ótimo?

Solto uma risada apreensiva. Ele acredita mesmo que esse trabalho é a chave para a minha felicidade, não um meio para um fim, e não estou pronta para acabar com o bom humor dele.

– Foi um dia e tanto, sem a menor dúvida. Você podia ter me avisado sobre o Williams.

Eric está tirando itens da parte mais alta do quadro de avisos, onde não alcanço, e colocando tudo na pilha.

– Como assim? Achei que vocês fossem se dar bem. Ele me lembra o seu pai.

– O quê? – sibilo. – Meu pai era legal.

– Não é isso. É a mente focada. – Ele passa a falar como um robô: – Devemos. Buscar. Vitória.

– Eric, não é nem disso que eu estou falando. Tem algo estranho no ar. Tem gente que não tá sendo muito receptiva.

Não falo o nome de Ben. Eric não é famoso por ser discreto.

Ele solta um cartão de aniversário.

– Como é? Não. Todos estão estressados, mas não podem descontar em você.

– Por que estão todos estressados?

Ele se atrapalha com a tachinha. Ela desaparece e ele se ajoelha para procurar, esbarrando nos móveis com seus braços e pernas compridos enquanto engatinha.

– Eric, por que estão todos estressados? – repito.

Ele fica imóvel, a parte de cima do corpo escondida sob a mesa.

– Bem, é uma história engraçada. Não engraçada pra fazer rir. Mais do tipo "o Universo é um caos, então o que nos resta é rir". Eu queria mesmo conversar com você. Talvez hoje, depois do trabalho?

Ele põe a cabeça para fora, olhando esperançoso para mim.

– Não – falo, sentindo um peso no estômago. – Vamos conversar agora.

Eric se senta e se recosta na mesa, cobrindo os olhos com o cartão de aniversário.

– Promete que não vai ficar brava?

– De jeito nenhum. – Arranco o cartão da mão dele. – Desembucha.

Ele assume um semblante desanimado.

– Houve um anúncio interno semana passada – conta ele. – O departamento de esportes está planejando fazer um corte no orçamento depois dessa temporada. E dos grandes. Somos o único esporte que gera receita, mas não tivemos nenhuma temporada brilhante nos últimos tempos, mesmo que a gente venha melhorando a cada ano. A venda de ingressos está baixa, as doações estão encolhendo...

Um corte no orçamento. E, ainda assim, aqui estou eu, uma funcionária novinha em folha com um salário novinho em folha e um estoque cheio de equipamentos caros e novinhos em folha. Reprimo a vontade de grampear Eric no quadro de avisos.

– Por que você não me contou antes de eu aceitar o cargo?

– Eu não sabia! – diz ele. – Era óbvio que não estávamos *tendo sucesso*, mas eu não sabia que a situação era tão ruim assim. Continuamos gastando dinheiro, contratando gente. Quando nos contaram, semana passada, você já estava se mudando para o seu apartamento. – Ele coça a nuca. – Olha, não tem nada definido. O time tem muito potencial, e eu acho que aqui é o seu lugar e que você vai ajudar a trazer uma energia nova para a equipe.

– Mas se as coisas não melhorarem nesta temporada – digo, as constatações se empilhando na minha mente –, cortes no orçamento vão significar demissões. E eu sou uma nova contratação em um papel totalmente não essencial.

Merda. Mais um período de seis meses para adicionar ao meu currículo. Um peso se aloja em meu peito.

– Talvez – admite Eric. – Eu sinto muito mesmo. Mas talvez não. Não vamos ser os mais afetados, porque ainda somos a única equipe que tem chance de levantar uma quantidade significativa de dinheiro. O treinador diz que estão planejando tirar um posto do nosso grupo, então parece que está todo mundo no mesmo barco. Os outros esportes vão ter que aguentar a maior parte do rojão.

– Nossa, agora estou me sentindo muito melhor. Talvez o time de hóquei sobre grama possa jogar sem taco! Quando eu for demitida, vou ajudar os nadadores a procurarem poças grandes onde possam praticar depois que perderem a piscina.

– Nada disso é inevitável – argumenta ele. – Temos uma temporada inteira para virar o jogo e temos talento pra isso. E, mesmo que aconteça o pior, o cordeiro sacrificado não vai ser necessariamente *você*.

– Tem certeza que não me contrataram só pra terem quem demitir quando chegar a hora?

– Tenho – responde Eric, com firmeza. – O treinador quer você aqui. Ele acredita que você pode fazer a diferença. Prove que ele tem razão.

Cruzo a sala até minha mesa e meus olhos pousam na lista de funcionários. Se não vou ser a pessoa demitida, então quem mais pode ser? Não vai ser um treinador nem o coordenador de força e condicionamento. Eles são vitais. Sem dúvida não vai ser Donna. Esse time precisa dela mais do que das bolas de basquete. Kyle está salvo, dadas as suas conexões.

– Então quem... – digo, a voz morrendo ao perceber que a porta da minha sala está aberta.

Vou até lá para fechá-la e barrar possíveis bisbilhoteiros, mas tem alguém vindo pelo corredor. Zíper meio aberto, cabelo esculpido, olhos castanhos. Droga, é Ben. Tento evitar contato visual, mas é tarde demais. Seus passos vacilam, desajeitados, como se ele preferisse continuar andando, mas se sentisse forçado a parar.

– Callahan! – diz Eric, levantando-se do chão. – Entra aqui, cara. Annie e eu estávamos falando sobre o primeiro dia da volta dela.

Ele fica parado à porta com relutância, um bico sério em seu rosto infelizmente ainda bonito. Droga, eu estava torcendo para que tivesse sido só a luz favorável do sol de outubro. A vida é mesmo injusta.

Ele gesticula para a sala do outro lado do corredor.

– Minha sala é bem ali.

A três metros de distância. Cerro os dentes e ele enfia as mãos nos bolsos da calça.

– Mas que ótimo – falo, com a voz rouca.

Nós dois presos e juntos uma temporada inteira.

Nós dois.

Aí está: a resposta para minha questão se encaixa no lugar certo. Se eu não serei a pessoa a ser demitida, então vai ser Ben. Faz todo o sentido. Ele não é essencial. Ter um analista de estatísticas é um luxo. Ainda que ele seja bom no que faz – a ponto de receber um prêmio da ESPN –, aparentemente ainda não fez o suficiente para conquistar o cargo de treinador, mesmo estando aqui há mais de uma década.

Ele precisa que eu fracasse, porque, do contrário, é ele quem vai ser demitido.

Os olhos de Eric se fixam nele e depois se voltam para mim, mas ele não percebe a tensão. Em vez disso, seu rosto se ilumina com uma recordação.

– Ei, a Mãe e o Pai! Lembram?

Mãe e Pai, nossos apelidos.

Começou com um de nossos jovens estagiários, Spencer. Quando soubemos que ele ia ser reprovado em Introdução a Ciências Humanas, sentamos com ele na sala de reunião.

– A gente sabe que é difícil equilibrar o basquete com a faculdade – disse Ben a ele. – Queremos te ajudar.

Spencer se sentou todo desengonçado na cadeira.

– Não tem horas suficientes no dia. Como vocês conseguem? Vocês dormem em algum momento?

Ben e eu trocamos olhares. Eu tinha sobrevivido pegando aulas fáceis e me contentando com notas medianas. Ele conseguiu ficando em casa e estudando todas as noites.

– Vamos bolar um plano – falei. – Você tem que fazer um trabalho para sexta, não é?

Ben abriu o laptop e o calendário que ele e eu compartilhávamos.

– Se eu colocar Garrett pra cuidar da roupa...

Eu me inclinei para me aproximar.

– Você vai precisar se preparar sozinho para o treino na quarta-feira.

– Talvez a Donna possa ajudar a despachar as cartas de recrutamento – falou Ben.

– Eu dou uma olhada no trabalho dele na quinta à noite.

– Perfeito. – Ben inseriu as alterações no calendário. – Ah, o aniversário do Garrett é no dia 12.

– Vou fazer cupcakes.

– Você tem prova nesse dia. De Sociologia, não é?

Refiz minha declaração.

– Vou implorar para a Cassie fazer cupcakes.

Ben fechou o laptop e juntou as mãos.

– Você está dispensado das obrigações pelo resto da semana – disse ele a Spencer. – Aproveita esse tempo para redigir um bom trabalho.

– Me manda antes de entregar, pra eu garantir que não tá uma porcaria – acrescentei.

Spencer se curvou para a frente, o rosto vermelho.

– Eu me sinto mal por dar esse trabalho todo a vocês.

– O basquete da Ardwyn é uma família. – Dei tapinhas no braço dele. – A gente cuida um do outro.

– Valeu – murmurou ele.

Spencer mostrou sua gratidão nos chamando de Mãe e Pai pelas nossas costas. Os apelidos pegaram na hora. Sei que os outros estagiários também diziam de brincadeira que a gente dormia junto, mas nunca aconteceu nada assim entre nós. Ben tinha namorada e eu estava interessada apenas em músicos esnobes e emocionalmente indisponíveis. A gente não se encontrava fora do trabalho. Tudo o que tínhamos em comum era o basquete e, provavelmente, deu mais certo por isso.

Credo. É assim que vai ser a temporada inteira? É como se alguém estivesse me seguindo e me atingindo sem parar com lembranças antigas, como uma pá enferrujada no meio da cara.

– Que momento épico: vocês dois reunidos!

Eric finge tirar uma foto de nós dois com uma câmera imaginária. Ele costuma se abastecer da energia e empolgação das plateias, mas, infelizmente, não precisa mesmo de uma.

– Pai, como é ter a Mãe em casa outra vez?

Ben dá um sorriso tenso.

– Hum. Nossa. Não faço ideia do que fiz para merecer essa sorte.

Dou uma risada e seus olhos me perfuram, entalhando sua insatisfação na minha pele.

Meu estômago revira. Mal consigo reprimir uma careta e me volto para Eric. Em minha melhor voz maternal complacente, digo:

– Querido, a Mãe ama muito você. Mas isso não significa que o Pai e eu vamos voltar a ficar juntos.

Quatro

Depois de alguns minutos de bate-papo nos quais Ben e eu conversamos com Eric mas não trocamos uma palavra sequer um com o outro, meu amigo sai para ir à sala de análise tática, cantarolando uma música de Harry Styles fora do tom. Ben tenta escapar junto com ele, já rolando a tela de seu celular.

– Ei, Callahan. Espera – falo.

Ele se vira devagar e desvia os olhos da tela. Continuo:

– Me ajuda com isso aqui?

Aponto para as flâmulas penduradas na parte mais alta da parede – uma para cada um: Eagles, Sixers, Phillies e Flyers. Ele topa me dar uma força. Ben ajudaria o Darth Vader a erguer uma mala pesada de uma esteira de bagagens.

Ele olha a pilha de lixo no gaveteiro.

– Espero que não esteja pensando em se livrar disso. Aí tem muita coisa que vale a pena guardar.

Abro a gaveta de cima e empurro a pilha para dentro dela.

– Pronto. Caso o Arquivo Nacional precise.

Ele balança a cabeça e estica o braço para soltar a flâmula do Eagles.

– Sei o que você tá fazendo – digo.

– O que eu tô fazendo?

– Sei dos cortes no orçamento. – Eu me recosto na mesa e cruzo os braços. – As demissões. Ou demissão, no singular. Entendo que fique preocupado com seu trabalho, mas colocar um alvo nas minhas costas pra salvar o próprio rabo não é bonito. Sei que você e Williams tentaram convencer Thomas de que me contratar era um equívoco. E sei que você tá tentando voltar os estagiários contra mim antes mesmo de eu conhecê-los. "Ela não merece estar aqui." Eu tenho isso gravado.

O ultraje se espalha pelo rosto dele.

– Você usou sua câmera pra nos espionar? Fazer escuta é crime federal.

Ele vai se esquivar. Mas que covarde.

– Tem gente que diria que abuso de gel no cabelo também é crime federal, mas aqui estamos – respondo. – Eu não tinha ideia de que você jogava tão baixo, Ben. Você mudou.

Em defesa dele, Ben resiste ao ímpeto de tocar no cabelo. Em vez disso, ele me encara, os olhos me perfurando como se ele tentasse decifrar meu DNA. Em outro contexto, a intensidade de seu olhar seria mais sensual do que... não, não vou por aí. Vou queimar cada prova desse pensamento em minha fogueira mental.

– E você não mudou nada – responde ele, por fim. – É a mesma pessoa que era no último ano da faculdade.

Estremeço. Ai, essa pegou no ponto fraco.

– Não sei o que isso quer dizer.

Ben vê que me magoou, embora eu não consiga imaginar que ele entenda o motivo. Ele tem a decência de se mostrar sem graça.

– Olha, eu não queria que fosse assim.

– Não precisa ser – digo. – Quero continuar nesse emprego. Tenho certeza que você sente o mesmo. Estamos em uma posição complicada, mas o Eric falou que talvez nem aconteça. Não tem nada definitivo ainda.

Ben joga a flâmula do Phillies em cima do gaveteiro.

– O Eric é ótimo, e o otimismo dele é uma de suas maiores qualidades, mas ele não sabe do que tá falando. Você acha que ele lê os relatórios financeiros?

– E você lê – falo, porque é claro que lê.

Ben contrai os lábios até formar uma linha fina.

– A coisa está feia. *Milhões de dólaresmente* feia.

– E isso é uma droga, mas não é culpa minha! – respondo. – Para de descontar em mim.

Ele puxa a flâmula do Flyers da parede.

– Não estou descontando nada em você. É evidente que você não sabia no que estava se metendo, mas seria muito melhor se procurasse outro emprego. Não tem como você entender o panorama geral. Você não conhece mais esse lugar. Muita coisa mudou desde que você esteve aqui da última vez.

Outro cutucão na ferida que nunca se fecha e mal consigo suportar a condescendência. Mas me reconforto com uma coisa: se ele acreditasse que o próprio emprego está garantido, não ficaria nervoso por minha causa. Ele tem medo de que, se estivermos na disputa, eu vença. Afinal, existe um precedente para isso.

Ele pega a flâmula do Sixers.

– Essa fica! – falo, cortante. – Gosto dela.

No terceiro ano, quando Maynard anunciou que me recomendaria para o estágio no Sixers, fiquei um pouco surpresa, de verdade. Foi só mais tarde que questionei sua motivação, revisitando o processo diversas vezes na minha cabeça até ficar exausta, tentando julgar se eu tinha merecido.

Tenho quase certeza que sim, mas Ben também era merecedor. E ele tinha aquele tipo de vida onde tudo sempre facilita as coisas. Uma escola preparatória excelente. O luxo de escolher uma faculdade com base em onde ele queria jogar como substituto, sem precisar se preocupar em conseguir uma bolsa de estudos. A capacidade de conseguir um estágio depois de parar de jogar no segundo ano, e Maynard imediatamente passar a considerá-lo indispensável.

O cargo de estagiário-chefe deveria ser só meu, mas, quando Ben mudou de área, Maynard dividiu as responsabilidades entre nós dois. Era incômodo, porque parecia que o treinador designava as tarefas mais importantes para Ben. *Maynard não vai me ferrar*, eu dizia a mim mesma. Ele estava sendo gentil. Eu gostava do estágio, mas, depois da faculdade, não ia querer lidar com operações nem administração. Eu queria trabalhar com vídeo, e meu projeto teria mais força se eu tivesse mais tempo para me dedicar a esse aspecto do trabalho. Ele estava cuidado de mim... ou era o que eu pensava.

Ben e eu formamos um ótimo time. E, quando consegui o estágio no Sixers, ele foi um amor. Mas agora tem muito mais em jogo. Ele pode perder o emprego pelo qual se empenhou a vida adulta inteira e que deve amar, já que não saiu daqui até hoje. E há muito em jogo para mim também, porque não tenho para onde ir.

Ou talvez não tenha nada a ver com o estágio. Talvez ele tenha ouvido dizer que recentemente fui eleita um dos 35 Grandes Talentos Com Menos de 35 Anos pela revista *Home Appliance*. Isso deixaria qualquer um tremendo dentro de seu Nike fornecido pelo time.

A porcaria do Ben Callahan, minha nêmesis. Não tem mais graça.

Na manhã seguinte, releio o e-mail que mandei para Ben antes que ele me insultasse na frente da câmera e eu o confrontasse. Argh, eu fui tão educada, e ele nem respondeu. Ele não pode ficar me dando gelo. Temos muito trabalho a fazer, e isso envolve lidar um com o outro. Mas ele demora 24 horas para me mandar isto:

Terça, 15:50
De: Ben
Para: Annie

As estatísticas estão no site

Ele não se deu ao trabalho nem de colocar um ponto-final, além de presumir que não olhei primeiro no lugar mais óbvio. E ele é uma pessoa que teoricamente me conhece.

Terça, 15:57
De: Annie
Para: Ben

Obrigada. Conferi o site antes de mandar o e-mail para você, já que gosto de pensar que não sou tão incompetente assim, mas não tem tudo que eu preciso lá. A lista que mandei ontem para você (anexada aqui mais uma vez) se refere ao que não consegui encontrar no site e preciso que você me mande.

Me avise se tiver mais alguma dúvida.

E não recebo mais nada. Finalizo as partes do vídeo que consigo sem as informações dele e uso minhas anotações da reunião de segunda para preencher minha agenda enquanto espero. E espero.

Quarta, 16:07
De: Annie
Para: Ben

Oi, Ben. Só para lembrar, como mencionei em meus e-mails anteriores, que preciso daquelas estatísticas (lista anexa mais uma vez) até o fim do dia de hoje. Obrigada.

O tempo vai passando. Escrevo e reescrevo meu e-mail seguinte. Queria falar com ele pessoalmente, mas Ben está sempre correndo na direção contrária ou se escondendo em seu escritório com a porta fechada. Bato na porta, mas ele não responde. Uma vez até consigo encurralá-lo na cozinha, mas seu olhar escuro e inflexível mal encontra o meu por um milissegundo antes de escapar dizendo:
– Me manda um e-mail.
Ao que eu grito logo atrás dele:
– Já mandei!
Faço um esforço enorme para me conter. É só a primeira semana.

Quinta, 09:02
De: Annie
Para: Ben

Ben, por favor, me envie as estatísticas que solicitei o mais rápido possível, antes das 17h de hoje. O motivo de ter pedido que elas fossem entregues até a tarde de ontem era porque o vídeo precisa estar finalizado hoje à noite. Já está tudo pronto para ser divulgado, menos as estatísticas. O vídeo vai ficar ótimo.

Sei que você está ocupadíssimo com várias coisas importantes, mas o vídeo está programado para subir amanhã de manhã, então, por favor, me avise se houver algo que eu possa fazer para ajudar a terminar isso.

Fico aliviada ao ver o nome dele surgir na tela, até ler seu e-mail.

Quinta, 16:55
De: Ben
Para: Annie

Annie, tenho entrado e saído de reuniões o dia todo a respeito de assuntos mais urgentes. O que exatamente você está procurando? Seu último e-mail não tinha nenhum anexo.

Esfrego o rosto com as mãos. É muita cara de pau fingir que não consegue procurar na caixa de entrada.

Quinta, 16:57
De: Annie
Para: Ben

Anexando a lista aqui outra vez. Obrigada!

Dois minutos. Talvez responder tão rápido faça parecer que não tenho nada melhor para fazer, mas não me importo. Vinganças pessoais à parte, preciso terminar esse vídeo hoje à noite.

Mas Ben vai embora sem que eu perceba. Ele deve ter saído pelo outro lado do corredor de propósito, para que eu não conseguisse impedi-lo, ainda que leve o dobro de tempo para chegar à escada. É sabotagem, não é? Ele está armando para que eu fracasse.

Hora de usar uma estratégia diferente. Puxo a lista de contatos para descobrir o verdadeiro nome de Monograma Azul.

Na manhã seguinte:

Sexta, 09:04
De: Ben
Para: Annie

Precisei sair mais cedo ontem. Vou pegar nisso agora.

Respondo triunfante.

Sexta, 09:42
De: Annie
Para: Ben

Não precisa. Falei com Verona ontem à noite e ele conseguiu tudo que eu precisava bem rápido, então terminei a tempo. O vídeo já está em nossas redes sociais, se quiser ver. Obrigada.

Rá. Neutralizei qualquer que seja o misto de distração e indiferença que ele está usando para dificultar a minha vida. Não espero outra resposta dele, mas recebo mesmo assim.

Sexta, 14:54
De: Ben
Para: Annie

No futuro, não se esqueça de que qualquer solicitação deve passar por mim, em vez de ir direto até Verona. Vi alguns erros no vídeo. Parece que ele tirou dados do arquivo errado.

Preciso fazer uns exercícios de respiração profunda e dar uma volta rápida ao redor do prédio antes de escrever meu último e-mail. Escrevo, depois leio e aí destaco as cinco primeiras palavras, *Como dito nos e-mails anteriores*, e passo tudo para letra maiúscula – *COMO DITO NOS E-MAILS ANTERIORES* – e coloco em vermelho e negrito, aumentando a fonte para o tamanho 24. Acrescento as palavras *VAI À MERDA* depois de *E-MAILS*, então desfaço tudo e volto para o tamanho de fonte normal.

Sexta, 15:18
De: Annie
Para: Ben

Como dito nos e-mails anteriores, eu precisava dos dados até a tarde de quarta. Eu te dei 24 horas a mais, o que me obrigou a finalizar às pressas. Não tive problema com isso, mas teria sido útil se você tivesse me informado com antecedência da sua incapacidade de cumprir o prazo. Precisei me virar ontem à noite e Verona ainda estava no escritório, então pedi a ele.

Por favor, me envie os números certos para que eu possa decidir se devo excluí-lo e repostar a versão correta.

Estou com a cabeça latejando por causa do estresse. Já consigo imaginar o treinador Thomas me dando a notícia no fim da temporada: *Foi uma escolha difícil. Tenho certeza que você entende.* E eu entenderia. Ben é um gênio maligno dos dados com oito anos de experiência de vantagem. Nosso trabalho é muito diferente, não dá para fazer uma comparação direta. Se eu não me destacar, se eu não me mostrar indiscutivelmente valiosa, eles vão escolhê-lo para ficar. Simples assim.

Minha mãe, Kat, Eric e Cassie vão ficar com pena de mim por mais uma vez levar um golpe desse time. Minha caixa de entrada vai permanecer vazia enquanto envio um currículo atrás do outro para nada. Os restos da minha dignidade vão murchar e morrer, e vou voltar a morar com minha mãe em Nova Jersey para levar a vidinha triste de uma ex-prodígio que nunca construiu nada.

Ai, ai, minha vida vai ser uma música do Bruce Springsteen. Preciso me dedicar mais.

Cinco

No primeiro dia, Deus criou o basquete. Pelo menos era assim que a história era contada na minha família. A noite de hoje parece uma prova de que essa versão é verdadeira.

Estou na área da comissão técnica sob as arquibancadas da Igreja, tentando conseguir um bom enquadramento do lado de fora do vestiário. É difícil, porque o lugar está agitado como uma colmeia, com abelhas operárias trabalhando em diversos tipos de missão. Um treinador passa como uma flecha com um rolo de bandagem elástica. Um estagiário vai em busca de uma camisa de uniforme perdida. Kyle vaga de um lado para outro parecendo perdido, com a gravata balançando.

O Bola ao Ar é a versão da Ardwyn do aquecimento para a pré-temporada e costumava ser uma das minhas noites favoritas do ano. A banda e as líderes de torcida fazem uma apresentação. Os jogadores são apresentados um a um, correndo para a quadra e estreando apertos de mão gloriosamente elaborados antes de jogar uma partida de quinze minutos. Para fechar o evento, uma subcelebridade com apenas uma música conhecida – o nível máximo de astro que a faculdade pode bancar – faz um breve show.

Jess está me ajudando a filmar. Já a mandei para a boca do túnel que dá na quadra. Vou fazer a filmagem da equipe saindo do vestiário e Jess vai pegá-los entrando em quadra enquanto milhares de torcedores gritam por eles, como bebês que já nascem famosos.

– Com licença – digo para um administrador da faculdade que veio só ficar admirando o evento parado bem na minha frente, mas o homem nem escuta.

Falei baixo demais. Há oito anos, minha voz teria tirado o sujeito da minha frente na mesma hora. Estou fora de forma.

– Preciso que você saia daí, por favor – digo, mais alto, e ele vai para o lado.

Alguns minutos atrás, fui até a quadra dar uma espiada. Quando eu era aluna, as arquibancadas ficavam lotadas de familiares, torcedores e curiosos. Este ano, apenas metade está ocupada – e, sem dúvida, foram distribuídos ingressos grátis entre os times do ensino médio da cidade para aumentar o público. Mas o setor dos alunos está cheio e agitado. O falatório dos jovens aumenta à medida que eles vão ocupando seus assentos depois de saírem apressados do alojamento, tomando o restinho da vodca barata em suas garrafas de água antes de passar pela segurança. O lugar todo cheira a pretzel.

Bem diferente desta parte do prédio, que sempre recendeu a suor e produtos de limpeza.

Alguém assume o espaço vazio deixado pelo administrador, o que me faz grunhir. Sou distraída brevemente pelo terno do sujeito, a forma como o paletó emoldura seus ombros fortes e a calça envolve sua bunda. É uma bela bunda.

E então ele se vira de lado e – que horror, que horror! – é *Ben*. Ben usando terno, assim como a comissão técnica. Todo mundo se veste bem nos dias de jogo, e hoje é como se fosse um dia de jogo.

Aprecio a alfaiataria de boa qualidade, mas vamos parar por aí. Ben comprou esse terno de alguém que sabe o que faz. Mas seu cabelo continua horrível. Ele sempre o penteia do mesmo jeito, para trás e para o lado, como se tivesse uma foto ao lado do espelho do banheiro para imitar todo dia de manhã. Não é um estilo que ele deveria tentar reproduzir. O penteado é meticuloso em excesso e parece ter sido feito com o pente que ele tem enfiado no rabo.

Toda vez que um cara corta o cabelo assim, um projeto de lei para licença-paternidade remunerada morre no Congresso, escrevi para Kat outro dia, quando ela me perguntou como tinha sido reencontrar Ben. A piada não é justa. Ele é um democrata de carteirinha. Descobri isso outro dia, enquanto buscava informações na internet para usar contra ele. A pesquisa foi um fiasco. A pior coisa que encontrei foi um pagamento via Venmo de $69,69 de @JimK-Iggles por um ingresso para uma partida de futebol americano.

Juro que nunca, jamais vou contar para Kat que eu sem querer sequei a bunda de Ben.

– Pode ver se a água e o Gatorade estão a postos lá em cima? – pede ele a Verona.

Quando repara em mim, sua expressão fica gelada como as cervejas das festas no estacionamento do estádio antes do jogo. Ele se recusa a reconhecer minha existência e se vira para ficar de frente para a porta do vestiário.

Como chegamos a esse ponto? Sinto uma dor no estômago, mas a ignoro.

– Callahan, você está na minha frente.

– Estou ocupado.

– Você só está parado aí.

Ele balança o papel que traz na mão.

– Tenho que encontrar o treinador Thomas assim que ele sair. Ele precisa de algumas informações sobre as nossas parcerias beneficentes para o discurso.

Um grupo de ex-alunos com credenciais VIPs para perto de nós, fedendo a uísque e rindo alto demais. Eu os ignoro.

– Isso não é trabalho do Kyle? – pergunto.

– É – responde ele, tenso.

Se fosse qualquer outra pessoa, eu teria empatia. Só que Ben acoberta muito o Kyle. Ele também se esforça para regar a samambaia de Donna quando ela esquece, dá conselhos profissionais aos estagiários e vai atrás da zeladora para encomendar os doces que ela vende para arrecadar fundos para a banda da escola da filha. Admiro a gentileza dele, mas sou a única pessoa que não a recebe. Sem falar em todo o talento que ele tem para ser um rapaz de ouro, o que lhe dá uma vantagem com os mandachuvas.

Os ex-alunos embriagados se amontoam para tirar uma foto com o vestiário ao fundo. O rapaz mais próximo de mim dá um passo para trás, distraído, e me empurra com o cotovelo. Recuo e viro a cabeça para evitar ser atingida no nariz.

– Ei! – vocifera Ben, investindo para pegar o rapaz pelo braço e afastá-lo alguns metros. – Presta atenção no que está fazendo. Este espaço é exclusivo dos funcionários. – Ele se vira para mim. – Você está bem?

Isso não vale como gentileza, só para constar. É um comportamento civilizado básico com um toque de cavalheirismo pomposo.

– Estou bem – murmuro. – Eu teria resolvido sozinha.

Ele reassume a posição no mesmo ponto no qual preciso que ele não esteja.

– Por favor, você pode chegar um pouquinho para trás? – peço. – Preciso ver o pessoal quando eles saírem, não você.

Ben suspira.

– Ah, sim, eu esqueci. O propósito desse evento todo é te dar conteúdo pra vídeos.

Dou um passo à frente e paro bem ao lado dele, meu braço encostando no seu enquanto tento garantir o ângulo que quero da câmera.

– Você tá tentando me bloquear? – pergunta ele.

Ben nem se mexe. Na verdade, ele se inclina na minha direção. Odeio a animação e o prazer que me dão um frio na barriga ao senti-lo ao meu lado, quente e firme. Eu me afasto.

Só então a porta do vestiário se abre e o time sai. Estou distraída, ainda pensando na proximidade de Ben, quando eles passam por nós. Thomas vem na frente. É jovem, tem apenas 42 anos, e é o primeiro treinador negro da equipe. Ele tem cavanhaque e um jeito intenso mas sereno, além de uma risada fácil quando não está no modo treinador.

Ben precisa correr para enfiar a página de anotações na mão dele.

– Sutil – digo.

Ele me vê enrolada com a câmera.

– Tenta apertar o botão vermelho grande – diz Ben e sai pisando firme e fechando o botão de cima do paletó.

Perco os primeiros jogadores, mas me restabeleço a tempo de fazer uma boa tomada. Solto o ar, desligo a câmera e a seguro com mais força para me estabilizar.

O time forma um círculo na entrada do túnel.

– Todo mundo pra cá! – grita alguém.

Um dos funcionários mais antigos puxa o resto da equipe que está por ali e cada pessoa estica a mão para o meio do círculo. Ele faz um sinal para mim e cada célula do meu corpo grita *não*. Eu o dispenso.

– Vem, Annie-Rad! – chama ele.

A câmera é meu escudo. Aponto para ela.

– Preciso filmar.

O treinador Thomas diz algumas palavras, que não consigo ouvir. Quando eles desfazem o montinho, Eric vem na minha direção. Ele para na minha frente e analisa minha roupa: um suéter felpudo creme e uma saia mídi de couro.

– Ovelha motociclista – diz ele. – Tudo certo?

– O que eu estou fazendo aqui? Voltar foi uma péssima ideia.

– Foi uma excelente ideia e a pessoa que sugeriu isso deve ser um gênio lindíssimo.

– Eu não pertenço mais a este lugar.

Ele me segura pelos ombros e me vira para que eu fique de frente para o túnel.

– Beleza, você pode desistir amanhã, mas não quer pelo menos ir até lá e ouvir a opinião deles?

Puta merda, o vídeo de divulgação da pré-temporada. Eu estava tão concentrada em fazer as tomadas para o próximo vídeo que me esqueci do que já fiz.

Meu vídeo é o pontapé inicial para o evento. Ele apresenta cada jogador aos torcedores e dita o tom para a temporada inteira. Amanhã vai ser postado na internet, mas esta noite é só para a Ardwyn.

É a minha melhor oportunidade de mostrar o efeito que meu trabalho pode causar.

O vídeo de divulgação perfeito dura alguns minutos. Ele emenda destaques do jogo e imagens dos bastidores do ponto de vista da lateral, do vestiário, do ônibus da equipe, da sala de musculação. Os jogadores parecem astros famosos. Alguém bem conhecido, em geral um ex-jogador ou ex-aluno notável, narra o vídeo, lendo algum texto com dramaticidade crescente. E a coisa toda vai se desenrolando ao som de uma música muito bem escolhida.

Aliás, ouço as primeiras notas da música que escolhi e viro a cabeça na direção do túnel. O vídeo começa com uma versão bela e extravagante da introdução de "Basketball", de Kurtis Blow, tocada pelo primeiro violinista da orquestra da universidade, antes de entrar em uma música altamente censurada de Lil Baby. Passei dias estudando as playlists que os atletas me enviaram, dando atenção ao que eles ouvem enquanto malham, antes de tomar uma decisão. Sim, a plateia do vídeo são os torcedores nas arquibancadas, mas o time também o ouve. E, se isso injetar neles um pouco de adrenalina a mais, é sucesso.

Saio correndo pela fileira de gente, ziguezagueando entre as pessoas até chegar ao fim da quadra, no canto. Vou me afastando de mansinho e olho para a multidão do setor mais próximo a mim. Sei cada frame de cor. Não preciso ver o vídeo. Preciso ver a reação das pessoas.

Não estou pedindo nada de mais. Meu vídeo só precisa deixar as pessoas sem ar, ávidas por mais, com o coração disparado, a ponta dos dedos eletrizada, gritando até não poderem mais quando a última cena acabar e os jogadores entrarem em quadra.

No vídeo, cada jogador mostra um pouco da própria personalidade, junto com destaques do último ano. Jamar Gregg-Edwards, capitão do time e supergênio, soluciona uma equação complicada em um quadro-branco enquanto quica a bola com a mão livre. Luis Rosario, sempre tranquilo, anda pelo caminho que leva à academia e resgata um gato preso em um galho de árvore sem perder o ritmo. É divertido, porque o basquete é para ser *divertido*, mas os vídeos dos momentos mais empolgantes da última temporada mantêm a energia lá em cima. A narração é simples, apenas algumas falas sobre o trabalho árduo da equipe e sua preparação.

Meu coração está disparado e meu peito vibra com o baixo da música. A arena está toda escura, exceto pela iluminação do vídeo. Os torcedores estão boquiabertos, os olhos vidrados no telão.

Por fim, a última batida da música ressoa e o narrador, o armador sênior Anthony Gallimore, recita a última fala: "E é assim que começa."

Um holofote é lançado para o canto da quadra a poucos metros de mim, onde o verdadeiro Anthony Gallimore segura uma bola de basquete.

O telão fica preto. A multidão grita muito mais alto do que eu esperava levando-se em conta todos os lugares vazios. Ninguém na arena consegue ouvir nada além do som de seu amor pelo time.

Eu sabia que o vídeo era bom. E estava torcendo para conseguir uma reação que desnorteasse Ben e o treinador Williams. Mas o que eu esqueci e que quase me desmonta é como a reação dos torcedores faria eu me sentir. Tonta. Emocionada. Como se eu fizesse parte de algo maior. Melhor ainda: como se eu tivesse o poder de lembrar a todas essas pessoas que elas também fazem parte de algo maior. Engulo em seco. Passei muito tempo sem esse sentimento.

Tem uma jovem chorando na terceira fileira. Ela está agarrada à amiga, pulando sem parar.

– Eu amo tanto essa universidade!

Dou um sorriso. Provavelmente ela está bêbada, mas vale mesmo assim.

O time entra trotando na quadra, seguindo Gallimore, com um quê a mais de arrogância. Um adolescente alto e magro com um corte degradê no cabelo estica a mão para bater na minha ao passar correndo. Quincy Roberts, calouro fenômeno.

Quincy é um dos motivos para todo mundo estar otimista nesta temporada. Ele mal fez 18 anos, mas todos esperam que ele consiga rapidamente um contrato com um time profissional. Talvez esta seja sua única temporada no basquete universitário.

Conheço Quincy desde os seus 14 anos. Ele foi jogador do meu pai, assim como Eric. Foi o último superastro de Ken Radford. De todos os anos possíveis para se estar na Ardwyn, estou feliz por estar aqui neste em específico, com ele.

A parte em que ele aparece no vídeo foi toda ideia dele. Eu só coloquei em prática. Nela, ele joga videogame e, quando a câmera se move para exibir a tela, ele também está no videogame, fazendo um arremesso de três.

– Aí, sim, Annie-Rad! – grita ele ao passar por mim, um raio de uniforme branco e pele marrom queimada de sol. – Isso foi muito louco. – O time está dando uma volta na quadra, mas Quincy retorna e acrescenta: – Seu pai teria amado.

– Meu pai teria odiado – respondo e Quincy joga a cabeça para trás, rindo, enquanto corre para alcançar os outros.

Nós dois estamos certos. Meu pai só se importava com o jogo em si, não com o alvoroço que acontecia fora de quadra. Mas eu sempre amei as duas coisas – e o alvoroço era meu trabalho, então meu pai teria amado esse momento por mim.

A multidão ainda está de pé. Meu sorriso aumenta e toco as minhas bochechas com mãos trêmulas, como se estivesse sendo pedida em casamento. Eu me permito curtir isso por um minuto antes de tentar me recompor, adotar uma expressão mais tranquila e ir até o banco de reservas com a minha câmera.

Ben segura uma prancheta e me analisa.

– O vídeo ficou bom – diz ele, a contragosto. Arqueio as sobrancelhas e a expressão dele fica azeda. – Mas você está parecendo a vilã de um filme que acabou de experimentar o poder pela primeira vez.

Não é um elogio, mas sinto como se fosse, porque significa que ele está com inveja. Suas planilhas nunca foram ovacionadas de pé, ainda que sejam geniais. Esta noite conta como um ponto para mim, e eu deveria estar em êxtase. Eu *estou* em êxtase. Ao mesmo tempo, a ansiedade me aflige como se eu fosse um cachorro roendo a própria pata. Minha relação com Ben virou algo que o meu eu da faculdade não conseguiria reconhecer. Nós dois temos muito em jogo. Seria menos estressante se a gente se perdoasse um pouco.

Mas foi ele que começou.

Eu me viro lentamente, o rosto erguido na direção dos torcedores nos assentos mais baratos, que ainda estão de pé.

– Está sentindo isso, Callahan?

– O quê?

Estendo meu braço.

– Arrepio.

Ele franze a testa para mim. Dou um sorrisinho afetado para ele.

E é assim que começa.

Seis

Na sexta antes da semana de Ação de Graças, encontro com Taylor e Jess para tomar um café no centro acadêmico. Taylor enviou um convite por e-mail intitulado "reunião", mas passamos a "reunião" toda falando do cavalo de infância de Taylor e do recente término de Jess com a treinadora assistente das líderes de torcida.

Minha xícara está praticamente vazia quando vejo os melhores momentos do jogo passando na TV no canto. A tela mostra o treinador Thomas imóvel diante do banco de reservas, a expressão neutra ao observar Gallimore fazer arremessos livres. É a mesma expressão que ele assume quer estejam ganhando por vinte pontos, perdendo por dez ou empatados a um minuto do fim do segundo tempo.

Engulo o último pedaço do meu bolinho de mirtilo.

– Ele é o treinador mais sereno que eu já vi. É incrível.

– Ele nunca se mexe! Nem põe as mãos no bolso – comenta Jess.

Taylor faz um gesto pedindo meu prato para que ela o acrescente à pilha organizada diante de si.

– Ouvi dizer que Brent Maynard era o oposto – diz ela. – Ele tinha um gênio difícil?

Meu garfo escapa do prato e ressoa na mesa.

– Hum. – Minha boca fica seca. – Ele costumava ser bem agitado. Às vezes um assistente tinha que segurá-lo pelo casaco pra ele não derrubar um juiz.

A câmera se move para mostrar o resto do banco. Todo jogo eles sentam na mesma ordem: técnicos, jogadores, Ben e mais alguns membros da equipe. Um padre com colarinho clerical está na ponta do banco como um remate decorativo, um lembrete de que a universidade também é a casa do Senhor e o Senhor torce pelos Ardwyn Tigers.

Taylor descarta nosso lixo e Jess e eu a seguimos até o lado de fora. Faz um dia de novembro fresco e nublado. À nossa frente, alguns alunos e um professor de calça tweed amarrotada conversam em francês, indo na direção da biblioteca. Nós vamos para o lado contrário, rumo à Igreja.

– Cesta de três – comenta Jess. – Nada mau para um começo.

– E o Quincy já foi considerado o melhor jogador da liga regional desta semana! – acrescenta Taylor.

A liga escolheu Quincy como jogador da semana na primeira chance que teve. Ele jogou bem o suficiente para estar na disputa, mas isso é irrelevante. Eles estavam loucos para vincular o nome de Quincy ao deles desde que o garoto se comprometeu com a Ardwyn, pelo mesmo motivo que celebridades acabam ganhando vários afilhados.

Falam muito de Quincy na TV. Na verdade, eles já têm uma história conhecida que adoram contar e o encaixaram nela, deixando de fora as partes que não combinam muito bem. Só falam de "instinto" e "porte atlético natural". Não se vê "conhecimento de jogo" e "trabalho árduo" em lugar algum. Eles até falam sobre seu curioso hobby de fazer transmissões ao vivo enquanto joga videogame, mas, com certeza, vão usar isso contra ele quando jogar mal ("falta de disciplina" e "distraído", em vez de "aliviando a tensão").

Então suas vozes adotam um tom solene e eles usam as entonações de apresentadores para falar sobre o Assunto Sério de sua infância. Tem a "jornada improvável" e a quase ficha criminal da mãe, aí contam e recontam a mesma história sobre um par de tênis puído com fita adesiva tapando um buraco.

Sensacionalismo em cima de tragédia, mas beleza, pessoal, porque logo ele vai ficar rico, contanto que não arrebente o joelho antes.

Depois da temporada, Quincy vai precisar decidir se vira profissional ou volta para a Ardwyn. A família dele é bem pé no chão, felizmente. Mas, desde que o talento do garoto ficou evidente, há muitas pessoas rondando, dizendo-se "amigas" ou "conselheiras", falando para ele ir logo para a NBA, onde vai ganhar mais dinheiro.

Para alguns jogadores, essa é a escolha certa, mas para outros não é.

Quero muito saber para que lado ele está tendendo mais e torço para que ele bloqueie o falatório dos parasitas que querem tirar vantagem da situação. Esse é só o começo. É impossível não me preocupar com ele.

– Annie?

Taylor acena com a mão na frente do meu rosto. Eu devo ter saído totalmente do ar, porque já estamos em frente ao prédio.

– Oi! Foi mal.

Balanço a cabeça.

– Perguntei se você quer ir até a quadra com a gente. Vamos tirar fotos do mascote com um cara fantasiado de peru.

Pego meu crachá para entrarmos no prédio.

– Eu adoraria ver esse momento mágico, mas preciso fazer umas edições antes de subir o vídeo.

– Você é osso, hein – diz Jess. – Já está ótimo. Não sei no que mais você pode mexer.

Mas estou louca para voltar para o computador. O vídeo precisa estar melhor do que ótimo: o time está iniciando um caminho de sucesso e a arena vibra com essa promessa. Quero aumentar nosso número de seguidores. Quero lembrar ao treinador Thomas por que me contratou. Quero que o pessoal do financeiro entenda a mensagem de que precisam ir devagar e esperar para tomar qualquer decisão definitiva, porque coisas boas estão acontecendo aqui.

Taylor e Jess param na frente da escada.

– Mesma hora na semana que vem? – convida Taylor.

– Combinado – respondo depressa, já ansiosa por isso.

Tenho uma regra de evitar amizades verdadeiras com colegas de trabalho, mas uma pausa semanal para um café é algo inofensivo e, além de Eric e Cassie, todos os meus amigos e a minha família estão em Nova Jersey. Estou sem vida social desde que cheguei aqui.

Eu poderia tentar sair com alguém, mas não tenho energia para os meus habituais relacionamentos entediantes de três meses e transas medíocres. Já faz muito tempo desde meu último término com Oliver, mas ainda tenho a sensação de que preciso ascender ao próximo nível da vida adulta antes de me ver pronta para algo sério, só não faço a menor ideia de como conseguir isso.

Taylor e Jess vão para a quadra e eu subo a escada para a minha sala. Ao dobrar no corredor, um babaca familiar de cabelo escuro com uma bunda tragicamente bem torneada ronda de forma suspeita na outra ponta, usando mais um casaco de zíper meio aberto e nada inspirador. Ao me ver chegando, ele corre para seu escritório e bate a porta.

Ele estava perto do termostato.

– Tá de brincadeira – digo, rosnando.

Eu deveria imaginar. Minha sala está sempre congelando. Comecei a usar mais camadas de roupa e a manter um cobertor no encosto da minha cadeira. Mais cedo naquela semana, tentei trazer um aquecedor portátil, mas Donna o barrou – algo a ver com a inspeção de segurança contra incêndio. Ajusto a temperatura várias vezes ao dia, mas ainda tenho uma aba aberta na Amazon com uma busca por luvas sem dedo.

Toda vez que aumento a temperatura, alguém a reduz de novo. Primeiro achei que fosse algum funcionário da manutenção, mas é claro que é Ben. Ele é o único que senta tão perto do termostato quanto eu e o único que está irritado com a minha presença no prédio.

Confiro a temperatura. Dezessete graus.

– Mas que filho da mãe.

Ele está tentando me congelar até eu pedir demissão. Bom, ele vai levar a pior, porque, no momento, sou um vulcão em erupção. Vou até a cozinha, abro a geladeira e pego seu queijo em palitinhos. Ele traz isso todo dia pro lanche da tarde. Bom, hoje não vai ter, senhor. Eu nem corto, apenas como tudo em três mordidas, como se fosse um monstro.

Na maior parte do tempo, tentamos nos evitar de uma maneira que parece fácil, mas demanda muita coreografia. Em uma manhã, fingi não vê-lo atrás de mim enquanto caminhava até o prédio e deixei a porta bater na cara dele. Numa outra vez, ele me viu com dificuldade de trocar o galão de água na cozinha e passou direto, em vez de parar e oferecer ajuda.

Ele não sabe ser cruel, mesmo quando quer, e é por isso que, sempre que estamos cara a cara, ele parece constipado. Acho que ninguém reparou na tensão, mas vai saber o que ele anda dizendo pelas minhas costas. Em um momento especial de fraqueza na semana passada, eu o inscrevi em um sorteio em um site duvidoso, uma oportunidade de ganhar uma viagem grátis para Antígua que, sem a menor dúvida, não vai acontecer. Levou apenas 24 horas para que os golpistas vendessem o número do telefone dele para um milhão de operadoras de telemarketing.

Senti uma pontada de culpa quando ouvi tocando seu celular sem parar e os resmungos que ele não parava de dar. E me sinto um pouco constrangida pelo que fiz com o queijo. Eu deveria estar concentrada no trabalho e, em 98 por cento do tempo, estou. Para os outros dois por cento, não tenho desculpa. Existe uma fera mesquinha dentro de mim que, às vezes, precisa dar vazão às emoções.

Ben está trabalhando até mais tarde, como sempre. Tenho feito o mesmo, porque preciso de horas extras para fazer testes, criar uma sintonia fina e aperfeiçoar. Não dá para vê-lo, mas é fácil saber o que ele está fazendo depois que todo mundo vai para casa e o prédio fica mais quieto.

Esta noite, ele está passando a maior parte do tempo sentado diante do computador, digitando. De vez em quando, uma gaveta abre e fecha. A ponta de sua língua provavelmente está um pouco para fora pelo canto da boca. Ele sempre fica assim quando está muito concentrado. É bem ridículo e nada atraente, então preciso ver se ele está fazendo isso sempre que passo por ali. De vez em quando, uma bola acerta a tabela do aro em miniatura preso em sua porta.

Eu paro de prestar atenção quando ele atende a uma ligação para ajudar alguém com um problema em cálculo. Se a minha memória da faculdade estiver correta, ele tem uma irmã bem mais nova.

Meu café com Taylor e Jess me deixou pensativa. Preciso sair mais, dar um tempo da fixação nos meus problemas profissionais. Eu me encolho na cadeira, sentando em cima de uma perna e abraçando o joelho da outra, e pego o celular para ligar para a minha irmã.

– Estou no final de uma subida – diz Kat ao atender, muito ofegante.

– Não precisa perder o ritmo por minha causa – respondo. – É rápido.

Kat passa muito tempo em sua bicicleta ergométrica. Atleta da família, jogou basquete na faculdade e ainda mantém uma rotina intensa de exercícios, além de seu emprego e do hobby de postar tutoriais de cabelo on-line.

– Você e a mamãe podiam vir me visitar amanhã – falo. – Podemos ir ao shopping. E você poderia ficar para passar a noite comigo depois que a mamãe for embora. Você pode voltar de trem pra casa.

Quando eu estava na faculdade, íamos ao King of Prussia Mall toda vez que Kat e minha mãe me visitavam.

Ela ouve apenas em parte. Parece tensa enquanto fala, ofegando:

– Parece... envolver muito transporte público... só pra passar uma noite sentada... no... seu... sofá.

Alinho uma fileira de canetas na minha mesa.

– E se a gente sair?

Kat solta o ar com força e regula a voz depois de concluir a subida.

– Sair, sair? Tipo para um bar, à noite?

Agora ela está prestando atenção.

– Sim.

– Você nunca quer sair comigo.

– Eu nunca precisei sair com você quando a gente morava juntas porque você levava todas as pessoas do bar pra nossa casa. Agora eu moro sozinha. Fico entediada o tempo todo.

– Você tá deprimida?

– Não. Qual é, vai ser legal. Eu compro um sanduíche de carne com queijo pra você no caminho de casa.

– Beleza, mas, pra ser sincera, você já tinha me ganhado no "sair".

Desligo o computador. Uma noite de sexta sozinha não vai ser tão ruim, agora que tenho planos para sábado. Hoje vou para a academia, tomar um banho quente, gritar com estranhos na internet sobre a mudança climática e assistir a vídeos ASMR na cama até cochilar e deixar o celular cair na minha cara.

Jogo o aparelho dentro da minha bolsa e dou uma olhada pela sala para ter certeza de que não estou esquecendo nada.

– O índice de ataque dela foi incrível no ano em que elas foram campeãs da liga regional.

A voz de Ben me assusta. Esqueci que ele estava aqui. Ainda está no telefone? Não, deve estar falando comigo, porque o índice de ataque de Kat *foi mesmo* incrível no ano em que seu time universitário ganhou a Big Ten.

Tento lembrar o que mais falei com Kat.

– Você tá obcecado pela minha irmã? Ela postou um tutorial de coque alto superfofo ontem, caso você ainda não tenha visto.

Não acho que ele esteja obcecado, ainda que a carreira de Kat no basquete universitário tenha terminado quatro anos atrás. Ele só é assim. As pessoas costumavam lhe fazer perguntas sobre estatísticas obscuras de basquete de décadas atrás, como se fosse o superpoder dele. Era fofo.

– Você tá entediada aqui?

As palavras estão carregadas de desgosto.

Esfrego a minha testa.

– Não. Mas acho que posso conseguir uma mecha do cabelo dela pra você no fim de semana, se quiser. Ela tem um cabelo lindo.

Ele solta um suspiro soberbo como se fosse o único adulto no prédio. É impossível resistir a pegar ainda mais no pé dele.

Balanço a minha cadeira de um lado para o outro.

– Você faz mais o tipo de cara que gosta de pedaços de unha do pé? Posso ver o que dá pra arranjar.

Um som abafado e engasgado escapa de seus lábios. Talvez seja uma risada. Provavelmente ele está cobrindo a boca, tentando engoli-la de volta. Ele dá um pigarro.

– Tenho certeza que você disse que fica entediada o tempo todo. Lamento saber que não estamos conseguindo entretê-la por aqui.

– Obrigada por bisbilhotar. Eu teria ficado menos entediada esta semana se *alguém* não tivesse me deixado de fora dos e-mails sobre o happy hour de ontem à noite.

Eu estava em casa cozinhando um único peito de frango quando Eric me mandou uma mensagem de um bar, querendo saber por que eu não estava lá. O frango foi se retorcendo como se estivesse franzindo a testa para mim. Se Ben fez isso para me magoar, deu certo. Acabei saindo para dar uma caminhada longa e reflexiva ao redor do campus, ouvindo a música emo antiga que eu costumava ouvir no ensino médio quando ficava pra baixo por causa de meninos.

Eu não teria ido a um happy hour de qualquer jeito. Assim como eu não ia às noites do boliche nem à excursão para o jogo do Phillies. Mas ser excluída é uma droga. Faz eu me lembrar da época em que os assistentes de Maynard deixavam Ben participar das reuniões porque *por acaso* todos eles estavam fofocando sobre o escândalo do Tom Brady ou qualquer outro assunto que já viessem discutindo antes. Ben voltava com uma careta triste e uma mensagem que tinham pedido para ele me passar como se ele fosse meu chefe.

– Eu não fiz... – Ouço o clique do mouse de Ben enquanto ele verifica se estou certa ou pelo menos finge fazer isso. Provavelmente só está clicando em ícones aleatórios no desktop. Talvez o carma intervenha e ele sem querer exclua algo importante. – Ah. Eu fiz – admite Ben. – Desculpa. Não foi de propósito.

– Claro.

Cutuco minha cutícula. O ar frio e seco tem feito mal às minhas mãos.

– Juro. Era para a Donna ter adicionado você ao grupo de contatos da equipe no e-mail. Ela deve ter esquecido. Mas eu deveria ter checado.

É claro que ele vai colocar a culpa em alguém enquanto age como se assumisse a responsabilidade.

– Que coragem, culpar a Donna. Melhor torcer para que ela não descubra que você colocou o dela na reta.

Ele não diz nada por um instante, mas então:

– O diabo veste Prardwyn.

Um sorriso se abre em meu rosto e eu me levanto. Não consigo evitar. Cruzo o corredor até a porta dele.

– Você se lembra disso?

Uma vez usei o clássico do cinema *O diabo veste Prada* como inspiração para um vídeo de paródia para a pré-temporada. Donna interpretou a terrível chefe, que ordenava que Maynard personalizasse o uniforme do time com acessórios e levasse café para ela enquanto quicava a bola de basquete pelo corredor. Ele sempre topava as minhas ideias mais ridículas e Donna ficou maravilhada com a oportunidade de brilhar.

Naquela época, ninguém no departamento de esportes prestava atenção nos videozinhos esquisitos que o time de basquete postava. Eu estaria em maus lençóis se fizesse algo assim hoje em dia.

Ben me avalia com um olhar cauteloso.

– Difícil esquecer a humilhação do meu desfile na passarela.

É mesmo. Tivemos a apresentação de um desfile de moda e eu recrutei alguns dos jogadores.

Comprimo os lábios para conter um sorriso. É lisonjeiro, não posso negar. Quase... comovente? É irritante, na verdade, porque significa que meus padrões estão tão baixos que chegam quase ao inferno. Ele só falou que se lembra de algo que eu fiz um dia. Nem disse que era bom.

– Quero te perguntar uma coisa – diz ele com cautela.

Eu me preparo. *Ele sabe sobre o queijo. Está sentindo o cheiro da minha vergonha.*

– Você passou a *manhã toda* mostrando ao Lufton como edita seus vídeos de divulgação?

Não era a pergunta que eu esperava. Mas, em vez de alívio, a irritação aumenta de repente dentro de mim. Que *audácia*. Como se eu precisasse da autorização dele. Não é assim que funciona. Mas eu que me atreva a interagir com os estagiários e eles (ó!) comecem a gostar de mim.

– Passei – respondo. – Ele está me pedindo há semanas. Mas prometo que ele ainda ama mais você do que a mim.

Ele franze a testa.

– Ah, tá bom. Só queria dizer que... foi legal. Você fez o dia dele.

Fico perplexa.

– Valeu – digo, bem devagar. – Eles trabalham muito mesmo sem receber nada por isso. Quero que aprendam alguma coisa.

Ele esfrega o queixo.

– Também quero.

Ele está me olhando pensativo, a expressão menos cautelosa do que o normal, e deixo que ele continue assim. Já fomos esses jovens. *Deveríamos* concordar em relação a isso. Deveríamos concordar em relação a muitas coisas.

O cheiro suave do sabonete dele ainda está no ar. Às vezes, ele vai para a academia por volta das cinco da tarde, toma banho e volta para o escritório para trabalhar mais. É um cheiro limpo e agradável, admito. Qualquer coisa cheira bem depois que você passa metade do dia cercado por atletas suados.

Resisto ao impulso de dar um passo e entrar na sala dele. Só de estar tão perto assim, me sinto presa a uma cerca elétrica. O limite é invisível, mas está ali. Meus olhos param em um porta-retratos na mesa dele, no lugar geralmente reservado à foto com esposa e filhos, e um Ben da época da faculdade está no meio da quadra com Maynard. Parece a noite do último jogo da temporada em casa. Eu não estava lá, então não sei dizer.

Sinto um nó na garganta.

– Bela foto – digo, sem conseguir evitar, enquanto cruzo os braços e os aperto de encontro ao corpo.

– Valeu.

– Você ainda fala com ele?

Ele me encara.

– Você, não?

– Não sei por que falaria.

Ele se recosta na cadeira, as rodinhas se movendo um pouco. Ele exibe uma expressão de autopunição, como se não devesse ter perguntado. Nós dois olhamos para a foto.

– Falo com ele com alguma frequência – diz Ben. – Nós nos vemos todo verão. Ele ainda tem aquela casa de praia em Bethany e sempre faz um grande evento no fim de semana do Memorial Day.

Sinto um arrepio percorrer meu corpo.

– Você ainda *encontra* com ele? – pergunto. – Fala com *frequência*? Tipo, com que frequência?

Ele me olha confuso.

– Sei lá, um espaço de algumas semanas? Na maior parte do tempo, trocamos mensagens.

– Algumas *semanas*? – O tom agudo em minha voz aumenta.

– É, não é que eu deva minha carreira a ele nem nada do tipo... – diz Ben, secamente.

Eu não deveria ficar surpresa com isso, dada a lealdade incondicional de Ben. Na noite em que Maynard nos convidou para jantar na casa dele e nos contou que éramos candidatos ao estágio no Sixers, Ben foi até a cozinha depois que acabamos de comer e pegou uma esponja.

– Jogando sujo, hein? – provoquei.

Um arquejo de mágoa escapou dos lábios dele e suas bochechas ficaram rosadas.

– Eu sempre ajudo Kelly com a louça!

Como se jantar com os Maynards fosse algo corriqueiro, como se ele fizesse parte da família.

Maynard tinha uma aparência comum, meio nerd, um rosto como qualquer outro. Ele usava blazers grandes demais, como uma criança. Mas andava sob um holofote. Quando entrava em um lugar, as pessoas olhavam para ele, sentindo que se tratava de alguém importante, mesmo que não soubessem quem era. Quando ele falava com você, mesmo em um ginásio lotado, era como se você fosse a única pessoa ali.

– Você acha de verdade que deve tudo a ele?

Ben dá de ombros.

– Acho.

– Ele te ajudou a colocar o pé na porta. Isso já faz muito tempo. Tenho certeza que, a essa altura, a única pessoa a quem você tem que agradecer pelo fato de estar aqui, lidando com números em uma sexta à noite, é você.

Ben balança a cabeça.

– Não entendo. É tão difícil assim ser grata pelas oportunidades que ele te deu?

Meu rosto fica quente e frio ao mesmo tempo e minhas mãos voam até meu cordão, enrolando-o entre os dedos. Vou ter que permitir que Ben acrescente isso à lista de coisas contra mim, porque não posso fingir que tenho algum carinho por Maynard.

Nunca vamos resolver nossas diferenças. Não podemos ter essa conversa sem remexer no passado, o que é um risco que não vou assumir, porque o passado está cheio de minas terrestres perigosas.

O tempo é muito inconsistente aqui. Meus anos de faculdade parecem muito recentes. As mesmas placas continuam intocadas nos mesmos lugares, nas mesmas paredes. Elas estiveram aqui o tempo todo, mesmo quando eu não estava. O som da voz de Donna vindo pelo corredor, o trabalho me tirando do sério, a forma como o ar do outono me envolve quando saio do prédio de noite. É como se eu pudesse alcançar e deslizar através do que quer que separe o agora do antes, quase sem esforço. Às vezes, parece que estou fazendo isso, tipo agora, nesta conversa. A parte anterior, a troca amistosa entre mim e Ben, era o tipo de coisa que acontecia com frequência naquela época. A parte que veio depois, a respeito da foto na mesa, me lembra que há dor aqui e onde encontrá-la.

A dor está nas minhas lembranças do homem que me tratou como filha por três anos e depois passou a me mandar mensagens de texto bizarras e me fazendo propostas sexuais envolvendo quartos de hotel.

Ben quer falar sobre oportunidades? Maynard me deu a oportunidade de desenvolver minhas habilidades, de começar a construir uma carreira, de fazer contatos em nossa área. E depois tentou me dar a oportunidade de dormir com ele.

Atrás de Ben, vejo nós dois refletidos na janela. Eu, de um jeito casual à porta, usando um suéter comprido e aberto; ele, relaxado e desarmado em sua cadeira. Parecemos duas pessoas jogando conversa fora. Poderíamos estar falando sobre o jantar do Dia de Ação de Graças ou sobre como tem escurecido cedo ultimamente. Mas não sobre isso. A qualquer segundo, a garota na janela vai rir, os dentes reluzindo no vidro.

Sete

O shopping já está todo decorado para o Natal. Árvores artificiais brancas repletas de luzinhas foram dispostas a intervalos regulares em vasos atarracados e há uma enorme guirlanda pendurada no teto, logo acima das escadas rolantes, como uma guilhotina prestes a descer. Papai Noel está diante de um carrossel vermelho decorado, com uma fila de famílias em um zigue-zague sem fim. As crianças estão empolgadas e agitadas, vestidas para fotos, e os pais parecem cansados por conta da longa espera.

O sujeito que caminhava em frente a Kat para de repente, meio perdido. Ela revira os olhos e desvia dele.

– O objetivo de vir um fim de semana antes do Dia de Ação de Graças era evitar o pessoal das compras de fim de ano.

– Tem certeza que não quer que eu te busque amanhã? – pergunta minha mãe para Kat. – Eu não me importo.

É claro que não, porque dirigir para nós é a forma da minha mãe demonstrar seu amor. No primeiro ano da escola, coloquei naqueles questionários fofos de Dia das Mães que ela trabalhava de "motorista". Todo dia ela nos levava de carro para a aula e depois buscava. Depois levava Kat para o basquete e a mim, para o cineclube. Passava conosco no drive-thru para comprar o jantar. Dávamos carona aos jogadores do papai, desviando bastante do nosso caminho para levá-los em casa depois que escurecia, e esperávamos até que eles entrassem em casa. Kat e eu ficávamos no banco de trás enquanto mamãe mostrava casas à venda para clientes. "Vamos dar uma volta", dizia ela e colocava seus saltos ruidosos e o perfume Happy, da

Clinique – e foi assim que minha irmã e eu descobrimos que deveríamos levar brinquedos, porque esperaríamos um bocado.

Até hoje, não tem nada que minha mãe goste mais de fazer do que levar alguém de um lugar a outro.

– Vou ficar bem, mãe – diz Kat. – É só pegar o trem e um Uber.

– *Dois* trens! Dois trens e um Uber.

Ela não consegue entender isso: por que uma mulher adulta pegaria dois trens e um Uber quando podia obrigar a mãe a dirigir três horas de ida e volta?

– Pelo menos deixa eu te buscar na estação.

Nós paramos para almoçar em um restaurante barulhento, com colunas artificiais e um cardápio mais grosso que um tijolo. Falamos sobre trabalho: a agenda do time, as conversas de Donna ao telefone, as perspectivas de contratação de Quincy. Conto sobre como ficou meu último vídeo de divulgação, ainda que elas já tenham visto.

Kat me olha de um jeito engraçado.

– Você *gosta* disso.

– É claro que gosta – diz minha mãe.

Sinto meu estômago afundar.

– É claro? – Pego um pedaço de pão na cesta e me ocupo com o azeite. – Não sabia que era algo tão indiscutível assim. O que vocês vão comer?

Não consigo parar de me perguntar se gosto mesmo. Preciso me concentrar no motivo de estar aqui: me dar tempo suficiente para ter opções.

Kat não desiste.

– O papai ficaria todo empolgado.

É esquisito ter de volta o basquete, mas não meu pai. Não consigo separá-los em minhas lembranças. Passei a infância indo atrás dele nos treinos, nos jogos, até nos jantares do time. Eu era louca para fazer parte dessa coisa que o dominava e que logo passei a amar tanto quanto ele. Ajudei seu time no ensino médio e trabalhei em todos os seus acampamentos durante os verões. Até na faculdade, quando eu estava em outra cidade, trocávamos ideia por telefone depois de cada jogo.

Olho com intensidade para Kat.

– Se você me fizer chorar nessa cópia barata de Cheesecake Factory, eu te sufoco com esse pão.

Ela revira os olhos.

– E o Ben? Como está o Grande Confronto do Basquete da Pensilvânia?

Dou um longo gole de água em um copo que parece uma jarra, de tão grande.

– Não sei dizer quem está ganhando, mas não vai ter premiação por espírito esportivo. Ontem tivemos uma conversa normal por três minutos e foi o melhor que conseguimos a temporada toda. Só que aí desandou. Acho que nunca vamos chegar a um acordo.

Minha mãe ergue os olhos do cardápio.

– Quando é o aniversário dele?

Kat e eu trocamos um olhar expressivo.

– Não sei, mãe. Não ligo para essas coisas. – Na verdade, acho que sei mais ou menos. – Mas lembro que havia balões de aniversário na sala dele quando voltei este ano – admito.

Minha mãe para e calcula a data. Ela solta um "hum" indecifrável e volta a olhar o cardápio.

– O que foi? – pergunto, relutante.

– Achei que você não ligasse para isso.

– Bom, não faz mal saber.

Minha mãe tira os óculos de leitura e os apoia na mesa.

– É interessante, só isso. Vocês são de signos opostos. Muito potencial para conflitos, mas vocês também podem equilibrar um ao outro. Saber o ascendente dele ajudaria.

– Peraí. Vou mandar uma mensagem e perguntar que horas ele nasceu.

Finjo digitar no meu telefone. Mamãe suspira.

– Olha, Annie, se ele está tratando você mal, isso diz mais respeito a ele do que a você.

– Já tentou fazer as pazes com ele? – pergunta Kat.

Kat tem aquela mentalidade às vezes irritante de quem foi excepcional em algo desde criança. Ela traça uma linha reta de cada problema até a solução. Como ex-atleta de destaque, ela viu seu trabalho árduo render frutos. Causa e efeito. Siga o que for racional e você terá o resultado desejado. Alerta: não funciona assim para todo mundo.

Kat espreme uma fatia de limão e a afunda em seu copo. Ela nunca vai entender.

– Limões de restaurante são nojentos, sabia? – digo.

Ela dá um gole longo e mordaz.

– Não é tão simples assim – continuo. – Mesmo se eu colocasse de lado o fato de que estamos competindo por uma vaga, o que é algo relevante demais para se deixar de lado, nós temos opiniões muito divergentes em assuntos importantes.

Kat se detém enquanto vira as páginas do cardápio.

– *Ah* – diz ela, astuta. – Tipo teorias da conspiração?

– Quê? Não.

– Ele é fanático por criptomoedas? Torce para o Cowboys? Ah, ele ama suco verde?

– Não, não e não, mas valeu pela brincadeira – respondo. – É em relação a... outra pessoa.

Volto a olhar as opções de sanduíches.

Kat arqueia a sobrancelha além do que eu achava ser possível.

– O treinador Canalha?

Assinto sem dizer nada nem erguer os olhos, e minha mãe faz um barulhinho de empatia.

– Ben não sabe, né?

– Não. E nunca vai saber.

Cassie e Eric dão uma passada na minha casa antes de Kat e eu sairmos. Meu apartamento é tão sem graça e deteriorado quanto era de se esperar com base no aluguel barato e no vídeo com péssima resolução a que assisti antes de assinar o contrato. Eu o decorei principalmente com modulados básicos e uma miscelânea de móveis de segunda mão que minha mãe ficou felicíssima em doar.

Cass está deitada no sofá, enrolada em uma manta de lã, fingindo não estar caindo de sono. Eric está esparramado no chão. A TV está ligada para acompanharmos os resultados dos jogos da noite.

Levo meu espelho de corpo inteiro até a sala para me maquiar. Enquanto estou sentada no pufe, passando iluminador nas maçãs do rosto com o dedo anelar, Kat paira acima do meu ombro, cacheando meu cabelo e o dela – que tem mechas ao estilo surfista –, entre goles de uísque com refrigerante.

– Já escrevi várias vezes "muito obrigada pelo generoso presente" – diz Eric, mordiscando uma caneta. – Como eu posso descrever com educação minha gratidão pelo fato de a pessoa gastar uma boa grana sem usar a palavra "grana"?

A seu lado, há uma pilha de cartões e uma lista de nomes.

Misturo meu iluminador.

– Qual o problema de repetir "generoso presente"? Você acha que as pessoas vão ficar comparando os cartões de agradecimento?

– Eu queria que todos fossem únicos e comoventes! Mas estou sem criatividade.

– Deixa eu ver. – Estico o braço e pego um cartão da pilha. – "Querida Jackie, agradecemos sua presença em nosso casamento. Ficamos muito gratos pelo seu generoso presente e muito felizes por termos celebrado nosso dia com você. Tenho ótimas lembranças dos doces gigantes que você costumava distribuir no Dia das Bruxas."

Kat dá uma risada.

– Isso é o melhor que você consegue fazer? Quem é Jackie?

– Vizinha dos meus pais. A única outra lembrança relevante que tenho é das leggings justas que o ex-marido dela usava para caminhar pelo bairro.

– Muito relevante e uma ótima imagem – comento. – Você deveria ter falado disso.

– Eu deveria ser mais sucinto – diz ele, grunhindo – Mas é tarde demais.

Pego um delineador.

– Cassie, você está muito quieta.

– Não me importo com o que for escrito nos cartões, contanto que eles sejam despachados.

Sua voz está pesada de tanto cansaço. Ela está no meio de um processo importante no trabalho, algo a respeito de um empréstimo predatório. Segundo Cassie, tem uma frase que os advogados usam para descrever seu trabalho: "É igual a uma competição de quem come mais tortas em que o prêmio é outra torta." Cassie está com tortas até o pescoço no momento.

– Eu mandei os agradecimentos pelo chá de panela – acrescenta. – Abro mão total do controle nisso aqui.

Kat tateia o bolso de trás, mas não encontra nada.

– Ei, que horas são?

Toco na tela do celular equilibrado em meus joelhos.

– Nove e meia.

– Ótimo, dá e sobra.

– Por que as pessoas esperam ficar tão tarde pra sair? – pergunta Cassie. – Dá pra se divertir tanto às oito da noite quanto às onze. Acho que é porque *outras* pessoas esperam ficar bem tarde pra sair. E se todo mundo concordasse em sair três horas mais cedo? Se as pessoas legais topassem, todo mundo faria o mesmo e todos ficariam mais descansados.

Olho para ela pelo espelho. A manta está enfiada por baixo de seus calcanhares e puxada até o queixo.

– Negocia esse acordo, Cassie. Tenho certeza que tem um Prêmio Nobel esperando por você.

Kat passa a mão por uma mecha de cachos.

– Me pronunciando em nome de todas as pessoas legais por aí...

– Não sabia que elas aceitavam intrusos – se intromete Eric, com tanta empolgação que quase cumprimenta a si mesmo pela tirada.

– ... se a gente saísse às oito, não teria tempo pra ficar com nossos amigos antes, e essa é a melhor parte.

– Se vocês saíssem às oito, talvez eu fosse com vocês – diz Cassie.

É óbvio que é mentira, então nós rimos.

Eric ergue o tronco, se apoiando nos cotovelos.

– E esse merda nojento?

Na TV, um telejornal exibe a foto do executivo de uma empresa de calçados que recentemente foi acusado de uma série de agressões sexuais. Uma jornalista de óculos e batom vermelho – Lily Sachdev, segundo a legenda – discute o ocorrido. A TV está no mudo por causa da música, mas a história saiu em peso na imprensa, então é fácil entender o ponto principal. Uma voz ansiosa e espectral continua a cantar uma música pop que sai da caixinha de som portátil de Kat, e ficamos olhando para a TV.

– Um horror – murmura Cassie, por fim.

Analiso o desenho do meu delineador. Está tremido, então removo e começo outra vez.

Kat solta um cacho do meu cabelo do modelador e o aninha na palma até esfriar.

– Acha que vai acontecer algo com ele?

Desenho o delineado de novo, mais fino dessa vez.

– Não enquanto ele estiver fazendo as pessoas ganharem dinheiro.

– Sei lá. – Os braços de Cassie surgem por cima de seu casulo e, pensativa, ela passa o dedo pelos lábios. – Parece meio diferente dessa vez.

– No máximo, ele vai ser demitido porque um cara contou que ele subornava atletas do ensino médio, não pelo que ele fez com aquelas mulheres – respondo. O assunto está me dando desgosto. – Ei, você viu o perfil do Eric?

Estou trabalhando em uma série de vídeos sobre cada funcionário da equipe de operações. Comecei pelo treinador Thomas, sempre uma entrevista fácil. Depois veio Eric, que nasceu para ser o centro das atenções, e também foi moleza.

Cassie senta direito.

– Eu amei. Estão todos ótimos. Quem é o próximo?

– Williams. Venho adiando o dele. E, ah, ainda tenho que fazer o do Ben Callahan.

Isso se ele, em algum momento, concordar em sentar comigo para me dar uma entrevista. Faz dias que estou tentando marcar.

– Ah, eu gosto do Ben! Fico feliz por ele fazer parte disso, mesmo que não seja um treinador oficialmente.

Kat fica de braço levantado, a lata de algum produto tóxico na mão. Ela me lança um olhar inquisitivo pelo espelho. Eu respondo com um olhar penetrante e um leve meneio de cabeça.

– Vocês são amigos dele? – pergunta ela. – Não me lembro muito dele da época em que vocês estavam na faculdade.

Eric desiste dos cartões de agradecimento e deita com as costas no chão, apoiando a cabeça em uma almofada.

– Jogamos juntos uns anos, aí ele foi pro estágio com a Annie, mas na época não éramos tão próximos. Agora somos amigos. Já faz um bom tempo que trabalhamos juntos. Ele é um cara legal.

Na época da faculdade, Ben nunca saía. Quando tínhamos uma noite livre, ele estudava ou visitava a família. A única vez que o vi em uma festa foi quando ele apareceu em uma Range Rover preta reluzente para buscar alguns colegas de time, com sua namorada de suéter branco e brincos de pérola chiques no assento do carona. Ele nem chegou a descer do carro. Eu estava descalça na grama, acenando, bêbada, lutando para manter o equilíbrio.

– Quer uma carona?! – gritou ele.

Eu ainda não queria ir embora. Não tinha ideia de onde estavam meus sapatos. Ele me entregou uma garrafa de água pela janela.

– Obrigada, senhor – lembro de ter dito, tirando um chapéu imaginário.

Teria sido legal se meu cérebro tivesse apagado essa parte da recordação.

A namorada dele se inclinou para sussurrar algo em seu ouvido, seu rabo de cavalo preto balançando.

Bebi a água e escorreu um pouco pelo meu queixo. Sequei a boca.

– Pode ir. Estou de boa.

Ele abriu a porta.

– Quer ajuda para achar seus sapatos?

O chão estava úmido e meus pés, gelados. Não lembro se eu ia responder sim ou não, porque, naquele momento, Eric saiu correndo pra fora cantando uma música de Mika em um falsete horroroso e me jogou por cima do ombro, Cassie vindo logo atrás.

Não quero ser atormentada por lembranças da faculdade ou de Ben esta noite, então me levanto do pufe em um pulo.

– Preciso pegar meus batons no quarto – digo, as palavras saindo mais tensas do que eu gostaria.

Passo direto pelo meu quarto e vou até o quartinho do outro lado, meu espaço favorito no apartamento. O proprietário não o mostrou para mim no vídeo de visitação, provavelmente por ter espantado outros locatários em potencial, mas eu o acho glorioso. O chão é de grama sintética antiga, um verde beligerante feito um mar de chapéus de plástico no dia de São Patrício num bar. Tem uma janela enorme e um ventilador de teto com um tenebroso lustre imitando vitral. Na parede – provavelmente desde 1992 –, há uma imagem emoldurada de Marisa Tomei no papel de Mona Lisa Vito em *Meu primo Vinny*, usando um macacão justo com estampa floral. Agora esta é, obviamente, minha posse mais valiosa.

Vou até o parapeito, onde enfileirei tantas velas aromáticas que parece até um altar. Escolho uma e inspiro o cheiro de pimenta-rosa e tangerina.

Eric e Cassie sabem que a situação está complicada para mim e Ben, mas não têm noção de quanto. Não quero contar a eles. Já sou a amiga problemática, caótica e instável. É mais fácil fracionar os detalhes das disfuncionalidades da minha vida do que compartilhar tudo o tempo todo. Eles não seriam condescendentes comigo, tampouco totalmente empáticos. Eles ouvem meus contos desastrosos sobre péssimos primeiros encontros e períodos sem seguro de saúde entre um emprego e outro e fazem sons simpáticos nas horas certas – e eu acredito que estejam sendo sinceros, de verdade. Mas depois entram no carro juntos e provavelmente dizem coisas como "Tadinha da Annie, fico preocupado com ela" ou "Ainda bem que não somos solteiros".

Quando volto para a sala de estar, Eric foi para o sofá e a manta de Cassie está toda embolada perto dele. Kat está sentada no pufe, prendendo os cachos em uma trança elaborada.

– Cadê a Cassie?

– Foi fazer mais chá – responde Eric.

– O que é isso?! – grita Cassie da cozinha.

Enfio a cabeça pela porta.

– O que é o quê?

Cassie segura um pote de vidro tampado. Ela o sacode de forma acusatória.

– Isso é lasanha? – questiona minha amiga.

– Pode comer se estiver com fome – digo, o tom de voz alto e suave, projetando inocência.

– Você não faz lasanha sem motivo.

– Eu estava louca por uma massa.

– Você só faz lasanha quando tem algo *errado*.

Hum. É, isso é bem verdade. Às vezes, tenho a sensação de que sou uma bolinha de descanso de tela, aquela que quica pelos quatro lados da tela sem parar, por toda a eternidade. Quando isso acontece, eu faço uma lasanha. A massa, o molho à bolonhesa, o bechamel, temperar, mexer e montar. Me ajuda a encontrar equilíbrio.

Eric aparece atrás de mim.

– Você fez lasanha? Por quê? O que está acontecendo?

Dou um grunhido.

– Não tem nada acontecendo. Eu queria comer lasanha e eu fiz.

Eric para e pensa.

– Não é do seu feitio.

– Já falei: fiquem à vontade pra comer. Mas só porque está uma delícia, não por qualquer motivo emocional.

Eu a coloco no micro-ondas sem cuidado algum, a travessa fazendo um som agudo ao ser arrastado, e aperto os botões com força.

Kat nos observa com expectativa quando voltamos para a sala com pratos de lasanha que ninguém disse que queria.

– Acho que ela está bem – diz Kat, animada.

Coloco meu prato na mesinha de centro e me largo no sofá.

– Me avisem quando acabarem de avaliar meu bem-estar. Eu espero.

– O quê? Você está bem. Você anda diferente, mas no bom sentido. Falando sério, você está meio que radiante. Dá pra ver que está empolgada com o trabalho.

É um eco do que Kat disse no almoço. Uma semente de agitação se enterra em minhas entranhas.

– Hum, não. Meu brilho radiante é graças à Selena Gomez e seu iluminador da Rare Beauty.

– Você não está radiante com *todos* os aspectos do trabalho, é óbvio. Mas o jeito como você fala do que anda fazendo... E os vídeos em si, dá pra ver. Você gosta.

– Eu não tinha percebido que você já estava bêbada.

– Então você não gosta do trabalho? – pergunta Cassie, se inclinando para a frente. Advogados.

– Não falei isso. – Corto minha lasanha com o garfo e pego um pedaço grande. – O trabalho é tranquilo. Mas não me deixa radiante.

Mais tarde, quando nos despedimos de Eric e Cassie, o nó insistente e incômodo em meu estômago continua lá. Tudo me incomoda: a preocupação de Cassie, a avidez de Kat para tirar conclusões positivas. Todo mundo me pressionando para tentar decidir se estou satisfeita ou insatisfeita e o que fazer a respeito, como se minha vida fosse um problema a ser destrinchado e resolvido em um projeto em grupo. Sim, produzir vídeos sobre basquete é legal, assim como a cafeteria do meu último emprego e o orçamento de tecnologia do anterior. Não é tão simples quanto eles fazem parecer. Se o trabalho me deixasse radiante (não deixa), minha decisão de passar os últimos oito anos longe daqui seria um baita drama (não foi). E doeria ainda mais se eu não fosse convidada para continuar no próximo ano.

Kat e eu descemos a escada a passos pesados com nossas botas nada práticas para encontrar nosso Uber. O motorista erra o prédio e nos aguarda um quarteirão à frente. Os edifícios parecem sombras e quadrados amarelos flutuantes, o céu está limpo e vamos para algum lugar bem aquecido nos rodear de gente nova. Só então a sensação ruim enfraquece e some na noite azul e preta. Fico com o gosto do vinho, o ar frio nos pulmões e o som agudo e leve das risadas de Kat no escuro.

Oito

Algumas semanas depois, estou na cozinha do escritório, analisando as opções. Pretzels com cobertura de chocolate. Morangos com cobertura de chocolate. Amêndoas com cobertura de chocolate.

Descubra a primeira tomada do vídeo e o resto se encaixa depois.

Mordisco o lábio. Não tinha uns bolinhos aqui uma hora atrás? A bandeja continua no lugar, mas vazia, só restaram algumas migalhas pra contar a história. Estamos quase no Natal, o que significa entregas diárias de presentes de amigos e apoiadores para o treinador Thomas. Ouro, incenso e frutas impecáveis.

E que tal começar com a quadra vazia e... Nah, zero criatividade.

Talvez um pretzel? Mas são só nove e quinze da manhã e eu já comi três.

E se... Não, muito parecido com o último vídeo. E que tal... Nada prático. Nunca vai ficar pronto a tempo.

Saio vagando até o banheiro, onde paro diante do espelho para analisar minhas sobrancelhas. A da esquerda é mais grossa que a da direita? Nunca tinha percebido.

Talvez eu esteja indo pelo caminho errado. Talvez eu devesse encerrar com uma tomada da quadra vazia.

Hum. Melhor.

Vago de volta até a minha sala e paro no corredor para conversar com Betsy, do departamento de *compliance*, a respeito da retirada dos sisos do filho dela. Eric aparece assim que Betsy vai embora.

– Oi, Annie! O vídeo pros jogadores que estamos recrutando já está pronto? Quero mandar hoje à noite.

Está, felizmente. Ao contrário do próximo vídeo de divulgação, que ainda está sendo montado na minha cabeça.

– Tudo pronto – respondo. – Eu te mando assim que voltar pra minha mesa.

Ele ergue a sobrancelha.

– E quando vai ser? Às dez?

O tom é de brincadeira, mas ele não está errado. Tudo isso faz parte do meu processo. Aliás, eu tenho um processo agora. Esse emprego exige muita criatividade. Deixo as coisas se infiltrarem na minha cabeça de manhã, às vezes passeando pelo prédio enquanto penso. Finalizo tudo mais tarde, em geral à noite. É então que dou meu melhor, quando o escritório está em silêncio e há poucas pessoas por perto.

– Engraçadinho.

– Em geral, é por volta de dez e meia – acrescenta Ben, a voz chegando da sala dele.

Contraio minhas sobrancelhas assimétricas. Eric é meu amigo e pode fazer piada dos meus hábitos de trabalho, mas Ben não está convidado para debochar de mim.

E, além do mais, como ele sabe da minha rotina? Prendo o cabelo atrás das orelhas.

– Decorou minha agenda, Callahan? – E para Eric: – Vamos pra longe do bisbilhoteiro.

– Vocês estão conversando na porta da minha sala – protesta Ben.

Beleza, é justo. Olho com raiva para Ben, mas ele já está concentrado em seu computador outra vez, a ponta da língua cutucando o canto da boca. Eric me segue até a minha sala.

– Vou pra sua casa à noite pra ficar com a Cass enquanto ela faz as malas – digo e me inclino sobre o computador para arrastar o arquivo para um e-mail e mandá-lo para Eric.

O processo importante de Cassie acabou, então ela vai para Nova Orleans passar dez dias com a família. Eric vai pegar um voo na véspera de Natal para ficar dois dias com ela. Vou para a casa dos meus pais em Nova Jersey, me afundar no antigo sofá de couro com porta-copos do meu pai, assistir aos jogos com Kat e ler para minha mãe as instruções de seu teste de ancestralidade por DNA. O fim de ano não é o mesmo sem meu pai, e provavelmente nunca mais vai ser. Precisamos aceitar, em vez de tentar lutar contra isso.

Eric aponta para mim.

– Aliás, a Cassie já está pensando na volta. *A Casa da Praia* começa em janeiro. Assiste lá em casa com a gente!

– Vocês estão obcecados, hein?

Dou um longo gole na minha nova garrafa de água. Ela tem linhas que marcam quanto de água devo beber a cada hora. Eu costumava me hidratar bem, mas ultimamente tenho esquecido.

– Você já assistiu?

Enrugo o nariz.

– Já vi o anúncio.

Eric solta um *pfff* e pega um cobertor de lã no encosto da cadeira que fica de frente para a minha mesa. Ele o revira em diferentes direções, tentando descobrir qual é a parte de cima. Tenho vários cobertores na minha sala, mas esse está reservado para os dias mais frios. A guerra do termostato segue a toda.

– O programa é totalmente diferente do anúncio? – pergunto.

Ele me ignora. Isso é um não.

– A gente faz um torneio com alguns amigos. A gente escolhe competidores diferentes a cada episódio e ganha pontos quando eles se beijam, nadam pelados ou brigam. A coisa fica bem competitiva. Isso é um vestido?

– É um cobertor que dá pra vestir.

– Parece um vestido.

– Comprei no mercado. Nada que seja vendido no Giant se qualifica legalmente como roupa.

Antes que Eric possa dizer as palavras "vestido de carne", meu celular vibra com uma mensagem do Quincy: **Pode vir no meu quarto?**

E a seguir: **SOS**

Estreito os olhos e releio as mensagens. Ô-ou. Tomara que ele não tenha ficado chateado com aqueles idiotas que espalharam na internet que ele ficou "frágil" desde que torceu o tornozelo no último jogo. No ensino médio, ele machucou os mesmos ligamentos e foi bem feio. Perdê-lo seria um desastre, então preventivamente ele será poupado amanhã, tendo tempo de sobra para se recuperar durante a folga de nove dias do fim de ano.

Expulso Eric do meu escritório e corro até o quarto de Quincy. É fácil de achar. O aluno supervisor de seu alojamento deve ser louco por decoração, já que cada porta do corredor tem uma placa elaborada listando o nome dos residentes em cima de uma pilha de livros. Alguém rabiscou de qualquer jeito um pênis no *I* de *Quincy* com canetinha.

– Que rápida – diz ele ao abrir a porta, usando calça de moletom e casaco com capuz.

Atrás dele, no chão, há uma montanha de roupas iguais à que ele está usando. Seu colega de quarto, mais um calouro que joga basquete, não está em lugar algum.

– O que houve?

Ele exibe uma expressão sombria.

– Vem comigo. Temos que ir ao porão.

– Não sou totalmente contra te ajudar a se livrar de um cadáver, mas depende das circunstâncias do assassinato – falo.

Pegamos o elevador por causa do tornozelo dele, saímos em um corredor bolorento e então entramos em uma sala com lâmpadas fluorescentes. Não tem nenhum cadáver. Na verdade, não tem nada que valha uma mensagem de SOS. Apenas um cesto cheio de roupas suadas e uma garrafa de sabão líquido fechada.

– Ah, nem pensar – digo. – Você *não* me fez vir até aqui pra lavar a sua roupa.

Ele deixa escapar uma risadinha cheia de culpa.

– Não é isso! Eu fiz você vir até aqui pra me *ensinar* a lavar roupa.

Cheiro as peças a uma distância segura. O odor é... pútrido.

– Como é que você sobreviveu o semestre inteiro sem aprender a lavar roupa?

– Tenho um contrato de patrocínio com a Tommy John, então ganho um monte de cuecas de graça. – Ele desvia o olhar, tímido. – E, hã, a namorada do Andreatti e as colegas de quarto dela costumam fazer isso pra gente. Mas elas já foram pra casa pro Natal.

– Nossa. Lavanderia grátis *e* literalmente ser pago pra vestir uma cueca de manhã? Daria até pra achar que a vida de um atleta universitário é só glamour, mas aí eu vi o pau feito de canetinha na porta da caixa de concreto onde você mora.

– Acho que deixam um pouco de mofo no banheiro pra manter nossa humildade em dia.

Ele abre o sabão e o despeja na máquina de lavar. Sem parar.

– Chega! – grito. – Já tem mais que suficiente.

– Não é pra usar tudo?

Ele parece estar com dúvida mesmo. Meu Deus, acho que ele está falando sério.

Depois de uma aula introdutória de como usar a medida da tampa e escolher a temperatura da água, sento em cima de uma secadora vazia enquanto Quincy separa suas roupas seguindo minhas instruções.

– Um patrocinador pra cuecas – provoco.

As regras mudaram alguns anos atrás, então agora os jogadores universitários podem fazer contratos de patrocínio sem ter que sair do time. É o certo, considerando o tanto de dinheiro que faculdades, patrocinadores e anunciantes ganham por causa deles.

– Você está pensando em aceitar alguma proposta?

Ele dá de ombros enquanto tira as roupas brancas da pilha.

– Andei falando com alguns agentes. Eles acham que é uma boa ideia. Se eu virar profissional ano que vem, meu potencial de ganhos vai ser maior.

– O que o treinador Thomas acha?

Não sei qual é o caminho certo para Quincy, mas ele é muito jovem. Seria uma decisão difícil para qualquer um. Tenho certeza de que ele está levando em consideração cada fator, como pesos em uma balança: a forma como os jogos universitários melhoram sua técnica, o risco para o seu corpo, o valor de um diploma como plano B. E também tem o dinheiro que, assim como a gravidade, está pesando em cada lado, para cima ou para baixo.

– Claro que ele acha que devo ficar – zomba Quincy. – É melhor pro time.

– Esquece o que os outros acham. O que *você* quer fazer? – pergunto.

Ele olha com um ar pensativo para a blusa em suas mãos.

– Não sei. Não importa. Não cabe a mim.

De noite, quando o corredor está todo escuro, exceto pelos retângulos de luz lançados no carpete pela minha sala e a de Ben, uma jovem passa pela minha porta.

Tiro os fones de ouvido e os jogo em cima da mesa com um gesto dramático que ninguém vê. *Que isso?* É a terceira vez esta semana. A garota é aluna. Tem um emprego de meio período no escritório de apoio acadêmico, dando aulas particulares para os atletas. O crachá dela está pendurado no pescoço.

Ela vem ver Ben em seu escritório à noite e eles sempre fecham a porta. Suas vozes soam abafadas e às vezes eles dão risada. Ela passa mais ou menos uma meia hora lá.

Não sei o que está acontecendo. Não tem ninguém gemendo nem nada, mas parece inapropriado. Ela é jovem e é aluna, enquanto Ben é um funcionário superior a ela, mesmo que indiretamente. Ela dá aulas para jogadores de basquete. Em tese, ele tem poder e contatos que podem afetar as perspectivas de emprego dela. Eu nunca diria que ele é do tipo que abusa de jovens de 19 anos, mas aqueles de quem ninguém desconfia em geral são os mais perigosos – a não ser, talvez, por aqueles que todo mundo diz há anos que são perigosos e não dá em nada.

Já chega. De qualquer jeito, preciso de verdade falar com Ben esta noite. Eu me levanto e me aproximo de sua sala. Paro por um momento, o ouvido virado na direção da porta. Eles estão conversando, mas não consigo identificar nada específico.

Eu me preparo e abro a porta sem bater. Não sei bem o que esperava ver. Pele, talvez. Ou Ben massageando as costas da garota, ordenando em um sussurro: "Faça o trabalho de história do Andreatti."

Andreatti está à beira de ser forçado a sair do time por causa de suas notas baixas. Ele precisa muito mandar bem nesse trabalho de história.

Em vez disso, Ben está sentado em sua cadeira e a garota, à frente dele. Há uma barreira intransponível entre os dois – o laptop dela, o desktop dele, o tablet de alguém e uma calculadora, além da mesa em si. No colo dela, repousa um caderno aberto. Ninguém está fazendo massagem nas costas de ninguém. O alívio inunda meu corpo.

Ben e a garota se viram para mim ao mesmo tempo. As mãos dele ainda estão no teclado e ele inclina a cabeça, o rosto inexpressivo. A garota sorri, sem saber que isso não é normal.

– O que você tá fazendo? – pergunta ele.

– Desculpa, não vi que você estava com alguém – respondo, animada. – Preciso falar com você.

– Estou ocupado.

Ele aponta para a jovem. Encaro como um convite.

– Oi, eu sou a Annie.

Estendo a mão.

– Sou a Kendall. Eu amo os seus vídeos!

O aperto de mão parece o de um recém-nascido, o tom de voz é tímido ao fazer o elogio. De perto, ela tem o rosto redondo de uma adolescente cheia de potencial e uma constelação de espinhas no queixo.

Nossa, já fui jovem assim. Na idade dela, eu achava que as pessoas de 30 anos já tinham passado da década onde tomavam todas as decisões importantes da vida e viviam apenas com as consequências de suas escolhas.

Ainda não sei bem se essa percepção está errada.

– Obrigada. Vocês estão em reunião? – pergunto.

– Hã – responde Kendall, virando-se para Ben.

Quero que a resposta venha dele, mas ele está me fuzilando com o olhar e não diz uma palavra, seus olhos parecendo brasas obstinadas numa fogueira apagada.

– Preciso falar com você. Coisa de trabalho.

Ele não responde. Sob as luzes fluorescentes da sala, começo a me sentir em evidência. Meu rosto está quente. Jantei um wrap e esqueci de conferir os dentes no espelho depois, então deslizo a língua por eles. Talvez eu devesse recuar para o corredor escuro como se fosse um fantasma.

Kendall não é o tipo de pessoa que permite que o silêncio se estenda.

– Ele está me ajudando com um projeto de uma aula minha. É sobre almoço gratuito para alunos de baixa renda.

– Oi? – Não faz sentido. Ben não sabe nada a respeito de almoço gratuito para alunos de baixa renda. – Os que jogam basquete?

Por fim, Ben se pronuncia, o tom de voz resignado.

– O tema dela tem a ver com a minha dissertação de mestrado.

– Posso mandar um e-mail pra você. Não quero atrapalhar seu trabalho – diz Kendall para ele.

O laptop faz um estalo quando ela o fecha, então a jovem junta seus pertences e eu falo:

– Da próxima vez, pode deixar a porta aberta. Só tem eu aqui, não precisa se preocupar em me incomodar.

Espero até não ouvir mais a chave de Kendall tilintando pelo corredor, antes de voltar a falar:

– Você fez mestrado?

Ele esfrega o rosto e guarda a calculadora em uma gaveta.

– Fiz mestrado em estatística aplicada aqui. Fui assistente por um ano no mestrado antes de começar neste cargo.

Sua barba está desleixada pela primeira vez na vida e dá para ver o roxo-acinzentado de olheiras sob seus olhos.

– Ah.

Faz sentido. Depois que fui embora, o treinador Maynard ficou mais um ano por ali. Se havia uma vaga para treinador assistente disponível, Ben seria a escolha óbvia.

Ben deve mesmo amar números, ou a Ardwyn, ou as duas coisas. A posição de assistente durante o mestrado é um cargo temporário, mas poderia ter colocado Ben no rumo para uma vaga permanente como treinador a esta altura. Ser diretor de análise não é ser treinador – e não estou só falando da diferença dos nomes. Há muitas coisas que ele não pode fazer em seu cargo atual de acordo com as regras da liga universitária: dar instruções ou feedbacks diretamente para os jogadores, ajudar no recrutamento. Coisas em que ele seria bom, coisas que eu achava que ele quisesse.

Porém, no momento, parece que ele quer me arremessar para fora de sua sala.

– Por que você fez isso? Tinha um motivo pra minha porta estar fechada. Você não pode sair entrando.

– É legal você ajudar ela, mas temos um assunto de trabalho pra resolver.

– E você achava que eu não estava trabalhando quando entrou aqui sem nem ao menos bater ou só não se importou?

– Você não estava trabalhando.

Ele lança um olhar ávido e demorado para o monitor, como se preferisse pular ali dentro e se enfiar na célula A1 de uma planilha, qualquer uma, até mesmo uma cheia de referências circulares e erros de fórmula se a alternativa fosse ficar ali falando comigo.

– O que você quer?

– Precisamos fazer a entrevista. Pro seu perfil. – Não foi o motivo principal da minha invasão, mas é verdade. – Era pra ter ficado pronto na semana passada. Tenho dado desculpas e mais desculpas e não dá mais pra adiar. Vamos filmar esta noite.

– Estou ocupado. – Ele vive repetindo a mesma ladainha. – Tenho que terminar algumas análises de escalação.

Duvido. Ele não precisa fazer isso esta noite. A escalação de amanhã já está definida, e depois vamos entrar nas férias de fim de ano.

– Pois é, mas eu também tenho trabalho a fazer. Essa entrevista. É parte do meu trabalho. E essa série foi ideia do treinador Thomas pra começo de conversa, então também é parte do seu trabalho.

– Annie. Hoje não.

Caso encerrado, ao que parece. Sua voz está particularmente firme ao dizer isso. Sinto vontade de me teletransportar para o quarto verde do meu apartamento e deitar na grama para conversar com a Mona Lisa Vito enquanto o ventilador de teto gira. *Mona Lisa*, eu começaria, *dá pra acreditar que ele disse isso? Nessa voz.* Mona Lisa balançaria a cabeça. Ela entenderia de cara. *A voz do patriarcado*, diria ela. Talvez não exatamente com essas palavras, mas algo nesse sentido.

Eu não tinha conseguido fazer Ben cooperar sendo educada nem sendo assertiva. Provavelmente, conseguiria na base do choro – e nem precisaria ser um choro completo, bastaria piscar os olhos marejados e falar com uma voz trêmula –, mas estou cansada, estou no meu direito e não tenho como bancar as lágrimas. Além de estar uma hora atrasada na minha hidratação diária, segundo minha nova garrafa.

Eu recuo, assim como fiz das últimas duas vezes que tentei realizar a entrevista com ele. De volta à minha câmara criogênica, onde o frio me atinge com mais força que o habitual, depois de todo o suor causado pelo estresse na sala de Ben.

Antes que eu contorne a mesa, me viro para pegar o cobertor que dá para vestir. E, para piorar ainda mais a minha situação atual, meu cotovelo acerta o gaveteiro.

– Merda! – sibilo, mas sai em um suspiro incompreensível.

Contorço o rosto e os punhos enquanto a dor irradia para todo canto. Agora meus olhos estão mesmo marejados. Algo dentro de mim estala e ouço a voz do meu pai na minha mente: "Não tenha medo de ocupar espaço no garrafão."

É algo que ele costumava dizer o tempo todo quando comecei na Ardwyn, uma caloura hesitante e intimidada, sem saber como ser valiosa para o time. Dizer que alguém "ocupa espaço no garrafão" é uma maneira caridosa de se referir a um jogador do tamanho de uma sequoia que não faz muito além de ficar no caminho do time adversário. Mas não é apenas um bloqueio. Ficar ali, garantir que os outros sejam obrigados a reconhecer sua presença, é importante.

Não se diminua. Era isso que meu pai queria dizer.

Não sei se o que eu conseguir alcançar na Ardwyn este ano vai fazer alguma diferença. Mas pelo menos posso garantir que Ben entenda que estou aqui e que não vou embora, ao menos não agora.

– Olha, eu sei que você acha que o seu trabalho é muito mais importante que o meu – vocifero, antes mesmo de chegar à porta dele. – Você não me deixa esquecer que não tem tempo pra mim, que meu trabalho é insignificante, que não mereço estar aqui e que você é mais relevante do que eu. Mas isso não precisa ser uma competição, droga! Você não precisa me sabotar. Você tá sendo um babaca. Não sei como se tornou essa pessoa, mas precisa parar de olhar só pro próprio umbigo, porque pra mim já deu.

Ele parece perplexo.

– Eu...

– Não. – Ergo um dedo. – Seja lá o que você vai dizer, não quero ouvir. Não mesmo. Me encontra na quadra às sete. Vamos fazer a entrevista.

Eu me viro sem esperar resposta.

De volta à minha mesa, meu computador emite o som de uma nova mensagem. Um ícone com o rosto e o nome de Ben surge. Inédito para nós dois.

Ben: Foi mal. Te vejo às 7.

Nove

Vou para a quadra para montar o equipamento e ficar longe de Ben. Sinto a ponta dos dedos formigar com a onda de adrenalina ao liberar minha frustração, mas agora meu estômago também está revirado. Minha explosão foi por pura emoção. Não pensei em como seria lidar com uma filmagem depois disso. O ideal é não repreender uma pessoa logo antes de entrevistá-la, se quiser criar alguma afinidade.

Essa série de vídeos foi ideia do treinador Thomas. Ele gosta de ver seu pessoal ser reconhecido e me procurou para falar sobre cada perfil que fiz até agora. Isso é importante para ele. Não posso permitir que fique ruim.

Ben aparece cinco minutos antes do horário, com a atitude de quem vai carregar um caixão. Ele mudou de blusa, penteou o cabelo e achou um barbeador para dar um jeito no rosto.

– Obrigada por vir – digo, hesitante.

Ele se senta no local óbvio: a única cadeira iluminada em meio à vasta escuridão, cercada por milhares de assentos vazios. Verifico o microfone e faço alguns ajustes na câmera. Quando fico sob a luz para virar a cadeira alguns graus, fazemos um infeliz contato visual. Não há mais para onde olhar com essa iluminação, a não ser que se queira encarar o vazio. Somos como um par de rins em uma mesa de operação.

De perto, seus olhos pétreos e impassíveis são adornados com linhas douradas, um detalhe em que nunca reparei. Meu coração dá um solavanco desleal.

Nossa.

Ele engole em seco e consigo ouvir.

– Só pra reforçar, foi mal.

– Estamos aqui agora, nada de ruim aconteceu. – Resoluta, evito contato visual, analisando o rosto de Ben para garantir que ele esteja pronto para a câmera. Vou precisar ajeitar um dos lados de sua gola. – Posso? – Aponto para ela.

Ele assente.

Eu a conserto cuidadosamente com a ponta dos dedos e dou um passo atrás.

– Tudo certo.

Ele se remexe na cadeira e esfrega o braço.

– Eu deveria ter me preparado de algum jeito? Não quero parecer um idiota.

– Não vai ser tão ruim assim.

É mentira. Se ele parecer infeliz desse jeito no vídeo, as pessoas vão achar que ele é um refém e todos os jogadores que estão sendo recrutados agora vão pedir para sair.

– Não sou jornalista. Vou fazer perguntas fáceis. Além do mais, posso editar do jeito que for necessário mais tarde.

– É pra eu me sentir melhor com isso?

– Estou planejando usar o filtro de filhote de cachorro, mas, se você der uma de diva, tenho só duas palavras pra você: Batata. Falante.

Ele dá uma risadinha. *Mais disso*. Preciso que ele relaxe.

– Ei, que tal um jogo? – proponho.

– Que tipo de jogo?

– Eu arremesso lances livres. Se eu acertar, faço uma pergunta pra você. Se eu errar, você me faz uma pergunta. Dá pra você coletar informações constrangedoras pra usar contra mim no futuro.

Nada muito constrangedor, é claro, mas o suficiente para que ele relaxe e me dê um material decente para trabalhar.

Ele considera.

– Quantos anos você tinha quando parou de jogar basquete? – pergunta.

– Fiz um ano de escolinha quando estava no terceiro ano do ensino fundamental. Emily Chou bloqueou uma jogada minha no início do primeiro jogo e eu comecei a chorar. Falei pra todo mundo que eu precisava ir ao banheiro e fiquei escondida lá pelo resto da partida. Meus pais me fizeram continuar até o fim da temporada.

Ele solta uma risada pelo nariz, depois para, provavelmente tentando calcular a média percentual de lances livres de uma ladrazinha de queijo nada atlética que se aposentou das quadras há vinte anos.

– Beleza, vamos nessa – aceita.

Encontro uma bola. Depois de arrastar uma luz reserva até o garrafão para conseguir enxergar, dou alguns dribles desajeitados e passo a bola de uma mão para a outra, para a frente e para trás, me habituando com o peso. Sinto Ben me observar, mas não olho para ele. Me concentro na cesta.

Faz muito tempo desde a última vez que fiz isso. Na minha primeira tentativa a bola bate no aro, mas dou sorte e ela quica e cai pela rede, como dedos correndo por um tecido de seda. Um grito nada esportivo me escapa e Ben leva as mãos à cabeça.

– Foi um arremesso horroroso. Nem deveria valer.

Sinto o sorrisão imenso que abro, cheio de dentes e puro deleite.

– Olha o espírito esportivo, Callahan. Não banque o mau perdedor. – Pigarreio e modulo a voz, assumindo um tom mais profissional. – Agora, que papel você desempenha no time? E reafirme cada pergunta para que eu possa cortar minha voz. De cara não vai parecer natural, mas depois vai ficando.

– Nada parece natural – murmura ele.

Faço um gesto de "vai em frente" com as mãos.

Ele solta o ar e olha para a câmera. Seu rosto assume uma expressão neutra. Eu preferiria algo mais caloroso, mas vou aceitar o que vier.

– Meu papel é compilar e analisar dados sobre nosso time e nossos adversários para fazer recomendações a fim de melhorar a performance da equipe.

– Ótimo.

Tiro minhas botas antes de voltar para a linha de lance livre. Elas têm salto e não quero deixar a brincadeira mais difícil do que o necessário.

O segundo arremesso cai direto pela cesta, mal tocando na rede.

Ergo os braços em triunfo.

– Não dá pra dizer que essa não foi bonita.

Ele balança a cabeça.

– De algum jeito, fui enganado.

Faço perguntas a ele sobre temas fáceis: sua lembrança favorita no basquete, uma curiosidade a respeito do treinador Thomas, que superpoder ele gostaria de ter em quadra. Acabo errando uma das cestas: a bola acerta a parte externa do aro e sai da quadra.

– Até que enfim! – Ele cruza os braços. – Beleza. Me diz por que uma pessoa que abandonou o basquete no terceiro ano está acertando oitenta por cento dos lances livres.

– Porque te superar é uma ótima motivação.

– Só nesse jogo ou é sua estratégia geral de vida?

Finjo jogar a bola nele.

– Meu pai sempre trabalhava até tarde durante a temporada. E minha mãe nunca foi do tipo disciplinador, ela fazia o lance do "Quando seu pai chegar em casa, você vai ver só". Mas meu pai era um pai-treinador. Ele não sabia fazer de outro jeito. Quando entrava em casa e minha mãe contava o que eu tinha aprontado, minha punição era ir até a tabela na entrada da garagem e só sair de lá depois que eu acertasse 25 em sequência.

A gente ficava na frente da garagem, no escuro, os holofotes iluminando a cesta, eu bufando sobre como a mamãe estava sendo injusta ou como eu me sentia incompreendida. Com a Kat, não era assim. Ela e papai eram dois cabeças-duras e ela se voltava para a mamãe. No meu caso, meu pai ouvia em silêncio enquanto eu reclamava e errava arremessos, até que ele entendia do que eu precisava: amor e rigidez para me fazer parar de enxergar só o meu umbigo, ou uma oportunidade de desabafar. Às vezes, bastavam vinte minutos *sem* falar sobre o que quer que estivesse me chateando, então a gente ficava repassando a mecânica correta de lances livres.

Baixo o olhar para a bola em minhas mãos, o coração pesado.

– Ele nunca resistia a corrigir minha postura.

– Bom, você é muito boa em lances livres. Deve ter aprontado um bocado.

Uma risada escapa de mim, me pegando de surpresa.

– Olha quem está cheio de piadinhas de repente – falo. Faço mais um arremesso. – Quem é sua referência e por quê?

– Minha referência é, hã... – Ele hesita por um ínfimo instante, me olhando de relance. – Minha referência é Brent Maynard, meu treinador quando joguei aqui na Ardwyn. Ele é um gênio do basquete e uma pessoa incrível. Me ensinou muito sobre o jogo e também me deu bastante orientação e apoio fora das quadras. É como se fosse da família. – Ele toma ar, como se fosse falar mais.

Examino minha lista de perguntas, tentando manter um olhar clínico de distanciamento, mas sinto um aperto no peito e meus batimentos chegam ao meu crânio, onde pulsam vigorosamente.

– Beleza, é o suficiente. Vai ficar claro pra todo mundo que você quer se casar com ele.

Vou cortar essa resposta inteira, de qualquer forma. Erro o arremesso seguinte. Ele cantarola, contemplativo, e fala:

– Qual foi sua história mais constrangedora no basquete?

Graças a Deus, uma oportunidade de mudar de assunto.

– Uma vez fui expulsa de um dos jogos do meu pai – conto.

Ele solta uma risada alta.

– Impossível. Por quê?

– Tinha um cara sentado atrás de mim falando besteira. – Dou uma corridinha para recuperar a bola. – Que meu pai era superestimado, que não seguia as regras de recrutamento... várias merdas assim. Sei que críticas fazem parte, mas o cara levou pro lado pessoal. E não parava de gritar que a gente deveria jogar na pressão total. Ele não fazia ideia do que estava falando.

– E o que você fez? – perguntou Ben.

– Corrigi as concepções equivocadas dele. – Dou de ombros. – E falei que o bigode dele era feio, no que alguns diriam que foi um "tom elevado de voz". Alguns chamaram disso mesmo, na verdade. Os juízes. Eles falaram que eu estava causando tumulto e pediram aos seguranças que me retirassem. A torcida do outro time me vaiou enquanto eu saía.

Ben está relaxado, os cotovelos apoiados nos joelhos, e ele balança a cabeça. Está se divertindo tanto que até esqueceu a câmera.

– Os torcedores são cruéis. Deve ter sido difícil quando você estava no ensino médio e seu pai era um treinador de alto nível. Ouvir as pessoas criticarem as decisões dele.

– Sim – falo baixinho. – Mas isso foi três anos atrás.

A última temporada do meu pai, não que qualquer um de nós soubesse disso na época. Seu último jogo foi uma derrota nas quartas de final do estadual, totalmente corriqueira e sem a menor comemoração. Não é justo que ele não tenha conseguido se aposentar à altura do que merecia.

Mais uma risada surpreendente de Ben.

– Você não fica constrangida de verdade com essa história, fica?

– Nem um pouco. – Eu me endireito para o próximo arremesso, que cai com perfeição pela cesta. Só faltam algumas perguntas. – O que você mais ama no trabalho com o basquete da Ardwyn?

Ele puxa o punho de sua camisa.

– O que eu *amo*? Hum.

Seus olhos saem de foco e ele desliza para algum lugar dentro de sua mente. Algum lugar pesado. Ele não está mais pensando em basquete, está prestes a confessar diante da câmera um assassinato arquivado.

– Passo – diz ele, por fim.

– Oi? Essa não é uma pergunta fácil?

Ele esfrega a nuca.

– Passar meio que perde o sentido se você tiver que se explicar.

– Tem tanta coisa que você pode falar. As pessoas, a história, qualquer coisa. A "Família Ardwyn". Todo mundo sempre adora essa.

– Estou ficando cansado – responde, a voz mais grave.

Chego mais perto.

– Eu também, mas estamos quase acabando. Qual é, essa deve ser moleza pra você. A única pessoa que trabalha aqui há mais tempo que você é a Donna. Seu sangue é azul Ardwyn.

– Meu Deus do céu. Dá pra desligar a câmera? Quero falar uma coisa.

Sua expressão é visceral e quero impedi-lo, dizer "Deixa pra lá", mas não faço isso. E aperto o botão.

Quando Ben fala, ele para e recomeça, pausando para escolher as palavras com cuidado:

– O principal motivo de eu ter evitado essa entrevista é porque ando com receio de falar sobre o meu trabalho diante de uma câmera. Desculpa ter feito você achar que era pessoal. Nós dois não temos... – Ele para e balança a cabeça. – Estou muito frustrado no momento e tenho descontado em você, o que não é justo. Estou cansado de lutar pelo meu emprego, mas isso nem é o mais importante. Estou cansado de ver a administração fazer merda com as finanças.

– Do que você tá falando? – pergunto.

Ele se remexe.

– Eles não estão caindo em cima do departamento com um cassetete. Muitos esportes vão ser eliminados. Era pra minha irmã vir pra cá no ano que vem pra fazer ginástica. Competir pela Ardwyn é o sonho dela desde pequena, desde que começamos a trazê-la para os encontros, porque eu ganhava os ingressos. É um esporte caro pra escola e não gera receita, então provavelmente vai ser cortado. Além disso, estou exausto e talvez não tenha nada pra mostrar em quatro meses. Estou aqui faz o quê? Um terço da minha vida. Continuo no mesmo cargo. O cara dos números. Você se lembra de quando estávamos na faculdade e fazíamos tudo o que precisava ser feito, mesmo que não fosse nosso trabalho?

Assinto sem dizer nada, um aperto no peito. Uma vez, fiz o treinamento anual de ética do treinador Maynard no lugar dele, participando de um seminário on-line e respondendo a questões de múltipla escolha. Escolhi o presente de aniversário da esposa dele por três anos seguidos.

Ben prossegue:

– Bom, eu ainda faço isso. Kyle está perdidíssimo no cargo de diretor de operações, então faço metade do trabalho dele durante o tempo livre que eu *não* tenho. Sabe o que ele fez uns meses atrás? Reservou todas as viagens da primeira metade da temporada usando o calendário do ano passado. Hotéis, refeições, voos. Advinha quem teve que dar um jeito nisso? Eu.

Eu sabia que Kyle tinha feito besteira com a agenda de viagens. Mas ninguém me contou que foi Ben quem consertou o estrago.

– É só ingratidão. E eu estou cansado e com raiva – diz ele. – Não tenho como falar quanto amo fazer parte da "Família Ardwyn" no momento.

Silêncio. Ele terminou.

– Lamento saber disso – digo.

Essa informação não entra na minha cabeça. Ben é um homem leal. Ele usaria o azul da Ardwyn mesmo que sua coloração fosse outono quente. (Não é. Azul fica ótimo nele.) Mas, se até Ben está exausto a ponto de fazer um gesto de aspas ao dizer "Família Ardwyn", então não há mais esperança para ninguém.

– É, pois é. Podemos encerrar? – pede ele.

Sua boca é uma linha fina. Ainda tem algumas perguntas que eu deveria fazer, mas sinto que a entrevista acabou.

– Já tenho o que preciso – respondo. – Vamos embora.

Vou até a câmera e começo a desconectar os cabos. Nenhum de nós fala nada. Eu me demoro enrolando uma extensão, transformando-a em um caracol perfeito, desconectando o microfone e desmontando o suporte, enquanto tento processar tudo que Ben falou.

Agora seu comportamento faz mais sentido. Não justifica, mas é alguma coisa. E dá certo alívio descobrir que nem *tudo* foi pessoal. Ele está sob muita pressão. O futuro da irmã está na corda bamba, além do dele. Ben parece tão esgotado quanto eu me sinto ao pensar no que está em jogo para mim.

Ele fica sentado por um instante, como se não estivesse pronto para se mexer. Quando se levanta, pega a cadeira.

– Onde quer que eu coloque?

– Eu guardo. É meu trabalho – digo, dispensando-o com um gesto. – Já está tarde. Vai lá. Obrigada por vir.

Ben não se mexe enquanto guardo a câmera. E não sei muito bem se quero que ele diga mais alguma coisa ou vá embora.

As travas fazem um barulho alto na hora em que as fecho. Quando enfim ergo o olhar, Ben já foi embora e fico surpresa ao me sentir decepcionada.

Diga mais alguma coisa, peço a ele em silêncio, tarde demais.

A mais recente temporada da baboseira de maior sucesso da televisão começa na primeira segunda-feira de janeiro. Eric e Cassie moram mais longe do campus do que eu. É uma curta viagem de carro ou uma longa caminhada. Nunca lembro a senha da portaria, então entro no prédio atrás de um cara que carrega uma sacola de compras e sigo até o terceiro andar.

Os sons em camadas de várias conversas acontecendo no mesmo lugar flutuam pelo corredor à medida que me aproximo do apartamento deles. Ô-ou. Quando Eric me convidou para ver *A Casa da Praia*, achei que seríamos só nós três. Não uma festa.

Baixo o olhar para minha legging esgarçada e puxo o cós para cima, que cai na mesma hora. Alguns fios fogem do coque no topo da minha cabeça e meu suéter é de um cinza-amarronzado confuso e desbotado. Ajusto a gola para que meu cordão fique visível, pendendo por cima do tecido, e esfrego um dedo sob os olhos para limpar quaisquer manchas pretas. Uma clássica transição de desleixada para relapsa.

A porta está destrancada. Tiro o tênis e o deixo perto do tapete. Para meu alívio, as primeiras pessoas que encontro são as amigas de Cassie da faculdade de direito, paradas na cozinha.

Eu me junto ao círculo.

– A última vez que vi vocês, estavam usando vestidos iguais.

– Annie!

Jane me abraça primeiro, depois Talia e Grace. Uma delas me serve uma taça de vinho e todas perguntam sobre a mudança e o novo trabalho. Eu não as vejo desde o casamento.

– O que aconteceu com aquele cara? – pergunto para Grace.

– Mandei mensagem para a outra dele. Ela me pediu os prints das nossas conversas, mas, até onde sei, eles continuam juntos.

Faço um barulho de desgosto.

Pergunto a Jade sobre a saúde de sua mãe e converso com Talia sobre sua loja na Etsy. Eu só as vi algumas vezes, mas há uma identificação imediata aqui, do tipo que se aplica a amigos íntimos de nossos amigos íntimos. Cassie passou anos falando delas antes que eu as conhecesse, então sempre soube sobre seus empregos, personalidade e vida amorosa, assim como sei dos personagens do programa de assassinato adolescente de que Kat sempre fala, mesmo sem eu nunca ter assistido. Aí conheci Jade, Talia e Grace e bebi muita tequila com elas na despedida de solteira de Cassie e bum: amigas.

Pego um dos cartões de apostas ainda em branco no balcão.

– Acho que tenho que preencher isso aqui.

– Ah, tem. – Jade me entrega uma caneta. – Ordens do Eric. Por enquanto, só o primeiro episódio. O resto vamos preencher depois desta noite.

– Era pra eu ter feito alguma pesquisa?

Dou uma olhada nos nomes escritos em cada lado da página.

– Temos fotos impressas dos rostos aqui. No primeiro episódio, você se baseia só na aparência.

A estrutura do programa é vagamente familiar. Tem o elemento romântico, onde as pessoas precisam formar casais para continuar, mas também tem um prêmio em dinheiro no final. Escolho algumas pessoas das fotos com base no instinto e preencho o resto dos nomes aleatoriamente. Quando termino, vou até Eric, que está sozinho, analisando as apostas de todo mundo.

Ele assimila meu visual.

– Veio da aula de balé?

Reviro os olhos e entrego minhas apostas a ele. Eric as avalia com interesse, correndo o dedo pelas colunas.

– Muita gente escolhendo a Jasmine – comenta. – Temos uma favorita.

– Ué, claro. É por causa do rosto dela.

Tem um grupo de homens do outro lado da bancada. Eu os reconheço: funcionários do departamento de esportes que não estão exatamente na minha esfera de trabalho. Um dos conselheiros acadêmicos, um cara da equipe de desenvolvimento, o coordenador das instalações de futebol.

Eu me apresento. Eles são simpáticos e conversam um pouco comigo, mas, depois de alguns minutos, voltam ao assunto de antes, falando sobre gente que não conheço e que fez coisas que eles não me explicam.

Estou pensando em voltar para a cozinha quando vejo um cachorro. Um labrador mestiço encolhido em forma de U no chão.

Eu me agacho. Ele fareja minha mão e eu faço carinho atrás de suas orelhas. Ele grunhe e se inclina para a palma da minha mão.

– Qual seu nome? – murmuro.

Eric e Cassie não têm bichos de estimação. Ergo o olhar para perguntar a alguém sobre o cachorro. É quando vejo Ben sentado no sofá ao lado de Cassie. Eles estão rindo e ele está recostado em uma almofada, um pé apoiado no outro joelho. Seu cabelo está úmido e despenteado, espetado em várias direções.

Sinto um frio na barriga. Como interagir com ele depois da nossa conversa de antes do feriado? Brigamos, fizemos aquele jogo, demos risada. Eu o provoquei, ele compartilhou coisas pessoais e profundas comigo. Eu nem sequer consegui concluir se aquilo foi bom ou ruim.

– Annie! Não sabia que estava aqui.

Cassie dá um pulo. Eu me levanto para abraçá-la.

– Eu estava cumprimentando o pessoal. Como foi em Nova Orleans?

Cassie me conta do período em casa, as festas da família, as tentativas de repelir as perguntas de tias e tios a respeito dos planos para seu útero. Ela trouxe linguiça *andouille* na mala, o que significa que tem uma panela de *gumbo* no fogão. Ela parece descansada o suficiente para aguentar assistir ao episódio inteiro desta noite sem apagar na poltrona.

– Eu não sabia que seria uma festa – comento.

– A gente não falou? Desculpa, achei que você soubesse. Já tem uns anos que a gente faz isso.

– De quem é o cachorro? Eu amei. Ou é uma cadela?

– É do Ben – responde Cassie. Ela se inclina por cima da mesinha de centro e pega uma tigela quase vazia, com migalhas de tortillas. – É uma menina, não é?

Ben assente.

– Sasha – responde ele para Cassie, não para mim.

O programa está prestes a começar, então Cassie leva a tigela para reabastecer na cozinha. Imploro a ela que me dê algo para fazer, mas ela me dispensa com um gesto.

Só há um lugar para ir agora. Me aboleto na ponta do sofá, a postos para dar um pulo se alguém precisar de ajuda para abrir uma garrafa, fazer guacamole ou lavar o banheiro. Dou uma olhada de relance para Ben, mas ele está vidrado no celular. Voltamos ao tratamento indiferente, então?

Ele está usando uma calça de moletom justa e uma camisa cinza fina e surrada que marca seus bíceps. Ao lado dos pés com meias está um par de tênis imaculado de uma marca que não lembro o nome mas vale ouro naqueles nichos da internet voltados para fanáticos por marcas. Provavelmente ele ganha um par novo cada vez que o dele fica surrado. Minutos se passam e o rosto dele continua virado para o celular, os dedos digitando na tela.

Olho para Sasha avidamente, desejando fazer carinho em sua barriga. Talvez ganhar mais uns afagos na mão. Não tenho contato físico substancial com nenhum ser vivo desde antes de me mudar. Quanto tempo vou ter que ficar sentada aqui, em silêncio, esperando Ben iniciar uma conversa? Talvez eu espere.

Só consigo por oito segundos.

– Eu não sabia que dava pra usar esses tênis. Achei que fossem só decorativos.

Ele ergue a cabeça de repente e desliza o celular para o bolso.

– São tênis. São feitos para os pés. – Ele gesticula na direção da TV. – Eu não sabia que você via *A Casa da Praia*.

– É minha primeira vez. Você é fã?

Ele deixa a cabeça pender no encosto do sofá e estreita os olhos.

– Eric e eu começamos este torneio juntos. Não tem problema tirar sarro da gente por isso.

– Entendi – respondo. – Porque as pessoas que não gostam fazem questão de te dizer isso. E tirar sarro do programa não é o objetivo, no fim das contas?

Ele balança a cabeça para a frente e para trás.

– É e não é. Espera só pra ver. – Ele hesita e então acrescenta: – Por favor, não estraga isso pra mim.

Ele não fala de um jeito antipático. Fala como se compreendesse que talvez eu não consiga evitar, mas seria um grande favor se eu reprimisse esse impulso. Fico satisfeita e confusa.

– Você gosta mesmo?

– É minha diversão favorita.

Não sei se ele está falando sério. É o cabelo desgrenhado. Está me tirando do eixo. Todas as expressões de Ben parecem diferentes com esse cabelo. Como é que... isso me *distrai muito*. É como se... e por que não consigo parar de *olhar*?

Ele também está me olhando. Para o cordão que pende por cima da minha roupa. Acaricio o cordão com a ponta dos dedos, constrangida, meu rosto ficando quente sem explicação. Não tem nada de mais nele, é só uma barrinha de ouro com um diamante minúsculo, a pedra que simboliza o meu mês de aniversário.

Ele vira a cabeça rápido na direção da TV. As pessoas começam a se espremer no sofá, puxar os bancos da bancada e se espalhar pelo chão. O programa vai começar.

Dez

Quando o episódio acaba, acho que entendi e que Ben estava sendo sincero ao dizer que era sua diversão favorita. Eles tiram mesmo sarro disso. Todo mundo ri durante a discussão por causa do guacamole roubado durante o desafio da torre de nachos. O solteiro mais cotado da praia parece ser um cara chamado Logan, um "empreendedor". Ele cresceu em Nova Jersey, o que rende um grito de guerra de Eric. Alguém observa que o movimento característico dele é acariciar os nós dos dedos de cada mulher quando está sozinho com elas. Um dos outros participantes, Cole, gosta de falar há quanto tempo seus pais são casados. Ele repete tanto isso que o grupo todo começar a dizer "trinta e sete" em coro quando ele fala de novo.

Mas eles não ficam apenas tirando sarro. Há um debate sincero e acalorado a respeito de quais participantes combinam mais entre si, como se fosse impossível não seguir a premissa do programa. Até eu me vejo escolhendo lados e fazendo uma anotação mental de algumas pessoas que quero escolher para as apostas da semana que vem. Depois comento que a margarita de Felicia aparece em níveis diferentes no copo a cada tomada, aí todos soltam exclamações.

– É a edição – diz Talia. – Primeiro o que ela fez na competição de mergulho, agora essa? Ela vai ser a vilã.

Descubro que não importa se pararmos de prestar atenção para falar de outra coisa por uns cinco minutos – o que acontece com frequência. Afinal, todas as partes importantes são repetidas antes e depois de cada intervalo. E até as partes importantes não são tão importantes.

O que eu entendo quando o episódio acaba é que o programa é uma parte necessária, pelos comentários e opiniões, mas o objetivo verdadeiro é que ele dá a todos um motivo para se reunir por duas horas nas noites de segunda no auge do inverno.

As amigas de Cassie vão embora assim que o programa termina, porque as horas de trabalho também as deixam cansadas. Os rapazes do departamento de esportes vão pegar seus casacos. Cassie recolhe os pratos e os entrega para Eric, que enche o lava-louça. Ben coloca as garrafas de cerveja vazias em uma sacola de papel, para reciclagem.

Começo a levar os assentos de volta à bancada.

– Você vê por causa das histórias de amor? Tipo, você acredita que algum desses casais vai continuar junto?

Cassie pega as tigelas vazias de *gumbo* na mesinha de centro e as entrega para Eric. Ela dá de ombros.

– Sou otimista. Sempre gosto de ver a coisa dar certo.

Eric a puxa para um abraço e lhe dá um beijo na cabeça.

– Minha esposa é boba. Quantos casais ainda estão juntos? Um?

– Um – confirma Ben. – São três casais finais a cada temporada... É uma taxa de sucesso de uns sete por cento.

Cassie pisca para Eric e um sorriso plácido surge em seus lábios. Plácido como um lago cheio de crocodilos.

Eric e Cassie equilibram um ao outro. Ele demonstra seu amor pelas pessoas dificultando a vida delas, ela é doce e sincera. Ele é uma fonte inesgotável de energia e extroversão máxima, ela é calma e estável. Na maior parte do tempo. Mas de vez em quando...

– Ben, há quantos anos esse programa está no ar? Cinco? – pergunta Cass.

– Por aí.

Cassie chega mais perto de Eric e acaricia seu rosto.

– Meu querido marido. – Ele apoia o rosto na mão dela. – Quantos campeonatos o Knicks venceu nos últimos cinco anos? Não, nos últimos vinte anos.

Eric fica de queixo caído. Ele leva uma das mãos ao coração, como se tivesse sido apunhalado. Ben solta uma risada pelo nariz.

Ninguém precisa responder, mas dou a resposta assim mesmo.

– Um total de zero.

Cassie pega a mão de Eric e a aperta.

– E você ainda torce por eles. Isso faz de você um bobo?

Ele suspira.

– Faz, sim.

Ben está rindo de verdade agora, com a mão na barriga. Talvez ele nunca tenha visto esse lado de Cassie. É tão raro ela rebater as besteiras de Eric que, quando o faz, é uma coisa linda. Ben se inclina para trás e sua camisa levanta um pouco, expondo uma tira de sua barriga torneada, um punhado de pelos visíveis no meio. Ele tira uma mecha rebelde da frente do rosto e solta um suspiro feliz.

Não consigo tirar os olhos dele. Depois dos últimos meses, não acredito que essa versão dele pode existir: o cara que fica relaxado no sofá, leva sua cadela para uma festa e se diverte ao presenciar um belo tapa com luva de pelica. O cara que parece ser desse jeito.

Na faculdade, havia garotas no meu alojamento que eram a fim do Ben, só que o fato de ele ter sido eleito o rei do baile no ensino médio nunca chamou minha atenção. Mas, pensando bem agora, houve algumas poucas ocasiões, como essa, em que ele não se mostrou tão contido e eu pensei: *Ah, agora entendi.* Algumas vezes na época em que ele era jogador e ficava chateado por causa de uma decisão errada. E outra vez quando alguns de nós ficamos presos no escritório à meia-noite e revimos um vídeo antigo de uma situação engraçada no basquete e ele riu de chorar. Mas não foi nada de mais. Não fez eu me sentir desconcertada como estou agora.

Cassie então se vira para Ben.

– Não sei do que você tanto acha graça. Você torce para o Sixers.

Aí é minha vez de rir.

Não era para a noite terminar comigo e Ben caminhando juntos para casa, mas é o que acontece. É tudo rápido demais. Estou vasculhando a bolsa atrás da minha chave quando Eric lembra a Cassie que deu carona para Ben da oficina até aqui, já que ele deixou o carro para consertar.

Cassie se vira pra mim.

– Vocês não moram no mesmo bairro?

– Eu vim andando – respondo, depressa demais, na tentativa de impedir um pedido de carona para casa.

O problema é que, nesse mesmo momento, Ben fala:

– Eu queria mesmo andar com a Sasha pra casa.

Cassie estreita os olhos para mim, provavelmente porque nunca na vida vim andando para cá.

– Gosto de caminhar nesse tempo. É refrescante.

Não é, mas é o que sai da minha boca. Hoje está tão gélido quanto qualquer outro dia no grande borrão cinzento que é janeiro. Ainda no meio da minha frase, tento avaliar se seria estranho se eu dissesse a eles "Esquece, acabei de lembrar que vim de carro". Sim, seria bem esquisito.

Cassei meneia a cabeça e é como se um juiz batesse o martelo quando ela diz:

– Então vocês podem ir a pé juntos.

Contraio os lábios com força. Em quinze segundos e com uma pequena mentira, consegui uma longa e fria caminhada ao lado de Ben, além do desafio logístico de buscar meu carro antes de ir trabalhar amanhã.

Não trocamos uma palavra na escada nem quando passamos pelo estacionamento. Tento não olhar para o meu carro. Por sorte, está bem longe, na última vaga. Fecho o casaco até em cima e puxo o capuz. Isso deixa minhas orelhas quentinhas e traz o bônus de bloquear minha visão periférica de Ben.

Não estamos nem na esquina e meu rosto já está dormente por causa do vento cortante. É um bairro residencial tranquilo, com alguns prédios e muitas casas antigas e charmosas. Grandes árvores margeiam a rua, seus galhos nus erguendo-se lá em cima. A esta hora, nesta parte da cidade, há poucos carros passando.

Ben fala algo, mas meu capuz abafa o som.

– Oi?

Preciso virar a cabeça e os ombros na direção dele para ver seu rosto. Ele pigarreia.

– Desculpa se agi de um jeito esquisito lá em cima – repete ele. – Depois da noite da entrevista... Bom, eu não pretendia dizer tudo aquilo. Fiquei um pouco constrangido.

Ele não pretendia dizer tudo aquilo *para mim*. Em tese, não é para eu ser sua confidente. O que faz sentido, porque eu morreria de vergonha se vomitasse meus sentimentos particulares em cima dele, se expusesse minhas vulnerabilidades para que ele pudesse me julgar e usá-las de munição.

Só que não tenho a menor intenção de julgá-lo pelo que ele falou. Foi o que me fez perceber que ele é um ser humano normal. Meu instinto é sentir empatia por ele, mas não sei se devo lutar contra isso.

– Relaxa – digo, com leveza.

Andamos pela rua calma por alguns minutos em silêncio, até que Ben o quebra.

– E aí, o que achou do programa? Odiou muito?

– Por que acha que odiei?

Ele dá de ombros e o material à prova d'água de seu casaco faz um ruído.

– Não é um bom...

– Na sua opinião – diz ele.

Ergo a mão.

– Deixa eu terminar. E não é na minha opinião. Objetivamente. Objetivamente, não é um bom programa, mas não tem importância: foi divertido.

Ele sopra dentro das mãos em concha para aquecê-las.

– Sério? – Ele parece satisfeito. – Achei que você fosse descolada demais pra isso. Que gostasse só de... tipo... *cinema*. – Ele diz a última palavra com uma entonação pomposa.

– Ah, sim. Eu, a estimada criadora de *O diabo veste Prardwyn*. – Ele ri. Continuo: – A pessoa que hoje passou meia hora filmando Gallimore tentar fazer malabarismos vendado. Não me põe numa caixinha, Callahan.

Ele pondera minhas palavras.

– Não estou *tirando* você da caixinha?

Sasha para em uma caixa de correio e fico mudando o peso de um pé para o outro para me aquecer.

– Não, está me colocando em uma. Na de "tipo... *cinema*" – digo, imitando a entonação dele.

Ele dá um grunhido.

– Essa conversa tá horrível. Vamos tentar de novo?

– Por sua conta e risco.

– Então você se divertiu. E vai voltar semana que vem?

Vou. Vou, porque essa saída me mostrou que preciso disso. Preciso das segundas-feiras de *A Casa da Praia*, porque ando sozinha demais ultimamente. Eu nunca tinha morado sozinha. Sempre tive Kat ou outros colegas de apartamento, meus pais por perto e amigos na minha cidade. Foi assim que odiei impunemente todos os meus empregos antigos. "Uma vida plena de outra maneira", sempre falei para os meus pais, como uma viúva lidando bem com a situação.

Não nasci para ficar em casa sentada sozinha toda noite. Tenho Cassie e Eric, mas os dois são ocupados, então sempre dou uma desculpa e não saio com eles, para que eles tenham mais tempo um com o outro. As visitas de Kat e mamãe foram ficando menos frequentes desde que me estabeleci. Tomo café com Taylor e Jess uma vez na semana, vou à academia e passo as noites de sexta no shopping comprando coisas tipo uma camisa que acabo devolvendo na sexta seguinte. Acho reconfortante estar cercada de barulho e outras pessoas, mesmo que sejam estranhos. Como se desse para absorver uma vida social por osmose. Isto, uma vida social de verdade, é melhor.

– Vou ter que voltar se quiser vencer o torneio – respondo.

Ele troca a coleira de mão e sopra na que ficou livre, depois a enfia no bolso para mantê-la aquecida.

– Palavras de coragem para uma novata. Quem você acha que vai ganhar o prêmio em dinheiro até agora?

– Reduzi as opções a duas participantes.

– Quais?

Chegamos à Ardwyn Avenue, a via principal. Olho para os dois lados antes de atravessar. A coleira de Sasha faz barulho enquanto Ben vem atrás.

– Bom, a primeira é Jasmine.

– Uma escolha óbvia.

– Mas provável.

Há mais movimento nessa parte da cidade: estudantes voltando da biblioteca para casa, dando uma saída para ir ao pequeno cinema independente. Os sebos e as lojinhas peculiares estão fechados, mas os bares estão abertos, com seguranças parecendo entediados ao conferir identidades do lado de fora.

– E a segunda?

Puxo o capuz para trás, porque está ficando chato ter que me virar para ele.

– Brianne.

– Qual é essa?

– A de cabelo curto.

– Hum. Você parece confiante.

Pela cara que faz, Ben não está convencido.

– E estou mesmo. – Pondero se devo ou não explicar. – Jasmine e Brianne ganharam músicas diferentes de todo o resto quando seus barcos chegaram. Acho que elas vão disputar o Logan. A gente viu a interação dele com as duas no happy hour. Não foi só por causa da edição. As duas pareceram bem consistentes nos desafios. E, na prévia dos próximos episódios, elas apareceram várias vezes, em locais diferentes, usando roupas diferentes.

– Argh! – diz ele, mas um sorriso brinca em seus lábios. – Você está roubando, Radford.

– Como?

Ele balança a cabeça.

– Está usando seu conhecimento sobre edição de vídeos. É uma vantagem injusta.

– E que regra isso viola? Imagino que tenha escrito um livro de regras. Eu não esperaria menos de você.

Ele está atrás de mim agora, e Sasha o arrasta na direção do poste de luz, para poder farejar.

– Não, isso viola só o espírito do jogo como um todo.

Dou um sorrisinho torto e me viro para encará-lo.

– Ah, o espírito do jogo? Você sabe que já perdeu quando começa a se referir ao "espírito do jogo".

Isso arranca uma risadinha dele.

– Eu pedi pra não estragar isso pra mim.

– Estou deixando ainda melhor pra você – protesto. – Pode usar minhas observações pra fazer suas escolhas. Só esta semana, porque sou legal.

– Você é? – Ele me analisa. – Por princípio, agora me sinto obrigado a não escolher Jasmine nem Brianne.

– Seus princípios costumam te levar a uma derrota fulminante?

Ele ri outra vez, o rosto alaranjado pela iluminação do poste de rua, como um demônio amistoso.

Esta conversa está indo bem demais. Tão bem que preciso estragá-la.

– Queria que você tivesse sido sincero comigo desde o início. – As palavras saem de um fôlego só. – Queria que a gente tivesse admitido que estava em uma situação pavorosa, mas que não descontaríamos um no outro. Acho que a gente deveria tentar isso agora.

Minha declaração é feita num momento ruim, porque Sasha parou, então não temos nem a caminhada para nos distrair. Estamos presos, parados aqui. Ela dá alguns passos para a esquerda, no gramado perto do meio-fio, e se agacha. O silêncio impera, a não ser pelo som do xixi dela.

Ben olha para baixo, arrasta um dos sapatos devagar, puxando um seixo pela calçada.

– Não sei se consigo.

Uma frustração intensa ocupa minha cabeça feito uma garrafa de refrigerante rolando no porta-malas do carro.

– Por que não? Não consigo entender. A gente costumava trabalhar *junto*! Mãe e Pai, lembra? Será que dá pra admitir que, mesmo que você queira que todo mundo ache você legal e encantador, na verdade é um babaca mesquinho como o resto de nós? Desde o primeiro dia você não consegue olhar pra mim. Você falou pro Verona e pro Lufton que eu não merecia estar aqui. Que eu estava só surfando a onda. O que foi que eu fiz pra você?

Ele olha de uma forma angustiada para Sasha, um pedido de ajuda, como se de repente ela pudesse sair perseguindo um esquilo e eles tivessem que correr. Mas ela é uma tirana que anda a passos lentos e cheios de artrite e empaca quando quer. Ben vai ter que responder.

– Não consigo confiar em você – diz ele, por fim. – Achei que isso seria óbvio.

– Por que isso seria óbvio?

Ele ergue as sobrancelhas. Ergo as minhas, ou ao menos tento, mas está tão frio que não sei se meus músculos do rosto estão fazendo alguma coisa. Dentro dos bolsos, minhas unhas formam meias-luas nas minhas palmas.

– Você quer que eu... Beleza. – Ele dá um pigarro. – Annie, você *foi embora*. No último ano, no meio da temporada, depois de o time perder cinco jogos seguidos. Bem quando estava ficando evidente que não nos sairíamos nada bem. Você diz que éramos Mãe e Pai? Bom, você abandonou a nossa família. Sei que é um trabalho implacável, mas não é assim que funciona pra mim, e achei que também não fosse assim que funcionasse pra você.

Um grupo de estudantes anda na nossa direção a caminho dos bares: os rapazes usando coletes acolchoados quase idênticos e as jovens sem casacos andando juntas contra o vento. Ben para quando eles passam e esfrega o rosto. Quando estão fora do alcance, ele continua:

– Ninguém sabia fazer o seu trabalho. Quando você foi embora, caiu tudo em cima de mim. Tentei fazer um vídeo uma vez. Levou quatro horas e ele ficou com oito segundos. Isso tudo foi horrível, mas nem foi o pior. O pior foi pensar que a gente era um time. Passei três anos e meio tendo uma enorme admiração por você, sabia?

Eu deveria balançar a cabeça, mas estou perplexa demais para me mexer. A parte que fala de termos sido um time faz sentido. Eu sentia o mesmo. Acredito que ele me respeitava. Acredito que gostava de trabalhar comigo. Mas *admiração* é uma palavra forte.

– Ainda me lembro da primeira vez que te vi. Uma garota de vestido azul que combinava com o tênis entrando em quadra com uma câmera e mandando e desmandando nos titulares com total confiança, com um jeito de quem tem uma visão em mente e vai fazer acontecer. E você fez mesmo. Todos aqueles anos eu me senti sortudo por trabalhar com você. Pensei que fôssemos *amigos*. – A voz dele fica mais áspera. – Passamos mais tempo juntos do que com qualquer outra pessoa da nossa vida. E você foi embora sem sequer olhar pra trás, nunca respondeu a nenhuma das minhas mensagens. Só partiu pra próxima, como se nada tivesse importância.

Quando ele termina, leva a mão à boca e aperta o lábio inferior entre os dedos.

Minha garganta fica travada.

– Nunca fomos amigos – consigo dizer.

Ele me olha sem acreditar.

– Tá bom – responde, como se não fosse verdade. Como se estivesse fazendo graça para mim.

– Estou falando sério – rebato. – A gente não passava tempo juntos a não ser por causa do basquete. A gente não se conhecia tão bem. Não éramos próximos.

Se fôssemos, talvez eu tivesse pedido ajuda a ele.

Se fôssemos, talvez tivesse feito diferença.

Eric era um ano mais velho, então estava de partida no último ano. Eu achava que era próxima de várias outras pessoas que faziam parte do programa. Mas, quando precisei de alguém do meu lado, vi que estava sozinha.

– Beleza. – Ele balança a cabeça. – Mesmo assim, eu nunca teria feito isso com você. Não teria ido embora antes do fim da temporada, mesmo se fosse por uma boa oportunidade. Não teria te deixado sozinha pra recolher os cacos. Chame do que quiser.

Um carro vira a esquina, os faróis se espalhando pelo asfalto. Um fio cortante de raiva se enreda por dentro de mim, aperta forte, dá um nó. É como se minha mente estivesse sob calor e pressão.

Temos que esperar a luz mudar. Estou tremendo, prestes a explodir.

– Não sei nem por onde começar de tanto equívoco que tem nessa merda – falo, com raiva.

– Nossa, Radford.

Ele estica o braço como se fosse me estabilizar.

– Não. Pode parar. Você acha que fui embora por causa de outra *oportunidade*?

– Hum. Bom. Já faz muito tempo. Acho que o treinador Maynard me falou que você encontrou um emprego em tempo integral e resolveu se formar mais rápido pra poder aceitar.

Deve ter chamas ardendo nos meus olhos. Não consigo sequer engolir em seco.

– Ele falou que foi por isso que eu fui embora?

– Foi? – diz Ben, com cautela. – Você queria que mais pessoas vissem o seu trabalho e não íamos conseguir chegar ao torneio... Você recebeu uma oferta de emprego e... nunca ficou claro pra mim se era em outra faculdade, na NBA ou sei lá. Ele não sabia.

Ele não sabia porque a oferta nunca existiu.

– Não fui embora porque éramos ruins nem por outro emprego. Ele e eu discordávamos em muitas coisas e eu estava passando por problemas pessoais. Mesmo quando eles se saíam muito mal, eu amava aquele time mais que tudo. Mas eu não tinha como continuar. Foi isso, tá bem? – Minha voz falha.

Ben fica em silêncio. Parece pensativo, claramente mudando os blocos de construção em sua mente, aqueles que ele usou para erguer suas suposições a meu respeito e nossa história juntos, testando para ver se a fundação ainda sustenta a casa. Seu rosto mostra que ele não tem certeza.

– Tá bem? – repito.

Ele assente.

Leio a placa da rua diante de nós. De alguma forma, estamos quase no meu prédio, embora dificilmente eu tenha registrado algum detalhe do trajeto que tomamos pelo centro da cidade. Ben segue alguns metros atrás quando viro a esquina.

Ele quebra o silêncio.

– Deve ter acontecido algum mal-entendido, porque o treinador não teria dito isso se não achasse que era verdade – diz ele, devagar, montando o quebra-cabeça enquanto fala.

– Você bota muita fé nele.

– Bom... é, boto, sim.

Mordo o lábio com força, como se isso fosse me impedir de responder. Mas preciso dizer uma coisa. Não em relação ao que aconteceu comigo. Não tenho o menor interesse em abordar nada referente a esse assunto com ele, mas não fui a única que saiu ferida.

– Sabia que ele obrigou o Phil Coleman a jogar com uma lesão no calcanhar e que foi por isso que ele rompeu o tendão de aquiles?

Ele não comenta a mudança súbita de assunto, mas é pego de surpresa.

– Hã. Não é assim que me lembro da história.

– Ele ia pra liga profissional.

– Ele foi liberado pra jogar.

– Ele falou que não se sentia pronto.

– O treinador não faria isso.

Ele acredita mesmo nisso. Chegamos ao meu prédio, então paro de andar. Ouço minha respiração pesada.

– Você faz um monte de suposições erradas sobre as pessoas – digo. – Acho que não vai ganhar a disputa de *A Casa da Praia*.

Houve momentos nesta conversa em que, se tivéssemos parado de falar, talvez pudéssemos encerrar a caminhada com algum tipo de paz. Mas não, fomos em frente, até o ponto feio e sensível no coração disso tudo. Não há acordo, não há solução. Não há nada. Ben fica ali por um minuto, o rosto resignado, então Sasha o puxa para longe e espero até que eles estejam fora de vista para chamar um Uber e ir buscar o meu carro.

Onze

Meu trabalho fica mais fácil quando jogamos bem, então janeiro é um mês desafiador. Nas primeiras duas semanas do ano, o time obtém duas derrotas marcantes e duas vitórias anêmicas. Nossos adversários passaram por cima de nós feito um rolo compressor e parecemos perdidos na linha ofensiva, fazendo arremessos de três pontos no desespero e errando. Não há ritmo nem magia. Até Eric parece desanimado.

Quincy perde uma bandeja fácil e a transmissão da TV o capta xingando a si mesmo. Em casa, em algum lugar, um pai cobre os ouvidos do filho e redige uma carta enfurecida.

Janeiro zomba de mim: *Agora me mostra o que você consegue fazer com isso.* No dia seguinte à primeira derrota, faço um reel de "feliz aniversário" para um ex-ala pivô da Ardwyn que agora joga profissionalmente em Montenegro. É só o que tenho, porque não há nada do jogo que seja digno de postar. Nem mesmo a dança das líderes de torcida no intervalo, que estava sem sincronia.

Nós nos despencamos até Omaha e perdemos de novo. Depois do jogo, aguardo no corredor do vestiário para poder seguir o time de volta ao ônibus. A reunião do pós-jogo está demorando mais do que de costume. Estou com frio, de mau humor e ansiando pela minha cama, que está a milhares de quilômetros.

Esta noite, o corte no orçamento parece inevitável.

Alguém abre a porta para a coletiva de imprensa, e um sujeito vem conversando com outra pessoa por cima do ombro.

– Te vejo amanhã. Pra cima, irmão!

Viro para encarar a parede.

– Olha a Radford aí – diz ele, com uma voz melodiosa, como o irmão caçula que nunca tive e não quero ter.

JJ Jones trabalha na ESPN e cobre alguns jogos da Ardwyn. Suas sobrancelhas são baixas e retas e o queixo é grande. Ele se veste como se a mãe tivesse comprado seu guarda-roupa com os lucros do esquema de pirâmide do pai. Ele acredita que é o melhor amigo de todo mundo e vice-versa e, do nada, solta frases que poderiam estar em um pôster que vai de brinde em uma embalagem de desodorante masculino.

– Jogo difícil – comenta ele. – Aquela escalação não está dando certo pra vocês.

– Acho que estamos cientes.

Dou um sorriso superficial para encerrar a conversa.

– Não deve ser divertido viajar até o Nebraska só pra perder. O Estado do Milho! Omaha, cara.

– Com certeza não é.

Olho para a porta do vestiário torcendo para que ela se abra.

– Tem que voltar a treinar logo amanhã. Ei, vou te falar uma coisa que o Chuck me disse uma vez.

Ele muda o peso de um pé para o outro, me observando, provavelmente ciente de que estou procurando uma forma de escapar. Já encontrei JJ um monte de vezes, então noto a avidez por validação que ele tenta esconder.

– E o Chuck em questão é Charles Barkley – esclarece ele.

Suspiro.

– O que Charles Barkley disse?

Ele relaxa e dá um sorrisinho.

– Conquiste e aprenda. Conquiste. E. Aprenda.

E então ele vai embora, outra pessoa capturando sua atenção como uma partícula de glitter.

O treino em casa no dia seguinte é leve. Não estou filmando, mas assisto aos últimos quinze minutos mesmo assim, tentando discernir como anda o clima. Não é dos melhores. Quincy continua muito desanimado e todo mundo sente isso. O treinador Thomas está contido como sempre, mas deve estar frustrado.

No final, Quincy senta no banco e puxa a bainha da camisa por cima da cabeça para cobrir o rosto. Seria melhor ele ir para o quarto e jogar videogame até não conseguir enxergar direito. Quase o chamo para sugerir isso, mas então Thomas senta ao lado dele e fala em um tom calmo e baixo durante um bom tempo através do tecido da blusa do garoto. Jamar Gregg-Edwards, capitão do time, se junta aos dois, coloca um braço ao redor de Quincy e o leva na direção do vestiário.

Nessa noite, trabalho em um vídeo de divulgação para a semana que vem. Esse precisa ser bom. Vamos jogar contra a Blake, nossa rival na liga regional, e seria desmoralizante ter a quarta partida ruim em um mês.

Vimos um modesto aumento em nossos seguidores nas redes sociais e nos níveis de engajamento no começo da temporada, quando comecei a produzir os vídeos. O mesmo ocorreu com a venda de ingressos. Porém, nos últimos tempos, tudo estagnou. Até agora, não tenho nenhuma evidência tangível de que eu esteja causando algum impacto. Que mereça ficar por aqui. Se nosso jogo sem vida continuar, estou acabada. Preciso encontrar uma maneira de aumentar o entusiasmo, não importa a forma como jogarmos. E, agora que já conheço esses jogadores, estou convicta de que eles *merecem* mais entusiasmo e apoio.

A ironia de *esse* ser o meu trabalho não passa batida. Que eu, mais do que ninguém, seja responsável por vender o basquete da Ardwyn para o mundo. Mas me permiti não pensar nisso. Se eu tentar contar a história desse time, desses indivíduos, não vai ser tão ruim.

Começo com uma música que eles andam ouvindo bastante quando estão se alongando, no começo do treino. Pego clipes dos jogos anteriores contra a Blake, dos mais recentes e dos mais antigos e indistintos, gravados em fitas VHS. A narração chegou há algumas horas e é de um ex-aluno da Ardwyn que ganhou um prêmio Tony alguns anos atrás.

Sinto na pele quando um vídeo meu é bom. Parte de mim reconhece que o que tenho em meu computador combina com o que tenho em mente. Meu peito queima, minhas mãos formigam. É viciante, é o que persigo a cada vez, a coisa mais próxima que já senti de uma experiência religiosa. Está acontecendo agora.

Estou revendo tudo de novo quando alguém bate em meu ombro. Ergo a cabeça rápido e me viro na cadeira.

É Quincy, parado acima de mim com as roupas de treino encharcadas de suor.

– O que você tá fazendo aqui? – pergunto, tirando os fones de ouvido.

– Annie-Rad. Annie-*Rad*. – Ele ri e sinto cheiro de cerveja em seu hálito. – Estou tão feliz por você estar aqui. Preciso da sua ajuda.

– O que houve?

Dou atenção a ele. Se estiver bêbado demais para usar o aplicativo e pedir comida, vou adicionar batata frita ao pedido dele para me recompensar.

Ele anda na direção da cadeira do outro lado da minha mesa. Não... ele se arrasta até ela.

– Ai. Merda.

O ar some dos meus pulmões.

– Você se machucou?

Ele cai na cadeira com um *uff* e solta a mochila de treino no chão.

– Não sei o que fazer. Fiz um treino horrível e precisava arejar a cabeça. Eu não queria que isso acontecesse.

Eu me inclino para a frente. Ai, merda. Ele está sentado com um dos pés rente ao chão e o outro para cima, o calcanhar roçando o chão, tentando tirar o peso dele. Ele faz uma tentativa de flexioná-lo e se contrai. É o tornozelo que está ruim, o que ele torceu mês passado, o que ele machucou no ensino médio.

– O que aconteceu? – pergunto.

– Nada de bom – responde, cantarolando.

– Nossa, beleza.

Cruzo a sala para pegar a garrafa de água que ele sempre mantém no bolso externo da mochila.

É quando vejo o skate. Um retinir enche meus ouvidos.

Tiro a tampa da garrafa e a entrego a ele.

– Bebe. Como você se machucou?

Ele esfrega a boca.

– É uma história complicada.

– Sempre um ótimo começo.

Ele solta um suspiro pesado ao se remexer na cadeira, lutando para ficar confortável.

– Fui a uma festa. Eu sei que não deveria, mas estava de mau humor e achei que iria ajudar. Bebi muito, aí tive uma ideia... quando quero tirar as coisas da cabeça, imagino os lances que eu faria no torneio de enterradas da NBA só por diversão. Às vezes preciso de um lembrete de que isso é um jogo, sabe? Quando todo mundo na internet fala que eu sou horrível. Você viu os comentários daquele vídeo da outra noite?

– Nunca leia os comentários – incentivo.

– Não sou ótimo no skate, mas dou pro gasto. Achei que eu podia ir de skate até a cesta, pular e enterrar. Então fui para o ginásio.

Ele deve estar arrependido agora, mas há um quê de diversão infantil em sua voz quando ele imagina o lance. Ele é jovem, muito jovem. Uma criança que adora jogar. Mas também é um homem que carrega enormes expectativas nas costas. A grande esperança da Ardwyn, o próximo grande astro da NBA, o orgulho da comunidade, o futuro da família. Como alguém consegue dar conta de tanta responsabilidade? Ainda mais diante dos olhos da mídia, dos torcedores e dos críticos, todos esperando que algo aconteça. Querem ser entretidos ou por um desempenho transcendental ou por um fracasso retumbante. Não importa qual das opções seja.

Se isso vazar, os críticos vão fincar os dentes nele e deixar o sangue do garoto escorrer pelo queixo. Isso vai se encaixar na narrativa preguiçosa deles: o rapaz é imprudente, talento físico sem inteligência nenhuma. Que time da NBA vai poder confiar nele? Ele leva mesmo o esporte a sério? Isso poderia afetar o interesse em contratações, custar a ele quantias de dinheiro incalculáveis. Os salários são altos, não importa o que aconteça, mas a média de uma carreira na NBA é de menos de cinco anos. Não há garantias.

Meu pai foi um dos primeiros mentores de Quincy, ensinou a ele os fundamentos do jogo e o ajudou a se concentrar enquanto a empolgação com o futuro dele disparava. Meu pai se foi, mas eu estou aqui.

A questão chega como um trem a toda a velocidade, vindo da parte do meu cérebro onde a maioria dos pensamentos imprudentes nasce: por que alguém precisa saber?

Ele é um bom garoto. Precisa de mais tempo para se ajustar, amadurecer. Ninguém sairia ferido se a imprensa nunca descobrisse.

Mas isso significa que mais ninguém aqui poderia saber.

Ben. Merda. Ele ainda está aqui, percebo, abatida. Perto o bastante. Toda manhã, sei se ele está começando o dia com um café gelado ou quente, porque, quando é gelado, dá para ouvir os cubos de gelo tilintarem no copo. Em um segundo, estou na porta, fechando-a com o máximo de delicadeza para que ele não ouça o clique da fechadura.

– Por que você veio até mim? – pergunto a Quincy.

Ele dá de ombros como se a resposta fosse óbvia.

– Eu não tinha outra pessoa para procurar. Confio em você. Você tem horas de gravação daquele bigodinho que tentei deixar crescer quando tinha 15 anos, mas nunca mostrou pra ninguém.

Dou um sorriso frágil.

– Estou guardando para uma ocasião especial.

– Não sei o que fazer. Estraguei tudo, agora as coisas só vão piorar – diz ele. E então pergunta, mais cauteloso: – Tem câmeras na quadra de treino?

Nossos olhos se encontram. Fico aliviada por ele ter dito isso em voz alta antes de mim.

– Não sei. Acho que não.

Ficamos sentados em silêncio. Tampo o nariz e a boca com as mãos e solto um suspiro bem devagar entre elas, tentando recuperar o controle dos meus batimentos cardíacos.

Quincy confia em mim. Foi o que disse. Ele está olhando para mim cheio de expectativa e com mais paciência do que a maioria das pessoas teria enquanto seu tornozelo latejante segue sem cuidado, na esperança de que eu tenha um plano.

– Vamos fazer o seguinte – digo, me levantando, porque ele está com dor e precisamos tomar uma decisão. – Você vai ficar sóbrio. Vamos ligar para o treinador e dizer a ele que você estava treinando uns arremessos, como costuma fazer, e acabou torcendo o tornozelo. Se alguém suspeitar de algo, eu estava lá, tinha ido buscar uma jaqueta que esqueci de manhã. Vi tudo acontecer. Vou lá daqui a pouco me certificar de que não tem câmera nenhuma. Fica aqui, me espera e continua bebendo água. Vou enfiar esse skate em algum lugar.

No meu carro seria a melhor opção. Quincy nem deveria ter um skate.

– Tá bom – diz ele.

Dou um breve aceno de cabeça, como uma tomadora de decisões

confiante deve fazer. Então abro a porta sem fazer barulho e a fecho ao sair.

Quando me viro, Ben está parado no corredor escuro de braços cruzados. Dou um pulo para trás.

– Credo. O que você tá fazendo?

Não sei por que perguntei. O fato de ele estar parado aqui, desse jeito, significa que Quincy e eu estávamos falando mais alto do que um café gelado e, portanto, estamos ferrados. Mesmo assim coloco o braço atrás das costas para esconder o skate.

– Você não pode estar falando sério – sibila ele. – Deveria ter ligado para o treinador assim que ele disse que se machucou. Em vez disso, você faz o quê? Anda furtiva por aí, esconde provas?

Eu o arrasto pelo pulso até a sala dele e fecho a porta.

– Tá bom, Callahan. Calma aí. Pensa só. O que vai sair de bom disso se as pessoas descobrirem? Você sabe que a imprensa vai cair em cima dele. E sabe como ele anda nervoso. Ele cometeu um erro.

Ben coloca as mãos na mesa, cheio de tensão, o contorno de seus músculos se tensionando.

– Você não acha que ele precisa assumir a responsabilidade pelos próprios erros? Aprender com eles? Sério, você já viu o que ser acobertado faz com um atleta? Ele precisa lidar com as consequências.

Só um menino de ouro como Ben, que nunca foi tratado injustamente na vida, poderia ser tão ingênuo assim.

Ele pega o celular.

– Vou ligar para o treinador Thomas.

– Espera – digo, avançando e tirando o aparelho da mão dele. – Vamos conversar sobre isso primeiro.

– Ei – protesta ele. – Me devolve!

E, por eu ter 12 anos, escondo o aparelho às minhas costas e ergo o queixo.

– Argh – diz ele, vindo na minha direção.

Ele estica um braço pelas minhas costas em busca do celular. Tenta não encostar em mim a princípio, dedilhando hesitante.

– Radford... o que você... qual é...

A tal luta justa é superestimada. Balanço de um lado para outro para que ele não consiga alcançar. A cada virada, ele se aproxima mais, até que está tão perto que inspiro uma lufada carregada de seu cheiro viciante de sabonete. Pressiono um ombro de encontro ao tronco dele e afasto o restante do corpo, ganhando tempo e distância suficientes para deslizar o celular para o meu bolso traseiro.

Tarde demais, lembro que a calça não tem bolsos. Abaixo o patriarcado.

Agora meu rosto está enterrado em seu peito quente. Meu corpo está impossivelmente retorcido, as pernas em uma direção, os ombros na outra, e perco o equilíbrio. Antes que eu caia, ele leva a mão ao meu quadril, o que me faz soltar um guincho de surpresa. Sua pegada é cuidadosa mas firme e mais confiante do que eu poderia esperar de um cara bem-comportado como ele. Tudo fica embaçado, menos esse ponto específico no meu corpo. O calor de sua mão, o roçar de seus dedos, tudo gruda no meu cérebro, me distraindo.

Se concentra. Buscando o impulso de que preciso para me afastar, me apoio em sua mão em vez de me distanciar. Só que ele leva a mão livre ao outro lado do meu quadril, então me gira e segura a minha mão que está com o celular. Ele vai arrancá-lo de mim.

Eu solto o aparelho, que cai no chão.

O elemento-surpresa está do meu lado, então tenho a reação mais rápida. Pego o celular e o enfio por dentro da blusa, no bojo esquerdo do sutiã, e dou a Ben um olhar triunfal que diz "pega agora que eu quero ver".

Ben não aceita o desafio. Meus batimentos disparam de um jeito estranho, como se tivessem estourado um monte de lança-confetes na calçada. Seu olhar sombrio se demora em mim e ele solta um suspiro de frustração.

– Escuta – peço. – Você sabe o que vai acontecer se a imprensa descobrir. Um monte de merda. Um monte de merda racista. Vão dizer que ele não é inteligente, que o que aconteceu é reflexo do caráter dele, que ele não sabe o que fazer com o próprio talento. Mas, se ele fosse branco, só diriam que ele ainda precisa amadurecer. Você não concorda?

Ele solta o ar de novo e relaxa os ombros.

– É claro que sim e isso não é nem um pouco justo...

– Então por que sujeitar o garoto a isso? Ele pode estar gravemente lesionado, você não acha que isso já é ruim o suficiente? Não acha que ele vai aprender a lição?

– Vai, mas existe todo um protocolo em relação a lesões que devemos seguir que eu nem entendo totalmente. Aposto que você entende menos ainda... obstáculos do seguro de saúde, necessidade de relatórios. Mentir pode tornar isso tudo ainda pior se, no fim, as pessoas descobrirem.

Ben senta em sua cadeira e se curva para a frente, de olhos fechados, provavelmente vislumbrando a página 57 de algum regulamento que nunca li. Estamos em dois planos existenciais diferentes, berrando para dois vazios diferentes.

– Por que a gente tá falando em seguro de saúde? – questiono, frustrada.

– É pra gente esconder isso do treinador Thomas? Você acha que ele não vai querer saber?

Reviro os olhos.

– Ele tem que dizer que quer ser notificado sobre coisas assim, mas aposto que prefere não saber.

Isso está começando a sair do meu controle. Sento na cadeira diante dele e me inclino para a frente, os cotovelos apoiados na mesa, imitando a postura dele. Meus olhos estão na mesma altura que os dele.

– Olha, você não precisa entrar nessa. Não estou pedindo que minta, estou só pedindo que finja que não estava aqui.

Ele enterra as mãos no cabelo e o aperta como se fosse arrancá-lo.

– Faz alguma diferença? E o que vai acontecer se ele descobrir? Nós dois podemos ser mandados embora. Isso ajudaria no orçamento. Talvez Kyle ganhe um aumento.

Eu deveria me importar com a segurança do meu trabalho. É por esse motivo que estamos há meses brigando. Vou me ferrar se formos pegos, mas não posso ficar de braços cruzados vendo Quincy sofrer.

– Não me importo se eu for demitida.

Uma expressão de amargura cruza o rosto dele.

– Que ótimo pra você, mas não posso me dar ao luxo de ficar desempregado.

– Nem eu! Mas não é a coisa mais importante a ser considerada no momento.

– Herança, então? – pergunta ele, como quem sabe tudo. – Deve ser ótimo.

– Rá. Não. Meu pai não ficou exatamente rico sendo treinador e professor – conto. – E, também, olha quem fala. Sua família não é cheia da grana?

Ele ri disso.

– Vim pra cá com uma bolsa. Eu cresci sem nada.

Não tenho resposta para isso. Vai de encontro a tudo o que eu pensava que sabia sobre ele. Ben estudou em uma escola particular cara e sua namorada usava brincos de pérolas. Ele era um garoto dos subúrbios ricos, não? Recebia tudo de mão beijada na vida. Foi o que sempre achei.

– E o Range Rover? – pergunto, baixinho.

– O quê?

– Você não dirigia um de vez em quando? – pergunto, minha voz sumindo.

– Não acredito que você se lembra disso. – Ele balança a cabeça. – Era da minha ex-namorada.

Processar essa informação é como assistir a uma cena familiar sob um novo ângulo de câmera. Ele também deve ter cursado o ensino médio com bolsa de estudos na escola chique, um lugar onde qualquer um encontraria uma garota que usava joias caras e tinha um carrão.

E, na faculdade, várias diferenças desaparecem temporariamente. Todo mundo mora nos mesmos alojamentos, come no mesmo refeitório, bebe a mesma cerveja barata. Todos do time de basquete recebem o mesmo uniforme com o mesmo logo. Quem olha sem muita atenção nem nota quem veio de baixo.

O que talvez prove o ponto dele a respeito do meu privilégio.

Minha boca se abre e fica assim, porque não sei o que dizer. Ele pressiona.

– Se sua família não é abastada, como você pode ser tão leviana em relação a manter um bom emprego? Vou supor que você não precisa pagar empréstimos estudantis.

Mais um golpe no meu senso de superioridade moral. Meu rosto fica quente, latejando de constrangimento pela dimensão da minha ignorância.

– Tive ajuda com a faculdade – admito. – Mas não é o que parece.

Meus pais eram de classe média. Deixaram de lado tudo o que puderam em nome da nossa educação. Tiveram carros simples e mantiveram a velha cozinha dos anos 1980 por muito tempo depois que os amigos reformaram as deles. Ainda assim, eu estaria atolada em uma pilha de dívidas estudantis, mas aí várias faculdades ofereceram bolsas no basquete para Kat e meus pais passaram para mim a metade dela das economias para a faculdade, com uma promessa alegremente mórbida da minha mãe: "A Kat ganha um extra no testamento!"

De um jeito bem irritante, isso significa que preciso agradecer à minha irmã pela minha liberdade financeira.

– Com certeza. – A voz de Ben é fria.

Estremeço. *Leviana.* Ben falou isso de mim. Uma palavra perfeita para descrever minha atitude em relação a todos os empregos que tive até agora. Não eram cargos que me faziam feliz e eu nunca quis ser feliz produzindo vídeos de lava-louças ou cartões de débito, e eu tinha medo demais de fazer a única coisa que achava que me deixaria realizada. Então eu me demiti, e me demiti, e me demiti. E é verdade: minha situação financeira me permitiu fazer essas escolhas.

– Desculpa, você tem razão. Eu não deveria ter presumido nada. E não estava pensando no que aconteceria se fôssemos pegos. Minha preocupação é que isso acabe com ele.

Dá para ouvir Ben engolir em seco.

– Ele estava chorando depois do treino hoje – diz ele.

– É.

Ben apoia a cabeça nas mãos e dá um grunhido. Olha para mim outra vez e pisca, exausto. Abre a boca para falar e solta outro grunhido.

Por fim ele suspira e se recosta na cadeira. As rodas rangem.

– Acho que não há câmeras na quadra. Mas tem câmeras do lado de fora que registram quem entra no prédio. Você não pode dizer que estava lá.

– A gente precisa se preocupar com isso? O FBI não vai investigar.

– Provavelmente não, mas é um tornozelo de 4 milhões de dólares. Então... vai saber?

Ele está cedendo. A tensão que mantém meus ombros rígidos e meus punhos cerrados diminui, mas tento não me mexer. Não quero fazer nada que possa levá-lo a mudar de ideia.

– Eu estava na sala de musculação mais cedo – diz ele. – Vai ter uma gravação minha entrando no prédio. Se alguém perguntar alguma coisa, Quincy deve falar que eu ouvi o que aconteceu.

– Não, imagina. Isso não é... Não quero que você tenha que fazer isso.

Ele balança a cabeça.

– Você tem razão quanto à pressão. É demais pra ele. Seria muito pra qualquer um, que dirá um garoto de 18 anos.

Ele está te enganando, sussurra uma voz em meu ouvido. *Ele vai deixar acontecer, vai te entregar e, bum, é o seu fim.* Mas Ben parece sincero. E sei que se importa com essa garotada. Preciso confiar nele.

Vai dar tudo certo. Tem que dar.

– Tem certeza? – pergunto.

– Não. Mas não vejo outra saída.

Engulo em seco.

– Obrigada.

Minha voz está trêmula de alívio quando enfio a mão no sutiã para pegar o celular dele. Seus olhos disparam para minha mão e depois desviam. O que é bom, porque preciso secar o suor da tela antes de devolver para ele.

Ben e eu damos a Quincy uma fatia de pizza requentada e meia hora para ficar sóbrio antes de nos certificarmos que ele consegue ficar na vertical e mancar até a área de treinamento. Então voltamos para a sala de Ben. O plano está em ação. Agora não tem mais volta.

Ben fecha a porta e começa a andar por um caminho invisível de uma parede até a outra atrás de sua mesa. Eu perambulo pelo resto da sala, desconcentrada e impaciente, olhando sem prestar atenção nas fotos nas paredes, do mesmo jeito que olho para diagramas do sistema reprodutivo feminino que ficam pendurados no consultório de um ginecologista enquanto aguardo meu exame.

– Estou surtando – digo.

Tiro minha camada de roupa mais externa – um suéter verde-escuro grosso – e arregaço as mangas da minha blusa de botões listrada.

– Isso tá me dando um suadouro. Não consigo nem pensar direito.

– Você tá suando porque aqui dentro tá quente.

Ele se desvia de seu caminho, destranca a janela e a abre.

Cruzo a sala e descanso a testa na tela de proteção da janela, fechando os olhos para desfrutar o ar revigorante.

– É, está quente aqui. Achei que fosse só comigo.

Ele solta uma risada pelo nariz.

– Eu não quis dizer isso.

Eu me viro e levanto meu rabo de cavalo para refrescar a nuca. Seus olhos seguem minhas mãos. Se eu me concentrar no ar frio me refrescando, talvez esqueça a visão em minha mente: o treinador declarando que a lesão de Quincy é grave e que é o fim da temporada. Um tipo raro de fratura no tornozelo que ele só viu acontecer no X Games, causado exclusivamente por quedas de cima de objetos com rodas.

– O que você esperava? – pergunta ele. – Você aumenta a temperatura para 24ºC todo dia.

Ele pega uma bola de borracha e a lança com uma das mãos pela miniatura de cesta de basquete pendurada atrás de sua porta.

Só porque você diminui para 17ºC, quase respondo. Na verdade, 17ºC parece uma temperatura ótima no momento.

– Ah – digo. – Ah! Sua sala é quente.

Toda vez que entrei no escritório dele e saí me sentindo quente, achei que fosse por Ben ter me deixado com raiva. Mas era por causa da *temperatura*.

No fim das contas, ele não diminui o termostato para me irritar.

– É – responde ele, devagar, pegando a bola.

– A minha é fria. – Resisto ao impulso de sacudir Ben pelos ombros. – Congelante, na verdade. É por isso que aumento a temperatura.

– O quê? Ah, isso explica a capa.

– Que ca... Não, é um cobertor.

– Tem capuz.

– É um cobertor que dá pra vestir. Cala a boca. Você é tão ruim quanto o Eric.

Um sorriso contagiante se abre no rosto dele. Ben tem um sorriso bonito. Agora posso admitir. É doce e pueril, mas os cantos são preguiçosos: sobem um pouquinho depois do resto.

– Achei que você estivesse mexendo no termostato pra me torturar. Também achei que tivesse roubado meu queijo.

Ele joga a bola para mim e eu a seguro.

– Eu nem gosto de queijo.

É verdade. Meio verdade, porque não ligo muito para muçarela borrachuda, mas comi a dele mesmo assim. Não que ele precise saber.

Ben balança a cabeça como se não acreditasse em mim mas também não se importasse.

É assim que as coisas são quando nos damos bem. Pela primeira vez, penso: *Que pena que um de nós vai sair.*

– O que seria necessário pra evitar os cortes totais no orçamento?

A resposta dele é imediata.

– Ganhar um campeonato nacional.

Dou risada, mas ele, não.

– Você tá falando sério?

Ganhar um campeonato nacional exige muito mais do que ter habilidade e estratégia. É uma questão de sorte. Quem disputa as partidas mais favoráveis, quem manda bem na hora certa, quem toma uma decisão favorável em um jogo disputado. É por isso que é difícil até mesmo para os melhores times.

Eu me afasto da janela.

– Então vamos ganhar um campeonato nacional.

Lanço a bola na direção da cesta e ela quica no aro duas vezes antes de cair.

Como eu disse, é uma questão de sorte. Mas *alguém* precisa ser o sortudo. Por que não nós?

Doze

Às nove da manhã do dia seguinte, um funcionário da manutenção aparece na minha sala para inspecionar os dutos de ar. Ben deve ter ligado para eles logo cedo. Um sentimento leve e diferente borbulha dentro de mim.

Uma hora depois, chega a notícia: Quincy teve uma entorse. Torção no tornozelo é uma das lesões mais comuns no basquete e, até agora, ninguém fez muitas perguntas sobre o que aconteceu. Quincy leva um sermão por se esforçar demais fora dos treinos oficiais do time, ganha um tapinha simpático nas costas e segue para passar duas semanas na terra do descanso, do gelo e da fisioterapia. Vai ficar fora de quatro jogos. Podia ser pior, mas, com mais quatro derrotas, vai ser impossível vencer a etapa qualificatória da liga regional.

Vendo pelo lado bom, o ânimo de Quincy melhora logo nos primeiros dias de folga dos holofotes. Com uma tarefa concreta e viável na qual se concentrar: a recuperação. Com espaço para respirar.

No domingo à noite, estou no telefone com Kat, andando descalça até o quarto verde, com um copo térmico cheio do chá para dormir preferido de Cassie. Uma iluminação rosa domina o ambiente, graças ao fio de luzinhas em forma de morango que pendurei no teto.

– Fala pra mamãe não se preocupar – digo para a minha irmã. – Ele está lidando bem com tudo.

Nossa mãe sempre gostou do Quincy.

– Você deve estar aliviada por essa bomba não ter explodido na sua mão.

– É, estou. Na hora, fiquei bem nervosa. Eu não teria problema em mentir. Sou boa nisso. Meu cúmplice é que era a maior preocupação.

– Você não acha que ele vai ter uma crise de consciência e confessar tudo, né?

Na manhã seguinte, Ben parecia um pouco pálido quando o treinador Williams parou para conversar sobre o que tinha acontecido, mas ele agiu naturalmente.

– Não vejo motivo pra ele fazer isso. Somos inocentes. E é óbvio que fizemos a coisa certa.

– Óbvio pra você. É melhor ter certeza que seja óbvio pra ele também. E se Ben se confessar para o padre da universidade? "Perdão, Senhor, porque pequei." Qual pecado vai ser, dar falso testemunho?

Coloco o copo no chão e acendo uma vela, que preenche o ar com um aroma cítrico de jasmim.

– Não acho que ele seja tão católico assim. E o padre é proibido de contar pros outros o que confessam pra ele.

– Não lembro as regras. Não me confesso desde o ensino fundamental.

Há apenas um lugar para se sentar no quarto: um pufe roxo gigante e molenga. Eu o afanei do porão dos meus pais, aonde Kat e eu levávamos nossos amigos no ensino médio. Parte da minha virgindade está em algum lugar desse pufe, nas profundezas da montanha de grãos, para nunca mais ser encontrada. Ele é tão grande que é até perigoso sentar nele sem a presença de outra pessoa para içar você. Eu me largo nele mesmo assim.

– Nem eu. No quinto ano, contei pro padre John que tinha falado um palavrão e ele disse que Deus ia cortar minha língua se eu não parasse. Depois disso, falei pra mamãe que nunca mais ia me confessar. Ainda penso nele às vezes, quando digo "merda".

Kat ri. Uma sementinha de preocupação surge dentro de mim e não consigo me livrar dela. Ben parece sincero em sua preocupação com Quincy. Não tem por que ele não se ater ao plano, a menos que queira me ferrar, o que eu acho que ele não quer mais.

Mas talvez eu esteja pensando muito do meu jeito. No fundo, Ben é o cara que segue as regras. Numa situação de estresse, será que ele não vai sempre voltar a essa conduta? Ao mesmo tempo, minha maior lição naquela noite foi descobrir que muitas suposições a respeito dele estavam erradas.

– Ah, duas coisas, antes que eu esqueça – diz Kat. – Um: a mamãe quer que você ajude a descobrir como fazer a árvore genealógica dela naquele site de ancestralidade.

Dou um gemido. Se meu uso exagerado e sem o menor remorso de palavrões me mandar pro inferno, sei que vai haver alguma punição lá que envolva passar a eternidade ensinando minha mãe a usar o computador.

– Não reclama – me repreende Kat. – Você tem sorte de não ter jantado aqui no domingo. Ela me obrigou a fazer um teste de personalidade com ela. Foram 93 perguntas.

– Tá bem, tá bem, vou mandar uma mensagem pra ela depois que a gente desligar. Qual a outra coisa?

– Sabe meu amigo Noah? Ele e o namorado vão se casar em novembro e querem saber se você faria a filmagem.

– Ah.

Afrouxo a tampa do copo, depois a aperto de novo. Algumas vezes por ano, faço filmagens de casamento para ganhar um dinheirinho extra, mas novembro está muito longe. De agora até março, o calendário está cheio de pontos azuis em dias de jogo, mas não vai além disso. Além do mais, talvez eu nem esteja por aqui na época, principalmente com Quincy no banco.

– Bom, tenho que ver. Ainda falta muito.

– Pra agendar coisas de casamento? Falta menos de um ano. Não é muito.

– Ainda não sei como vai estar minha agenda nessa época. Se eles quiserem fechar algo logo, posso recomendar umas pessoas que trabalham só com isso.

– Beleza, obrigada. Enfim, provavelmente você não vai poder fazer, já que a Ardwyn tem muitos jogos aos sábados.

Kat tenta inserir furtivamente essa parte, em tom casual.

– Que gracinha.

– O quê? – Ela finge inocência. – Vão mudar para as sextas na próxima temporada?

– Não posso aceitar nenhum trabalho em casamentos se nem sei onde vou estar depois da primavera.

– Eu sei exatamente onde você vai estar. No mesmo lugar de agora.

Olho para a Mona Lisa Vito em busca de ajuda. Talvez seja a forma como a luz oscila por causa do ventilador de teto ligado, mas posso jurar que ela dá de ombros.

– Sabe se o padre John ainda está por aí? Quero saber quantas Ave-
-Marias preciso rezar pra Deus cortar a sua língua.

Na manhã seguinte, chego cedo ao trabalho e espero Ben. Dou a ele tempo suficiente para pegar um café e ler seus e-mails antes de enviar uma mensagem.

Annie: tudo bem?

Ele leva alguns minutos para responder. *Ben está digitando...*, diz a tela. Do outro lado do corredor, ouço o ruído das teclas, noventa palavras por minuto, um fluxo de consciência. Então para, recomeça e para. Ele deve estar escrevendo um romance.

Mas não. Em vez disso, recebo:

Ben: Tudo

Suspiro.

Annie: tem certeza?

Mais digitação, toques vigorosos nas teclas, feito uma dança irlandesa. Depois, silêncio.

Ben: Sim

Eu me remexo na cadeira. Aff. Tá difícil.

Annie: ... beleza, bom falar com você!

Fecho a tela da conversa e dou uma olhada no placar dos jogos da última noite. Quando termino, vejo que ele me mandou outra mensagem.

Ben: Nada a ver com o assunto, mas a Cassie chegou a te contar sobre quando ela passou dois meses revisando o registro de bate-papo dos funcionários, igual a este aqui, buscando provas e puxando todas as conversas sobre casos amorosos/dramas pessoais/chefes horríveis? É muito esquisito pensar que isso possa parecer uma conversa particular quando não é, de forma nenhuma.

Paranoico demais? Não é um indício de que ele esteja lidando bem com a situação. Mentir não é da natureza dele. De certa forma, a culpa é minha, então preciso aturar.

Annie: ah, saquei

Annie: e, sim, sou a melhor amiga dela, então conheço todas as histórias interessantes. se me lembro bem, algumas conversas de casos no trabalho eram bem picantes

Ben: Enfim, a gente pode voltar juntos pra casa depois da festa de A Casa da Praia pra atualizar a conversa?

Annie: EITA, parece algo que uma pessoa que tem um caso no trabalho diria

Annie: aceito seu convite (observação para os advogados: PLATONICAMENTE). Juro dizer a verdade, somente a verdade, nada mais que a verdade, amém

Ben: Lamento decepcionar pela falta de conversas picantes. Por favor, continuem procurando crimes.

Ele não ameniza minhas preocupações, mas, mesmo assim, me pego sorrindo.

O episódio começa com um concurso de dança em que vence aquele que fizer os batimentos do outro acelerar mais. O prêmio é uma massagem de casal. Ele termina com Felicia abandonando Cole em uma floresta depois que ele a chama de chata durante uma caça ao tesouro. Não tenho dúvida de que matei alguns neurônios assistindo, mas vale a pena.

Na hora de ir embora, visto meu casaco novo: uma parca imensa com bolsos forrados e um capuz gigante que dá para ajustar com os longos cordões. A neve de ontem derreteu à tarde e começa a congelar outra vez. Há uma crosta de gelo e sal nas calçadas, feito migalhas de pão, então recorri também à praticidade de botas impermeáveis.

– Bonitas, hein! – diz Eric ao me ver calçando-as. – Onde você comprou? Será que tem masculina?

Agora vou ter que queimá-las, mas não posso fazer isso neste momento. Primeiro, preciso ir para casa com Ben.

– Então – começo, assim que saímos.

Os montes de neve alinhados na rua já estão ficando cinzentos. A primeira casa depois do prédio de Cass e Eric tem um boneco de neve desproporcional no jardim, um dos braços de galho para cima, como se acenasse para nós. Ben também está usando botas dessa vez, em vez dos tênis chiques. E hoje ele não está com Sasha.

– Então – repete ele.

– O peso da nossa farsa está fazendo você querer contar tudo?

Ele solta uma risada em uma lufada que paira no ar como se fosse uma nuvem.

– Não, estou de boa. E você?

– Estou bem. Você não faz confissão, faz?

Ele estreita os olhos para mim.

– Tipo em uma igreja? Não. Por quê?

– Por nada, só perguntando. Que outro tipo de confissão que existe?

– Sei lá, do jeito que você falou, pensei em aula de academia ou algo assim.

Solto uma risada pelo nariz.

– Uma aula de ginástica chamada Confissão? Como seria isso?

– Sei lá! Às vezes eu vejo você saindo de aulas na academia. Sempre tem coisa nova, não consigo acompanhar.

Ergo os punhos no ar em uma pose de luta.

– Eu faço aula de boxe. Ajuda com a raiva.

Ele inclina a cabeça, descrente.

– Ajuda?

Finjo acertá-lo com um golpe. Confissão, a aula de ginástica. Hum. Grupos de pessoas fazendo agachamento ao ritmo de louvores techno, entoando cânticos sobre pecado e perdão.

– Acho que, sem querer, você teve uma ideia genial. A gente vai ficar podre de rico.

Nós dois sorrimos. Aqui fora está tudo quieto e parado. Em geral, há pelo menos uma pessoa passeando com o cachorro neste bairro, mas não hoje. Alguém acendeu a lareira em uma das casas de pedra antigas do quarteirão: o ar tem cheiro de madeira queimando.

– Então não preciso me preocupar com a possibilidade de você sair contando a verdade pra todo mundo? – pergunto.

Ele fica sério.

– Eu não faria isso com Quincy nem com você. Tomamos nossa decisão juntos. E acho que foi a certa. Parece que ele está lidando bem com a situação.

– Também acho. Estou torcendo pra que seja tipo um botão de reiniciar. Quero ver Quincy voltar cheio de força.

– Se ele ficar em plena forma, poderemos disputar com qualquer time do país.

Viramos na esquina para uma rua secundária ainda mais vazia, estreita e mal iluminada, com calçadas das quais tiraram só parte da neve. Evito um ponto de gelo pisando na grama congelada.

– Por que estamos caminhando se você nem está com a Sasha?

– Você não disse que gosta de caminhar nesse tempo?

– Ah, sim.

Foi isso que eu falei na primeira semana? Lembro que engasguei para conseguir inventar uma desculpa, mas não de ter sido uma tão ruim. Ninguém gosta de caminhar nesse tempo.

– E onde está a Sasha?

De alguma forma, ele parece firme, andando com facilidade pelos pontos escorregadios, enquanto estou toda atrapalhada. Ele me encara.

– Essa calçada está horrível – diz ele. – Acho que vai melhorar quando virarmos a esquina. Precisa de ajuda?

Estou andando como um pinguim, dando passos curtos e de braços abertos para me equilibrar.

– Pode deixar, valeu.

– A Sasha é da minha mãe, não minha. Ela sofre de uma ansiedade de separação horrível quando fica sozinha. Uiva e morde a pata até sangrar. – Ele para, esperando que eu o alcance. – Minha mãe trabalha à noite e, em geral, minha irmã fica em casa, mas, às segundas, às vezes as aulas na academia vão até tarde. Ela ama a cachorra. Não quero que se preocupe enquanto está no treino.

– Isso é bem... – Uma camada de gelo preto se materializa sob meu pé e minhas solas não encontram nada em que se agarrar. Escorrego e meu corpo se projeta para a frente. Estico o braço e uma das mãos atinge a calçada gelada e áspera, mas Ben me pega pela cintura antes que eu me esborrache no chão e me coloca em pé outra vez. – ... a sua cara – concluo. – Valeu.

Ele não me solta de imediato.

– Você está bem? – pergunta primeiro.

As palavras roçam minha têmpora, o rosto dele perto do meu. Ainda não restabeleci o equilíbrio, então me inclino na direção dele.

– Estou bem – digo, fracamente. – Ah. Estou sangrando.

A mão que usei para amortecer a queda está úmida e latejando. Estreito os olhos no escuro.

– Deixa eu ver.

Ele aninha minha mão na dele e usa o celular para iluminar e dar uma olhada melhor. Não está tão ruim. A origem do sangue é um corte superficial de uns dois centímetros, mas a maior parte da umidade é gelo derretido de onde encostei no chão. Ele traça uma linha pelo arranhão com o polegar. Estremeço.

Contato humano. Faz um bom tempo. Primeiro as mãos em mim quando brigamos pelo celular dele, agora isso. Meu corpo esqueceu completamente como manter a compostura.

– Vou sobreviver? – brinco, com a voz rouca.

– A gente deveria limpar isso – responde ele.

– Você tem um curativo?

Ele ainda está segurando a minha mão.

– Um curativo? – repete. – Tenho cara de quem carrega um kit de primeiros socorros por aí?

– Meio que tem! – respondo. – Não é uma pergunta sem sentido. Pedi um curativo, não uma camisinha.

– Uma *camisinha*? – Ele larga minha mão.

– Preciso da Taylor – continuo, suspirando. – Ela teria os dois.

– Devo perguntar pra que é a camisinha?

– Bom, Callahan, quando duas pessoas se amam muito...

– Você não consegue ser legal comigo por cinco minutos depois que eu te livrei de dar com a cara no chão?

– Não estou te ouvindo – digo, fingindo cambalear. – Está tudo muito confuso. Acho que estou sangrando. Você vai ter que continuar sem mim.

– Beleza – diz ele. – Tchau.

Nessa eu caí direitinho.

Ele tem razão quanto às calçadas estarem mais limpas na rua principal. Por causa do clima, os bares estão fechados. A maioria fechou cedo e, como a iluminação está fraca, mal dá para ver os bancos empilhados de cabeça para baixo em cima dos balcões.

– Você falou que a sua mãe trabalha à noite, não foi? – pergunto. – O que ela faz?

– Ela é enfermeira. Voltou a estudar e se formou uns anos atrás.

– Que legal.

Não há menção a um pai. Nunca houve, não é? Ele não está em nenhuma das fotos na sala de Ben e não me lembro de já tê-lo visto em algum jogo com o resto da família.

– Antes disso, ela trabalhava quase o dia todo – acrescenta ele. – Principalmente como garçonete.

Ai. Ben e a irmã tinham sido criados com gorjetas de restaurantes, provavelmente por uma mãe solo, e, na semana passada, falei para ele colocar em risco o único trabalho estável que já teve na vida, como se não fosse nada. Depois de meses tentando garantir que ele fosse demitido e não eu. Enquanto isso, a bolsa-atleta da irmã dele está por um fio. O lembrete de minhas suposições erradas toca em algum ponto dentro de mim e o constrangimento reverbera pelo meu corpo.

– Ando querendo conversar com você – diz ele, hesitante. Estamos entre os postes de luz e o rosto dele é só sombra. – Falei com Phil Coleman.

Estremeço.

– Não precisamos falar sobre isso.

Nós dois estamos indo muito bem. Cooperando, sendo amistosos. É só o que preciso dele para aguentar o resto do ano, até que nossos destinos sejam definidos. Não preciso converter Ben. Ele pode continuar a acreditar no que quiser a respeito do treinador Maynard, não tem importância. Não temos que falar desse assunto, não se for para arruinar o que temos. É melhor nem falar.

– Não, eu preciso. Phil me contou que o treinador costumava falar que, quanto mais ele ficasse de fora, mais provável seria que alguém ocupasse o posto de titular dele. Que atletas precisam se esforçar e que, às vezes, isso significa jogar com dor. Que ele estava decepcionando todo mundo ao focar apenas em si, e não no time. Ele acha que o treinador convenceu o médico a liberá-lo mais cedo.

Eu me concentro nas rachaduras da calçada e me pergunto em quantas delas consigo pisar mantendo o ritmo da passada.

– Foi horrível – digo.

Uma. Duas. Três.

– Você tinha razão. Sinto muito por não ter acreditado em você. De verdade, não consigo parar de pensar nisso. É muito diferente do que me lembro e fico um pouco assustado por notar até que ponto minha percepção foi equivocada.

Parece que o máximo são três rachaduras.

– Ele sabe mostrar faces diferentes de si mesmo pra pessoas diferentes com base no que ele precisa. É um dos motivos de ser tão bom no que faz.

– Sei que a gente não tem a mesma opinião sobre ele, então não quero me estender. Mas sempre tive o maior respeito por ele. Maynard foi muito generoso comigo e eu sempre quis ser como ele: poder liderar um time, apoiar os jovens que precisam disso, assim como ele me apoiou. Mas o que aconteceu com Phil me deixa enojado. Estou sem ação.

Paro de contar e olho para o rosto dele. É amável, contrito, vulnerável, angustiado. Mas não sei o que essa última parte quer dizer. Não há nada que a gente possa fazer agora. Não dá para ele voltar no tempo e consertar o tendão de Phil.

Passamos por uma casa que ainda está com a decoração de Natal, luzes vermelhas e verdes piscando em uma fileira caprichada de arbustos de sempre-vivas.

– Não tente ser como ele. Você é melhor que isso. – Preciso parar por aí, porque essa conversa é frágil, capaz de desintegrar ao mais ínfimo toque desajeitado. – Aliás, por que você ainda está na Ardwyn? Você quer ser treinador.

– Sempre quis ser treinador – diz ele, com um sorriso triste. – Não tinha ideia de que demoraria tanto.

– Há outras faculdades além da Ardwyn, sabia? Sei que sofremos lavagem cerebral pra achar que não, mas tenho certeza que você consegue um cargo de treinador em algum lugar. Acho que você seria ótimo nisso.

– Uau, duas coisas legais que você diz pra mim nos últimos dez minutos.

Cutuco o ombro dele.

– Nem espere uma terceira.

A luz muda e o vejo melhor. Seu nariz está rosado por causa do frio. O cabelo dele fica muito melhor assim, desarrumado.

– Provavelmente, em algum momento vou embora. Quando a vaga certa surgir. Meu plano sempre foi ficar até a minha irmã se formar, pra que eu pudesse cuidar dela enquanto ela estivesse aqui. Ir às competições dela quando nossas agendas permitissem. Isso, é claro, considerando que o departamento de ginástica ainda exista no ano que vem. Quando eu sair da Ardwyn, tenho certeza que vou ter que ir embora da Filadélfia, e não vou poder fazer nada disso à distância.

– Mas isso vai levar mais quatro anos e você já é maior do que o seu cargo – protesto.

Ele balança a cabeça.

– Tem que ser na hora certa – diz Ben, com firmeza. – Posso perguntar o que fez você voltar?

Contraio os lábios.

– Resolvi surfar a onda porque disseram que o time teria um bom desempenho este ano – respondo, inexpressiva.

Ele me cutuca com o cotovelo.

– Sério.

– É que, quando você troca de emprego a cada dezoito meses, os empregadores em potencial começam a questionar se você vale o investimento – digo. – Eric me ajudou. Se eu não conseguir ficar aqui por alguns anos, não sei se alguém mais vai querer me contratar algum dia.

Sinto Ben me olhando e não sei o que ele vê. Sua rival. Meu desespero.

Avisto meu prédio. As luzinhas de morango piscam no quarto verde.

– Mas ainda não entendo por que você largou o basquete e...

– Falando em surfar a onda – eu o interrompo, já abrindo a bolsa e catando minha chave –, vi suas apostas desta noite. Não percebi que você tinha embarcado na onda da Brianne. O crédito vai ser todo meu por isso.

Ele ri.

– Não mesmo. Ela tem sido ótima nos desafios e tem muita química com o Logan. Reparou que eles ficam brincando um com o outro o tempo todo?

Quero caçoar dele, mas não seria justo porque, sim, eu reparei.

– Ela faz o cara parecer um pouco menos chato.

– Ele não fica assim com mais ninguém. Por isso estou escolhendo a Brianne.

– Beleza, posso aceitar essa resposta.

– Mas é a verdade!

Paramos diante do curto caminho de tijolos que leva até os degraus da frente do meu prédio.

– É melhor pararmos enquanto estamos ganhando. Parabéns para nós. A gente conseguiu ter uma conversa inteira sem brigar.

Ergo a mão para um cumprimento.

Ele aceita, mas então me surpreende e me puxa para um abraço. Não faz muito sentido duas pessoas se abraçarem usando casacos pesados de inverno: parece mais uma luta para colocar um edredom dentro da capa do que um abraço. Mas, por um momento, meu rosto se acomoda na curva quente do pescoço dele e ele aninha minha cabeça com uma das mãos – e, Deus me ajude, estou desesperada por afeto, porque só consigo pensar nisso enquanto subo a escada.

Treze

Perdemos para a Blake. Ainda temos um longo caminho pela frente, mas não consigo *não* me preocupar com o que é necessário para salvar o departamento de esportes – *um campeonato nacional* –, o que, pela forma como jogamos hoje, parece inalcançável. Depois do jogo, encontro um assento vazio no ônibus e me largo contra a janela, olhando fixamente a fachada de concreto da arena desconhecida. Meu celular vibra com mensagens de Taylor e Jess, que ficaram na faculdade, trocando ideias sobre conteúdos, agora que não temos nenhuma comemoração para postar.

Taylor: que mais temos?

Taylor: pqp. não tem nenhum ex-aluno que faz aniversário essa semana! Verifiquei todas as listas até trinta anos atrás

Taylor: bebê fofinho dançando com uniforme da Ardwyn?

Jess: não

Taylor: post de tênis favorito do time c/ enquete??

Jess: não

Taylor: história do pretzel????

Deixo o celular de lado. O ônibus está aguardando o restante do time e um dos estagiários passa pelo corredor distribuindo sanduíches para a viagem até o aeroporto de Indianápolis. O mecanismo barulhento da porta ressoa quando ela é aberta e Ben sobe os degraus num trote, passando pelas pessoas no corredor em busca de um assento. Ele está sem o paletó, com a camisa amarrotada e a gravata frouxa. Senta do meu lado e pega um sanduíche, tudo de uma vez só.

Ele nunca sentou do meu lado no ônibus. "*Amigos!*", quero gritar, agitando as mãos para cima. É um fato universal que, não importa quantos anos você tenha, sua idade mental vai regredir para a mesma do ensino fundamental se você fizer uma excursão de ônibus. Os jogadores sempre se acotovelam para sentar na última fileira e os treinadores Thomas e Williams uma vez discutiram ao longo de mais de trinta quilômetros por causa do assento da janela.

Ben tem um pacote de batatas chips.

– Onde você arrumou isso? – pergunto.

Eu me inclino por cima dele para pegar um sanduíche na bandeja, me apoiando no ombro dele.

– Conheço as pessoas certas.

Volto a me sentar e apoio o sanduíche no colo.

– Eu conheço você. Isso conta?

Ele abre o pacote e o vira para mim.

– Só uma? – pergunto.

Resmungando algo indecifrável, ele me passa o pacote e se inclina para o corredor.

– Ei, Verona.

Ben estala os dedos. Outro pacote voa na direção dele, vindo de algumas fileiras à frente, e ele o pega.

– Nunca ia imaginar o Verona como seu fornecedor – comento, mastigando um biscoito. – O colete de lã faz o cara passar despercebido.

Meu celular vibra de novo na bolsa. Suspiro. É hora de acabar com o sofrimento de Taylor. Uma ideia borbulha na minha mente. Por enquanto, apenas fragmentos. É sempre assim que começa, com uma imagem ou um verso específico de uma música. Dessa vez, é uma voz.

Temos passado do limite nas redes sociais para distrair o público de nossa incapacidade de vencer um jogo. Isso nunca dá certo. Tentei fazer as pessoas verem meus vídeos apesar de estarmos perdendo. É hora de tentar fazê-las assistir *porque* estamos perdendo.

Meu pai nunca teve medo de perder durante as classificatórias. Quando seu time mais famoso de todos os tempos foi derrotado na segunda prorrogação, encerrando uma sequência de quinze vitórias consecutivas, ele disse: "É, a gente precisava disso. Amanhã, todos vão chegar com sangue nos olhos pro treino."

Eu me viro para Ben.

– Callahan, você conhece Keith Wesley?

Keith Wesley jogou na Ardwyn nos anos 1980. A página sobre ele na Wikipédia tem três parágrafos e fala principalmente sobre um assunto: o infame lance livre que ele perdeu na segunda prorrogação e que levou o time à derrota em uma disputa excruciante no ano em que era para a Ardwyn ter ganhado tudo. Eu ainda não tinha nascido quando isso aconteceu, mas a cena ficou gravada na minha mente depois de vê-la diversas vezes no YouTube. Ele arremessa, a bola dá uma volta inteira no aro, se equilibra por um instante e cai pra fora.

Ben está desembrulhando seu sanduíche e para.

– Acredite se quiser, ele participa do nosso evento de serviço comunitário de ex-alunos todo ano. Por que quer saber?

– Ele ainda está envolvido no programa? Melhor ainda. Queria falar com ele essa semana para ver se ele faz uma narração.

– Tenho tantas perguntas que não sei nem por onde começar.

Os joelhos dele esbarram na minha coxa quando ele se vira para me encarar, os lábios se curvando em um sorriso cheio de curiosidade. As mangas de sua camisa estão enroladas. Ele costumar usá-las assim? Essa proximidade entre nós está me obrigando a prestar atenção nos antebraços dele. São bem torneados, provavelmente graças aos anos de dribles no basquete e por abrir potes para senhorinhas.

O assento de couro do ônibus parece um cantinho particular para duas pessoas. Comprido e estreito, limitado pelo encosto alto da fileira da frente, nos deixando mais próximos, me fazendo esquecer que não estamos sozinhos. Isso causa um efeito estranho em mim, deixa meu rosto quente e aumenta minha pressão, faz meu coração bater mais rápido. Mas o que é isso? Deve ser por esse tipo de situação que minha mãe sempre insistia em me levar e buscar na escola quando eu era adolescente. Coisas arriscadas podem acontecer aqui.

Mas não posso me estender nisso e Ben não tem tempo para fazer nenhuma pergunta. Um sibilo sepulcral domina o ônibus, o que só pode significar que o time chegou.

– Olha – digo, apontando pela janela.

Ben se inclina, o ombro pressionado no meu, sua respiração acima da minha orelha quando ele dá uma risadinha.

– Não era o que eu esperava.

Eles estão saindo do estádio juntos, atletas na frente, treinadores atrás. Em geral, depois de uma derrota, eles ficam cabisbaixos, usando fones como se fossem escudos, sem fazer contato visual com ninguém. Daí o silêncio respeitoso de todos. Mas hoje, não. Estão de cabeça erguida. Anthony Gallimore cantarola e ninguém reclama. Alguns rapazes o acompanham dançando. Até Luis Rosario balança a cabeça, ainda que, como sempre, sua expressão seja neutra.

Ben não se mexe e fico ciente demais de cada parte de nosso corpo que se toca. Minha respiração está curta. Ele está perto o bastante para perceber se estiver atento. Seria muita humilhação.

A intimidade é uma necessidade humana básica para a maioria das pessoas, mas a última vez que toquei num homem foi na noite da despedida de solteira de Cassie, no verão passado, quando dancei de forma obscena e sem ânimo com um estranho. Sexo? Eu ainda usava franja quando meu último relacionamento acabou, nove meses e três cortes de cabelo atrás.

O motivo dessa reação não é Ben. Estar perto de qualquer homem razoavelmente bonito causaria isso. Lufton, por exemplo, não é tão feio, então ele provavelmente também poderia fazer meu coração disparar.

Tá bom, de jeito nenhum. Mas só porque foi um péssimo exemplo.

Os jogadores embarcam no ônibus em fileira.

– O que você acha que está acontecendo? – pergunto, me virando para olhar para Ben.

Ele está ainda mais perto do que eu tinha percebido. Seus lábios estão levemente abertos.

– Não sei – responde em uma voz baixa e hipnotizante.

Eric senta na minha frente, me tirando do estado de atordoamento. Eu me inclino e bato no ombro dele.

– Por que eles estão com todo esse bom humor? – sussurro.

Ele joga a cabeça para trás e sussurra:

– Não sei muito bem. JGE expulsou os treinadores do vestiário antes de todo mundo sair. Os jogadores ficaram lá uns vinte minutos. Meu chute é que ele deu uma palestra motivacional para eles.

Jamar Gregg-Edwards desempenha um papel secundário em quadra, mas não está buscando uma carreira no basquete profissional. Talvez ele seja a pessoa mais inteligente que já conheci. Estudante de engenharia, líder do movimento negro na Ardwyn. Ano que vem, vai para a Inglaterra com uma bolsa de estudos de prestígio para estudar tratamento de água. Ele é o alicerce do time.

Quando chegamos ao campus, marco uma reunião com Keith Wesley mais adiante na semana. Ele é educado e receptivo e passa uma hora diante da câmera, falando sobre adversidade, dúvidas e sua netinha.

Começo o vídeo com uma frase de efeito de um filósofo do século XX, porque nada melhor para passar a mensagem de que algo sério vai ser dito do que a voz cheia de autoridade de um velho britânico. "Não há elemento químico neste planeta tão resistente quanto a grandeza de espírito humana", diz ele, por cima do lance perdido por Keith Wesley.

Em seguida mostro o Keith Wesley de hoje, mais grisalho e tranquilo, folheando recortes amarelados de jornais, passando as mãos por troféus antigos e observando a flâmula pendurada no saguão da arena que diz Basquete da Ardwyn, 1987: Doces Dezesseis Anos. "Fracassei no momento mais importante da minha carreira no basquete", diz ele. "Perdemos a partida mais importante que já joguei na vida. Se eu queria que tivéssemos vencido? É claro. Sou um atleta. Mas aprendi muito com aquele jogo e sou grato por isso. Vi como meus colegas de time, meus amigos e minha família eram acolhedores. Vi que a vida seguiu em frente, assim como o basquete, e que eu também podia seguir."

Tento fazer Quincy me contar sobre o discurso de JGE no vestiário porque quero trabalhar alguns dos temas no vídeo, mas, apesar da bajulação, ele se recusa a falar. Ninguém sabe o que JGE disse e os jogadores parecem ter feito um pacto de silêncio. Mas, o que quer que tenha sido, dá certo. Vencemos os três jogos seguintes, mesmo sem Quincy. E vencemos os quatro seguintes depois da volta dele.

Os torcedores sentem a mudança no ânimo. Fica óbvio pelos ingressos esgotados por multidões, pelos comentários, pelo número de seguidores. Meu vídeo sobre derrota tem mais visualizações do que qualquer um que já fiz. Acordo na manhã seguinte à postagem com uma mensagem de Cassie, a maior madrugadora: **O LEBRON COMPARTILHOU O SEU VÍDEO!!!**

"O que fazemos depois?", diz Keith Wesley ao fim do vídeo, com uma cena dos jogadores chegando para treinar bem cedo, enquanto o sol nasce acima do prédio. "A gente se apresenta."

– Vamos fazer a jogada do tigre e terminamos! – grita o treinador Thomas no treino, as mãos ao redor da boca.

Gallimore se vira para encará-lo.

– Mas já?

– Vamos terminar mais cedo hoje. Todo mundo precisa de um descanso.

O que ele quer dizer é: hoje é dia dos Namorados. E, esta noite, todo mundo que tem um parceiro precisa cobrir essa pessoa de amor e afeto e ajudar nas tarefas da casa para compensar o fato de que vão estar quase totalmente ausentes por quatro a sete semanas, até o fim da temporada.

Antes que eu volte para o escritório, o treinador Williams faz um sinal para que eu desça.

– Meu filho me mostrou o Instagram ontem à noite – diz ele, pronunciando o nome de forma pouco natural e com seus olhos escuros me perfurando. – Falou que Jalen Austin deixou um comentário em um dos nossos vídeos.

Jalen Austin está no segundo ano do ensino médio e é um dos alas-armadores mais cobiçados por universidades do país.

Também vi o comentário.

– Pura ferocidade, emoji de fogo – digo, os cantos dos meus lábios se curvando enquanto me esforço para não rir.

– Pura ferocidade, emoji de fogo – repete ele, com seriedade.

Ele assente, eu devolvo o gesto. É o mais próximo que ele vai chegar de dizer que estava errado a meu respeito. Eu venci. O orgulho explode dentro de mim como uma garrafa de champanhe. Não preciso da aprovação dele, mas é bom do mesmo jeito.

No escritório, os sons de tudo sendo desligado começam antes mesmo que escureça: o coro das pessoas se despedindo, os ruídos de interruptores de luz, o clique metálico e alto da porta da escada.

Donna para no corredor, a caminho da saída, com uma das mãos no quadril.

– Planos para esta noite, Ben?

– Nada – responde ele. – Muita coisa pra fazer aqui.

– Longe de mim dizer que você precisa de uma namorada, mas no mínimo você precisa de uma vida.

Dou uma risada baixa e Donna se vira.

– E você? Tem algo empolgante para esta noite?

– Tenho.

– Sério? – Ela parece descrente.

– Os antigos assistentes do meu pai estão na cidade pra ver um jogo importante do ensino médio. Vamos sair pra jantar depois.

Estou de olho no relógio, as pernas balançando de ansiedade. Paul e Big Ed são como tios para mim. Quando eles me contaram que estariam por aqui, agarrei a chance de me encontrar com eles. O jogo deve terminar por volta do horário em que termino o trabalho desta noite, então eles vêm me buscar no campus.

Donna bate com uma longa unha no queixo.

– Que amor, mas não vale.

Juro que ouço Ben soltar uma risada pelo nariz do outro lado do corredor.

Tem alguma coisa neste lugar que torna impossível manter a distância. Já tive mais conversas pessoais aqui nos últimos quatro meses do que em qualquer outro lugar onde trabalhei nos últimos oito anos.

– Não dá pra você tentar ser legal? Estou solteira no dia dos Namorados. Talvez eu esteja me remoendo.

– Você? Duvido. – O que quer que isso queira dizer, não parece bom. Ela inclina a cabeça na direção da sala de Ben. – Mas ele? Talvez.

– Ai – responde ele.

Ben parece mais entretido do que magoado, mas tem um quê de verdade na análise de Donna. Ben é sincero, responsável, honrado. Foi feito para ser o namorado de alguém.

Quatro horas se passam em um ritmo lento e excruciante, e os mililitros da minha garrafa de água vão desaparecendo que nem uma maré baixando. Às nove, olho o placar pela trigésima vez. O jogo está indo para a terceira prorrogação. É hora de aceitar que Paul e Big Ed vão furar. Vendo pelo lado positivo, estou super-hidratada.

Paul me manda uma mensagem minutos depois de eu conferir o placar. **Podemos deixar pra próxima? Está ficando tarde. Preciso ver o final disso aqui.**

E, sim, foi para a terceira prorrogação. Não seria nada sensato imaginar que eles sairiam antes de o jogo acabar. Eles são como meu pai e ninguém no mundo teria força suficiente para tirá-lo de seu assento antes do fim de uma partida como essa.

Teria sido legal, só isso. Depois de todo jogo em casa, meu pai, Paul e Big Ed costumavam ir a um restaurante italiano perto da escola, um que parou no tempo em 1974, para conversar e comer torta. Quando criança, eu sempre pedia para ir junto e meu pai deixava. Ficávamos fora até muito depois da minha hora de dormir. Eles bolavam estratégias e lembravam os velhos tempos, eu absorvia aquilo tudo enquanto enchia a cara de soda com gengibre e groselha. Às vezes, caía no sono na poltrona de couro sintético do restaurante e meu pai me carregava até o carro.

Eles vão se redimir por esta noite numa próxima, então esse nó na garganta que estou tentando engolir não faz sentido, nem o fato de estar secando os cantos dos olhos. Eu estava ansiosa para ficar um tempo com eles, só isso. E estou exausta. Amanhã já vou ter superado.

O que não vou conseguir superar é deixar que Ben me veja chorando no trabalho no dia dos Namorados. Se eu arrumar minhas coisas em silêncio e descer de escada, posso escapar sem precisar dar boa-noite.

Quando ele aparece na porta, estou com um casaco de lã de camelo em um dos braços e a bolsa pendurada no outro.

– Oi – diz ele, em um tom suave.

Ele olha para o casaco e depois para o meu rosto. Eu me ocupo com a bolsa, cavoucando no fundo dela, para que minha cabeça fique quase inteira ali dentro.

– Está saindo também? – digo, com uma voz animada demais, mas fui pega no flagra.

Tenho certeza que meus olhos estão inchados e minhas bochechas, manchadas. Não há como esconder.

Ele enfia as mãos nos bolsos e se balança em cima dos calcanhares, me analisando com atenção.

– Vi as pessoas falando sobre o jogo on-line. Parece épico.

– É, falei pra eles não se preocuparem com o jantar. Tá bom demais pra perder.

Espio por entre a bagunça de hidratantes labiais e moedas jogadas e o vejo assentir devagar, remexendo a mandíbula para a frente e para trás. Ô-ou. Achei que ele fosse me deixar escapar dessa, mas, quanto mais tempo ele ficar ali, mais provável será que tente encontrar algo legal para dizer e...

– Vem. Vamos jantar.

Tiro o rosto da bolsa.

– Tipo, você e eu? Juntos?

Tenho lampejos da noite em que Quincy machucou o tornozelo, da mão de Ben no meu quadril quando brigamos pelo celular. Droga. Essa lembrança invade meus pensamentos nas horas mais inconvenientes. Apesar do contexto nada sexual, minhas pernas bambeiam quando penso nisso, algo que acontece com mais frequência do que deveria. Eu saberia desenhar a exata posição da mão dele e cada dedo de cor. Seu aperto foi firme. Decidido. Resoluto.

Se me estender muito nisso, vou entrar em curto-circuito.

Ele revira os olhos.

– É, eu e você. Nós dois precisamos comer. Não vai ser tão diferente de qualquer outra noite. Vamos só estar no mesmo ambiente desta vez.

É verdade. Recentemente, ele começou a enfiar a cabeça pela porta para perguntar se eu queria alguma coisa quando ele pedia comida. Comemos cada um na própria mesa e falamos sobre basquete através do corredor.

Mas isso parece diferente. Não é o caso de conveniência ou de matar tempo enquanto descansamos. Isso é intencional. Provavelmente eu deveria recusar, porque meu corpo e minha cabeça vão acabar mais confusos do que já estão.

Só que eu quero ir. A ideia de voltar para casa é deprimente demais e ficar perto de Ben é fácil. Ele é uma boa companhia.

Vou construir uma fortaleza de sarcasmo para me proteger, como sempre faço. Vai dar tudo certo.

– Você quer jantar comigo *esta noite*? – pergunto.

– Não pensa demais – resmunga ele.

Levo as mãos ao peito e mordo o lábio.

– No dia dos Namorados?

Ele suspira e passa a mão pelo cabelo. Esta noite ele foi para a academia e tomou banho, então o cabelo está do jeito desalinhado pós-trabalho.

– Bem, tecnicamente, sim, acho que é essa a proposta.

Dou um passo na direção dele, oferecendo meu melhor sorriso de princesa da Disney.

– Espera, agora você está me fazendo uma proposta? Isso está indo um pouco rápido, mas vou ser sincera: só depende do anel.

Agito a mão esquerda na frente do rosto dele.

– Sabe de uma coisa, mudei de ideia. Acho que prefiro comer um burrito congelado em casa e passar o resto da noite tentando convencer meus amigos do ensino médio no Facebook que vacinas são seguras.

Ele pega a mão que estou acenando na frente do rosto dele e a aperta de leve, então a solta. Provavelmente, é um aperto de pena, mas é quente do mesmo jeito. Uma aflição faminta, há muito adormecida, ganha força em meu peito, como algo estimulante que venho mantendo sob a água e que luta para chegar à superfície. *Quieta, garota*, ordeno.

Desligo a luz e dou um tapinha indiferente no peito dele.

– Tarde demais, namorado técnico. Vamos nessa.

Catorze

Escolhemos um local casual não destinado às multidões de namorados e sentamos no bar, assistindo ao jogo entre Kansas e West Virginia. A atmosfera animada do restaurante torna mais fácil descartar o que senti no trabalho. A luz não está tão baixa, o ar cheira a hambúrguer e um grupo festeiro da terceira idade está mandando ver nas margaritas na mesa atrás de nós.

No intervalo do jogo, vejo que uma das outras televisões está passando uma prévia do próximo episódio de *A Casa da Praia*. Cutuco o braço de Ben.

– Olha.

Semana que vem, Brianne vence um concurso de castelo de areia, conquistando o direito de receber a visita de seus entes queridos. De alguma forma, isso leva Logan a ser interrogado pelo pai dela enquanto está conectado a um polígrafo. "Como você garante que vai saber qual dessas mulheres é a certa pra você nas próximas duas semanas?", pergunta o pai dela a Logan, a boca em uma linha de seriedade sob o bigode cheio.

Jogo as mãos para cima.

– Finalmente, uma voz da razão.

Os lábios de Ben se curvam no canto de um jeito indulgente e ele balança a cabeça.

– Você tem sorte que a Cassie não está aqui pra destruir a porcaria do seu casal preferido quando você fala assim.

– Sou daquelas que surfam a onda, lembra? Só torço pro vencedor. – Enfio uma batata frita na boca e mastigo, curtindo a cara de sofrimento dele ao se obrigar a aguentar o tranco. – Mas, sério, você acha que alguém ali vai ficar junto?

– Ficar junto? Quem sabe. Se eu acho que podem se apaixonar? Talvez.

– O Logan disse estar caidinho por quatro mulheres. *Quatro.* – Bato no balcão quatro vezes com a mão. – Eu não amo nem quatro pizzarias no estado inteiro de Nova Jersey. E olha que eu *amo* pizza. Ele ama mais mulheres do que eu amo pizza. Isso não é amor, é babaquice.

– Eu amo mais do que quatro pizzarias.

– Você é da Pensilvânia. Fica na sua área.

– Você está deixando passar um detalhe crucial aqui – diz Ben, balançando a cabeça. – Vou perdoar, já que é a primeira vez que assiste ao programa.

– E qual é?

– Ele disse que está *caidinho por elas*. Não que está louco de amor ou que as ama. Faz uma diferença brutal no programa.

Ele pega um guardanapo e uma caneta em sua bolsa e começa a desenhar.

– Existe um caminho determinado pra intensificação de sentimentos que todo mundo segue nesse programa. É crucial que os competidores confessem em que estágio estão à medida que o final vai chegando.

Ele desliza o guardanapo na minha direção e seu cotovelo encosta no meu. *Eu me vejo ficando caído por ela*, leio.

– Esse é o primeiro passo, seguido por "Estou começando a ficar caidinho", depois "Estou me apaixonando" e então "Estou apaixonado". Só então a palavra com A entra em cena. "Eu amo essa mulher." Normalmente a gente não vê um "Eu te amo" até o fim da temporada.

Acho que gosto ainda menos desse programa do que eu pensava, porque estou prestando muito mais atenção no cotovelo de Ben do que na sua explicação. Tem algo que me distrai no calor desse toque, na pressão contra mim. As cócegas de leve do pelo de seu braço e a firmeza dos músculos, a forma como ele não parece propenso a se afastar.

Tento um olhar furtivo, mas ele também está me olhando. Seus olhos escuros brilham com intimidade, como se compartilhássemos um segredo. Talvez ele saiba que estou desconcertada.

Engulo em seco.

– Esse programa é surreal.

– Você não acredita que eles possam cair de amores por alguém em oito semanas?

– Eu acredito muito que eles possam cair de algum tipo de amor em oito semanas. Mas não importa.

– Como assim?

– É amor na terra da fantasia. Está atrelado demais à experiência que eles estão vivendo na ilha e a toda a filmagem e todos os encontros excessivamente românticos, então não dá pra prever se vai durar. Por isso que a proposta é uma babaquice. Ninguém faz ideia se tem como dar certo de verdade até que o programa acabe.

– Na verdade, esse argumento é menos cético do que eu esperava de você.

– De mim?

Passo o garfo pela salada Caesar e corto um pedaço de frango em um quadrado minucioso. Essa palavra dói, *cético*. Vem de uma percepção a meu respeito que perpetuo de propósito. É a mesma que gerou o comentário de Donna mais cedo, que não me incomodou nem um pouco, mas me incomoda ao vir de Ben.

– Eu me considero especialista no assunto. Lembra do último ano?

Ele me olha de modo inexpressivo, mas deve lembrar. Foi impossível não notar. Eu ficava um tempão no banheiro chorando. Sentava ao computador e negligenciava meu trabalho, digitando mensagens imensas e ignorando todos à minha volta. Perdia prazos e chegava atrasada. Era como se eu estivesse andando pelo mundo com uma placa presa nas costas que dizia CUIDADO: COLAPSO EMOCIONAL EM ANDAMENTO.

Porém é evidente que Ben está sendo sincero. Ele não se lembra, não está fingindo pelo meu bem. Solto o ar.

– Ainda bem, eu acho. Pensei que todo mundo sabia do completo desastre que era minha vida amorosa.

Ele fica imóvel.

– O que aconteceu?

– Nada. Não liga pra isso.

– Radford, conta – pede ele.

– Não – respondo, sem conseguir reprimir um sorriso de nervosismo.

Ele devolve o sorriso.

– Pô, é dia dos Namorados. Pelo grande espírito dessa data, me conta o completo desastre que era sua vida amorosa.

Solto um gemido teatral. Esse território é perigoso, meu último ano de faculdade. Está tudo misturado com outros assuntos que não posso discutir com ele. Mas preciso provar que ele está errado em achar que sou insensível. *Até onde posso ir?* Até onde, perto do assunto mais delicado, sem magoar ninguém?

Viro meu copo de água e peço uma cerveja. Depois que o atendente a coloca diante de mim, sobre um porta-copo de papelão, começo:

– Depois do terceiro ano, quando terminei meu estágio no Sixers, fiz um curso de verão na Itália. Sempre quis ir pra lá e morria de inveja dos meus amigos que tinham cursado um semestre inteiro no exterior.

Ben assente. Ele não tinha como estudar fora do país. Dado o status de esporte de inverno, o basquete monopoliza o ano letivo inteiro.

– Eu nunca tinha tido nenhum tipo de relacionamento emocionalmente intenso antes. – Faço uma careta de escárnio para mim mesma. – Mas, na minha primeira semana lá, conheci um cara.

– Nome?

– Oliver.

É estranho dizer o nome dele em voz alta. Faz muito tempo que não o menciono. Não sinto falta dele, mas costumava passar muito tempo remoendo nossa história. Antes de voltar para a Ardwyn e de o trabalho consumir tanto espaço na minha cabeça.

– Ele não era italiano. Era inglês e morava em Florença. Nos conhecemos em um parque, onde eu estava tirando fotos. Tipo coisa de filme. Nos conectamos logo de cara. Fazíamos longas caminhadas por ruas de paralelepípedo e conversávamos por horas. Era Florença. Não é necessário tentar deixar a coisa toda romântica, ela já é. Encontramos um voo de 25 dólares pra Paris em uma companhia aérea barata e esquisita, com aviões rosa--choque, e passamos um fim de semana lá. Comemos doces nos Jardins das Tulherias e conversamos sobre sonhos e esperanças.

Giro o gelo no meu copo de água vazio com o canudo e dou uma olhada furtiva para ele, que está me observando e ouvindo com uma expressão atenta.

– Eu não era ingênua – continuo. – Sabia que não tinha como ser algo de longo prazo e estava em paz com isso. Mas aí ele disse que me amava. E me pediu em namoro. Ele disse que a gente encontraria um jeito de fazer dar certo.

Ben morde o lábio.

– Aí eu me joguei de cabeça. Ele falou essas coisas, mesmo sem precisar, então acreditei que fossem sinceras. Imaginei um futuro com ele. Ele fez uma ligação de Skype pra minha irmã comigo ao lado. A gente conversou sobre ele me visitar na Ardwyn na época do dia das Bruxas. Até comecei a procurar emprego em algum time profissional da Europa pra depois que me formasse.

Balanço a cabeça. Continuo:

– Tenho certeza que você sabe como isso acaba.

A voz dele é suave.

– Me conta.

– Uma semana depois que cheguei em casa, em agosto, ele terminou comigo. Em uma ligação de vídeo. Lembro que a conexão estava ruim, então a tela não parava de congelar com a minha cara horrível de choro.

– Ele é um lixo – diz Ben.

Sinto um sorriso se abrir em meu rosto.

– Não acho que ele tinha intenção de me magoar. Só foi negligente com meus sentimentos. Ele se deixou levar pela ideia, assim como eu. Mas, depois que a fantasia terminou, a realidade bateu e ele se deu conta de que nunca daria certo. E tinha razão. Com o tempo, entendi isso. Mas foi a primeira vez que alguém partiu meu coração... a única vez... e não lidei muito bem com isso. Fiquei sem dormir, bebi muito. Fiz corpo mole nas aulas, não conseguia me concentrar no trabalho. Então, é... não duvido que eles fiquem caidinhos nesse programa. Talvez até se apaixonem. Mas acho que essa é a parte fácil.

Ben fica calado por um instante, girando o copo de cerveja na mão.

– Não percebi – diz ele, por fim. – Que você estava passando por um momento difícil.

Dou de ombros.

– Nós não éramos muito próximos fora do trabalho. Fico feliz por você não ter percebido.

– Eu, não. – Ele se cala, contraindo os lábios em um meio sorriso contemplativo. – Talvez a gente não fosse o melhor amigo um do outro, mas eu queria... – Ele passa a mão pelo cabelo. – Sei lá.

Teve uma noite naquela época, uma quarta-feira calorenta qualquer, em um dos bares perto do campus, em que eu estava no banheiro com Cassie, me debulhando em lágrimas por causa de Oliver e tentando limpar o rímel borrado sob meus olhos, quando recebi uma mensagem de Maynard que me fez deixar o celular do lado da pia e traçar uma reta até o bar. Tomei três doses seguidas, pá, pá, pá. Então tentei convencer a banda a tocar "Since U Been Gone" e mostrei o dedo do meio pra eles quando se recusaram com educação. Por fim, peguei o boné de beisebol da cabeça de um estranho e o beijei ao lado do velho fliperama nos fundos.

– Você nunca ia aos bares – digo. – Acredita em mim, você teria percebido se tivesse me visto por lá.

Ele está sério. Com um dedo, traça uma linha na condensação de seu copo.

– Naquele ano, eu estava enrolado com os meus problemas.

– Tipo quais?

Ele hesita de um jeito que me faz remexer no banco e me virar em sua direção.

– Lembra da Hailey?

Hailey. A namoradinha do ensino médio. Um rosto com um formato perfeito de coração e um cabelo reluzente, aqueles brincos de pérolas enormes e cintilantes. Ela foi para outra faculdade – em Baltimore, talvez? Ela vinha a muitos jogos e sorria para todo mundo, usando calças jeans justas e blusas elegantes de botão. Era uma graça.

Dou de ombros de um jeito casual.

– Acho que sim. Vagamente.

– Naquele outono, ela me disse que não sabia mais se queria estar em um relacionamento.

– Como assim? Ela te largou?

– Não exatamente – diz ele. – Quem dera tivesse sido assim. Acho que ela queria, mas se sentia culpada. Eu tinha ajudado muito quando o pai dela ficou doente, uns anos antes. Passamos o último ano inteiro em um ciclo em que ela dizia que não sabia o que queria, eu tentava convencê-la de que a gente podia melhorar e ela concordava por um tempo. Aí começava tudo de novo. Mas ficava cada vez pior.

É difícil imaginar.

– Vocês pareciam... perfeitos.

Havia cem por cento de chance de que os dois tivessem sido eleitos o Casal Mais Fofo no anuário do ensino médio.

Ele dá de ombros.

– Nós dois amadurecemos na faculdade. Mas de maneiras diferentes.

– Quando foi que terminou?

– Pouco antes da formatura. Ela veio dirigindo de Ocean Drive até aqui no meio da noite durante a semana de calouros e veteranos. Apareceu no meu apartamento chorando e contou que tinha dormido com um cara da turma de Marketing. Ela saiu do quarto dele no hotel e veio direto me contar.

Jovem e doce Ben, o menino para quem os passarinhos cantam, traído e de coração partido. Meu coração quase não aguenta a pressão, só de pensar nisso.

– Ai, Callahan. Que merda.

– Pelo menos ela me contou.

– E foi assim, então?

– Foi assim. Antes, eu vivia desesperado pra fazer dar certo, mas não depois da traição. Acho que ela fez isso pra eu ter que terminar. De forma subconsciente. Ela passou o ano todo tentando terminar. Eu que não dei ouvidos.

– Ela podia ter terminado por conta própria, em vez de obrigar você a fazer isso.

– É, podia.

Ficamos em silêncio. A porta da cozinha se abre quando uma garçonete aparece com uma bandeja. O som da grelha crepitante vaza para o ambiente até a porta se fechar de novo.

– O que aconteceu com ela?

– Casou com o tal cara. Ela me envia cartões no Natal. Não guardo mágoa. Bato de leve com meu canudinho nele.

– Claro que não guarda. É bem a sua cara. Vocês ficaram juntos... o quê?... uns cinco anos?

– Sete.

– Credo. Então é por isso que você nunca se apaixonou por mim – falo. De brincadeira, só para constar. Falo isso de brincadeira.

De esguelha, vejo a cabeça dele se virar rápido na minha direção. Um olhar de curiosidade cruza seu rosto. Fixo os olhos no atendente, que prepara um drinque. Gim-tônica, que fascinante.

– Nunca tive problema em ser fiel – diz ele, devagar. – Isso não quer dizer que eu não reparava quando uma pessoa era objetivamente bonita. Eu *enxergo*.

– Ah – consigo dizer, tentando ignorar o lampejo de calor na minha barriga, enquanto o atendente acrescenta uma fatia de limão. – Uma pessoa bonita que nem... a Jasmine.

Aponto para a TV que passou o comercial de *A Casa da Praia*. Dizer qualquer coisa a mais seria seguir por um caminho arriscado.

Um instante se passa. O atendente coloca um canudo de coquetel no copo e o leva para um freguês na outra ponta do bar.

– Exato – concorda Ben. – Que nem a Jasmine. – Ele se volta para seu sanduíche de frango. – E o Oliver? Por favor, diga que ele apareceu na sua casa meses depois e você deu com a porta na cara dele.

Relaxo os ombros.

– Bom, é aí que a história fica engraçada, eu acho.

Aperto as mãos contra as bochechas.

– Ai, meu Deus – diz ele, roubando uma batata frita minha. – Manda.

– Ele me ligou meses depois, após a formatura. E eu atendi só pra poder desligar na cara dele, o que foi ótimo.

– Boa.

– Mas aí ele me mandou um e-mail dizendo que tinha se mudado pra Boston e queria que eu fosse pra lá também.

Os olhos de Ben saltam de horror.

– Radford, não.

– Ah, sim. Eu fiz isso. Foi depois que eu... depois que fui embora daqui. Consegui um estágio lá e usei como desculpa pra ir. Aí, quando cheguei, ficamos indo e voltando durante alguns meses, então ele surtou e falou que não queria se casar...

– Você queria se casar?

– Deus me livre! Eu tinha o quê, uns 22 anos? Era tudo coisa da cabeça dele. Mas é claro que precisei ficar em Boston por mais três infelizes meses pra provar um ponto.

– Claro. E qual era?

O porta-copo sob minha cerveja está ficando encharcado. Dobro a ponta com o polegar e aperto.

– Então... – digo.

Ben deixa a cabeça cair para trás e geme.

– Oliver, seu maldito. – Ele respira bem fundo. – Espera, me diz que tá tudo terminado. Não vou conseguir lidar com isso se não estiver.

– Sem spoilers – repreendo-o. – Um ano depois disso, ele se mudou pra Nova York e perguntou se podíamos ser amigos. E, é claro, começou com um papo de que eu que tinha ido embora.

– E aí você deu um chega pra lá nele?

A essa altura, Ben parece perturbado.

Eu podia ir direto para o fim da história, mas, agora que ele está envolvido emocionalmente, é mais divertido me estender. Seria mais eficaz se eu conseguisse manter a seriedade, mas não dá.

Minha mãe costumava me dizer: *Um dia, você vai rir disso.* E também: *Por favor, chega de geminianos pra você.* Na época, eu não achava a menor graça. Mas, agora, com todos os sentimentos expurgados e a amargura varrida para longe, só o que restou foi a estrutura da história e pessoas que parecem personagens escritos por alguém, até eu mesma. Então, sim, agora é engraçado.

– Não. – A resposta sai com uma risadinha que parece um guincho causado pelo ar escapando de um balão. – Voltamos por mais alguns meses, aí ele concluiu que estava com saudade de casa e quis voltar para a Inglaterra. Ele me chamou pra ir com ele.

Ben parece prestes a cair do banco.

– Por favor, por favor, me diz que você não se mudou pra Inglaterra.

Eu me ajeito e beberico minha cerveja, permitindo que a tensão dramática cresça. Depois de secar o canto dos olhos com um guardanapo, faço que não com a cabeça.

– Não me mudei pra Inglaterra. Ele já tinha decidido que ia e eu estava cansada de tanta turbulência emocional. A gente não sabia viver um relacionamento um com o outro. A gente se apaixonou da primeira vez porque estava por aí, bebendo vinho nas benditas colinas da Toscana. Mas era só isso. E passamos o resto do tempo tentando reviver aquelas sensações. Por fim, eu terminei e ele foi embora.

– De vez?

– De vez. E não sou um ser humano moralmente superior como você. Nós não nos falamos mais e com certeza não trocamos cartões no Natal.

– Nunca mande um cartão de Natal pra ele – implora Ben. – Se ele vir o remetente, vai bater na sua porta.

– E aí voltando ao *Casa da Praia*...

– Ah, esqueci que tinha um motivo pra essa história.

Bato com as costas da mão de leve no braço dele.

– A questão é que acho um erro dar tanta importância emocional a um relacionamento que se desenvolve em um mundo de fantasia. Mas também não vou te julgar se você precisar cometer esse erro três vezes antes de aprender a lição.

Depois do jantar, ele me leva de carro para o campus. Meu carro é o último que resta no estacionamento. Quando solto o cinto de segurança, ele se inclina para me dar um abraço. Dura o suficiente para que eu inspire duas vezes seu cheiro de sabonete, limpo e perfumado. Dura o suficiente para que ele deslize o polegar na lateral do meu pescoço de um jeito que parece intencional. Sua barba por fazer roça no meu rosto quando ele se afasta.

É a segunda vez que nos abraçamos. Parece que é algo que fazemos agora. Não estou muito certa dos parâmetros.

– Antes de você ir – diz ele, com a voz um pouco rouca. Eu paro com a mão na maçaneta. – Uma pena que os amigos do seu pai não tenham conseguido te encontrar esta noite. Eles que perderam.

Ele me encara de um jeito doce que faz o carro parecer pequeno, como se eu estivesse imóvel demais, como se precisasse sair e começar a me mexer. Olho para ele também. *Até onde posso ir?* Puxo a maçaneta.

– Obrigada – digo. – E feliz dia dos Namorados. Tecnicamente.

Quinze

– Ei, a gente tem que te mostrar... Ah, ela tá ocupada.

Olho por cima dos meus monitores e vejo Ben na porta, com Eric logo atrás.

– E aí? – falo.

– Como você sabe que ela tá ocupada? – pergunta Eric, empurrando Ben e entrando na minha sala. – Não são nem nove e meia.

Ele joga uma maçã de uma mão para a outra.

– É, como você sabe? – indago.

Estou analisando vídeos do último jogo, minha tela cheia de miniaturas, parecendo confetes. É minha hora de procrastinar/ter ideias, então era igualmente provável que me encontrassem tanto no meio de uma análise profunda do relacionamento de duas celebridades quanto mergulhada no trabalho.

– É o seu cabelo – responde Ben, sem malícia nenhuma. – Quando você tá ocupada, sempre faz um rabo de cavalo.

Eric morde a maçã.

Toco no meu cabelo. *Não, não toca no cabelo.* Meu rosto fica corado.

Fica evidente o instante em que ele se dá conta de que isso não é algo natural de se dizer. Em um movimento de contorcionismo, ele baixa a cabeça até o peito, esfrega a nuca e olha para o corredor, onde não há nada acontecendo. Eric o observa com olhos semicerrados e confusos, mastigando devagar.

Nunca fiquei tão grata a uma fruta antes. Daria um beijo na casca reluzente dessa maçã verde se pudesse. Eu não iria querer ouvir o que quer que Eric fosse dizer se não estivesse de boca cheia. Ele é delicado como um hipopótamo numa loja de cristais.

Uma vez, no ensino médio, Shane Kowalski chegou a uma festa enquanto a música perfeita da trilha sonora de *Gossip Girl* tocava, então tentei me empoleirar no braço da cadeira e jogar a cabeça para trás segurando meu copo de plástico vermelho de forma glamourosa. Eric olhou para mim como está olhando para Ben agora e soltou a pérola: "Por que você tá assim? Teve um espasmo muscular no pescoço?"

Pigarreio.

– O que vocês queriam me mostrar?

Ben pega seu celular, e a Força-Tarefa para Mudar Logo de Assunto entra em ação.

– O post do Logan no Instagram – diz ele, abrindo uma foto de um nascer do sol com uma legenda misteriosa e prolixa.

Sorte nossa que é algo sobre *A Casa da Praia*, porque Eric tem uma teoria elaborada sobre o sol, a tatuagem de Jasmine e se os erros de ortografia de Logan são um código. Assinto e faço ruídos para me mostrar interessada a intervalos regulares, torcendo para que minha interpretação de alguém que está prestando atenção seja ao menos razoável.

Eu não deveria ter ficado surpresa com a observação de Ben sobre meu rabo de cavalo. Deu uma sensação de intimidade, mas era apenas um fato, não era? Reparar nesse tipo de coisa quer dizer algo mais? Eu saberia dizer se ele estava trabalhando. Ele faz aquele lance com a língua, fica bem perto do monitor e sussurra para as planilhas, murmurando palavras e números, com delicadeza e quase sem som.

Agora, entramos direto na sala um do outro quando queremos falar alguma coisa. Não há mais batidas em portas abertas ou perguntas para saber se o outro está ocupado. Mostro vídeos semifinalizados para ele e fico com a cabeça acima de seu ombro enquanto ele assiste. Ele dá argumentos fervorosos a favor de esquemas ofensivos e substituições planejadas de jogadores e ensaia apresentações para o treinador Thomas.

Não falamos sobre os cortes no orçamento. Esse é um problema para os nossos eus do futuro.

As mensagens começam quando a Blake perde para o pior time da liga regional. Logo nas quatro primeiras mensagens, desviamos do assunto basquete e vamos para corrupção na política e o evento de ginástica que acontece logo depois do jogo.

Annie: a gente deveria assistir e discutir

Ben: Óbvio. Quem você acha que ganha?

Annie: tem que dar LSU. elas estão usando listras de tigre fabulosas. você deveria se inspirar nesse visual pro nosso próximo jogo

Ben: Preciso poupar minha roupa de ginástica pros dias de folga. Só dá pra lavar na mão.

Annie: estou confusa com o sistema de pontuação desse esporte

Ben: Não me faz cair nessa de falar sobre isso, a menos que você esteja livre pelas próximas quatro horas.

Annie: awwn você decorou as regras por causa da sua irmã?

Ben: Decorar? Eu envio uma carta todo ano listando um monte de correções.

Na noite seguinte, um parlamentar viraliza por declarar que "não acredita nisso tudo". "Isso tudo" é o campo inteiro da matemática, porque dados mostram que a imigração tem um impacto positivo na economia. Ben me manda o vídeo um minuto depois de eu mesma vê-lo.

Annie: hahaha números não são reais

Ben: 🙁

Ben: Eu sou real?

Annie: não no quinto distrito eleitoral do arkansas

Em poucos dias, as notificações com o nome dele param de me surpreender. A troca de mensagens se torna algo natural nas minhas noites e nos meus dias de folga. Não falamos disso no trabalho, o que confere uma aura clandestina às nossas interações.

Não que estejamos discutindo algo íntimo: é basicamente TV e Sasha, as notícias e nossas famílias. O surpreendente é o fato de as conversas em si existirem, de elas acontecerem quando podíamos esperar oito horas até nos encontrarmos de novo.

As mensagens mudam a maneira como nos comunicamos, cada vez mais familiar, mais confortável. Às vezes, na manhã seguinte a uma longa conversa, tentamos falar como no dia anterior, mas não parece certo. Temos que recalibrar a forma como interagimos cara a cara para combinar com a maneira que interagimos no celular. Ou talvez não seja necessário. Podemos manter duas relações paralelas, mas não é o que fazemos.

Um dia, enfio a cabeça na sala dele.

– Três minutos é muito pra esse vídeo? – pergunto. – Preciso cortar pra deixar com dois minutos e meio, não é?

– Faz o que você quiser – responde ele, com um sorriso particular e lento. – Números não são reais.

Naquela noite, depois do banho, estou parada no banheiro, enxugando um pouco meu cabelo com a toalha. Pego meu secador no armário embaixo da pia e confiro o celular antes de ligá-lo, me retraindo ao ver o que me aguarda. É uma única mensagem, bem longa. Para chegar ao topo, preciso rolar a tela.

Antes de começar a ler, já sei que se trata de algo que ele rascunhou com todo o cuidado e empenho. Ele leu, e revisou, e releu. Talvez tenha até escrito primeiro no bloco de notas, para ter certeza de que não enviaria sem querer antes de estar pronto. Meu peito queima de medo e ansiedade. Nada de bom pode sair de uma mensagem dessas.

Ando querendo conversar uma coisa com você. Nunca parece o momento certo, mas agora que ficamos amigos (espero!), acho que devo ser sincero com você, então lá vai.

Eu falei uma vez pra você que estava esperando o momento certo pra ir embora da Ardwyn. A verdade é que sempre planejei ser treinador com Maynard na Arizona Tech. Ainda não bati o martelo quanto ao momento e ele não tem uma vaga por agora, mas faz anos que falamos

disso. É claro que as coisas que você e eu conversamos sobre Phil Coleman estão pesando nas minhas costas e ainda não sei bem o que fazer quanto a isso, mas preciso dar uma chance ao treinador, ver como ele conduz o programa e tentar ser uma influência positiva. Sei que você tem uma opinião diferente sobre ele e respeito isso, mas acho que você não tem como compreender quanto ele fez por mim e pela minha família. Eu o admirei durante toda a minha vida adulta. Ele me ensinou o que significa ser um líder. Preciso dar uma chance.

Enfim, pode parecer repentino, mas quero ser sincero com você e estava começando a ficar esquisito eu ainda não ter dito nada.

Coloco o secador de cabelo na bancada e vou até o quarto verde. Depois de acender uma vela, me aninho no pufe para observar a pequena chama no parapeito se esticar e tremeluzir. O som de uma televisão vem do apartamento de baixo. Assobios esporádicos e a voz fervorosa e barulhenta de um comentarista: um jogo de basquete, provavelmente o grande clássico entre a Duke e a UNC.

O nó na minha garganta é tão sólido que chega a doer. Tem sido fácil para nós dois fingirmos que Maynard não é um ponto de discórdia, porque nenhum de nós tornou a tocar no assunto. Mas agora isso não é apenas um conflito entre nós dois. É *importante*. A ideia do meu *amigo* (um pelo qual, de vez em quando, sinto muito desejo, mas um amigo mesmo assim) trabalhando lado a lado com Maynard é repugnante, mas há algo pior do que isso. É impossível que Maynard tenha mudado seu comportamento desde que saiu da Ardwyn. Se Ben se juntar ao time dele, vai fazer parte de uma cultura que permite que Maynard machuque as pessoas.

Não posso deixar isso acontecer.

Fico deitada por um bom tempo, até o tecido sob a minha cabeça ficar úmido por causa do meu cabelo. No fim, minha nádega esquerda fica dormente, então escalo o pufe e me sento no chão. A grama arranha a parte de trás das minhas coxas. Pego meu celular.

– Oi – diz Kat, ao atender.

Uma música alta toca ao fundo.

– Oi. Tá na rua? – Minha voz sai aguda e vacilante.

– Não. – A música é desligada. – O que aconteceu?

Conto tudo a ela, que não diz nada até eu terminar de falar.

– Beleza, estão faltando alguns detalhes aqui. Você sabia que eles eram próximos assim?

– Eu sabia que ele ainda o idolatrava. Sabia que mantinham contato. Não sabia que ele ia se mudar pro outro lado do país um dia pra ser seu braço direito.

– É muito ingênuo da parte dele achar que pode entrar em uma situação dessas e consertar qualquer merda nada ética que esteja rolando. Talvez ele esteja dizendo que quer ser uma influência positiva só pra se sentir melhor por tomar essa decisão.

Nervosa, passo os dedos pela grama.

– Não acho que ele faria isso. Ben acredita mesmo que o lance com Phil Coleman foi um incidente isolado ou, no pior das hipóteses, que ele pode impedir o Maynard de fazer algo parecido outra vez.

Kat solta uma risada pelo nariz.

– O que é absurdo, porque ele era tão alheio às merdas do Canalha que nem sequer sabia o que tinha acontecido com o Phil. E ele estava *lá*.

– É assim que a banda toca – digo. – Maynard mostra às pessoas só o que ele quer que vejam pra conseguir o que precisa delas. E é fácil pra ele se aproveitar do poder que tem, porque todo o resto sente que é substituível.

A estrutura da indústria esportiva na faculdade estimula comportamentos abusivos. Para quem está de fora, tudo parece glamouroso. Quem está no comando cresce em cima disso. Um grande número de pessoas clama por um pequeno número de cargos iniciantes, ávidas por entrar nessa área, mesmo recebendo um salário baixo ou até mesmo nada. Elas aturam muitas coisas que não deveriam porque "têm sorte de estar lá" – ou é o que todo mundo fala. Não podem exigir um tratamento melhor porque milhares de outras pessoas que não exigem tratamento melhor ocupariam de bom grado seus lugares no dia seguinte. Aqueles que assumem os cargos mais altos recebem dinheiro de sobra e são idolatrados como deuses. O ambiente irradia masculinidade tóxica: glorifica a agressividade, celebra a dominância e trata comportamentos inaceitáveis como "coisa de homem". Quem aceita fazer parte disso costuma ascender ao topo.

– O que você vai fazer? – pergunta Kat.

Espremo as pontas úmidas do meu cabelo.

– Por enquanto, nada. Mas, depois que a temporada terminar, se ainda formos amigos... vou contar pra ele. Talvez não tudo, mas o suficiente.

Kat solta o ar.

– Eita.

– É.

Apenas algumas pessoas sabem o que Maynard fez comigo, como ele me afastou da Ardwyn e do basquete de vez. Minha família, Eric, Cassie e Oliver – e só. Não contei para mais ninguém, mas não é uma decisão difícil. Contudo, vai ser uma conversa difícil. *Eu o admirei durante toda a minha vida adulta*, disse Ben. *Ele me ensinou o que significa ser um líder.*

Isso pode acabar com ele.

– Beleza, só mais uma coisa – diz Kat. – E é importante. Você sabe que o que tá fazendo com ele é flertar, né? Tipo, você falou "amigos", mas não é bem o que tá rolando.

– Kat, para.

– Annie, os pretzels.

Recentemente, caí na asneira de contar que Ben me dá os pacotinhos de pretzel que vêm no combo de almoço dele no café estudantil. "É igual a um pinguim levando pedrinhas pro outro porque quer acasalar", comentou ela.

Não quero ouvir isso de novo, então abraço meus joelhos e dou um grunhido.

– Sim, tá bem, sei que estamos flertando.

– Sério? Nossa, achei que a gente podia fazer aquele lance de você negar e, em algum momento, eu provar que estou certa e ficar me vangloriando.

– Deve ter esquecido que sou mais velha e mais sábia que você. Sou muitíssimo consciente.

– E ele? Tá ciente que você tá flertando?

– Não perguntei.

Tenho certeza de que ele está, menos quando não tenho certeza.

– Sabichona. Mas ninguém toma uma atitude?

– Argh. Não vai acontecer nada.

– Ah, saquei. *Essa* é a parte que você nega e, em algum momento, eu provo que estou certa e fico me vangloriando. Se importa em repetir por escrito o que disse, pros meus registros?

Kat está errada. Nada vai acontecer, porque vou garantir que não aconteça. Flertar é uma coisa. Na verdade, eu tinha esquecido a emoção, o prazer viciante de uma boa provocação. Não lembro quando foi a última vez que senti isso. Não conseguiria parar, nem se quisesse. *Até onde posso ir?* Até o ponto que eu quiser, nada mais. Mas impeço que a coisa toda escale, porque não sou boba. Há muitos complicadores, um peso insuportável, que vai fazer tudo ruir.

Depois de desligar, olho a mensagem de novo. Uma sensação nauseante percorre meu corpo outra vez. Meus dedos estão pálidos quando digito uma resposta.

Annie: obrigada por me avisar.

Annie: agora cadê minha foto da sasha? sei que você esteve com ela hoje

Dezesseis

Na segunda-feira de *A Casa da Praia*, vou mais cedo para a casa de Cassie e Eric para passar um tempo com ela antes que ele chegue.

– Terceiro lugar é bem impressionante, considerando que sou a única que nunca tinha visto esse programa.

Sopro meu chá e afundo nas almofadas do sofá.

– Bem impressionante mesmo – diz Cassie, do quarto, onde está trocando de roupa. Ao voltar para a sala, ela está de legging, um casaco com capuz e meias felpudas. – Vou dar uma olhada na comida.

– O que tem hoje? – pergunto. – Quer ajuda?

Ouço o tilintar de uma tampa de panela sendo posta na bancada.

– Ai, *não*.

Apoio minha caneca em um porta-copo e estico o pescoço para olhar.

– Não ficou pronto? Não dá pra deixar na temperatura mais alta?

Tenho só uma vaga noção de como programar uma panela de cozimento lento, porque não sou o tipo de pessoa que planeja as refeições oito horas antes para precisar usar uma.

Cassie enfia a cabeça pelo corredor, uma das mãos na testa, a outra brandindo um pegador.

– Devo ter esquecido de ligar hoje de manhã! Eu estava no telefone com um dos sócios juniores do meu novo caso enquanto aprontava tudo, daí me distraí. Ficou aqui o dia inteiro em temperatura ambiente.

Faço um barulhinho empático.

– Que droga. Vamos pedir alguma coisa, então?

Algo se parte dentro de Cassie. Sei disso porque seus ombros caem.

– Eu só quero cozinhar pros meus amigos uma vez por semana. É pedir demais? Acho que não. – Ela agita o pegador como um esgrimista furioso. – É uma coisinha só. Uma. Coisinha. Só. A única que faço porque quero. Porque gosto de ter uma noite legal, cozinhando algo delicioso e vendo meu programa favorito com as pessoas que amo. E estou tão cansada e ocupada o tempo todo que nem isso consigo fazer direito.

A voz dela vacila. Cassie pisca rápido, os olhos brilhando com as lágrimas. É óbvio que não se trata só do jantar. Tem algo errado, já há algum tempo, e não percebi. Droga. Ando tão preocupada com minha própria vida que deixei passar os sinais de alerta.

Dou um pulo do sofá e atravesso a sala.

Aperto o ombro de Cassie e tiro o pegador de sua mão com delicadeza, antes que ele escape e voe pela janela.

– Ei, ei, não. Primeiro de tudo, você é um ser humano incrível. Segundo, esquece isso de pedir comida. A gente tem – confiro meu celular – noventa minutos. Estou com você, vou ser sua ajudante de cozinha. Vamos inventar algo juntas. Noventa minutos... dá pra fazer, não dá?

– Tá bem. – Cass assente, puxando e soltando o ar de maneira controlada. – Tem razão. Vamos fazer... vamos ver. – Ela volta para a cozinha, abre os armários e analisa a geladeira. – Espera, que tal a sua lasanha? É boa pra festas.

– Hum.

Não dá tempo para fazer a massa do zero, então vamos ter que usar uma pronta. Solto um grunhido torturado e o disfarço com uma tosse. Cass cozinha melhor do que eu, que só tenho um bom prato no meu repertório, mas justamente por isso costumo ser rigorosa com ele. Porém não vou dizer não para Cassie. Ranjo os dentes.

– Parece ótimo. Posso pegar seu carro e dar um pulo lá em casa? Tenho um molho à bolonhesa congelado que a gente pode usar.

Mais tarde, enquanto trabalhamos juntas para montar as camadas da lasanha em duas travessas de vidro, olho para ela.

– Você está bem?

Cassie espalha o molho nos cantos da travessa de forma metódica, com a parte de trás de uma colher. Quando ela fala, sua voz está baixa.

– Só estressada. Não sou boa em dizer não no trabalho. Novos casos, mais mentorias, processos em que sou voluntária. Sempre aceito. – Ela ergue os olhos. – Não sei se já te contei isso, mas, às vezes, quando estou sobrecarregada, penso: "O que a Annie faria?" Você sabe estabelecer limites. Não funciona assim pra mim.

Aqui Jaz Annie Radford: Ela Sabia Dizer Não para a Vida. Isso nem é mais verdade. Se ao menos Cassie soubesse como tenho sido ruim em estabelecer limites nos últimos tempos…

– Por favor. Você não vai querer reproduzir nada do que eu faço. – Limpo um pouco de molho respingado na bancada. – Parece só que alguma coisa precisa mudar. Pelo menos você ama o que faz, não é? É por isso que vive aceitando mais e mais. Acho que vai se sair melhor nas partes do seu trabalho que você mais ama se encontrar uma forma de dizer não para as partes que acha uma idiotice.

Cassie balança a cabeça.

– Parte do motivo de me quererem lá é o fato de eu lidar com idiotices. Entre todas as pessoas do mundo, achei que você fosse a que me diria pra pedir demissão.

Ai. Isso doeu como um tapa, mas Cassie não tem como saber. É como Donna descartando qualquer possibilidade de eu ser emocionalmente vulnerável, como Ben me chamando de cética. Por muito tempo convenci a mim e todo mundo que sou determinado tipo de pessoa, agora estou decepcionada em descobrir que compravam a minha versão.

Dou um sorriso.

– Se quiser pedir demissão, vou te apoiar. Não financeiramente, quero dizer, não ganho tão bem. Mas emocionalmente.

Terminamos nosso trabalho em silêncio e Cassie desliza as travessas para dentro do forno.

– Fico feliz por você ter vindo mais cedo pra ficarmos um tempo juntas. Ando com inveja por Eric poder te ver mais do que eu.

– Pois é. O motivo de eu ter me mudado pra cá foi passar o primeiro ano do casamento junto com vocês, como você sempre sonhou. Mas vejo o Eric demais e você de menos.

Cassie dobra um pano de prato e forma um retângulo perfeito.

– Nem sei o que está rolando na sua vida. Algo de empolgante, além do trabalho?

– Não – digo e dou de ombros de um jeito afetado. – Só o basquete.

Não é exatamente mentira. Então por que sinto uma pontada de culpa ao dizer isso? Enfim, é impossível conversar sobre Ben com Cassie, não quando ela é tão cautelosa e racional. No momento, não dá.

Cassie vai até a sala de estar afofar as almofadas. Fico na cozinha, concentrada em esfregar os pratos com vigor até que minhas mãos fiquem rosadas e enrugadas.

No meio do episódio, Eric dá uma olhada em seu celular e anuncia que a Blake perdeu outro jogo, o que significa que a Ardwyn ficou com o título da etapa classificatória da liga regional. Todo mundo – até os amigos de Cassie que não sabem nada de basquete – assobia e aplaude alto o bastante para que os vizinhos ouçam.

Ben e eu estamos bobos e animados na caminhada para casa, imunes ao frio, tecendo cenários sobre as reações de várias pessoas ao saberem da novidade. Ben acha que o treinador Williams provavelmente resmungou e deu um sermão no filho sobre o único título importante ser o campeonato nacional. Prefiro vislumbrar um segundo mundo secreto para ele, em que reúne a família para comemorar com sorvete. Ted Horvath já está em uma videoconferência com a equipe de captação de recursos, contando a eles sobre a reforma de sua cozinha, e Donna está pegando suas pastilhas para garganta para se preparar para a enxurrada de ligações de parabéns ao time que vai ter que atender amanhã.

– Olha – diz Ben, indicando o celular para mim. – Williams já está mandando mensagem pra nos passar sermão.

– Enquanto termina de comer uma banana split, aposto – respondo, olhando para a tela.

Há um longo bloco de texto sobre "manter a cabeça no lugar", "muito chão pela frente" e "continuar pisando fundo".

Estou lendo em voz alta quando entra uma notificação, um ícone familiar de um aplicativo de relacionamento.

– Ah! – Desvio os olhos e empurro o celular de volta para ele. – Desculpa.

Ele olha para a tela e dispensa a notificação. E continua despreocupado, como se tivesse recebido uma mensagem sobre a previsão de chuva amanhã. O constrangimento bate em mim feito um balde de água fria. A possibilidade de Ben sair com outras pessoas nunca passou pela minha cabeça, mas é claro que ele sai. Está tentando arrumar uma namorada ou transar, como a maioria das pessoas solteiras, não obcecado por trocas de mensagem inocentes e contatos físicos acidentais com uma colega de trabalho.

Ben olha para mim como se fosse continuar a conversa, mas meu rosto deve ter revelado algo. Ele congela e seu rosto demonstra preocupação.

– Desculpa – diz ele também, e não sei por que estamos nos desculpando.

– Não tem por quê.

Dou de ombros de um jeito que espero que pareça descolado. Não é que eu queira ser namorada dele. Gosto demais dele para estragar tudo com uma frágil tentativa de namoro por um mês antes que um de nós provavelmente seja obrigado a ir embora. Sem falar na bomba Maynard enterrada no espaço entre nós.

Não vou cometer o mesmo erro que cometi com Oliver. Houve um momento, em uma noite, na varanda dele em Florença. Estávamos bebendo vinho, vendo o sol se pôr sobre um mar de telhados terracota e conversando sobre nossa infância, quando pensei: *Não dá pra ser melhor que isso*. E eu tinha razão. Se tivéssemos permitido que fosse o caso de verão dos sonhos que deveria ter sido, eu poderia ter evitado muita dor. Poderia olhar para o passado com carinho e ver uma aventura da juventude.

Minha amizade com Ben é uma surpresa maravilhosa no meio de uma temporada de basquete que tem sido outra surpresa maravilhosa. E já está bom. Quando acabar, nós dois vamos poder sair disso intactos.

Mas, se alguém vai ser blasé a respeito disso, por que essa pessoa seria ele?

Seus olhos escuros estão fixos em mim.

– Achei que você tivesse lido. É um aviso de que faz um bom tempo que não acesso o aplicativo. Não tenho muitos encontros durante a temporada de basquete.

Ah. Arrisco um aceno de cabeça imparcial enquanto o nó de tensão dentro de mim se afrouxa.

– Talvez isso pareça ruim. Nossa agenda é caótica demais pra conhecer pessoas e começar um relacionamento. Não mexo nesses aplicativos entre outubro e março.

Uma janela de seis meses para conhecer alguém, do contrário *boa sorte na próxima*?

– Bom, é um pouquinho deprimente mesmo.

– Você está saindo com alguém?

Uma expressão arrasada cruza o rosto dele e isso me anima mais do que gostaria de admitir.

– É óbvio que não. Estou presa com você 87 horas por dia. Não sobra tempo pra deslizar pro lado.

O celular dele toca e Ben olha para a tela.

– Preciso atender – diz.

Não há nenhum lugar em que ele possa falar com privacidade, então continuamos andando juntos enquanto ele conversa e eu finjo não ouvir a voz da mãe dele saindo pelo telefone.

Parece que é uma ligação que ele estava esperando a respeito de uma reunião importante que aconteceu na escola hoje. A irmã de Ben, Natalie, foi acusada de compartilhar uma redação com outro aluno, um garoto, que copiou o texto de cabo a rabo. Amador. Os dois foram pegos e a escola ameaçou puni-los por violações ao código de ética e notificar as faculdades a que se candidataram. No fim, deixaram Natalie sair com uma advertência mediante o cumprimento de algumas horas de serviço comunitário.

Ben fica pedindo evidências. *Talvez ela não tenha entregado a redação a ele. Talvez ele tenha pegado da mochila dela sem ela saber. Como eles sabem? Ela é uma boa menina, não faria isso.* A mãe dele parece meio desnorteada. Não sabe nada sobre evidências, nem perguntou. É só pouco antes de desligarem que ela menciona que a irmã de Ben confessou o delito.

Nessa hora, Ben até gagueja. É a cara dele esperar apenas o melhor de alguém que ele ama. Dar à irmã o benefício da dúvida à custa de todos os outros. Sua irmã provavelmente é uma boa menina – uma boa menina cujo cérebro adolescente disse sim para um cara gato quando ele pediu para ver o dever de casa dela.

Ao desligar, fica óbvio que ele precisa acalmar os pensamentos, então o deixo quieto. Estamos na Ardwyn Avenue agora. Pela janela de um bar, um monitor passa os melhores momentos da Blake enquanto grupos de alunos confraternizam bebendo cerveja e dançando de um jeito contido pela quase sobriedade. Apenas um leve balanço. São só dez e meia.

– Minha mãe me teve quando era muito nova – diz ele, por fim. – Meu pai ficou entrando e saindo da nossa vida por um tempão. Às vezes, anos. Tive que cuidar da Natalie desde que me entendo por gente. Fico feliz por isso, não me entenda mal.

Não respondo, apenas olho para ele e escuto.

– Ultimamente, ando me perguntando se deixar a Ardwyn mesmo que a Natalie faça faculdade aqui seria a pior coisa do mundo. Pra mim e pra ela. Mas depois dessa? Ela não está pronta pra ficar sozinha. Como eu posso ir embora?

– Callahan. – Seguro o braço dele. – Ela vai dar um jeito. Você já ficou muito tempo em um emprego que não te faz feliz, só por causa dela, quando podia estar fazendo algo que quer. É tão fofo que me dá vontade de vomitar. Mas chegou a hora.

Ele me cutuca com o cotovelo.

– Você tá dizendo isso porque estou na competição.

– Estou dizendo isso porque você ensinou o Lufton a ser competente no Excel sem dar com a cabeça na parede. E ele é de Letras. Tem muitos meninos por aí que precisam de um bom treinador e eles merecem alguém como você.

Contanto que não vão para a Arizona Tech.

Ele fica levemente ruborizado.

– Mas o trabalho tem sido legal nos últimos tempos – diz ele.

É, tem mesmo.

– O time é bom pra cacete – concordo. – Isso sempre ajuda.

Ele ri.

Esse comportamento não é incomum para ele. É um traço de personalidade. Ele faz o mesmo com Maynard, colocando-o em um pedestal, deixando de lado as próprias preocupações por conta de algum senso de obrigação ancestral. Ele ao menos quer morar no Arizona? Ele é tão leal que se acorrenta às pessoas. E se manteria assim ainda que elas estivessem afundando no mar.

Estamos chegando ao meu prédio. Aqui, na via secundária, a noite está vazia, totalmente desnuda, agora que a neve derreteu. Tudo é sem graça: a grama adormecida, as calçadas desobstruídas e secas, a rua quieta e sem trânsito. Os nós e as pontas dos galhos de árvore proporcionam o único detalhe do céu sem nuvens. A lua está quase cheia, então o cenário contínuo e amplo é iluminado por uma luz prateada, como se viesse de dentro.

– Quer saber qual é o seu problema? – pergunto.

– Manda.

Ele para de andar. Eu me viro e ficamos cara a cara.

Não é uma situação a que eu esteja acostumada. Em geral, há paredes e corredores entre nós, ou telas de telefone, ou pelo menos uma mesa. Às vezes, ficamos lado a lado, sentados no ônibus, no avião, vendo *A Casa da Praia* ou caminhando. Mas agora ele está parado na minha frente. Seu corpo, meu corpo.

Ele está de braços cruzados e seus olhos brilham como se ele só tivesse aceitado a sugestão para me agradar. Sorrio feito alguém que só estivesse implicando com ele, ainda que o que estou prestes a dizer seja sério.

– Você passa muito tempo se preocupando com o que deve fazer pelos outros, com o que deve a eles. Você nunca faz nada pra você mesmo? Só porque quer? Desliga um pouco esse seu cérebro e me diz, sem pensar. O que você faria agora se pudesse fazer qualquer coisa que desejasse?

Ben me encara. Fico na expectativa de que ele jogue as mãos para cima, dê de ombros ou faça alguma piada sobre ir até o Wawa. Qualquer coisa, menos responder à pergunta. Em vez disso, algo perigoso cintila nos olhos dele, uma intenção que me faz querer correr. Para ele ou para longe dele, não tenho certeza.

Quando ele se move, fico atordoada. Porque a única coisa que ele faz é levar as mãos até a minha gola e segurar as cordinhas do meu casaco entre os polegares e os indicadores.

Fico totalmente imóvel. *Até onde posso ir?* Não era isso que eu queria instigar com a minha divagação. Ou talvez fosse. Entender meus objetivos não é meu ponto mais forte. De qualquer modo, esta é a distância perfeita, a última aceitável. Nada aconteceu, mas quase. Quase.

– Radford.

A voz dele é baixa e instável enquanto seus dedos descem pelas cordinhas. Quando chegarem às pontas, ele vai poder segurar os pequenos nós e me puxar para perto, perto demais, e então algo vai de fato acontecer. É como ver o pavio de uma bomba de desenho animado queimar até a explosão, só que a bomba é de puro desejo.

Ele observa as próprias mãos, eu também, então não estou agindo, só ouvindo a respiração dele, inspirando o cheiro do seu sabonete e do frio e sentindo a proximidade dele. Meu coração martela no peito. Ben tem unhas bonitas, reparo, e, pouco antes de ele alcançar os nós, viro a cabeça de leve, na direção da rua. Só o queixo, alguns centímetros. Um carro passa devagar e levanta um pouco de lama de neve.

– É melhor eu entrar – falo, olhando para o carro.

Ele recua na mesma hora. *Não*, quero falar. Ele passa a mão nos lábios, cheio de remorso.

– Foi mal.

– Pelo quê? – tento.

Ele balança a cabeça.

– Não precisa fingir que não aconteceu.

– Mas não aconteceu nada.

– Não vai acontecer de novo. Achei que... Interpretei as coisas errado. Mas a culpa é minha. A última coisa que eu queria era deixar você desconfortável.

– Não deixou – falo, absurdamente desconfortável, mas não pelo motivo que ele supõe. – Bom... beleza, boa noite!

Não olho para o rosto dele nem espero resposta. Só me viro, corro para o prédio e subo a escada voando até ter certeza de que ele não pode mais me ver pelo vidro. Durante toda a subida, apoio uma das mãos no corrimão. Na outra, aperto com força os nós das cordinhas do casaco.

Dezessete

Essa coisa de ficar pensando sobre o passado é de uma babaquice sem tamanho. Quando piso no meu apartamento, atordoada, nem consigo ir para o quarto verde. Só sigo direto para o meu quarto e caio de cara no colchão sem nem tirar o casaco. Essa coisa de pensar sobre o passado está sentada no canto escuro, examinando as próprias unhas com um sorrisinho condescendente, até ter a dignidade de se virar para mim e dizer, com uma voz esnobe: *Eu andava me perguntando quando você chegaria aqui. Não era óbvio que isso iria acontecer?*

Agora é. Não era, meia hora atrás. Teria sido bom receber um aviso com antecedência.

Acho péssima essa coisa de ficar pensando no passado. *Não é minha praia. Você precisaria da minha prima, a coisa de olhar para o futuro.*

É. Tenho procurado por ela a vida toda.

Para ser sincera comigo mesma, nem precisava dela dessa vez. Tinha Kat e não lhe dei ouvidos. Eu sabia o que Ben e eu estávamos fazendo, sabia que rumo isso estava tomando. A coisa vinha aumentando, mas era boa demais e não coloquei um ponto-final a tempo. Arrisquei seguir em frente e quebrei a cara.

E eis o que descobri com a experiência: eu queria que acontecesse. Pela primeira vez em muito tempo, eu *quis* algo. Não por medo ou auto-preservação, nem para evitar outra coisa. Eu quis muito, só pelo que era.

O quase beijo foi como o motor de um barco acelerando no meu corpo, fazendo o sangue pulsar como a água à sua volta, trazida à vida por essa energia. Quem poderia imaginar que eu ainda fosse capaz de sentir isso por um cara?

Mas não fui adiante. Isso vale um tapinha nas costas. Jurei não repetir o erro que cometi com Oliver e não cedi.

Houve outros bons motivos para não seguir adiante. O trabalho foi um deles. Além do mais, ainda não nos resolvemos em relação a Maynard e não estou pronta para essa conversa. Não faz muito tempo que Ben e eu mal nos suportávamos, e imaginar sua reação me faz suar.

Mas nada disso é justo. Nenhum de nós queria passar pela pressão que estamos sofrendo no trabalho. E, em tese, Maynard é passado, não pesa mais na minha vida, nas minhas decisões, em nada meu. Sem dúvida, não aqui, entre mim e Ben.

Se não fosse por ele... Bom, não consigo nem imaginar onde eu estaria agora. Esta noite teria sido diferente. Tudo teria sido diferente.

E quanto a Oliver? *Não dá pra ser melhor que isso*, é do que eu deveria me lembrar, mas não parece verdade. Beijar Ben teria tornado a noite muito, muito melhor. Meu erro com Oliver não foi o relacionamento físico. Foi acreditar quando ele disse que teríamos um futuro juntos. Uns amassos para comemorar a conquista do título da liga regional não teriam feito mal nenhum. Podemos nos beijar sem nos apaixonarmos. É só não fazermos promessas.

Eu me sento e acendo a luz. Sou só eu no quarto. Sem amigos ou inimigos imaginários aqui para dizer o que posso ou devo fazer ou que vai dar tudo errado. Que se danem esses fantasmas todos.

Vou fazer o que quero. Vou beijar Ben Callahan.

Dezoito

Na manhã seguinte, chego cedo ao trabalho, os nervos à flor da pele e um frio horrível na barriga. Não sei direito o que fazer. Ontem à noite pensei em mandar uma mensagem dizendo para tentarmos de novo, mas achei que pareceria uma desculpa esfarrapada para fugir dele.

Sento à minha mesa e balanço a perna. Abro o e-mail e fecho. Percebo que mal olhei para a minha caixa de entrada e torno a acessá-la. A adrenalina me faz pular na cadeira cada vez que escuto alguém vindo, ou abrindo uma porta, ou falando pelo corredor. *Calma calma calma*, digito sem parar em um documento em branco do Word.

Coloco os fones de ouvido e me aninho na concha protetora do meu semicírculo de monitores. Isso é bom. Agora não tenho como ouvi-lo chegando, então vou ficar menos inquieta. Coloco um vídeo ainda não finalizado no qual ando trabalhando e, bem, dizer que também estou assistindo não seria muito exato, mas pelo menos meus olhos permanecem virados para a tela. Sete minutos excruciantes se passam.

Mal o escuto em meio à música – ou talvez eu o tenha sentido bater na porta. De qualquer forma, ele está parado ali, com um suéter da Ardwyn por cima de uma camisa social com uma calça cinza justa, as bochechas vermelhas por causa do vento. Ergo o corpo num sobressalto e deslizo minha cadeira de repente para enxergar além dos monitores, mas esqueço que estou com os fones. Eles caem dos meus ombros para o encosto da cadeira.

– Hum. O que você falou? Desculpa.

Passo os dedos pelo cabelo para soltar o fio dos fones.

Ele parece comedido.

– Eu disse "bom dia".

– Ah! Bem, oi.

Já estou sem fôlego. Ele abre a boca como se fosse dizer algo mais, só que decide não fazer isso.

– Podemos... – começo a dizer, então baixo o tom de voz. – Podemos conversar?

Ben dá uma olhada no corredor.

– Agora?

– É. Por favor.

Oito e meia da manhã no escritório não é o momento nem o local ideais para essa conversa, mas não aguento mais ficar com isso na minha cabeça.

Ele assente com relutância e fecha a porta.

– Quero pedir desculpa de novo e...

– Para.

A boca de Ben se retorce e ele baixa os olhos.

– Você não tem nada que se desculpar, mas eu preciso dizer uma coisa.

Ele estremece.

– Se você não quer um pedido de desculpas, prefiro não reviver aquele momento doloroso outra vez, obrigado. – Ele enfia as mãos no bolso. – Eu falei sério ontem à noite. Não vou deixar o clima ficar estranho. Fico feliz por sermos amigos.

– Quem deve deixar o clima estranho sou *eu* – digo. – Estou tentando dizer que... quando eu te parei, não foi porque não queria que acontecesse. – Mordo o lábio. – Eu quero que aconteça.

Nossos olhares se fixam e a adrenalina dispara pelo meu peito enquanto vejo Ben chegar a uma conclusão digna de um soneto: *Vai dar jogo*. Espero um instante para ele responder.

– Continua – pede ele, devagar.

– Eu te impedi porque... sou ruim nessas coisas.

– Em beijar?

Reviro os olhos.

– Em geral, sou uma pessoa impulsiva. Mas, dessa vez, pensei demais. Você me pegou desprevenida e eu surtei.

– Não sei se fico aliviado ou ofendido com o fato de isso que eu venho sentindo não ser a coisa mais óbvia do mundo.

Balanço para a frente e para trás na minha cadeira.

– Seria um prazer criticar seu desempenho mais tarde. Mas, agora, só quero dizer que, se quiser tentar de novo em algum momento, prometo que não vou sair correndo.

Ele ri.

– Ah, não. Não. Não é assim que essa banda vai tocar. – Ele coloca uma das mãos na altura do coração. – Meu orgulho está ferido. Você vai ter que tomar a atitude.

– Uau. Você vai se aproveitar disso, não é? – Cruzo os braços. – Beleza, é justo.

– E não agora. Não aqui. Diferente de você, gosto de ser surpreendido.

– Quer que eu te surpreenda?

Ben segura a maçaneta, os olhos escuros cheios de calor e irreverência.

– Me deixa nas nuvens, Radford. Eu mereço.

Não vai acontecer esta noite porque é o último jogo em casa da temporada. Noite de despedida, quando JGE, Gallimore e alguns estagiários são homenageados no intervalo. Não há jogos em casa no pós-temporada, então é a última vez que vão jogar nessa quadra.

Há flores e um discurso breve e gentil do treinador Thomas. Na lateral da quadra, estão familiares e amigos orgulhosos. Ganhamos por uma grande diferença e Thomas tira os dois veteranos a cinco minutos do fim para que possam receber uma última ovação de pé do público. Consigo uma bela filmagem durante a coletiva no pós-jogo, onde os dois ficam emocionados ao falar do fim de suas carreiras universitárias. Nem imagino o time sem eles, mas, em alguns meses, JGE vai iniciar sua bolsa de pesquisa e Gallimore provavelmente vai jogar na Europa.

É minha noite da sorte. JJ Jones fica ao meu lado enquanto todo mundo vai saindo aos poucos. Ele está sem meias, mas com umas sete camisas, as golas e colarinhos arrumados em camadas elaboradas ao redor de seu pescoço como a plumagem de um pássaro exibido.

– Sinto cheiro de vitória! – proclama ele. – Parece que ninguém é páreo para vocês.

– Ainda temos um longo caminho pela frente.

Dou de ombros e me concentro no estojo da câmera. Eric vem na minha direção, da frente da sala, mas, ao ver JJ, congela. *Me salva*, imploro com o olhar.

– E você. Todo mundo está falando de você. Até o chefe do meu chefe quer saber quem está fazendo os vídeos de divulgação da Ardwyn nesta temporada. Ele é um cara influente. Ele falou: "JJ, quem tem feito os vídeos de divulgação da Ardwyn?" E eu respondi: "Ah, é a minha parceira, a Annie Radford." E ele: "Nossa, é outro nível." E ele tem razão.

– Valeu, JJ.

Dou um sorrisinho de culpa para ele. É uma boa história se a gente ignorar a interpretação e focar só no conteúdo.

– Annie, preciso falar com você – interrompe Eric, finalmente. – Ouvi o que ele falou. – Eric baixa a voz quando saímos. – Ele pode ser um otário, mas sabe do que está falando. Você impressionou todo o basquete universitário. Eu disse que o seu lugar era aqui.

Disse mesmo, milhões de vezes. Em diversos momentos ao longo dos anos. Quando me ofereceu o trabalho, quando aceitei, quando cheguei aqui, quando fiquei em dúvida sobre a minha decisão. Ele nunca parou de me dizer isso. E, pela primeira vez, começo a achar que talvez ele tenha razão.

No dia seguinte, tenho um leve esboço de plano. Depois do trabalho, vou chamar Ben para jantar e pulo em cima dele na caminhada até o estacionamento dos funcionários. Não tem por que complicar as coisas.

Passo mais tempo tentando escolher minha roupa do que fazendo qualquer outra coisa. Quero usar algo que não grite "vim tratar de um beijo com certo homem", mas meio que sussurre isso. Também tem que ser algo que não chame atenção no trabalho. A última coisa que preciso é de alguém me perguntando se vou ter um encontro.

Acabo usando um vestido marrom com um laço no pescoço, meia-calça preta e mocassins, e a única coisa que Eric diz é "Essa fita é pra manter sua cabeça no lugar?", que é melhor do que eu esperava.

Meu erro é não combinar o plano com Ben. Estou tentando bancar a tranquilona e misteriosa, porque, afinal, ele quer ser surpreendido. Mas ele estraga tudo ao ir embora às cinco da tarde.

– Sabe se ele volta? – pergunto, me inclinando casualmente na mesa da recepção enquanto Donna arruma suas coisas para ir embora. – Preciso da ajuda dele com uma coisa.

Donna lança um olhar desconfiado para meus cotovelos.

– Quem? Não sei ler pensamentos.

Tranquila. Sutil.

– Foi mal! Estou falando do Ben.

– Acho que não. Ele disse que ia pra casa.

Para casa? Desde quando ele vai para casa às cinco? Resisto à vontade de rir. Ele deve estar fazendo isso para me provocar.

Beleza. Mudança de planos. Vou até o banheiro, seco minha testa com um lenço e aplico uma camada de rímel e de brilho labial com cor. Não sei o endereço dele direito, mas dá para descobrir. Ben mencionou a rua e sei qual é o carro dele. Levo só alguns minutos dirigindo pelo quarteirão de um jeito meio impreciso antes de ver o veículo estacionado na entrada de carros de um predinho de dois andares.

Estaciono. As luzes do térreo estão apagadas, então coloco minhas fichas no apartamento de cima. Está tudo silencioso, então cada passo na calçada é tão alto quanto o escapamento de um carro. Provavelmente ele está me ouvindo. Piso na pequena varanda, passo os dedos pelo cabelo e toco a campainha.

Há um breve silêncio, então alguém desce correndo pela escada, gritando:

– Eu atendo!

A voz parece de mulher. Merda. Não deve ser o apartamento de Ben. Uma garota abre a porta.

– Oi.

É uma adolescente de cabelo castanho cacheado saindo pelo capuz de um moletom enorme.

– Desculpa – digo, com uma expressão de remorso. – Acho que errei de casa.

– É a comida?

Uma mulher com seus 50 anos e uma versão mais curta do mesmo cabelo castanho surge no topo da escada, olhando para nós. Ela usa uma tiara que está meio torta na cabeça.

– Não, ela está perdida – responde a jovem.

– Quem você está procurando? – pergunta a mulher. – Talvez Ben conheça. – Ela enfia a cabeça no corredor, que não vejo. – Ben! – grita ela.

Ai, não.

Um cachorro late.

– Sasha, calma – ordena a mulher.

– Já estou de saída – murmuro, tentando escapar para a escuridão.

– Radford?

Tarde demais.

Fecho os olhos, paralisada, de costas para Ben e a família inteira dele.

– O-ooi.

Eu me viro e dou um aceno tímido, como se limpasse uma janela.

– Você a conhece? – pergunta a mãe dele. Não ouço a resposta. – Bom, entra, querida, está um gelo aí fora!

Subo os degraus me arrastando atrás da irmã de Ben e olhando para os meus pés. Quando chego lá em cima, olho para qualquer lugar, evitando encarar Ben. Seu apartamento é limpo e parece confortável. A decoração inteira combina, como se ele tivesse comprado tudo da mesma página de um catálogo de móveis. Deixar tudo combinando não tem a ver comigo, mas faz todo o sentido quando se trata dele. Um balão de açúcar se infla no meu peito – rosa, delicado e desconhecido – e luto contra o impulso estranho de enrolar Ben em plástico-bolha para que nunca seja ferido por ninguém. Ele tem algumas almofadas e um cesto cheio de mantas, tudo numa paleta de azul e marrom. Na mesinha redonda de jantar, há dois presentes embrulhados e um bolo com velas.

Ai, não.

– Então, Annie, a que devemos o prazer da sua visita? – pergunta Lisa, a mãe, depois que somos todas apresentadas.

Ben finge estar confuso.

– É, Radford, a que devemos este prazer?

Finalmente eu o encaro. Ele não consegue conter um sorriso, se deleitando com meu desconforto. Tento olhar com raiva para ele de um jeito que a mãe não perceba.

– Só vim por causa daquele lance no trabalho – digo.

Sasha enfia o focinho na minha mão, exigindo carinho.

– Que lance no trabalho?

– Você sabe – digo, casualmente, fazendo carinho atrás da orelha de Sasha. – Aquele em que estamos trabalhando.

– Pode ser mais específica?

A irmã dele dá uma risadinha, uma daquelas risadas adolescentes cortantes que fazem você perceber que está sendo absurdamente óbvia.

– Você tem que ficar para o jantar – diz Lisa. – Pedimos muita comida e adoraríamos ter você com a gente.

– Muito obrigada, mas não quero atrapalhar – digo. – Ben e eu podemos conversar sobre o trabalho amanhã. Vou deixar vocês jantarem em família.

– Nada disso! É meu aniversário e quero que você fique.

– Eu realmente...

– Não ouse dizer não pra mim no meu aniversário.

Ela faz um gesto para que eu lhe entregue meu casaco.

Analiso o rosto de Ben à procura de algum indício de incômodo, mas ele parece totalmente à vontade. E irritantemente animado. Ele assente para me tranquilizar.

– Tudo bem – digo, baixinho. – E feliz aniversário.

– Eu não sabia que você era mulher, nem que era tão bonita! – prossegue Lisa. – Radford... Meu Deus, Ben, por que você a chama assim? Esse tempo todo eu pensei que ela fosse homem.

– Você andou falando muito de mim pra sua mãe? – sussurro, dando uma cotovelada de leve nele, enquanto seguimos Lisa até a sala de estar.

Ele se inclina ao meu lado por um segundo, seu corpo colado ao meu, os olhos calorosos e astutos.

Mais disso, por favor.

– Eu tinha que alertá-la sobre a doida que andava planejando invadir o jantar de aniversário dela – diz ele.

Quando a comida vietnamita chega, Ben leva os presentes e o bolo para a bancada da cozinha, para podermos nos sentar à mesa. Lisa espalha as embalagens no meio e Ben pede a Natalie que ponha a mesa.

Conversamos sobre nossos lugares favoritos para comer ali perto e sobre a cidade litorânea aonde Lisa costumava levar Ben e Natalie quando eram pequenos. A mãe de Ben é louca por Bruce Springsteen e, bom, eu sou de Nova Jersey, então nós duas já fomos a vários shows dele.

Elas perguntam sobre meu trabalho. Natalie não liga para basquete, mas quer saber qual a coisa mais louca que já registrei numa filmagem de casamento. A resposta é uma troca de socos entre o noivo e o próprio pai, então Lisa e Natalie querem todos os detalhes, mas já viram coisa pior em seus programas de TV preferidos.

– Nunca fui casada, mas ainda não vi nenhum reality show de casamento que eu não gostasse – declara Lisa.

Em dado momento, Ben deixa escapar um sotaque que nunca ouvi sair de sua boca. O jeito de falar que Lisa trouxe da Filadélfia claramente o contagia. Natalie conta detalhes sobre a última apresentação de ginástica e Ben faz perguntas atenciosas a respeito das mudanças mais recentes em sua rotina na trave.

Peço licença para ir ao banheiro rapidinho, onde refaço o laço frouxo na gola do vestido e dou uma olhada para conferir se não tem comida entre os dentes. Nada nesta noite está saindo do jeito que eu esperava, mas é bom conhecer a família de Ben, vê-lo perto dela. Elas são muito simpáticas, descontraídas. Apesar da forma como cheguei, a mãe dele não está me avaliando abertamente como um potencial interesse amoroso do filho. Talvez seja pela idade, já que teve Ben tão jovem. Ela fala de igual para igual com os filhos, como amigos, sem tentar afirmar sua autoridade a todo momento.

Quando abro a porta do banheiro, ouço a voz de Lisa.

– Quando vamos preencher a documentação do auxílio financeiro?

– Em outra noite – responde ele. – Logo, logo, prometo.

– Não sei como responder à questão sobre pensão alimentícia. E você tem uma cópia da minha declaração de imposto de renda? Porque não acho em lugar nenhum.

– Eu tenho uma cópia. Antes de ir pra Nova York, vou conferir tudo o que você precisa.

Dou um pigarro antes de voltar à sala.

– Annie, eu não sabia se tirava ou não seu prato. Você terminou de comer? – pergunta Lisa.

– Pode deixar – respondo e o levo até a cozinha.

Ben surge atrás de mim com o último prato enquanto raspo as sobras do meu no lixo.

– Está se divertindo?

Ele toca na minha lombar ao passar por mim para chegar ao lava-louça, o mais leve roçar de sua mão. Meu corpo todo se acende como uma placa de néon.

Depois que Lisa sopra as velas e Ben distribui fatias do bolo que Natalie fez, a conversa passa a ser sobre os planos universitários da jovem.

– Ainda estou tentando descobrir que rumo tomar se o programa de ginástica for cortado – diz ela, pegando um granulado azul e franzindo a testa para ele. – A Ardwyn foi de longe a melhor faculdade que me convidou. E é a minha favorita. Acho que, por enquanto, vou só torcer pra que aconteça o melhor.

– Natalie e Ben são diferentes – explica Lisa. – Ben sempre soube o que queria estudar, sempre teve um plano. Nat não é assim.

– Nem imagino no que quero me formar – diz Natalie. – Às vezes penso em História, aí depois penso em Ciências Políticas e, sei lá, que tal Administração? Isso me deixa estressada, porque, quando eu escolher uma, todas as outras opções vão deixar de existir. E se eu escolher errado?

– Provavelmente, em algum momento, você vai escolher errado – digo. – Eu escolhi errado várias vezes. Ter um irmão como o seu pode fazer parecer que isso não é normal, mas, pode acreditar, é, sim.

– É?

– Até mesmo depois de se formar. Na época da faculdade, eu trabalhei com basquete, que era exatamente o que eu achava que queria fazer. – Arrisco um olhar para Ben, que está me observando com uma expressão de cautela. – Não deu certo. Então, depois de me formar, arrumei um estágio não remunerado numa rede de notícias local, mas não tinha como se transformar em um trabalho remunerado. Entrei em outro estágio em Boston, depois voltei para Nova Jersey e trabalhei em uma porção de lugares diferentes. Uma fábrica de estantes e armários, uma cooperativa financeira, uma empresa de eletrodomésticos. É normal pular de um lugar para outro, embora eu não recomende fazer isso tanto quanto eu fiz. E, se não gostar da primeira ou da segunda coisa que fizer, tudo bem.

– Você não chegou nem a tentar outro trabalho no basquete depois de ir embora daqui? – pergunta Ben, confuso. – Eu não sabia.

– Natalie, não se esqueça, Ben teve o treinador Maynard para guiá-lo a cada passo do caminho, o que foi muita sorte – diz Lisa. Junto o glacê do meu prato, faço um montinho, depois o espalho. – Nem todo mundo tem um mentor desses. Um homem maravilhoso.

– Espero que ele tenha uma vaga pra você um dia, aí posso te visitar no Arizona – comenta Natalie. – Nunca vi um cacto de verdade.

Um gosto amargo enche minha boca e olho fixamente para o meu prato. Ben empurra a cadeira para trás e dá um pigarro.

– Vamos abrir os presentes?

– E depois vamos assistir a *Casados à primeira vista* – proclama Lisa, ajeitando sua tiara. – Escolha da aniversariante. E não quero ouvir nem um ai.

É a minha deixa. Invadir o jantar já foi bem ruim, mas me espremer no sofá para dar presentes e ver TV em família vai além dos limites de constrangimento permitidos. Ben já vai falar disso para sempre e agora preciso de um plano novinho em folha para tomar uma atitude. De preferência, um que não envolva o batismo do filho de uma prima ou o funeral de um dos avós.

Depois de pedir desculpas, faço carinho em Sasha uma última vez e cruzo a sala para pegar meu casaco no encosto da poltrona do canto. Não reparo em Ben, que surge atrás de mim e segura a faixa da cintura do meu vestido com um leve puxão.

– Eu te acompanho até o carro – murmura ele no meu ouvido.

Meus batimentos disparam e sinto um frio na barriga de expectativa.

Paro na escada para me despedir de Lisa e Natalie, então Ben desce primeiro. Eu o sigo e não falamos nada. Em vez disso, penso na mão dele no meu quadril no dia da disputa pelo seu celular e na ponta de seus dedos em minhas costas esta noite, na cozinha. Penso nele entregando a documentação de auxílio financeiro para Natalie. No cheiro do quarto dele quando passei por ali a caminho do banheiro: nada chique, só o aroma de roupa de cama limpa e do seu sabonete de sempre.

É meu cheiro preferido hoje em dia. É meu cheiro preferido há mais tempo do que gosto de admitir.

Ben abre a porta para o ar revigorante da noite. Tem uma luzinha acesa na varanda, iluminando o cabelo bagunçado dele e seu perfil. Seu maxilar está tenso. Ele não está bravo por eu ter vindo, está? Minhas palmas começam a suar e eu as esfrego no casaco.

– Parei ali – digo, acenando com a cabeça na direção do meu carro, estacionado na frente da casa do vizinho.

Mas Ben não vai até o carro. Ele se vira de repente e então vejo seu rosto por completo, seus olhos escuros e... *ah*, ele não está bravo. O jeito como me olha, com um ar genuíno de *eu quero*, a primeira vez que me olha abertamente assim... bem... esse olhar é raro e poderoso.

Ele segura minha cintura e, devagar, me encosta na porta, a boca roçando meu rosto. O mundo fica de ponta-cabeça e eu agarro Ben pelos ombros, puxando-o para mim. A força da minha reação o faz tropeçar, mas ele me segura com firmeza e nossas bocas se juntam.

Tínhamos feito piada sobre beijos, mas, caramba, não tem nada de engraçado nesse. É frenético e intenso, lábios se chocando, línguas se entrelaçando e respirações erráticas e quentes. Ben abaixa a cabeça para beijar meu queixo e puxa para o lado o laço do meu vestido. Quando sua barba arranha meu pescoço, quase perco a cabeça.

– Ah... – arquejo, um pouco surpresa pelo efeito que isso causa em mim.

Enfio as unhas em seus ombros firmes e nossas bocas se encontram de novo, com mais intensidade e cuidado. Ele está com um leve gosto de granulado colorido.

Minha voz sai fraca quando nos separamos.

– Era pra eu deixar você nas nuvens. Agora é a segunda vez que você toma a atitude e eu, ainda no zero.

– Números não são reais, Radford – diz ele, sem fôlego. Ele dá um beijo demorado na minha testa. – Além do mais, assim que a gente ficou sozinho, parei de raciocinar.

Eu me sinto levemente embriagada na ida até o carro, mesmo sem ter bebido nada. Nós nos beijamos de novo na rua e ele solta um som grave que reverbera na pele fina do meu pescoço ao me puxar para mais perto, a ponto de eu sentir o celular dele vibrar no bolso.

É só depois de deslizar para o banco do motorista com a cabeça nas nuvens, ter uma bela noite de sono e ir a pé até o trabalho na manhã seguinte num passo enjoativo de tão alegre que Ben entra no meu escritório com um sorrisinho tímido e me mostra a mensagem que fez seu celular vibrar.

Natalie: cabeção, suas cortinas estão abertas e esse NÃO é o programa que a mamãe e eu queremos assistir!!!

Dezenove

Um salto agulha desponta em meio à seda com estampa de palmeiras e se firma no chão.

– É agora – diz Eric, esfregando as mãos.

Dois pedidos de casamento já foram feitos, ambos aceitos. Mas Jasmine ganhou pelo voto popular, Logan ganhou pelo voto da competição e Brianne venceu a maioria dos desafios, então o fim desse triângulo amoroso vai determinar quem leva o dinheiro.

Ou algo assim. Ainda não entendi muito bem como funciona esse programa.

Todo mundo está vidrado na televisão. Pela primeira vez, as luzes estão desligadas, para deixar o clima ainda mais intenso. A câmera sobe, revelando uma mulher de cabelo curto. Brianne. Um misto de grunhidos e comemorações ressoa.

– Droga – digo. – Ele está errando feio.

Do chão, Ben ergue os olhos para mim com um sorrisinho, satisfeito.

– E isso quer dizer que vou ganhar de você.

– Desculpa, não estou te ouvindo. Estou ocupada vendo o programa – respondo, fingindo estar hipnotizada pelo discurso de término de Logan com Brianne, que é principalmente sobre como foi difícil tomar essa decisão.

Dou um pontapé de leve em Ben e ele pega meu pé e massageia meu tornozelo com o polegar.

Ele faz esse movimento até o fim do discurso, a partida chorosa de Brianne e a chegada de Jasmine usando um macacão coral. Ninguém percebe. Os olhos de todos estão grudados na tela.

– Jasmine – diz Logan, a testa úmida de suor, as bochechas vermelhas. A iluminação não está favorecendo muito o rapaz. – Mandei Brianne pra casa porque ela e eu não somos as pessoas certas um para o outro.

Jasmine sorri, uma amostra de perfeição física.

– Mas... e pra mim é muito difícil dizer isso... Você e eu também não somos certos um para o outro.

Um arquejo coletivo rouba todo o oxigênio da sala. Cassie leva os dedos às têmporas. Eric está de queixo caído. Enfio as unhas no ombro de Ben. Nosso arrebatamento se dissolve e vira um debate. Por que ele fez isso? Ele pode fazer isso? E quem leva o dinheiro agora?

– Acho que isso significa que eu ganhei de você no fim das contas – me gabo para Ben, depois que os pontos finais são registrados.

Na caminhada para casa, ele me beija sob as luzes da rua e, depois, diante do meu prédio. Ele não pede para subir. Está deixando que eu conduza a situação, graças à minha timidez inicial. Eu também não o convido. Foram muitos beijos nos últimos dias, mas, assim como esta noite, todos aconteceram ao ar livre e na vertical. Já é o bastante, ou pelo menos é o que vivo me dizendo. É óbvio que quero mais. Mas quero mais do mesmo jeito que costumava querer mais um drinque no bar à uma da manhã. Nem sempre mais é melhor.

Não posso permitir que isso vá rápido demais, ou não vou conseguir controlar a situação. Se continuarmos assim e só assim, ninguém vai se machucar.

– Tá bem – diz ele, afastando os lábios dos meus e aninhando o rosto no meu cabelo. – É melhor eu ir, antes que...

Mordisco de leve o lóbulo da orelha dele. O que foi? Está bem ali, não tenho como evitar.

Ele solta uma risada abafada e cheia de frustração.

– Radford, o que você tá fazendo comigo?

Passo por baixo do braço dele e me afasto.

– Até amanhã!

No dia seguinte, estou na sala de musculação, ziguezagueando pelo labirinto de aparelhos na selva da academia, e passo pelo rack comprido de halteres, rumo às esteiras, que ficam no final. Encontro JGE onde espero vê-lo, correndo em um ritmo moderado na última esteira no canto.

– Posso filmar um minutinho? – pergunto, erguendo a câmera. – Estou fazendo um lance tipo "um dia na vida do basquete da Ardwyn".

– Tranquilo.

Ele não parece nem um pouco sem fôlego. Dar uma corrida antes de cair na estrada é parte de sua rotina, porque suas pernas ficam inquietas no ônibus, e vamos partir à noite para o torneio da liga regional em Nova York.

– E eu?

Eu me viro e vejo Quincy no chão, alongando uma perna comprida e segurando o tênis.

– Já filmei você hoje de manhã.

– É, comendo. – Ele faz uma cara feia. – Você pega esse cara correndo e eu me empanturrando?

– Você estava mostrando pro mundo como é um café da manhã aprovado por nutricionistas para um atleta – argumento.

– Tô só te zoando. Enfim, tenho que tomar banho. – Quincy se ergue num pulo. – Clube do Podcast hoje à noite?

– Falou – responde JGE na esteira.

– O que é isso? – pergunto, depois que Quincy vai embora.

– Quincy e eu temos escutado uns podcasts e conversado sobre eles. Tipo um clube do livro – explica ele. – Ouvimos uma série inteira sobre habilidades de liderança. Pra esta noite, demos um mergulho incrível no acordo coletivo de trabalho da NBA. Ele está tentando me convencer a ouvir um sobre a história do Super Mario. O conteúdo não é tão profundo, mas pelo menos ele está explorando seus interesses.

– Que ótimo – comento. – Ele está se saindo bem, não acha?

Quincy tem feito sessões com uma psicóloga esportiva desde que se recuperou da lesão e está aprendendo a se desligar do turbilhão em volta dele e se concentrar no basquete. Fico feliz por também estar mais próximo de JGE. Ele tem a cabeça no lugar e seu foco em objetivos de longo prazo é um bom contraponto a todas as vozes que instigam Quincy a tirar proveito financeiro o mais rápido possível.

Depois de fazer minha filmagem de JGE, saio da sala de musculação e entro na quadra de treino. Deveria estar escura e sem ninguém, mas há um grupo de homens suados circulando por ali e virando garrafas de água. Eric é um deles.

– O que você tá fazendo aqui? – pergunta ele, esfregando o rosto com uma toalha.

– Eu estava fazendo uma gravação na sala de musculação. Um vídeo de "um dia na vida de...".

Ele abre os braços. Círculos escuros e úmidos saturam as axilas da blusa.

– Quer filmar a gente?

Estremeço.

– Parece que você precisa de um bom banho. Estou tentando atrair visualizações, não espantar as pessoas.

– A internet é que vai perder. – Ele dá de ombros e sai na direção do vestiário. – Enfim, acabamos de encerrar. Vou tomar um banho.

Olho ao redor. Tem uns caras do departamento de atletismo, um treinador assistente de futebol e mais uns outros que não conheço. É o grupo que costuma jogar toda semana. O que significa...

– Oi – diz Ben, atrás de mim.

Eu me viro e engulo em seco. Ele está com um short de treino, o cabelo é o melhor tipo de desastre e ele está sem camisa, coberto por uma camada fina de suor. Eu nunca tinha visto tanto dele. Ben tem o corpo de um ex-atleta, como um tablete de manteiga levemente macio, o que é um elogio. Nada de tanquinho de mármore ou coisa assim, mas forte e definido.

Ao contrário do que eu faria no caso de Eric, eu ficaria feliz de filmar isso, por motivos puramente egoístas. A ideia de compartilhar essa imagem na internet faz crescer um senso de propriedade instintivo. *Meu.*

– O que você tá fazendo? – pergunto, sem forças.

A resposta é óbvia, mas não consigo achar palavras para dizer nada inteligente.

Ele dá um gole em uma garrafa de Gatorade.

– A gente quis jogar uma partidinha antes de ir pra Nova York.

Uma gota de suor escorre por seu pescoço e para na base da garganta. Meu corpo inteiro está em chamas.

– Eu não sabia que vocês jogavam com camisa versus sem camisa.

Ben curva os lábios em um sorriso.

– Lamento decepcionar, mas temos coletes. – Ele ergue um colete de malha velho e com as letras gastas.

– Não estou decepcionada. Vi tudo o que precisava ver.

Algo se acende em seus olhos e deixa minha cabeça tonta e pesada, como se eu estivesse submersa. Ele segura o colete junto ao coração.

– Estou me sentindo um pouco objetificado. Está tentando me transformar em um objeto?

Agora não. Talvez mais tarde. Olho de um lado para outro, tentando ver se alguém está prestando atenção em nós.

– Vai sonhando.

– Vou – responde ele, em voz baixa.

– Vai – repito.

Nós nos encaramos por uns dez segundos – ou dez minutos, talvez – até que um dos caras chama Ben do outro lado da quadra para perguntar se ele está pronto para ir.

Ben rompe nosso contato visual.

– Sim, um minuto – responde. – Tenho que ir.

– Então até mais – digo para o peitoral dele, dando um suspiro desolado. Ele ri e mexe no cabelo com uma das mãos.

– Ei, Callahan? – chamo, enquanto ele está a caminho da saída, puxando um moletom da bolsa. – Deveria deixar seu cabelo sempre assim.

Uma caravana de ônibus leva o time até o hotel em Midtown. Tecnicamente, estamos "em Nova York", mas ficamos pra lá e pra cá entre o hotel (para fazer refeições e dormir) e o Madison Square Garden (para treino e eventos com a imprensa), então o único momento em que fico sob o céu levemente azul de março é quando encontro uma brecha de quinze minutos para escapar e pegar um café.

Uma quadra de 28 x 15 metros está entre mim e Ben aonde quer que a gente vá. Quando estamos na arena, é sempre a trabalho. Às vezes, ele está lá e eu, no hotel, editando em uma sala de reunião reservada para a equipe de mídia.

Todo mundo toma café da manhã e janta junto – o jeito característico da Família Ardwyn –, mas os grupos se formam de acordo com cada departamento, então Ben fica do outro lado do salão. Algo no meu corpo vive indicando a localização dele, então sei quando ele está diante do bufê ou sentado à mesa. A equipe de mídia vai acompanhar a gente pelo resto da temporada, por isso estou dividindo um quarto com Jess. Ben ficou com Kyle, como sempre. O máximo que conseguimos são uns beijos furtivos atrás de um vaso de palmeira gigante em um canto mais tranquilo do lobby.

Trabalhar no local durante um torneio é diferente de trabalhar no escritório. Em casa, o ritmo não é tão brutal e sei o que vem a seguir na agenda. Existe todo um planejamento. Aqui, não há dias de folga entre os jogos: vivemos na correria. Ganhamos o primeiro jogo na quinta-feira, mas temos que esperar quase até meia-noite para descobrir quem vamos enfrentar na sexta. Então, na sexta, jogamos a última partida do dia, o que nos deixa com menos de 24 horas de descanso antes da final de sábado.

É exaustivo, mas libertador de certa forma. Eu me sento à mesa da sala de reunião sem janelas e uma parte do meu cérebro se desliga, enquanto outra se ativa. Horas mais tarde, saio dali como se estivesse emergindo de uma caverna com um produto finalizado que não me lembro muito bem de ter produzido.

É por isso que, quando Cassie aparece sábado de manhã, fico surpresa.

– Chegou cedo! – digo, desviando os olhos da tela.

Cassie fica perplexa.

– Estou uma hora atrasada. São onze e meia.

– Impossível.

Confiro a hora. Não eram seis da manhã? Tem uma bola de papel-alumínio amassada do meu lado. Ah, sim, em algum momento Ben me trouxe um sanduíche. Achei que tinha sido um sonho, mas parece que não. Taylor não estava aqui com o notebook dele? Ou isso foi três horas atrás?

– Parece que você precisa de sustância – diz Cassie.

Ela tem razão. Faz séculos que comi o sanduíche. E, de todo modo, o vídeo está finalizado. Brinquei com o som nesse aqui: está cheio de baixos bem graves e sintetizadores intimidantes e tentei sincronizar as partes mais pesadas da música com imagens de armários de vestiário sendo fechados, os movimentos precisos de nossas líderes de torcida e um toco particularmente épico. Quero que as pessoas *sintam* a intensidade, assim como tudo é mais intenso para o time agora. Na última hora, fiquei assistindo de cabo a rabo os mínimos detalhes. A essa altura, não dá para fazer melhor, mas com certeza dá para piorar, então envio para Taylor e me espreguiço, erguendo os braços.

Pegamos vitaminas para tomar e saímos para uma caminhada. Não temos muito tempo, então ficamos em Midtown e andamos pelas ruas no entorno do Rockefeller Center, passamos por turistas tirando fotos e clientes analisando vitrines que insistem que CHEGOU A PRIMAVERA!. Durante boa parte de março, os vestidos com estampa de narcisos e as caixas de chocolate em tons pastel nos mostruários estariam mentindo, mas hoje é um daqueles dias quentes e ensolarados em que a Mãe Natureza nos faz um mimo para segurarmos a barra até o inverno de fato terminar.

– Como está o trabalho? – pergunto, tirando o casaco e o amarrando na cintura.

Cassie dá um gole demorado na vitamina.

– Foi por isso que me atrasei. O sócio-gerente pediu que eu me juntasse ao comitê de Diversidade, Igualdade e Inclusão e minha primeira reunião é na segunda-feira, então fiquei preparando algumas coisas.

Sinto um aperto no peito. Isso é o oposto do que Cassie deveria fazer.

– Você entrou pra outro comitê? O que aconteceu com o lance de dizer não?

Ela se encolhe.

– Eu sei, mas é importante. Como eu poderia dizer não para uma ação que promove a diversidade dentro da empresa? Mas eu falei pra ele que alguma coisa ia precisar ficar de lado pra eu poder fazer isso.

Eu me esforço para não parecer tão cética.

– E o que ele respondeu?

– Que vamos dar um jeito. – Ela vê minha expressão e suspira. – Eu sei. Eu sei que isso não quer dizer nada.

Caminhamos em silêncio por um quarteirão, passamos por prédios enormes envidraçados e por uma churrascaria, até que Cassie diz:

– Estou pensando em sair de lá e abrir meu próprio escritório.

– Sério? – Paro do nada no meio da calçada e preciso me desculpar com as pessoas atrás de nós. – Que maravilha!

Cassie dá de ombros, tentando diminuir a importância disso, mas seu sorriso é cheio de esperança.

– Vai levar um tempinho pra resolver os detalhes, mas sei que consigo lidar com casos por conta própria. E assim eu consigo administrar minha carga de trabalho.

– Não precisa me convencer. Já estou dando total apoio.

– Só me sinto culpada. Os sócios da empresa investiram no desenvolvimento da minha carreira. Acho que vão ficar chocados.

– Você não pode ficar pensando nisso. Tem que se colocar em primeiro lugar.

Cassie contrai os lábios.

– Eu sei, mas não é tão simples assim. Trabalhei a vida toda nessa empresa. Tenho relacionamentos com as pessoas de lá.

Hum. Não sei o que dizer. Tudo isso costumava ser simples. Acho que Cassie deve se priorizar em relação à empresa, mas eu também costumava acreditar em manter distância dos meus colegas e não me apegar emocionalmente ao trabalho.

Uma horda de pessoas sai do metrô e Cassie desvia delas.

– E você, quais as novidades?

Respiro bem fundo. Está ficando muito cansativo guardar segredo sobre a coisa que ocupa tanto meus pensamentos. Além do mais, Ben e eu não estamos sendo tão furtivos assim. Vasos de planta não são o esconderijo perfeito. Em algum momento, alguém vai nos ver, se é que já não viu, e Cassie tem que saber por mim.

Mexo minha vitamina com o canudo.

– Promete que não vai surtar.

Cassie faz cara de medo.

– O que é?

– Não é nada de mais, juro.

– Tá, então fala.

– Tem algo... rolando... entre mim e Ben.

– *Algo?* – É a vez de Cassie parar no meio da calçada. – Ah. Ah, Annie. Os olhos dela ficam tão arregalados que consigo ver dentro de seu cérebro quando duas correntes de pensamento entram em um embate. Um lado diz *Acho que seu vestido de casamento deveria ser justo e com decote nas costas* e *Vamos sair em encontros duplos pelo resto da vida*. O outro lado sabe como foram todos os meus relacionamentos desde Oliver: breves, decepcionantes e nada sérios.

– Ele é bem legal – digo.

– É. – Ela assente cheia de vigor. – É, é claro que ele é. Por um lado, faz todo sentido. Vocês se completam. Mas, por outro, não quero ver nenhum de vocês sair magoado. Ele é diferente de qualquer um que você namorou. É mais... sincero.

– Não estamos namorando – respondo, por reflexo. – É casual. Não tem como virar algo mais do que isso.

Cassie me conduz para fora da calçada, em direção a uma imensa fonte na base de um arranha-céu. Sentamos na beirada, cercada por funcionários de escritório em horário de almoço.

– Me diz o motivo – pede ela. – Porque, pra mim, parece que você tá se sabotando.

Lanço um olhar cortante para ela.

– Não estou me sabotando. Estou sendo realista. Um de nós provavelmente vai ser demitido e isso vai gerar muito ressentimento.

– Não se vocês gostarem um do outro.

– E isso significa que um de nós vai embora – continuo a argumentar.

– Não é o ideal, mas não quer dizer automaticamente que...

– E, seja lá quem for, em algum momento nos próximos anos, adivinha só onde Ben planeja ser treinador? Na Arizona Tech.

Cassie para e seus ombros despencam.

– Ai, meu Deus. – Ela analisa meu rosto. – Então você não contou pra ele.

Estreito os olhos e observo os carros presos no trânsito.

– Não. Mas acho que vou contar. Depois do fim da temporada.

– *Uau*. Você deve gostar mesmo dele.

– Claro que sim – admito. – Mas não vou contar pra ele como se fosse pra, tipo, fortalecer nosso relacionamento. Vou contar porque ele é um bom amigo que...

Cassie chega para trás.

– Bom amigo? Ah, dá um tempo.

– ... provavelmente vai trabalhar e morar em um lugar diferente de mim de qualquer forma... e tudo bem quanto a isso... e não quero ver um *bom amigo* ir trabalhar na merda da Arizona Tech. É só isso. – Balanço a cabeça. – A temporada de basquete é... desgastante. Sempre acaba se tornando o meu mundo. É a melhor coisa em relação a isso, mas também a mais arriscada. Passo o dia inteiro numa bolha mágica com um cara gostoso, então é mesmo de admirar que a gente queira se pegar às vezes? Vencer deixa as pessoas com tesão. Isso é ciência pura. Quando isso acabar e não estivermos mais trabalhando juntos, vamos deixar de dar uns beijos.

Eu me levanto. Nuvens de chuva agourentas se aproximam e estou louca para tirar um cochilo reparador antes do jogo desta noite.

Cassie se mostra cética, mas não tem como argumentar contra os fatos. Ela faz um beicinho.

– Vou ficar triste se vocês combinarem e só conseguirem isso.

"Isso" fica muito perto de acabar à noite, quando perdemos um jogo disputado nas finais do torneio. Derrotamos o Saint Mark's duas vezes na temporada, mas eles chegam com um jogo duro e que exige muito esforço físico, e nossos rapazes estão exaustos.

Não há tempo para pensar, porque isso aqui é o campeonato universitário, o March Madness. É hora de descobrir se conseguimos realizar o quase impossível.

Vinte

– Por que você não está usando a camisa?

Donna está na minha frente, o queixo projetado, gesticulando para o meu corpo com uma unha que parece um bisturi. Droga. Ela deve ter sentido lá do outro lado da sala que eu estava quebrando as regras, como um tubarão farejando o cheiro de um corte feito por papel.

Tento um olhar arregalado de inocência e distração.

– Eu perdi.

Donna volta sua atenção para minha bolsa no chão. O tecido de algodão azul escapa pelo topo.

– Não cabe – tento.

– Temos blusas extras de todos os tamanhos.

– Sou alérgica a algodão. Estou com muito frio pra usar manga curta. Esse aqui é o meu suéter da sorte?

Donna me fuzila com o olhar.

Dou um gemido.

– Eu fico atrás da câmera. Ninguém vai ver que não estou usando a camisa.

– Quanta besteira. Você não fica atrás da outra câmera.

Donna aponta numa direção.

Não preciso nem olhar. Ela tem razão. Chegou o domingo da seleção e, em vinte minutos, os chaveamentos e confrontos do campeonato serão anunciados ao vivo na TV. A emissora gosta de transmitir as reações de alguns times e este é o ano da sorte da Ardwyn. Há uma câmera muito maior e muito mais cara do que a minha a seis metros de mim.

Isso é bom. Os atletas recebem a atenção que merecem e isso ainda resulta em mais dinheiro no banco.

Alguém decidiu que todo mundo que veio assistir junto – o time e os funcionários, as famílias, os mandachuvas da universidade – precisava usar a mesma camisa azul com o brasão da Ardwyn. Colocaram cadeiras e um projetor no lobby da Igreja e nossos apoiadores estão no mezanino, em mesas de coquetel com toalhas brancas. Cordões duplos de balões pendem do teto de cada lado das portas amplas. As únicas pessoas que não precisam usar a camisa são as líderes de torcida, que estão de uniforme. Até o mascote está usando uma versão personalizada para o seu tamanho.

Só para constar, minha roupa segue o tema. Meu jeans é azul o suficiente e meu suéter creme tem listras cinza nas mangas ao estilo jaqueta de universidade. Passei a temporada toda sem usar o uniforme do time e não tinha a intenção de fazer diferente agora. Mas, se Donna me matar, nunca vou poder comer um dos pretzels quentinhos que colocaram na mesa ao fundo, então passo a câmera para Jess e vou ao banheiro me trocar.

Dentro da cabine trancada, me sinto desconfortável ao olhar para a camisa. Eu costumava ter um monte de roupas da Ardwyn. Na primeira semana do último ano de faculdade, vivia com uma camisa como esta, só que mais velha e desgastada. Oliver tinha me largado (pela primeira vez) havia alguns dias e passei a maior parte daquela semana maratonando *Black Mirror*, deitada no sofá com uma taça de sangria no chão perto de mim, bebendo por um canudinho em espiral que comprei numa loja de 1 dólar. Eu tinha colocado no ângulo certinho para alcançar a bebida sem precisar levantar a cabeça. Estava no fundo do poço e a coisa ia mal.

Uma noite, Cassie e minhas outras colegas de quarto me arrastaram para um bar na Filadélfia. Era superchique, com poltronas de veludo, iluminação baixa e papel de parede bronze. Um bar de adultos.

Tínhamos umas às outras e coquetéis elegantes, e, de início, foi divertido, mas depois fiquei bêbada e chorosa. Caí do meu banco e o bartender ficou querendo me dar água. Eu tinha excluído o número de Oliver dos meus contatos, então fiquei tentando lembrar olhando para os números, mesmo sem conseguir enxergar direito, enquanto minhas amigas pensavam em como me levar para casa. Elas achavam que eu não ia conseguir pegar o trem e Cassie estava com medo de que eu vomitasse em um táxi. E então Maynard simplesmente... apareceu.

Ele estava jantando com amigos em outra sala e nos viu no bar. Era óbvio que eu estava um caos, então ele nos ofereceu carona para casa. Parece que minha resposta foi: "Você tem um balde pra vomitar?" Eu estava bêbada demais para ficar envergonhada. Boa parte da corrida foi um borrão de Cassie tentando manter uma conversa educada e Maynard colocando um álbum do O.A.R. para tocar. Eu fiquei com muita vontade de fazer xixi durante todo o caminho.

Em certo momento, eu falei: "Os homens são um lixo." Ele foi legal. Respondeu algo que pareceu paternal, como: "São, sim, são uns cabeças-duras. Não sei quem é ele, mas não te merece."

Foi só isso que aconteceu naquela noite. Mas parece que foi aí que começou. Talvez eu esteja errada, talvez fosse acontecer de qualquer maneira. Não sei.

Ponho meu desconforto de lado, tiro meu suéter e coloco a camisa. Ao sair da cabine, evito olhar meu reflexo no espelho.

Volto a tempo de filmar o treinador Thomas se dirigindo ao público. Jess está gravando com seu telefone e Taylor está postando as melhores partes na mesma hora.

– Pega uma tomada desses garotos dançando com o Gallimore – pede Taylor, depois do discurso.

– Está tudo sob controle – responde Jess.

Taylor estica o pescoço.

– Ai, meu Deus, trouxeram a Srta. Mary. – A Srta. Mary é uma torcedora de 100 anos que comparece a todos os jogos em casa. – Ela está falando com o treinador Thomas! Trouxe um xale pra ele com as nossas cores! Parece que foi feito à mão! Jess, vai lá. *Jess!*

Jess suspira. Ela se levanta, enfia a camiseta dentro da calça e atravessa a sala.

– Pegou? – pergunta Taylor quando ela volta.

Jess bate no celular.

– Relaxa, eu... Ops, não gravou.

– O quê?! – guincha Taylor. Uma veia salta em sua testa. Ela retorce seu rabo de cavalo com força. – Você se distraiu porque a Maura estava te olhando? Porque ela não está sendo nem um pouco profissional e te tratou de um jeito horrível.

Interessante. Dou uma olhada no público procurando Maura, a treinadora assistente das líderes de torcida e ex de Jess.

– Calma. Tô zoando. – Jess vira a tela do celular para Taylor. – Eu peguei. Você devia ter visto a sua cara. – Ela balança a cabeça. – Suas sardas ficam ridículas quando seu rosto fica vermelho.

Taylor abre a boca, mas a fecha logo depois.

Muito interessante.

Dou uma olhada na hora. A transmissão deve começar a qualquer momento. Taylor se enterra no próprio notebook enquanto Jess lida com o Instagram. Vejo Cassie sentada a uma mesa com as esposas dos outros treinadores e seus filhos. A mulher de Williams está ao lado dela, tirando uma foto dele com os filhos. De maneira surpreendente, ela é um amor, simpática com todo mundo e cheia de energia.

– Que engraçado – comenta Jess, me obrigando a parar de me inclinar para o lado na tentativa de pegar um vislumbre de Williams sorrindo para a foto. – Tem uma sequência inteira de comentários no nosso último vídeo perguntando quem era o bonitão de cabelo rebelde no banco.

– O quê? – digo, um pouco alto demais.

Ben está sentado ao lado de Eric, falando e fazendo gestos animados na direção de seu tablet. Em Nova York, ele desistiu de vez de seu Cabelo do Trabalho e começou a usá-lo mais bagunçado, do jeito que eu gosto, mesmo durante os jogos. Achei fofo ele ter considerado o que eu disse. Mas agora eu aticei pessoas lascivas para cima dele na internet? O preço talvez seja alto demais.

– Deixa eu ver.

Jess se afasta de mim, ainda lendo.

– "Puro tesão", disse uma delas!

– A gente deveria excluir esses comentários. – Eu me viro para Taylor em busca de apoio. – Não é apropriado. Pensem nas crianças.

O relógio no projetor chega a zero, cortando toda a conversa. Um sibilo paira sobre o público.

A região sul é anunciada primeiro e nosso nome não é chamado. A região leste vem a seguir.

– O número quatro do chaveamento na região leste são os Tigers da Ardwyn. E eles vão jogar contra o número treze do chaveamento, os Hawks da Monmouth, campeões da Costa Leste.

Eu sabia o que vinha por aí, mas ainda assim sinto um arrepio elétrico descer pelas minhas costas.

A congregação se ergue, imbuída por um só espírito. As pessoas comemoram, pompons se agitam, mais balões caem do teto. O treinador Thomas fica de lado, deixando que os atletas saboreiem a luz dos holofotes. Só o que ele faz é assentir uma vez. Nas palavras de JJ Jones: "Esse cara é tão tranquilo que bota qualquer um pra dormir."

Os jogadores têm meia hora para celebrar e depois vão partir para estudar o adversário. Abro caminho pelo público com minha câmera. Pego JGE abraçando a mãe e erguendo-a no ar com os pés balançando. Quando ele a coloca no chão, estica o braço para me cumprimentar com um soquinho. Gallimore e Andreatti jogam um dos grandes balões azuis de um lado para outro feito uma bola de vôlei, os braços balançando e os punhos se movendo. Quando me veem, eles a lançam para mim e gritam meu nome juntos. Quincy sai cumprimentando todas as criancinhas e recebendo com um sorriso feliz os olhares de admiração dos rostinhos virados para cima. E, quando para na minha frente, seus braços me envolvem em um grande abraço.

Quando estou filmando, eles devem fingir que não estou ali. Vou ter que trabalhar muito na edição.

Enquanto isso, Ben está debruçado em seu tablet, alheio ao mundo. Não preciso ver sua tela para saber o que está fazendo. Provavelmente já puxou as estatísticas da Monmouth no segundo em que o locutor anunciou o nome deles, tentando ver quanto consegue decifrar do código deles antes de sentar na sala de análise tática.

Estou no modo multitarefa, um olho na câmera e no caos, o outro no resto do chaveamento que ainda está sendo anunciado no telão. Esperando para vê-lo em uma das sessenta e quatro linhas, esperando para descobrir quão distante está da Ardwyn, quanto tempo e quanto custaria para que ambos se encontrassem.

E enfim é anunciado:

– Número um do chaveamento do oeste... o Rattlers da Arizona Tech.

Viro a cabeça de um lado para outro. Oeste. O lado oposto do chaveamento. A única forma de jogarmos contra o time de Maynard é se ambos chegarem à final. É só então que percebo a tensão em meus ombros, que estão quase na altura das orelhas. Meu corpo relaxa como um daqueles brinquedos que crescem quando são postos na água.

Baixo a câmera. Já tenho o que preciso. Ben me olha com uma expressão indecifrável e sorrio para ele. Me espremo para passar entre a multidão nos fundos da sala, mas a bandeja de pretzels já está vazia. Droga.

Na volta, encontro Verona e Lufton no meio de um debate sobre a competência do comitê de seleção e eles fazem uma pausa para pedir minha opinião. Então Eric me puxa com Quincy para que Cassie possa tirar uma foto nossa. Eric quer mandar para minha mãe.

– Por que você tá esquisita? Tá passando mal? – Eric estreita os olhos para a tela do celular, observando a foto.

Não tenho ideia do que ele está falando. Será que meu cabelo está achatado? Quando me inclino para olhar, a primeira impressão que tenho é que minha cabeça está no corpo de outra pessoa.

– Ah. – Dou uma risada. – Eu nunca uso azul. Não é minha cor.

Uma mão toca minha cintura.

– Você tá sempre bonita – diz Ben, no meu ouvido.

Ele me puxa para um abraço rápido, do tipo que ninguém vai questionar, a menos que já desconfie de algo. Cassie fica atenta, mas não diz nada.

– Pra mim? – pergunta Eric, apontando para um pretzel macio na mão de Ben.

– Óbvio que não – responde ele, que me entrega o pretzel.

Calma, coração.

– Estou subindo – diz ele para mim.

– Você ainda tem quinze minutos pra comemorar – provoco.

Fiquei surpresa por ele ficar tanto tempo por ali.

– Vem se despedir antes de ir embora – diz ele, me dando um olhar nada profissional, e se retira.

A festa ainda dura muito depois que o time sobe. Todos estão animados, relaxados e brincalhões. O pessoal que nos patrocina gosta de ficar por ali, tomando um vinho de qualidade razoável na bilheteria que faz as vezes de bar. Estou em uma mesa com Cassie, Taylor, Jess e outras duas pessoas que ficam indo e vindo. A esposa de Williams chega, levemente embriagada, e conta uma história sobre o dia em que o marido pegou o filho mais velho fugindo de casa. Ela me deixa com olhos cheios de água de tanto rir.

– E, para coroar – diz ela, gesticulando com uma das mãos –, depois que ele saiu pela janela, Travis passou um mês inteiro fazendo o menino entrar e sair do carro pela janela toda vez que a gente ia levá-lo ou buscá-lo em algum lugar. Mesmo que os amigos dele estivessem olhando!

É uma noite perfeita, daquelas que a gente sente saudade mesmo antes de acabar. É muita coisa para absorver: euforia, alívio e um sentimentalismo inesperado. Já tive noites como esta antes. Já tive noites como esta antes neste prédio, mas elas estão destroçadas na minha memória e esta aqui é concreta e cálida, como um pão fresquinho dentro de um saco de papel novo. Fiz uma suposição quando vim para cá. Eu me convenci de que este trabalho ia ser tão merda quanto os outros e que três anos aqui seriam uma espécie de punição. Que eu não tinha perdido nada precioso quando fui embora na primeira vez.

Mas não é bem assim. Depois de tudo pelo que passei, sou indiferente a Ardwyn enquanto instituição, minha empregadora. Mas o trabalho e as pessoas? Não tem nada de ruim neles. Na verdade, é tudo ótimo.

Passei os últimos oito anos escolhendo de forma resoluta empregos que eram horríveis nesse aspecto. Perdi oito anos ao ir embora. Maynard tirou isso de mim.

Não sei o que fazer com essa constatação. Gostaria de dizer que meu pai teria o conselho perfeito se estivesse aqui, mas não é verdade. Esse foi o único assunto em que ele teve dificuldade para entender do que eu precisava. Ele tentou, mas não conseguiu compreender porque eu não lambia minhas feridas e me reerguia, como um jogador depois de uma lesão. "Tente de novo em outro lugar", me incentivou ele, por anos. "Não desperdice seu talento."

Eu me sinto um fracasso por não ter sido forte o suficiente. Acho que ele se sentia um fracasso por não ter me protegido, por ter me apresentado a essa área, por não conhecer a verdadeira natureza de Maynard, apesar de ter uma boa relação com ele. No fim, só paramos de tocar no assunto.

Mas esta noite não é para refletir sobre coisas dolorosas. Hoje é uma noite de comemoração.

No final, as pessoas vão se despedindo e as conversas que continuam ecoam pelo grande salão vazio. Cassie escapa para casa, mas o resto do grupo resolve ir para um bar. Subo para deixar um bilhete para Ben dizendo que fui embora. Eu podia mandar uma mensagem, mas quero incluir um desenho de Williams no banco do motorista enquanto as pernas de seu filho pendem para fora do carro.

Deve ser mais tarde do que eu pensava, porque Ben está de volta à sua mesa, não na reunião com o time. Ele está totalmente concentrado, mordiscando o lábio inferior. Espero um instante – e, sim, lá vai a língua dele, surgindo no canto da boca. Um pompom se agita dentro da minha barriga.

– Oi – digo, sem fôlego, me apoiando no batente da porta e me inclinando para dentro da sala.

– Oi – repete ele. – Está bêbada?

– Quê? Não. Por quê?

Ele balança a cabeça.

– Você parece muito feliz.

Eu estou muito feliz. Estar aqui me faz feliz. Estar com você me faz feliz.

– Me conta sobre a reunião! – peço.

Ele quase vibra ao contar tudo: sua análise até agora e as estratégias que estão montando. Os confrontos defensivos, o estilo de jogo do outro time. Ele está totalmente desinibido enquanto fala sem parar. O cabelo está bagunçado, uma mecha formando um arco sobre a testa, e seu rosto reluz.

– Tudo pelo que sempre trabalhamos está acontecendo – diz ele. – Hoje está sendo uma noite muito boa.

E penso a mesma coisa. E, quanto mais fico aqui, mais incerto vai se tornando meu plano de ir para o bar com Taylor e Jess. E o que o substitui é um pensamento: só beijar não é mais o suficiente.

Não pode fazer tão mal comemorar juntos. A gente merece. No máximo, faltam três semanas. E tem sua boca, seu cabelo e o jeito como ele me olhou mais cedo. O suor na base de seu pescoço depois do jogo entre amigos. Aquele primeiro beijo. Estou contendo muitas coisas esta noite, tudo o que já absorvi, e quero deixar sair. Na direção dele.

Tiro as chaves da minha bolsa.

– Está acabando aí?

– Estou, não tenho mais nada pra fazer. Não consigo nem olhar mais pra monitor nenhum. Eu ia ver se você queria que eu te acompanhasse até o carro. Está indo agora?

Brinco com o metal na minha mão, abrindo os aros do chaveiro com a pontinha da unha do polegar.

– Sim, estou pronta pra ir – respondo. – Vem pra casa comigo.

Trocamos um olhar que faz perguntas e as responde sem uma palavra sequer. Os olhos dele fazem algo hipnótico e quente que me puxa pelo peito. E então ele praticamente passa por cima da mesa, agarra minha mão e me puxa pelo corredor.

Vinte e um

No meu apartamento, vou de cômodo em cômodo tentando me livrar do frio incessante na barriga. Tiro minha placa de bruxismo da mesinha de cabeceira e coloco em uma gaveta no banheiro, enfio a infinidade de roupas sujas de volta na minha mala meio desfeita. Fico na dúvida entre acender ou não uma vela e resolvo que é melhor não. É o que eu faria normalmente ao chegar em casa, mas ele não sabe disso. Ele vai achar que estou tentando criar algum tipo de clima, e com certeza não estou.

Luzes acesas na sala de estar, apagadas no quarto, acesas no quarto verde. Ou no quarto também? Não, apagadas. Esse lugar ia ficar ótimo à meia-luz. Eu me xingo por ter deixado meu lindo abajur de mesa no apartamento de Kat.

Ben foi em casa para deixar ou pegar algumas coisas – sinceramente, não prestei muita atenção no que ele disse –, o que me deu tempo para chegar em casa e me aprontar ou pelo menos surtar.

Minha camisa da Ardwyn está me dando coceira, então me livro dela, mas não sei o que vestir. Faço a dança das cadeiras no meu armário, tirando e colocando peças, até que a campainha toca e fico com a regata fina que usei por baixo da roupa o dia inteiro e um short de algodão que uso para dormir. Não dá tempo de pensar na impressão que esse visual passa. Ben chegou.

Deixo-o subir e fico na porta. Um minuto depois, ele bate, dois toques rápidos. Abro a porta de uma vez.

– Oi – diz ele, em uma voz que é só para mim.

Seu sorriso é fácil, mas seus olhos parecem uma fogueira: luz e calor, quase crepitantes. Ele também se trocou e colocou um casaco preto de capuz. Porém, diferente de mim, tem a vantagem de estar de calça. Puxo meu short para cobrir mais as coxas, o que deixa um pouco da barriga à mostra, então o subo de novo.

– Quer fazer um tour pela casa? – pergunto em uma voz alegre, que não parece minha, entrando pelo corredor sem ver se ele estava me seguindo. – Vai levar uns cinco minutos no máximo.

– Eu adoraria – responde ele com um entusiasmo jovial, como se fosse o principal motivo para ter vindo.

Levo Ben pela sala de estar e pela cozinha e aponto para o banheiro. É o apartamento mais comum que já existiu, então não há muito a mostrar, mas exibo minhas paredes brancas sem fotos e a mobília genérica com o foco e a arrebatação de um guia turístico num museu renomado. Qualquer coisa para evitar encará-lo.

O quarto vem a seguir. Por que deixei a luz apagada? Ele vem logo atrás de mim assim que entramos no cômodo e colide com as minhas costas quando paro do nada para desviar da mala no chão. Passo correndo pela cama como se o bicho-papão estivesse ali embaixo.

– Uau – diz ele, impressionado com o quarto verde.

– Esse é o melhor cômodo, obviamente. – Minha voz soa quase normal. O chão ridículo e o pufe roxo surrado ajudam a reduzir meus batimentos. – Sempre me pergunto se aqui costumava ser o recanto sexual de alguém. E também queria te apresentar a Mona Lisa Vito. Passamos muito tempo de qualidade juntas.

A risada dele é tranquila, contente. Reviro as mãos.

– Acho que o tour só leva três minutos, na verdade – falo.

Ben me observa com atenção.

– Você parece nervosa.

– Eu? Não.

Ele vai até a janela, onde as velas estão amontoadas, uma bagunça.

– Podemos ver TV. Ou dormir, se você quiser. – Ele pega uma delas e a cheira. – Ou eu posso ir embora, se você tiver mudado de ideia.

Beleza, a indiferença dele está começando a me dar nos nervos.

– Não estou nervosa. Talvez você esteja – retruco em um tom digno de jardim de infância, tirando a vela da mão dele e colocando-a de volta no parapeito.

– Eu estou um pouco nervoso – admite Ben.

E esse é o meu limite. Era para ser *divertido*. Não precisa ter um significado grandioso. Ninguém deveria estar nervoso.

Eu me atiro em cima dele, jogando os braços ao redor de seu pescoço. Eu o beijo com força, como da primeira vez, do lado de fora de seu apartamento, movendo meus lábios pelos dele com urgência, com rápidas investidas da minha língua. E, por um breve momento, ele me acompanha em um ritmo perfeito... e é muito bom, embora não me deixe mais calma.

Ben se afasta e encosta a testa na minha.

– Ei – diz ele, esticando as mãos para pegar as minhas, que estão trêmulas. – Sou só eu.

Ben pega meu caos, junta com a determinação dele e transforma tudo em algo melhor. *Estou com você*, diz ele, sem palavras. Quando meus dentes batem nos dele, ele me acalma com lábios macios. Quando recuo, querendo ver seu rosto, ele murmura, com uma voz rouca:

– Vem cá.

E ele me tranquiliza com uma mordida arrebatadora no meu lábio inferior. Segura meu rosto, o polegar acariciando minha bochecha, e eu chego mais perto, nossos lábios mal se encostando.

Não. Isso tudo são instantâneos de um painel de emoções erradas. Hoje é para ser só comemoração. A gente deveria estar dominado pelo elixir do triunfo atlético, numa volta olímpica que fosse sexual, afobada e insana. Minhas pernas deveriam estar ao redor da cintura dele e ele deveria estar me prensando contra a parede. Era para algo ser empurrado de uma mesa e se espatifar no chão. Era para ser barulhento, com faíscas crepitantes. Não é para ser deliberado e terno, com tremores, sussurros e olhares intermináveis.

Eu me largo no pufe e entrelaço as mãos atrás da cabeça. O pufe é tão velho e está tão sem forma que, ao me deitar, quase fico reta no chão.

– Tira a camisa – ordeno.

Ele ergue as sobrancelhas e seus lábios se retorcem daquele jeito lento e preguiçoso nos cantos.

Levanto a mão, apressando-o.

– Vamos logo, sou uma pessoa visual.

Ele tira a camisa e meu coração quase para. Vi seu corpo menos de uma semana atrás, mas o efeito é ainda mais poderoso agora que estou prestes a tocá-lo.

– Ótimo, agora eu – digo, sem ar, tirando minha regata e lançando-a do outro lado do quarto.

Seus olhos examinam meu sutiã preto simples e seu pomo de adão se projeta para a frente.

Ben me observa com um olhar perspicaz, como se fosse comentar algo, como se percebesse minha bravata e o que há por trás disso, então estico os braços para ele. E aí me lembro: este pufe está maculado com a minha história. Shane Kowalski, no baile de formatura, muita falta de jeito e cutucadas em lugares nada certos.

– Não! – digo, cortante, parando na hora. – Espera.

– Tudo bem – responde ele, confuso.

Pego um cobertor e o estendo pelo pufe como se fosse um lençol, depois puxo Ben para cima de mim. É uma posição estranha, deitar juntos nesse pufe velho cheio de calombos, mas ele se entrega ao clima que escolhi. Meu sutiã sai e suas mãos e seus lábios estão ali. Minha boca relaxa, e Ben se aperta contra minha coxa, e está ficando cada vez mais difícil raciocinar, e eu amo a Mona Lisa, mas não quero ficar trocando olhares com ela no momento, então desvio os olhos da parede e mudo de posição. O chão é duro nas minhas costas, com minha bunda e o peso dele comprimindo o pufe.

– Não para de murchar – digo.

Ele se arrasta para cima, o cabelo fazendo cócegas no meu pescoço, e seus olhos encontram os meus.

– Não eram bem as palavras que eu imaginei você dizendo nas minhas fantasias.

Eu o puxo em minha direção para trazer sua boca até a minha, mas ele está sorrindo, então meus lábios encostam nos seus dentes.

– Eu estava falando do pufe – explico, mas ele já está me levantando. – Você fantasiou sobre isso aqui?

Ele roça os nós dos dedos pela pele nua acima da cintura do meu short. Faço um som gutural e fecho os olhos.

– Cama? – sugere ele.

– Chão – rebato.

Ele me segue e se deita sobre mim. Eu o puxo pelos passadores do cinto até que seu quadril esteja junto ao meu, seus joelhos entre minhas pernas. Ele aperta minha cintura quando toco no botão de sua calça.

– Tudo bem? – pergunto.

Ben me aperta mais e emite um som de afirmação.

Tento desabotoar, mas minhas mãos não estão funcionando direito.

– Solta? – peço e ele me ajuda a tirar sua calça.

Engancho meus tornozelos na parte de trás de suas pernas e ele desliza as mãos para agarrar minha bunda. Um gemido escapa de Ben e ele me beija sem parar. Há muito pouco entre nós agora, só meu short surrado e nossas roupas íntimas. O ritmo que encontramos nos arqueando um na direção do outro é viciante. Quase consigo acalmar minha mente o bastante para fazer isso com ele por horas, talvez para sempre. Quase. É só que...

– Você está confortável? – sussurro, vários minutos depois.

– Acho que não é recomendável ficar de joelhos nesse chão – responde ele. – Amanhã, quando eu perguntar ao treinador como tratar queimaduras causadas por grama, ele vai fazer várias perguntas.

– O que você vai dizer a ele?

Eu me esfrego nele com mais força, me balançando. Ben afasta os lábios e seus olhos se fecham, trêmulos.

– Ele quem?

– O treinador!

– Por que estamos falando do treinador?

Dou uma risada. Não me lembro de já ter rido durante um amasso e nunca achei que poderia ser tão bom, mas é, e ele também ri.

De repente, Ben senta em cima dos calcanhares, tocando meu tornozelo e traçando pequenos círculos ao redor do osso com o polegar.

– Ei, tem certeza que quer fazer isso? Eu só quero mesmo é ficar com você.

Ele sabe que ainda estou nervosa. É claro que sabe. Essa constatação pousa no meu peito como a palma de uma mão tranquilizadora, e o painel de emoções some.

– Não – digo, me obrigando. Estou relutante em falar qualquer coisa que esteja na minha cabeça, mas é crucial que ele entenda. – Eu quero tanto você... tanto que me assusta. Você não me quer?

– Annie. – A voz dele fica embargada. – Eu só consigo pensar em quanto quero você.

Minhas cordas vocais não funcionam. Foram travadas por alguma coisa, possivelmente a química usada para deixar esse chão tão verde trinta anos atrás. Deve ser ilegal hoje em dia.

– Só consegue pensar nisso? – Finalmente consigo dizer. – E o basquete?

– O que é basquete?

– E reality shows e estatísticas? E o hambúrguer do Wawa?

– Sanduíche – corrige ele. – E não. Só você.

Resoluta, estico os braços para puxá-lo de volta, mas Ben segura minha mão. Ele dá o beijo mais suave do mundo nela e depois outro na parte interna do meu pulso. Estremeço.

– Posso? – pergunta ele.

Faço que sim. Beleza. Só estou enganando a mim mesma até agora.

– Penso na sua boca – murmura, no meu pulso. Ben solta minha mão e se inclina para sussurrar no meu ouvido, os lábios roçando minha bochecha. – No seu corpo. Nesse cordão. – Ele baixa a cabeça e passa os dentes pela correntinha. A sensação sobrecarrega meus circuitos, ativando e desativando minha função cerebral. – Às vezes, me pego encarando bem aqui e não consigo desviar os olhos. – Ele desliza até a outra orelha. – Penso em quanto você me faz rir. Penso em como seu olhar fica assustador quando você está determinada a conquistar algo que quer.

– Eu quero você – digo, zonza.

– É. Às vezes você me olha assim. E eu mal consigo dar conta. Eu te daria qualquer coisa que você quisesse quando você me olha desse jeito. – Ele coloca a mão no joelho e se levanta. – Este quarto nunca foi e nunca vai ser o recanto sexual de ninguém. – Ele assente na direção da porta. – Cama.

A palavra cintila no ar como uma névoa por cima do asfalto quente.

– Hum, mandão – falo.

– Cama, por favor – corrige ele.

– Melhor.

Ele aperta meu quadril e beija meu ombro ao me seguir até o quarto. Sento na beira da cama enquanto ele encosta a porta. Sua calça e sua camisa estão no quarto verde, então ele está só de cueca boxer. Boa parte do seu rosto está nas sombras, mas consigo ver seu peito subir e descer e a intensidade de seus olhos em mim. Seus lábios estão vermelhos e úmidos, como se ele estivesse comendo cereja. A quantidade perfeita de luz se infiltra pelo quarto verde em um ângulo ideal. Eu não teria criado uma iluminação melhor.

– Que coisa linda – diz ele. E é exatamente o que eu estava pensando.

Ben senta ao meu lado, segura meu rosto e me dá um beijo, com delicadeza. Quando se afasta, deixo que me deite, e seus olhos cálidos me despem da minha armadura. Já não me preocupo com o que minha expressão fácil revela sobre mim, com o significado dessa ternura. Somos só eu, derretendo no colchão, e ele.

Ben vem para o meu lado e se apoia no cotovelo, a curva firme de seu ombro delineada pela iluminação baixa. Ele passa uma das mãos pelo meu corpo, subindo pelo braço, deixando uma trilha de arrepios. Depois sobe pelo meu colo, indo para o meu rosto e se enfiando em meu cabelo, seu polegar massageando a base do meu crânio com uma pressão perfeita. Descendo, deslizando pela parte debaixo dos meus seios. Então ele usa a boca também, deixando um rastro de beijos delicados pelo caminho entre os dois lados do quadril. Ele recua um pouco para dar um único beijo na sarda que tenho à esquerda do umbigo. Passa a mão, suave, pelo meu short e desce para coxa, apertando de leve um dos meus joelhos e o erguendo, deixando meu pé reto na cama. Então ele muda de posição, encosta os lábios na parte interna do meu tornozelo e sobe para a canela.

Tudo se resume a carícias leves, dedos cheios de intenção e foco, beijos repletos de veneração. Suas mãos e seus lábios estão provocando uma transformação química em cada pedacinho de pele que tocam. Só podem estar. Elétrons se movem, átomos se modificam. Novas moléculas se formam no encalço de sua boca, da ponta de seus dedos. Não é mais minha antiga pele e talvez nunca mais seja. Não depois de ser tratada com tanta reverência.

Ben Callahan cuida dos seus. Sei disso faz tempo. E, pela primeira vez, começo a perceber que talvez eu seja um deles. Uma tremulação estranha começa no meu peito e se expande pelo resto do corpo, até chegar aos dedos dos pés, e faz minha cabeça girar.

Ele toca o cós do meu short e analisa meu rosto.

– Posso tirar isso?

Estou praticamente derretida a essa altura, mas consigo erguer o quadril.

– Sim, por favor – digo com a voz rouca, a garganta dominada pela expectativa.

Meu short e minha calcinha se vão e então é a mão dele que está entre minhas pernas. Um som ávido que não reconheço sai de mim. Corro as mãos depressa até os ombros dele e aperto, as unhas afundando em sua carne.

Ele desce pelo meu corpo e meus joelhos se afastam. Ele me olha de baixo, através dos cílios, e... bom... é uma imagem impactante. Foi para isso que inventaram a boa iluminação.

– Tudo bem? – pergunta ele.

Faço que sim e sua respiração e sua barba por fazer roçam em minha coxa. Meus dedos deslizam pelo cabelo dele e o acariciam. *Meu*. A palavra se acende em alguma parte primitiva do meu cérebro, como dizeres de um letreiro luminoso, e viaja até meus dedos, como uma corrente elétrica.

E então sua boca está em mim e não há mais nenhuma palavra em minha mente.

Ben faz as coisas mais maravilhosas e obscenas do jeito mais doce, apagando por completo o conceito de tempo da minha cabeça abençoadamente em branco. Minutos, horas ou dias se passam – números não são reais –, e é tudo tão avassalador que o agarro pelos ombros, tentando puxá-lo para cima, e digo, num fio de voz:

– Ben, preciso de você aqui.

E ele obedece. Está ali comigo, os olhos suaves, e tudo o que eu quero é ficar o mais perto possível dele.

Isso não é só por diversão. Não sei o que é, mas é algo maior.

– Tem certeza? – pergunta ele, traçando meu lábio inferior com um dedo.

– Total.

Eu o ajudo a tirar a cueca e ele some por um instante. É como perder a gravidade. Quão rápido dá para se viciar na sensação do corpo de outra pessoa? Uma embalagem é rasgada e ele volta, fazendo carinho no meu cabelo e me beijando. Eu o direciono e ele se impulsiona para a frente. A mais perfeita distensão me arrebata e soltamos gemidos trêmulos ao mesmo tempo.

Ben sussurra elogios sobre meu corpo e as sensações que eu causo e é tudo ótimo, mas a melhor parte é quando ele diz "*Porra*, Annie", porque foge muito do que ele é. Toma essa, padre John. Ele coloca os dedos entre nós, em mim. Seus movimentos ficam frenéticos e a pele, quente. Ben começa a perder o controle.

É o que me leva ao ápice.

– Ben.

Seu nome me escapa e ele traz seus lábios para junto dos meus. Não para me beijar: nenhum de nós dá conta. Então ele só inspira minha respiração ofegante e um último gemido, como se tentasse consumir o que está acontecendo em mim. E é o que o leva ao clímax também.

Depois, revezamos a ida ao banheiro e nos esparramamos pela cama, uma das pernas dele em cima da minha. Tiro fios de cabelo suados do rosto dele com um dedo, ele acaricia o ponto avermelhado em meu pescoço onde sua barba por fazer me arranhou.

– Suas coxas ainda estão trêmulas – murmura ele, preguiçoso.

– Culpa sua – falo, com uma voz arrastada.

Ben faz sexo como joga basquete, o que é um absurdo, mas também faz todo o sentido. Ele é armador, então sempre foi bom em definir o andamento em quadra. Um excelente comunicador: fala nas horas certas. Presta muita atenção na linguagem corporal dos outros jogadores e os decifra bem rápido. É um bom companheiro de time, altruísta, paciente, prefere dar uma assistência do que pontuar. Excelente em julgar o momento certo de atacar ou quando dar um passo atrás e criar espaço. Eficiente em criar pressão na linha de passe do adversário... tá bem, talvez isso não seja tão relevante.

– Fica comigo – diz ele, em uma voz baixa e sonolenta.

– A gente tá no meu apartamento. Não tenho intenção de ir embora.

Ben balança a cabeça.

– O pensamento não saiu direito. Não estou no meu momento de maior coerência.

– De nada – digo.

Ele desliza o polegar para cima e para baixo na lateral do meu pescoço.

– Fica comigo no hotel. Em Boston – diz, tímido e ansioso ao mesmo tempo. – Um dos caras da fraternidade do Kyle tem casa na cidade, então ele vai ficar hospedado lá.

– Tá bom – respondo.

– Mesmo?

Assinto.

Ele me puxa para perto e descanso a cabeça em seu peito.

– Você é incrível – diz ele.

Há muitas coisas que quero lhe dizer, mas nada sai da minha garganta. Faço o melhor que posso, sussurrando para a pele dele.

– As taradas do Instagram tinham razão sobre você.

Vinte e dois

Dá para ver partes do rio Charles pela janela do quarto do hotel, mas a coisa mais importante à vista é a ponte Zakim. Seus cabos e pilares se erguem em direção ao céu como a mais incrível lição de geometria existente, feito um instrumento de cordas gigante e cheio de esteroides.

– Como dois Homens-Aranha de concreto gigantescos atirando teias. É o que eu sempre pensava – digo, rolando na cama.

É quarta e estamos em Boston. A primeira rodada do torneio – o jogo de amanhã e, se vencermos, o de sábado também – é no Garden, na mesma rua.

O brilho pulsante das luzes da TV sem som ilumina o rosto de Ben. Ele fecha um dos olhos e ergue uma sobrancelha com vigor.

– Acho que entendi. Você tem uma imaginação e tanto.

– Eu te falei outro dia: sou uma pessoa visual.

Ben assente na direção da janela.

– Você morou aqui perto?

– Do outro lado do rio, a oeste. Em Cambridge.

Costumo esquecer que morei aqui, porque não sinto que tenha sido minha casa de verdade. Na minha memória, essa época é mais uma sequência de cenas de filme do que a vida real. Longas caminhadas no frio até o metrô usando fones de ouvido; uma briga com Oliver, bêbada, do lado de fora de um restaurante em Inman Square; um escritório onde irmãos nerds pregavam peças um no outro. Não consigo me lembrar do rosto nem do nome de nenhum desses ex-colegas de trabalho.

A versão 2.0 do meu relacionamento com Oliver foi exaustiva. Sugava toda a minha energia, então não sobrava nada para qualquer outra coisa. Quando ele não estava comigo, eu ficava preocupada com nosso relacionamento, ou sentindo falta dele, ou analisando suas mensagens. Comecei a sumir da minha própria vida. Eu achava – de um jeito muito, muito errado – que isso era um sinal: se eu passava tanto tempo me estressando e chorando e ele passava tanto tempo emburrado e retraído e depois aparecia na minha porta no meio da noite, era porque valia a pena lutar pelo nosso namoro. Porque nós brigávamos, e brigávamos, e brigávamos. Eu media o valor do relacionamento pela quantidade de emoção.

Eu tinha pagado caro pela versão 1.0 e não suportava a ideia de que tivesse sido em vão. O último ano na faculdade – tudo o que aconteceu com Maynard – não teria sido o mesmo se nosso término não tivesse me deixado arrasada.

Depois da noite em que Maynard me deu carona do bar até em casa, ele começou a me mandar mensagens. Tenho as capturas de tela salvas em uma pasta do Google Drive. Cassie já estava se preparando para ser advogada. "Não precisa fazer nada com isso", ela me disse, meses mais tarde, quando finalmente contei o que vinha acontecendo. "Mas salva tudo, só por garantia."

Abri a pasta pela primeira vez outro dia. As primeiras mensagens eram coisas do tipo: **Você está bem? Estou aqui se precisar de conselhos.** Minha reação na época foi "Uau, que treinador bacana". Além de cuidar dos jogadores, se preocupava com aspectos da *minha* vida que não tinham nada a ver com o basquete. Eu me senti cuidada.

A coisa foi mudando aos poucos. **Vou ficar acordado até tarde revisando relatórios de olheiros. Por favor, me diga que está no bar, como uma veterana deveria estar, e não na fossa por causa daquele cara.** Ou: **Depois da minha primeira decepção amorosa, eu acampei na academia e só saí de lá depois de ter um abdômen que parecia esculpido. Você faz spinning, não é? Se quiser chegar mais tarde no estágio às sextas para pegar uma aula extra, vai nessa.**

A cada vez ia ficando mais pessoal, mas não a ponto de eu conseguir distinguir o que tornava a mensagem diferente. Não havia nada que parecesse inadequado de fato. Eu não me senti desconfortável no começo. Não até outubro.

Qual é a sua fantasia de dia das Bruxas?, perguntou ele, às 23h07. Ele só me mandava mensagens à noite. **Você é uma jovem bonita (aposto que pareço um tiozão falando isso), então tenho certeza de que vai ficar bem com qualquer coisa. Não se esqueça de postar fotos no Facebook para o seu ex ficar mordido.**

Então, às duas da manhã, quando eu estava na sala de estar com meus amigos, comendo asinha de frango, vestida de abelha: **Vai me mandar uma foto fantasiada também?** E, um minuto depois: **Está saindo com alguém?**

Eu estava bêbada, mas, pela primeira vez, um alarme disparou lá no fundo da minha mente. Mesmo assim, eu disse a mim mesma que aquela talvez fosse uma maneira desajeitada de tentar bancar o cupido, porque ele vivia falando do primo mais novo, que era de Maryland. Ou talvez, por ser mais velho, ele não tivesse a menor ideia do que as mensagens davam a entender. Ou talvez estivesse tentando ser legal e me animar, mas não soubesse como. Dizer a uma pessoa que ela é bonita pode não passar de uma mera observação. Além do mais, que clichê gigantesco o treinador da faculdade assediar uma aluna, não?

Sei que não foi culpa minha. Mas é difícil não pensar que eu poderia ter evitado que o comportamento dele piorasse se eu estivesse pensando com mais clareza, se não tivesse passado por um término tão devastador. Isso não pode acontecer nunca mais. É por isso que só saí com caras que nunca conseguiriam baixar minhas defesas. Caras que nunca me fariam perder o autocontrole, que não me deixariam um caos. O que significou escolher caras de quem não gostava tanto.

Ben não é como os homens com quem eu costumava sair. Mas também não é como Oliver. Estar com ele deixa o resto da minha vida mais nítido, não um borrão. Talvez seja eu. Talvez agora eu tenha amadurecido o bastante para viver algo real e ainda nem percebi. Talvez seja o fato de saber que nosso relacionamento tem prazo de validade. Ou talvez seja ele, nós, juntos.

Não vou me alongar nisso, não agora.

Entrar no quarto de Ben sem ser vista exigiu habilidades de espiã. Fomos postos em andares diferentes e ele está perto dos treinadores. A estratégia envolveu um moletom com capuz, um envelope pardo vazio e uma desculpa na ponta da língua para um caso de emergência. Ele ficou de sentinela na porta, de olho nos elevadores, e eu olhei de um lado a outro e saí depressa pelo corredor. Nenhum de nós está tão preocupado, mas isso dá um toque a mais de emoção.

Meu celular vibra na mesa de cabeceira. Estico a mão, tateando em busca dele.

– É o amigo do meu pai, Big Ed – falo. – Está me mandando mensagens a semana toda com tudo o que sabe sobre a Monmouth. Muitos jogadores são do estado, então ele já jogou contra eles.

– Que amor. O que ele está dizendo?

– "O drible do Greer é fraco pela direita. Ele sempre prefere ir pela esquerda. Force o cara a ir pela direita."

– Hum – diz Ben, pensativo. Ele fica calado. Presumo que esteja pensando em basquete, mas então se vira para mim. – Como ele era? – pergunta, apoiando-se em um dos cotovelos.

Ben repousa o outro braço na minha cintura, seus dedos fazendo desenhos na minha lombar. Ele cheira ao próprio sabonete, não a esses genéricos de hotel.

– Meu pai?

Seu olhar paciente e perspicaz está fixo em meu rosto. Os olhos parecem pretos sob a luz fraca da TV. Paro e considero todas as maneiras de responder a essa pergunta.

– Ele tinha o melhor senso de humor do mundo – começo. – Sempre agia muito naturalmente quando contava uma piada. Quem não o conhecia direito ficava na dúvida se ele estava falando sério ou não. A pessoa tinha que aprender a reconhecer o humor dele. Mas, quando achava alguém engraçado, ele não conseguia esconder... ria de chorar. Eu amava isso... ele caía na risada pelos outros, mas não por si mesmo. Era um bom ouvinte. Tinha um excelente gosto pra programas e filmes e um péssimo pra música. Como é que o programa favorito da pessoa pode ser *Friday Night Lights* e a banda preferida, Bee Gees? Não combina.

Ben ri e começa a brincar com a minha correntinha dourada. Ele a remexe entre os dedos, pensativo.

– Você deve sentir falta dele.

– Muita – confirmo. – Quando precisei decorar os estados e as capitais na escola, ele se ofereceu pra me ensinar. Foi algo inédito. Ele nunca me ajudava com o dever de casa. Aí ele criou uma associação de palavras usando os mascotes de cada universidade estadual. E, além de estados, capitais e mascotes, ele ainda me fez decorar quais eram bons no basquete.

– Deu certo?

– A curto prazo? Até que me saí bem na prova. A longo prazo? Sei que o mascote da Universidade do Maine é um urso-negro, mas não faço a menor ideia de qual seja a capital de lá.

Ben sorri, um sorriso doce e contemplativo, como se estivesse me imaginando na infância.

– Então, no fim das contas, tudo se resumia a basquete.

– Sim, sem a menor dúvida. No quinto ano, no dia em que os pais apresentam suas profissões, ele levou cartões autografados de alguns de seus ex-jogadores que chegaram à NBA para distribuir. Ele perdeu o casamento dos meus primos por causa das obrigações de treinador. – Engulo em seco. – Na verdade, não foram só casamentos de primos. Não sei por que falei assim. Foram vários marcos na minha vida também... apresentações de fim de ano, fotos de Natal e entregas de premiações.

Ben inclina a cabeça de lado.

– Tenho certeza que nem sempre era fácil pra você.

Franzo a testa.

– Estava tudo sob controle, eu entendia. Eu também amava basquete. No ensino médio, comecei a fazer vídeos pro time dele, então passávamos muito tempo juntos.

– Que legal – diz ele. – Mas tudo bem se nem sempre foi fácil.

Dou de ombros.

– Quando eu era bem pequena, ele me levou a um jogo da liga de verão nas quadras ao ar livre e me deixou lá. Esqueceu por completo que eu estava com ele. Ficou absorto em uma conversa com um amigo e os dois decidiram ir a outro jogo. Um dos juízes precisou me levantar e berrar enquanto ele saía do estacionamento: "Você esqueceu uma coisa!"

Não sei por que estou contando isso. Nem me lembro de ter acontecido. Só ouvi essa história um milhão de vezes, uma anedota sobre sua mente obstinada.

Ben não ri.

– Você pode se lembrar de tudo. Até das partes que não foram boas. Pode sentir falta dele e amá-lo e, ainda assim, desejar que certas coisas tivessem sido diferentes. Não é traição se lembrar dele como alguém imperfeito.

Solto uma risada.

– É, eu queria que ele estivesse menos morto, por exemplo.

Ele cobre o rosto com as mãos, os ombros chacoalhando.

– Às vezes, fico pensando em como teria sido nossa relação se eu não gostasse de basquete – continuo, revirando a ponta do lençol entre os dedos. – Será que ele teria se esforçado pra se conectar comigo se eu amasse nado sincronizado ou tocasse oboé? Tenho medo que ele tenha partido decepcionado comigo. Desisti do sonho que nós dois idealizávamos pro meu futuro. Eu estava trabalhando em uma empresa de eletrodomésticos. Ele nunca vai saber que voltei pra Ardwyn.

– Annie, ele não ficou decepcionado com você.

– Por favor, não fala nada gentil – peço. – Não quero chorar agora.

– Ele não tinha como ficar decepcionado – insiste ele, me puxando para mais perto. E sussurra no meu ouvido: – Você é excelente nos lances livres.

Dou um pontapé de leve na canela dele, embora ele tenha sido irretocável. Eu o cutuco para que ele se deite virado pra cima e me aninho em seu peito. Eu o conheço bem agora. Bem o bastante para compreender sua expressão mesmo no escuro. Mas não sei tudo. Há algumas coisas que já imaginei, mas hesitei em perguntar.

– Me fala do seu pai – peço.

O rosto dele permanece imóvel. Ben esperava a pergunta, talvez até quisesse que eu perguntasse. Corro a mão pelo seu cabelo para passar tranquilidade.

Ele encara o teto por um bom tempo. Esperaria a noite toda até ele estar pronto, se ele precisasse. No quase silêncio do hotel, vozes abafadas vêm do quarto mais próximo, em meio ao som de passos e do solavanco de uma mala sendo arrastada pelo corredor. Por fim, com um tom de voz resignado, Ben diz:

– Nem todos os pais têm qualidades que compensam seus erros.

Ele despeja tudo com calma enquanto acaricia minha nuca. A pior história de ninar que já me contaram.

– Meus pais começaram a namorar quando minha mãe estava no último ano do ensino médio – começa ele. – Meu pai era alguns anos mais velho.

Os dois ficaram juntos por mais ou menos um ano, aí ela engravidou. Ele ficou até eu completar 6 meses e então... – Ben balança a cabeça. – ... disse que iria passar um tempo com o irmão em Raleigh, pra ver se as coisas melhoravam. Minha mãe achou que ele estivesse se referindo a nós. Levou meses pra ela perceber que ele tinha nos abandonado. Ele acabou voltando. E ficou indo e vindo por anos. Em geral, ele voltava quando se sentia sozinho ou já não era bem-vindo onde estava. Éramos tipo o sofá de um amigo onde ele dormia quando quisesse. A gente se mudou várias vezes, porque minha mãe tinha dificuldade de pagar o aluguel e as contas. Ela achava difícil dizer não a ele, ainda mais por ele ter um emprego.

Sinto um buraco se abrir e corroer meus pulmões, envergonhada das suposições que fiz sobre ele ser um garoto mimado, acostumado a ter tudo do seu jeito.

– Tenho certeza que foi difícil pra ela – digo. – E, pra você, deve ter sido bem confuso.

Um ínfimo aceno de cabeça. Sua mão escorrega alguns centímetros e, com os nós dos dedos, ele faz círculos suaves, massageando minhas escápulas.

– Eu ficava muito apreensivo quando ele aparecia, passava o tempo todo na expectativa de que ele fosse embora de novo. Era como se sempre fosse o último dia das férias, quando você não consegue se divertir porque sabe que tá quase acabando, sabe? Toda vez, ele falava sem parar sobre alguma atividade de pai e filho, mas nunca chegava a fazer nada de verdade comigo. O zoológico foi uma das maiores. Ir a jogos de beisebol. Teve uma vez que a ideia foi montar um navio pirata de Lego. Ele viu um comercial sobre isso em que apareciam um pai e um filho e gostou da ideia de ser aquele tipo de pai. Mas nunca conseguiu sentar e montar todas as mil peças comigo. Aprendi bem cedo a não esperar que ele cumprisse suas promessas.

Enrosco o tornozelo ao redor do dele.

– Como era quando ele ia embora?

– Difícil pra minha mãe. Ela vê o melhor das pessoas, então sempre era pega de surpresa. Ela tentava muito agir como se estivesse tudo bem. Acho que imaginava que eu ficaria menos magoado se ela escondesse que estava triste, mas isso só piorava as coisas. – Consigo ouvi-lo engolindo em seco. – Eu ficava confuso com esse negócio de um dia ele estar lá e no outro ter ido embora e não tinha estrutura pra processar isso. Eu achava que, se ela não conversava sobre o assunto comigo, era porque devia ser algo terrível. E devia ter a ver comigo.

Quando eu tinha 10 anos, meu pai teve uma temporada difícil. Seu time perdeu tantos jogos que ele quase foi demitido. Eu sabia que meus pais estavam estressados, mas ninguém explicava o motivo. A tensão dominava a casa como ar poluído. Eu tinha certeza de que os dois iriam se separar.

Quando os adultos não conversam sobre os problemas com as crianças, elas preenchem as lacunas com algo assustador. E um pai ausente é uma baita lacuna.

– Às vezes, ele ficava fora semanas ou meses – continua Ben. – Outras vezes, anos. Da última vez, minha mãe engravidou da Natalie. É esquisito pensar nisso, mas, na época, ela tinha a idade que tenho hoje. E já era responsável por duas crianças, sem receber ajuda nenhuma.

Pouso os lábios em seu peito e sinto seu coração bater.

– Depois disso, falei pra ela que eu não queria meu pai por perto. Fiz uma apresentação no PowerPoint pra mostrar meus argumentos.

Um muro de sustentação desaba no meu peito.

– *Não* – digo, levantando a cabeça de repente. – Ben. – Aperto os braços ao redor dele. – Teve transição de slide?

– Meu eu de 12 anos nunca iria supor que uma apresentação de PowerPoint fosse levada a sério sem transições de slide – responde ele. – E clip-arts.

É tão a cara dele e tão triste e vulnerável que preciso fechar os olhos. Ben aprendeu cedo demais que há pessoas que vão minando nossas barreiras só para ver até onde podem ir. Quanto conseguem tirar de nós sem abrir mão de nada. Tudo é questão de elas ou nós. Precisamos escolher. Também tive que aprender isso, só que mais tarde na vida.

– Não sei bem o que aconteceu depois disso – diz ele. – Minha mãe não me contou na época e, agora, ou bloqueou os detalhes da mente ou não quer revivê-los. Mas, desde então, nunca mais vi meu pai nem falei com ele.

Dou um beijinho de leve no rosto dele.

– Obrigada por me contar – digo. – Você não sabe onde ele está?

Ben ergue o queixo.

– Não sei e não quero saber.

Isso explica muita coisa. A lealdade inabalável às pessoas que ele ama, porque é tudo o que ele sempre quis e porque sabe como é não ter isso. A confiança que deposita em pessoas que são leais a ele também. É por isso que não desiste do Maynard. Maynard o escolheu, o orientou, cuidou dele. Fez tudo o que seu pai não fez.

Sinto um nó na garganta e solto um suspiro trêmulo.

– Ei, não quero deixar você triste – diz Ben, tentando virar meu rosto para ele. Em vez disso, eu me enterro em seu peito. – Estamos bem agora e já faz um tempo que as coisas vêm dando certo. Se bem que às vezes me sinto mal por Natalie. Culpado. Minha mãe e eu sabemos que a alternativa, que era ter meu pai por perto, era pior. Natalie só tem nossa versão em relação a isso.

Eu me sento direito.

– Não – digo, com firmeza. – Você não deveria se sentir culpado. Sua irmã tem você. E, com você e sua mãe, é só disso que ela precisa.

Ben me encara. Ele comprime os lábios, que se curvam para baixo e depois para cima, em um leve sorriso. De alguma forma, consegui afetá-lo. Não pode ser o que eu falei, porque pareceu banal demais.

Passamos milhares de horas de nossa vida juntos. Ainda assim, estou apenas começando a entendê-lo de verdade agora.

– Eu não te conhecia mesmo na faculdade – digo.

Ele me segura pela cintura.

– E agora me conhece?

Faço que sim.

– Ótimo. – Lá está o leve sorriso de novo. – Acha que isto aqui poderia ter acontecido naquela época?

– Nós dois?

Tento imaginar. Ben, o príncipe da Disney, e eu, a protagonista de um clipe musical dirigido por um adolescente superdramático.

– Eu não era adulta o suficiente pra namorar um adulto de verdade. Teria estragado tudo.

– Também não consigo imaginar. O que é muito louco, porque parece inevitável agora. Mesmo que não tivesse a Hailey, eu nunca pensaria nessa possibilidade na época. Você me dava medo. Você era corajosa, engraçada, confiante e muito inteligente. Eu não saberia lidar com você.

Tento ignorar a emoção que esses elogios me causam.

– Você não teria sobrevivido. Causa da morte: namorada arrumando briga porque não brigavam o suficiente. Uma coisa que eu fazia de verdade naquele tempo.

Meu rosto incendeia quando percebo que usei a palavra *namorada*, ainda que dentro do contexto de um relacionamento de oito anos atrás que nunca tivemos. Tenho certeza de que ele percebe, mas deixa passar.

Em vez disso, ele sussurra:

– Gosto tanto de você…

Essas palavras chegam como uma mudança de tom numa música da Taylor Swift e meu coração ganha um par de asas. Mas meu cérebro aperta o botão de pânico na mesma hora. Como se o aspersor no teto pudesse começar a esguichar a qualquer momento. Como se uma aranha subisse pelas minhas costas. Algo em mim se agita e eu tusso.

Eu me recupero o suficiente para segurar as mãos dele. Viro as palmas para cima e desenho as linhas com um dedo.

– Ben, a gente pode não dizer coisas assim até a temporada terminar?

Ele parecia confortável e receptivo um minuto atrás, recostado e distraído, como alguém que posasse para ser retratado em uma pintura, ciente de que está sendo observado, mas tranquilo. Agora ele se senta e se recosta na cabeceira.

– Como assim?

– No momento, estamos em um mundo de fantasia. Essa é uma temporada que só acontece uma vez na vida. Estamos viajando direto, sem nada além de nós e o melhor basquete que esse time já jogou. Nesse instante, não precisamos nos preocupar com nada além do nosso pequeno globo de neve. Nunca fomos ao mercado juntos nem passamos horas tentando decidir o que fazer no jantar na terceira sexta-feira tediosa seguida. Não podemos fingir que os cortes no orçamento não existem, que as coisas não estão prestes a mudar. Não é real. É que nem *A Casa da Praia*.

– Eu sempre soube que eu odiava esse programa – diz ele. – Hum. – É um som contemplativo. Ele fica em silêncio, pensando. – Espera aí, então eu sou o Logan? Esse é o quarto da rede? Deveria ter chocolate derretido em algum lugar por aqui...

Isso me arranca um sorriso.

Ben aperta meu joelho.

– É como na Itália, você quer dizer, não é? O Oliver falou coisas bonitas no globo de neve e, assim que você voltou à vida normal, tudo ruiu.

Faço que sim, a boca seca que nem papel.

– Do que você tem medo? Que eu diga coisas bonitas e você não consiga acreditar em mim?

– Não – respondo. Engulo em seco com dificuldade. – Tenho medo que você diga coisas bonitas e eu *acredite* em você. Não dá pra confiar em nenhum sentimento por enquanto. Não até que as coisas voltem ao normal e a gente saiba o que vai acontecer.

Ben pode até acreditar que somos capazes de superar as consequências depois que o treinador Thomas escolher um de nós, se chegar a esse ponto, mas sou mais cética. Ainda assim, ele não faz nada do que Oliver teria feito. Não suspira nem fica mal-humorado e passivo-agressivo. Não argumenta que meus sentimentos estão errados. Só fica sentado ali, com a mão no meu joelho, pensando na questão por um instante, e diz:

– Beleza.

Parece fácil demais.

– Beleza?

– Se é o que você quer, claro. Até que a temporada acabe, não é?

– Pode acabar amanhã – ressalto.

Ele arqueia uma sobrancelha. É, estamos num campeonato universitário. Qualquer time pode ser vencido a qualquer momento. "É por isso que eles jogam pra valer", meu pai sempre dizia.

Nós dois sabemos que a temporada não vai acabar amanhã.

Modifico minha declaração:

– Até que o último confete toque o chão depois do desfile sob a chuva de papel picado.

Aí ele pode me dizer o que quiser. E vou fazer o mesmo.

Vinte e três

Às vezes, um time chega à quadra apático. Toda a avidez desaparece em algum momento entre a saída do vestiário e a entrada em quadra e todo mundo joga como se tivesse blocos de cimento em vez de pés, cola em vez de cérebro e um vazio no lugar do coração. Isso pode acontecer até nos jogos importantes. Até quando o time é bom e o oponente, muito mais fraco... talvez principalmente nessas situações.

É assim que começa o jogo contra a Monmouth: nossa equipe jogando com desleixo e apatia durante um primeiro tempo angustiante. É delicado; tudo pode acabar de repente.

Por sorte, não é o que acontece. No intervalo, encontramos o que quer que estivesse faltando e, a partir daí, nosso jogo fica solto e intenso e ganhamos uma vantagem incontestável que segue firme até o apito final. Na segunda rodada, vamos enfrentar o Indiana.

Fico acordada até tarde na quinta-feira, trabalhando em um vídeo de divulgação, até meu corpo pedir para parar com uma dor de cabeça causada pela tensão, como se um polegar se enterrasse entre minhas sobrancelhas, direto no meu crânio. Ben fica acordado até mais tarde ainda. Ele analisa filmagens de jogadas até tão tarde que nem percebo quando ele se deita ao meu lado, só sinto seu corpo enroscado em mim na manhã seguinte.

Os comentaristas estão empolgados com o confronto, porque, décadas atrás, Ardwyn e Indiana viviam sendo campeãs, mas, desde então, não conquistaram mais nada. As semelhanças deixam todo mundo na ansiedade, mas a expectativa para por aí, porque atropelamos o time de Indiana feito um caminhão.

O jogo é cedo e o voo de volta para a Filadélfia dura só noventa minutos, então chegamos em casa antes do jantar. Vou para meu apartamento lavar roupa e pegar umas peças limpas antes de ir para a casa de Ben. Dou uma olhada nos placares e vejo que a Arizona Tech também avançou para as oitavas de final.

Taylor liga para falar sobre a narração do vídeo de divulgação da próxima semana. Ultimamente as celebridades é que têm nos procurado querendo fazer esse trabalho, o que é muito melhor do que elaborar uma lista de pessoas e ficar implorando que participem. Semana passada, foi a vez da Pink, que é daqui, do condado de Bucks. Para o próximo jogo, já garantimos a participação de um astro de beisebol do Phillies.

Durante o ciclo de secagem, espero na lavanderia e mando mensagem para Kat falando sobre os jogos, os vídeos, o voo. E as noites no hotel, dentro do limite do razoável.

Annie: e pra coroar... ele disse que GOSTA de mim

Kat: Não brinca. Você e o cara dos pretzels estão transando e passando todas as noites juntos e abrindo o coração um pro outro e você está me dizendo que ele gosta de você? Parece um pouco demais

Annie: te odeio

Annie: mas eu fiz ele concordar que não vamos falar de assuntos inconvenientes, como "sentimentos" e "o relacionamento", até que a temporada termine. não tem motivo pra se apegar se isso for só uma paixonite induzida pelas loucuras do basquete

Kat: Então vocês vão *continuar* transando e passando todas as noites juntos e abrindo o coração um pro outro, mas, desde que não falem sobre isso, vai ser sem apego?

Kat: Parece que vai dar muito certo. Com certeza

Kat: Mudando de assunto, finalmente chegou o dia, rufem os tambores: mamãe comprou um livro sobre tipos de eneagrama

O treino é leve na segunda-feira. Estou na segunda fileira com Taylor e Jess, os pés apoiados no banco da frente. Os jogadores estão aquecidos e esperam o treinador Thomas. Infelizmente, ele está do outro lado da quadra, imerso em uma conversa com Ted Horvath. De vez em quando tenta se retirar, mas é sugado de volta para mais um pouco de conversa sem muita importância e risadas vigorosas.

Quincy para perto do meio da quadra e alonga a parte interna das coxas.

– Aquele Horvath tá sempre sorrindo.

– Meio assustador – diz Andreatti.

Gallimore se ergue do chão, onde estava tocando os dedos dos pés sem muita vontade. Ele olha de um lado para outro, como um pássaro animado e de pescoço comprido.

– Aí, que palavras vocês acham que acabariam com o sorriso dele rapidinho?

Uma onda de risadas abafadas ressoa pela quadra.

– "Cirurgia antes do fim da temporada" – fala um rapaz.

– Não se for a sua – responde Gallimore. – Aposto que ele nem sabe seu nome.

Um coro de *oooh* ressoa.

– Que tal isto? – diz Quincy, rindo para si mesmo. – "O clube de campo foi fechado."

Gallimore dá um sorrisinho torto.

– Onde ele vai conseguir os croquetes de lagosta que ele adora?

– "Relatório de acusação" – diz Lufton, dá lateral.

– Eu também me cagaria todo se a liga universitária viesse bater na minha porta.

Jess imita a voz trêmula da assistente de Ted.

– "Lily Sachdev ligou."

Quincy bate palma três vezes, maravilhado.

– O pessoal do Instagram está participando também!

– Por favor, não falem em Lily Sachdev nem brincando – diz Taylor, estremecendo.

– Quem é Lily Sachdev? – pergunta Andreatti.

– Uma jornalista que escreve sobre canalhas do mundo do esporte – explica Taylor. – Donos de time que assediam líderes de torcida e coisas assim. E ela fez aquela matéria sobre contusões no futebol americano, sobre terem escondido os fatos. Se eu vir seu nome numa matéria da Lily Sachdev, Andreatti, vou te caçar até o inferno.

Andreatti parece apavorado. Não com medo de Lily Sachdev, mas de Taylor.

Rosario, forte e caladão como sempre, dá um pigarro. Cabeças se viram.

– "Se ajoelhar em protesto" – diz ele, solene, as primeiras palavras que já o vi emitir.

Estou perplexa. A voz dele é um saxofone barítono. Ele nasceu para narrar um vídeo de divulgação. Por instinto, ninguém faz estardalhaço sobre sua voz, para que não o desencoraje a falar mais.

Quincy assente tranquilo, como se fosse normal Rosario entrar em uma conversa.

– Boa, cara.

Então as pessoas começam a dar suas respostas todas de uma vez.

– "Proibido falar."

– "Baixa venda de ingressos."

– "Não posso conversar, estou ocupado."

JGE balança a cabeça.

– Vocês têm que pensar grande. – Ele ergue a mão e vai levantando um dedo a cada palavra. – "Direito. Legítimo. A greves."

Solto uma risada pelo nariz e logo procuro mais informações no Google, porque só tenho uma leve ideia sobre o assunto. O cara é sagaz. Está falando de... legislação?

Gallimore pisca.

– Vou ser sincero: não faço a menor ideia do que isso significa, mas obrigado por participar.

Quincy se vira para JGE querendo uma explicação.

– "Direito legítimo a greves"? – repete ele.

Ele diz isso alto o suficiente para que Ted pare de falar com Thomas no meio de uma frase e olhe para os rapazes com uma expressão de animal prestes a ser atropelado. Todo mundo cai na gargalhada de novo.

Na segunda à noite, Ben assa um frango. É algo ridículo de se fazer, já que estamos exaustos, mas ele jura que está morrendo de saudade de comida caseira e quer fazer tudo. Passamos quase uma semana à base de comida de hotel e refeições para viagem e, quando formos para Atlanta amanhã de manhã, vai ser a mesma coisa. Junto com o frango, ele prepara batatas com alecrim e cenouras caramelizadas com mel, e enquanto isso eu saboreio uma taça de vinho. É tudo tão caseiro que, se eu não tomar cuidado com o vinho, vou acordar amanhã tendo um aspirador de pó superpotente e uma manteigueira que diz "manteiga" na lateral em uma fonte caprichada.

Sentamos à mesa. Estamos no fim de março e o sol começa a baixar no horizonte. Pela janela, o céu está incandescente como uma fogueira, cheio de riscos laranja e amarelos, e a luz deixa a pele de Ben dourada. Ele vestiu uma camisa de malha cinza batida e está descalço. Quando coça o pescoço logo abaixo da orelha, meus olhos seguem seus dedos. Minha boca conhece aquela pele. E, caso a lembrança não seja muito clara, vou ter a oportunidade de reavivá-la mais tarde.

– Você está sorrindo – repara ele.

Limpo a boca com um guardanapo.

– Porque isto está uma delícia. Eu nem saberia por onde começar num frango inteiro.

– Eu sei seguir a receita, só isso. – Ele franze a testa. – Mas achei que você gostasse de cozinhar. E a lasanha?

Quando foi que ele... Ah, a noite em que Cassie e eu fizemos a lasanha para a reunião de *A Casa da Praia*. Coloco o guardanapo na mesa e cubro a mão dele com a minha.

– Tenho uma boa e uma má notícia em relação a isso – digo, dando um aperto. – Primeiro a má. Lasanha é a única coisa boa que eu sei fazer, então, se estiver comigo só pelos meus dotes culinários, vai ficar muito decepcionado.

Ben acena para um garçom imaginário.

– A conta, por favor.

– Não quer ouvir a boa notícia antes? – pergunto, me inclinando para a frente. – Aquela foi uma lasanha de emergência. A gente preparou de última hora. A verdadeira é cem vezes melhor. E, vou te contar, leva umas oito horas pra fazer.

– E como se faz pra ter a oportunidade de provar a verdadeira? Pra confirmar que é de fato melhor que a lasanha emergencial?

Pego meus talheres.

– Infelizmente pra você, só faço esse prato quando estou superestressada ou chateada. Aliás – paro para me servir de uma cenoura –, fiz muita lasanha na primeira metade desta temporada. Tinha um cara do trabalho sendo muito desagradável. Um motivo imenso pra lasanha.

– Lamento por isso. Ele devia ser um babaca. Mas, hum, já que você fez tanta lasanha, será que não tem nem um pouco congelada?

Jogo um pedaço de batata nele.

Mais tarde, enquanto arrumo a cozinha, Ben abre o notebook. Seus panos de prato seguem as cores azul e marrom da decoração da sala de estar. Ainda não consigo superar o excesso de combinação, que é ao mesmo tempo precioso e brega. Quero tirar sarro dele por causa disso, mas também quero declarar guerra a qualquer um que tente fazer o mesmo.

– O domínio de bola deles é bem sólido – diz Ben, quando fecho a torneira. Ele está falando sobre nosso próximo adversário, o time do Tennessee. – Não consigo parar de pensar nesse índice de assistências e bolas perdidas. É que está... – Ele deixa a frase morrer com um suspiro melancólico.

– Te deixando meio excitado? – concluo a frase.

– Total. Está acima de 1,6.

Ligo a lava-louça.

– Agora sei de que tipo de papo excitante você gosta.

Ele desvia o olhar por cima do computador para encontrar o meu.

– Tenho certeza que você já dominou isso.

Sinto meu rosto ficar mais quente e o pressiono entre as mãos. Ben ri da minha súbita timidez e logo está fechando o notebook, me arrastando para fora da cozinha, e eu o sigo até o quarto. Durante o caminho entoo "1,6... 1,6...", até estar por cima dele sobre o edredom azul, seu cabelo escuro com o travesseiro bege ao fundo.

Depois, quando ele está no banheiro, pergunto:

– Quando você for treinador, vai sentir falta das análises?

Ben volta a subir na cama.

– Todo treinador tem seu ponto forte. Sempre vou usar essa ferramenta, mas mal posso esperar pra fazer outras coisas também. Principalmente trabalhar direto com os jogadores. Quero fazer por eles o que meus treinadores fizeram por mim. Com sorte, daqui a quatro anos.

– Não precisa esperar quatro anos. – Entrelaço meus pés frios nos dele, quentinhos. – Pode fazer isso na próxima temporada.

Ele me cutuca com os dedos dos pés.

– Ainda está tentando se livrar de mim? Cruel como sempre. – Ele se vira para me encarar e apoia o cotovelo no travesseiro. – Um tempo atrás, você me contou que voltou para a Ardwyn porque não tinha escolha, mas parece que está feliz aqui agora. Não está?

Faço cara de escárnio, mas não convenço.

– Acho que sim – admito.

Em voz alta, pela primeira vez. Ele sorri, satisfeito como se eu tivesse dito "Sim, totalmente, de todo o coração". De certa forma, dá essa sensação mesmo.

Mas então Ben franze a testa.

– Ainda não entendo por que você parou de trabalhar com basquete, pra começo de conversa.

Eu paro e engulo em seco.

– Sempre gostei do trabalho em si, mas havia outros aspectos do emprego que eu não conseguia administrar. Essa coisa de lealdade até a morte, juramentos de sangue, amar o time mais que a própria mãe. Não se trata de uma família, não importa quantas vezes as pessoas repitam isso. São negócios. E esporte universitário é uma bagunça.

– Como assim? – pergunta ele.

– Por onde começar? – Balanço a cabeça. – Planos de saúde com uma cobertura de merda para atletas, incluindo jogadores de futebol americano, que vivem tomando golpes na cabeça. Disparidades raciais nos índices de graduação. Fico feliz por agora eles poderem ser pagos por contratos de publicidade, mas é uma zona completa. Tem muito dinheiro e poder em jogo. É difícil as coisas mudarem.

No último ano da faculdade, quando a temporada começou, Maynard me pediu para ir até seu quarto de hotel e tomar notas enquanto ele assistia a lances dos jogos feitos fora de casa. Fez o pedido na frente de outras pessoas, treinadores e funcionários de quem ele era mais próximo. Ninguém falou nada, então como isso poderia ser inapropriado? Quem permitiria que acontecesse se fosse inapropriado? Aquela gente fazia vista grossa para ele. Eu via a presença delas como um sinal da minha segurança, mas estavam ali para garantir a segurança *dele*. A carreira dessas pessoas dependia dele.

Nas primeiras vezes, ele não fez nada esquisito. Não disse nada que não devesse, apenas viu as filmagens e me disse o que anotar. Sempre tinha algo para comer.

Em algum momento, em meados de novembro, ele estava no telefone quando bati na porta. Ele me deixou entrar, apontou para o sofá e foi para o banheiro. Deixou uma fresta aberta, então não deu para não ouvir o final da conversa:

– Não sei o que te dizer. Já está estressante. Não piore ainda mais as coisas.

Quando voltou para o quarto, ele disse:

– Desculpa por isso. Kelly não quer ir ao jantar do hospital. – Ele soltou um suspiro profundo e dramático. – Eu deveria te levar – disse ele –, mas todo mundo diria que você é jovem demais pra mim.

E então ele riu, como se obviamente fosse uma piada.

– Espero que esteja tudo bem – respondi.

O que eu queria dizer era: "Espero que seja feliz com a sua esposa, porque, se for, então provavelmente isso tudo é coisa da minha cabeça." Ele ficou me olhando de um jeito estranho, eu me senti muito desconfortável, então baixei a cabeça e fingi começar a tomar nota, mesmo que ele ainda não tivesse iniciado o vídeo.

– Ah, a vida de casado… – falou ele. E parou por aí.

Algumas noites depois, quando cheguei ao quarto, ele se sentou no sofá e disse, na mesma hora:

– Desculpa, estou de mau humor. – Eu não estava lá havia tanto tempo assim para reparar no humor dele. Então ele continuou: – Kelly está irritada comigo de novo por eu ter perdido um lance de família ontem à noite. Sou treinador há quinze anos, sabe? Ela sabia no que estava se metendo.

Seu braço estava no encosto do sofá, atrás de mim, mas sem me tocar.

– Sinto muito – falei.

Eu estava suando. Não conseguia parar de pensar no braço dele. Eu estava usando o maior e mais largo suéter da Ardwyn que consegui encontrar, como se aquilo fosse me proteger.

Ele olhou para sua aliança e a girou.

– Ela não me entende. No lugar dela, você sairia pra recrutar comigo.

E então ele riu de novo. Sempre havia uma risada, uma negação plausível.

Mais adiante naquela semana, recebi outra mensagem no meio da noite: **Espero não estar te assustando e afastando a ideia de casamento da sua cabeça com meus desabafos. Quando escolher um cara de sorte para ficar com você, tenha certeza de que são compatíveis. Vocês precisam pensar do mesmo jeito em relação a carreira, família, sexo. Infelizmente, Kelly e eu estamos tendo problemas nos três quesitos.**

Fiquei enojada ao ler. Àquela altura, não dava mais para fingir que ele não estava sendo inapropriado, mas me convenci de que eu poderia manter a situação sob controle. Falei para mim que era só uma paixonite, que ele estava sozinho, tinha problemas conjugais. Talvez uma crise de meia-idade. Ele conhecia meu pai, recrutava os jogadores dele – por que colocaria tudo em risco ao dar em cima de *mim*? Se eu encontrasse o equilíbrio perfeito entre agir como se estivesse tudo normal, rindo dos flertes sem embarcar na onda e também não sendo direta demais a ponto de ferir o ego dele, Maynard pararia. Era como andar na corda bamba. Eu passava meia hora bolando uma resposta para cada uma de suas mensagens. Chorava antes de ir ao quarto dele. Achei que, no fim das contas, ele entenderia que eu não estava interessada e desistiria e que nada daquilo afetaria meu trabalho.

Mas eu estava errada ao achar que meu desinteresse e desconforto o desencorajariam, porque ele nunca se importou se eu tinha interesse ou não. E eu estava errada em relação a ele não dar em cima de mim. Não era um jogo que eu pudesse vencer se desse as respostas certas, se usasse a negação e a esquiva como armas. Acreditei que eu tivesse autonomia e que ele tivesse caráter. Errei em ambos.

Não posso contar nada disso para Ben. Não sei como ele vai reagir e não tem por que jogar essa bomba agora, tão perto do fim da temporada.

– Quer saber uma coisa muito zoada? – digo, em vez disso. – Mesmo assim, eu amo o trabalho. Tenho total convicção de que todas essas coisas estão erradas, reclamo anonimamente na internet, mas mesmo assim amo o basquete universitário. Isso não me torna uma tremenda hipócrita?

Ben acaricia meu cabelo, pensativo.

– Toda área, todo negócio, toda instituição tem seus problemas. Mas temos que trabalhar, então melhor que seja em um lugar onde a gente faz o que ama. E, se estiver nesse lugar, dá pra deixar as coisas melhores, mesmo que só um pouquinho.

– Não sei se acredito nisso – respondo. – Às vezes, a única maneira de deixar algo melhor é mandar tudo pelos ares.

– Verdade. – Ele dá de ombros. – Mas não sei como faz para mandar tudo pelos ares. Só quero ser bom no meu trabalho e fazer a diferença desse jeito.

– Você vai ser um ótimo treinador.

Ben aperta minha cintura.

– Você se arrepende de ter ido embora? Depois da faculdade?

Deito virada pra cima e olho para o teto. Mal consigo ver o formato do ventilador. Meus olhos estão pesados e está ficando tarde. Tem coisa que só dá para falar no escuro.

– É complicado – começo. – Por um lado, não. Mas, ao mesmo tempo, fico sempre pensando no meu melhor vídeo.

– Qual? Aquele com o Keith Wesley?

Dou um sorriso. Ele tem um favorito. Nem precisou pensar muito no assunto.

– Não. Não sei. Viu, essa é a questão.

Repouso o antebraço em cima dos olhos.

Oito anos é muito tempo.

Não sei se quero continuar, mas as palavras rastejam pela minha garganta assim mesmo, minha voz marcada pelos arranhões que elas deixam para trás.

– Percebi tarde demais que não vivo de verdade faz um bom tempo. Fico imaginando o que perdi. Desculpa, isso é bem pesado.

– Você pode falar o que quiser comigo – diz ele. – Mas, por favor, nunca peça desculpas.

Faço que sim e engulo em seco.

– E se – me arrisco – nunca fiz meu melhor vídeo? E se nunca fiz meu melhor trabalho? E se for algo que eu teria feito cinco anos atrás, mas não fiz e nunca vou fazer? Isso não deve fazer sentido nenhum. E, de qualquer jeito, não importa, não vou curar doenças raras...

– Annie. – Ele parece surpreso, preocupado. Talvez pelo que eu falei, talvez pela vulnerabilidade que expus. – Você ainda não fez o seu melhor vídeo. Mesmo que levasse em conta todos os que nunca fez. – Ele diz essas palavras com força, como se quisesse que eu compreendesse que ele tem certeza.

– Como você sabe? – Minha voz está bem baixa. Odeio isso.

– Porque conheço este time e, na próxima semana... não me importo, vou falar... vamos disputar o campeonato nacional. E eu te conheço. Você vai transformar isso em algo mágico.

Vinte e quatro

– O lindo índice de assistências e bolas perdidas do Tennessee já era – digo, dando tapinhas nas costas de Ben.

Tive a sorte de avistá-lo enquanto eu voltava para a quadra depois de guardar a câmera.

A Ardwyn mandou essa estatística pelos ares com uma vitória esmagadora. A banda está mandando ver no grito de guerra e tem gente – jogadores, equipe técnica, imprensa, VIPs, seguranças – andando em todas as direções. Pego Ben pelo ombro e o puxo para baixo para gritar em seu ouvido.

– Como você vai lidar com isso?

– Vou dar um jeito – responde ele com um sorriso. – As quartas de final são um bom prêmio de consolação.

Quartas de final. Isso quer dizer que estamos a três vitórias de conseguir tudo: conquistar um título, fazer história e salvar o departamento de esportes e nossos empregos.

Nosso entorno é impressionante. A essa altura do torneio, os jogos são em arenas de futebol americano com a quadra de basquete enfiada no meio. É como jogar na lua, só que com espectadores. O treinador Thomas e Quincy estão no meio da quadra, dando uma entrevista pós-vitória para uma repórter. Taylor surge na minha frente como num passe de mágica, espremendo-se pela multidão e falando algo que não consigo ouvir.

– O quê? – berro.

– Eu falei "Aí está você!" – grita ela em resposta.

Quando a música para, o ambiente fica silencioso. Nem a conversa dos torcedores que permanecem nos fundos do estádio consegue preencher o amplo espaço. Está tão quieto que consigo ouvir JJ Jones atrás de mim dizer a alguém que a Arizona Tech está acabando com a St. Mary's.

– Qual o placar? – pergunta Ben, virando-se.

– Já pensou se a gente chegar à final e jogar contra eles? – supõe Taylor, os olhos arregalados e cheios de animação.

Faço uma careta.

– Não vamos nos precipitar.

– Pensa só no vídeo de divulgação. O enredo se escreve sozinho. Tem toda uma história: Maynard tendo trabalhado aqui, treinado um dos nossos técnicos, depois partido para a Arizona Tech e então nos enfrentando na final, hein?

– Ben também – falo.

– Quê?

– Ele não foi treinador só do Eric. Ele treinou o Ben também.

– Que que tem eu? – indaga Ben, reaparecendo ao meu lado.

– Brent Maynard – diz Taylor. – Vamos ter muito conteúdo se enfrentarmos o time dele.

Ben passa uma das mãos pelo cabelo.

– Não vamos nos precipitar.

Taylor ignora essa declaração pela segunda vez.

– Esqueci que você estava aqui na época dele, Annie – diz ela. – Você tem contato com ele? Será que a gente não podia fazer algo casado, que pudéssemos postar nos dois canais se os dois times chegarem à final?

– De jeito nenhum – decreto, cortante.

– Taylor, por favor – diz Ben. – Não coloca a carroça na frente dos bois. Dá azar.

Ben não é supersticioso.

– A gente não se fala – digo a Taylor. A última coisa de que preciso é que ela dê início a algo que eu não consiga deter. Preciso neutralizar essa possibilidade antes que eu me veja no mesmo cômodo que ele. – Me deixa explicar bem direitinho: não tem a menor possibilidade de fazermos qualquer ação com ele.

– Talvez vocês devessem conversar sobre isso em outro lugar.

Ben olha ao redor para ver se tem alguém ouvindo. JJ Jones ainda está parado atrás dele, mas absorto em seu celular. Seu cinto é bordado com esquilinhos segurando raquetes de tênis.

– Ei, Annie – chama JJ Jones, erguendo o olhar, distraído. – Tem tempo pra tomar um café amanhã?

– E aí – cumprimenta-o Ben.

– Hum – murmuro.

– Quero entrevistar você. Pra uma matéria. Estamos trabalhando em um artigo sobre vídeos de divulgação e você é a melhor na área.

– Que incrível! – diz Taylor.

Lanço um olhar para ela.

– Estarei ocupada *produzindo* o vídeo de divulgação.

Taylor coloca as mãos no quadril.

– Que vai ser visto por mais pessoas se a ESPN fizer uma matéria sobre você.

– Qual é, somos amigos, não é? – incentiva JJ.

Taylor me olha cheia de expectativa.

Esse pouquinho de autopromoção vai ser tão agradável quanto a última vez que coloquei o DIU, mas tenho que topar. Preciso continuar a construir minha reputação para continuar por aqui caso a gente perca.

– Beleza – cedo.

– Maravilha! – Taylor bate palmas.

JJ combina local e horário e não penso mais nisso. Mas, à noite, Ben traz o assunto à tona enquanto aguardamos o elevador do hotel.

– A cafeteria que ele escolheu fica longe. Ele quer privacidade.

Parece uma escolha lógica. Todos os times e a maioria dos torcedores estão amontoados nos hotéis no entorno do Centennial Park, então cada restaurante e Starbucks nas redondezas está lotado de pessoas com as cores de seus times. Não há privacidade nenhuma.

As portas se abrem. Entro primeiro e me recosto no painel espelhado.

– Ele não vai dar em cima de mim, mas agradeço a consideração.

Ben me segue e aperta dois botões, um para o meu andar, outro para o dele. As portas se fecham.

– Não, o que eu quero dizer é que... acho que ele está mentindo. Não acho que exista a tal matéria sobre vídeos de divulgação. Se fosse o caso, ele poderia fazer de qualquer lugar. Acho que ele quer privacidade porque vai falar sobre uma entrevista de emprego. A ESPN vai tentar roubar você.

Não estou nem aí para a história que JJ está contando sobre o fim de semana em que foi para Pebble Beach jogar golfe com o pai e os irmãos e deu de cara com Phil Mickelson no salão do clube. Mas meneio a cabeça e digo uns "nossa" mais ou menos a cada trinta segundos, porque, se ele sentir que não estou interessada, vai começar a me fazer perguntas também e a única coisa pior do que continuar a ouvir sua história é precisar participar ativamente dessa conversa.

É um ciclo sem fim. Ele me irrita, aí sente minha irritação e fica agitado, aí a culpa bate, então tento ser legal, aí ele diz algo como:

– Esse barista manda bem demais nesse negócio de desenho no latte, cara.

Por que estou aqui? Era para ele me entrevistar, mas não fez uma única pergunta até agora. Eu já deveria estar de volta ao hotel, trabalhando. Vamos jogar contra a West Virginia amanhã, um time que nos derrotou em um jogo do torneio dez anos atrás. Pela manhã, eu estava juntando *takes* daquela partida e tinha pegado um bom ritmo, mas o lembrete do calendário sobre esta reunião tocou e me interrompeu.

Eu me esforço para parecer interessada no que quer que JJ esteja falando enquanto elaboro uma lista de tarefas mental para quando voltar ao hotel. Batidas que quero usar, efeitos que quero incorporar...

Estreito os olhos para além do ombro de JJ. Um rosto chama minha atenção. Um rosto pálido, sério, com olhos escuros e que não deveria estar nesta cafeteria. O que o treinador Williams está fazendo aqui?

Ele está sentado em uma cabine de jantar de frente para alguém cujo rosto não consigo ver. E então o outro sujeito se inclina para a frente, pousando os cotovelos na mesa, e percebo de quem se trata e o que está acontecendo.

Seguro o pingente de ouro do meu cordão. Meus olhos se voltam para JJ. Ele ainda está falando e – meu Deus! – está tão absorto na própria história desnecessária que até fechou os olhos. Ainda bem. Nem percebeu que tem uma história de verdade acontecendo bem debaixo de seu nariz.

Ed Daniels é diretor de esportes da Universidade Meagher. Ninguém neste café pouco movimentado sabe quem ele é. Mas eu sei, assim como JJ. Só há um motivo para Williams se encontrar com Ed, ainda mais aqui, longe das multidões. Williams é treinador assistente no time mais popular do país. A Meagher foi eliminada na primeira rodada da liga regional e o treinador, demitido antes que o avião da equipe sequer pousasse em Milwaukee.

Trata-se de uma entrevista de emprego para Williams. Se JJ descobrir, isso vira manchete amanhã. Nosso time não pode lidar com esse desvio de foco.

Analiso minhas opções. Em hipótese alguma posso permitir que JJ se vire para a porta da frente. Por sorte, o balcão fica atrás de mim.

Finjo uma tosse.

– JJ? – Tusso. – Pode pegar um copo de água pra mim?

Por sorte, tem fila no balcão. Tiro o celular do bolso do casaco. É menos provável eu ser flagrada se mandar mensagem, mas não posso correr o risco de Ben estar em transe vendo *takes* de jogadas e não ler nada até que seja tarde demais.

– Atende, atende, atende – sussurro com urgência enquanto chama.

Ele atende ao terceiro toque.

– Estou na reunião com JJ e Williams acabou de entrar e sentar com Ed Daniels – falo depressa. – JJ ainda não viu os dois.

– Como é mesmo o nome da cafeteria? – pergunta Ben, sem hesitar.

Digo para ele.

– Você precisa correr, não sei quanto tempo consigo...

– Estou a caminho.

Inspira, expira. Não consigo ver o rosto de Williams, mas ele está gesticulando e Ed Daniels, assentindo. *Williams quer mudar de emprego.* Não deveria ser surpresa. Ele tem boas qualificações. E, se for para a Meagher ou outra faculdade, vai abrir uma vaga de treinador na Ardwyn.

Ben poderia assumir essa função. Poderia continuar na Ardwyn mesmo que seu cargo atual fosse cortado. O que significa que eu também poderia ficar. Ele poderia treinar os rapazes e fazer o que gosta sem sair do nosso time e, principalmente, sem chegar perto de qualquer lugar do Arizona.

Vamos do começo: evitar uma crise. Deslizo da cadeira e vou até JJ. Ele ainda está na fila, então me espremo entre ele e a pessoa à sua frente.

– Cansei de ficar sentada – digo. – Enfim, termina sua história, quero saber o que aconteceu depois que você saiu do bunker.

As coisas que eu faço por esse time...

Quando chega nossa vez, fico procurando maneiras de protelar. Peço a descrição de cada doce na vitrine. Dispenso a água e peço a bebida mais elaborada que já existiu, ainda que eu tenha uma xícara de café perfeitamente boa na minha mesa. O barista suspira. JJ ameaça voltar à mesa.

– Vão chamar pelo nome – diz ele, confuso, quando o detenho.

– Eu sei, mas aqui atrás é mais quente. Nossa mesa está um gelo. Vamos esperar. Já encontrou outros jogadores de golfe famosos?

Finalmente, Ben entra pela porta com passos decididos. Nossos olhares se cruzam. Inclino a cabeça na direção de Williams e Ben segue para lá. Ele põe a mão no ombro de Williams, se inclina e sussurra algo em seu ouvido. Williams se levanta – e esse é o momento mais arriscado, porque ele é muito alto – e, é claro, JJ se vira para o local bem quando Williams segue em direção à porta. O pânico incendeia meu peito e, pedindo perdão mentalmente ao cara atrás do balcão, deixo minha bebida cair.

– Ah, que merda – diz JJ, baixando os olhos para a poça no chão. Gotas da minha abominável mistura de semidescafeinado e expresso, mais doses e doses de xarope e chantilly extra, pontilham seus mocassins. – Bela jogada.

O sino da porta soa: Williams se foi. Solto o ar. Ben ainda está de pé diante da cabine, olhando para mim, triunfante. Quero correr até lá e me atirar num abraço ao estilo *A Casa da Praia*.

Um funcionário aparece com um esfregão, e, sem graça, ofereço um punhado de guardanapos para ajudar. Ele recusa minhas tentativas de dispensá-lo, então faço uma anotação mental para deixar uma gorjeta de 20 dólares na caixinha quando for embora.

Quando voltamos à mesa, JJ olha para seu celular e se contrai.

– Desculpa se parece que estou protelando – diz ele.

Quase dou uma gargalhada. Se ele soubesse...

– É minha culpa – continua ele. – Pra ser sincero, eu estava te contando essas histórias todas de golfe pra tentar ganhar tempo. Era pra minha colega nos encontrar aqui, mas ela está atrasada. O voo de Nova York atrasou hoje de manhã. É ela que quer falar com você. – O rosto dele exibe uma seriedade que nunca vi. – Annie, não tem matéria nenhuma sobre vídeos de divulgação. Não é por isso que queríamos te encontrar.

Ah. No fim das contas, Ben tinha razão.

– Quem é sua colega? – pergunto.

Se a ESPN quer mesmo me oferecer um trabalho, deve ser alguém da área de edição de vídeo.

– O nome dela é Lily Sachdev.

Meu estômago entra em um elevador e os cabos arrebentam.

Não se trata de vídeos de divulgação, tampouco de uma entrevista de emprego. *Lily Sachdev* quer conversar comigo. Lily Sachdev, que escreve sobre abuso de poder nos esportes, sobre corrupção e má conduta. Que escreve sobre assédio sexual.

Ela quer falar comigo. Só tem um motivo possível para isso.

Sempre me perguntei se esse dia chegaria. *O que eu faria se um jornalista viesse com perguntas*, me questionei várias e várias vezes ao longo dos anos. Pensei nisso recentemente, até. Muitas histórias como a minha vêm aparecendo na mídia. Às vezes, eu achava que, se acontecesse comigo, eu diria: *Não, de jeito nenhum, me deixa em paz.* Outras, ficava imaginando alternativas. Eu sabia o que diria. Praticava mentalmente.

Mas agora... Agora o quê?

Dou um sorriso sofrido para ele.

– Não me importo de esperar por ela.

– Puta merda – diz Ben, quando entro na sala de reunião do hotel algumas horas depois.

Ele está na janela com as mãos na cabeça. Começo a suar só de vê-lo. Ele deveria estar se preparando para o treino, então achei que a sala estivesse vazia.

– Me sinto um espião – continua Ben. – Ele não percebeu nada, percebeu?

Coloco a bolsa ao lado do meu computador e me sento.

– Não.

Meu peito está apertado e o gosto de café não sai da minha boca. Água, preciso de água, então me levanto de novo.

– Foi insano. – Ele balança a cabeça. – Não foi das decisões mais inteligentes do Williams. Ele não deveria estar lá. É estranho eu estar nessa adrenalina toda?

– É. Não – respondo, ouvindo em parte.

Abro a bolsa, mas não lembro o que procuro, então a deixo de lado.

Ben vai até a mesa e se apoia na beirada. Recuo, precisando de tempo e espaço para pensar. Ele não deveria estar aqui.

O voo de Lily Sachdev conseguiu chegar a Atlanta, no fim das contas. JJ e eu a encontramos em seu hotel, perto da cafeteria. O aperto de mão dela foi firme e, depois de me convidar para sentar, ela me agradeceu por ter ido, me olhou fixamente e disse:

– Estou trabalhando em uma história sobre assédio sexual no basquete universitário. Especificamente a respeito de Brent Maynard.

Lily deixou essa informação no ar por um minuto, me observando através dos óculos sóbrios.

– Ouvi você falando dele depois do último jogo – explicou JJ. – Pensei que talvez quisesse conversar com a Lily.

Mexi no bloco de notas do hotel à minha frente, dobrando o papel de cima na metade e depois na metade de novo.

– Entendo – falei, baixinho.

– Você não parece surpresa – observou Lily.

Ergui os olhos.

– Não estou.

Os lábios de um vermelho imaculado de Lily se curvaram com empatia e ela deu um breve aceno de cabeça.

– Minha matéria deve ser publicada logo depois que a temporada terminar, independentemente de você estar nela. Há alguns riscos; podemos falar sobre eles. Pense no assunto no fim de semana e, se decidir ir em frente, vou até a Filadélfia na semana que vem te encontrar.

Quero gritar. Não é justo eu ter que fazer essa escolha agora.

– Não tenho nada contra o fato de ele explorar suas opções – está dizendo Ben. – É assim que a banda toca. Se bem que ele está há tanto tempo com o treinador Thomas que achei que ficaria pra sempre. Só não acredito no descuido do cara. Tinha que esperar o fim da temporada ou, pelo menos, encontrar com ele em algum local particular.

– Você está certo – digo.

Ben me observa.

– Você está calada.

Balanço a cabeça como se fosse para tirar as teias e dou um sorriso forçado.

– Desculpa. Manhã movimentada demais.

A água, me lembro. Era isso que eu queria pegar na bolsa. Não estou com a minha garrafa, então pego uma de plástico do balde de gelo no aparador.

– Foi um tipo de entrevista diferente, né? – É mais uma afirmação do que uma pergunta.

Meu sangue gela nas veias.

– Oi?

– O que falei ontem à noite. Era sobre uma vaga, não era? Aposto que, se você quisesse, botariam você pra trabalhar com coisa séria, não só os destaques do jogo. Aquelas matérias sobre casos acobertados de assédio sexual de atletas, ou esteroides, ou o escândalo de pagamentos pra jogar.

Quase solto uma risada por vê-lo tão perto da verdade.

– Não foi sobre uma vaga.

A água está gelada e o rótulo, encharcado. Raspo uma parte dele com a unha.

Ben parece decepcionado.

– Tem certeza?

Conte a ele. Parte do meu cérebro me instiga, joga o emaranhado de problemas na porta para tentar derrubá-la. Mas ainda estamos no globo de neve e, se eu contar agora, a reação dele vai ser exatamente como eu esperaria. Estupefação a princípio, remorso nos momentos adequados, a dose exata de raiva mantida sob controle por seu temperamento. E o pior de tudo é que ele vai dizer coisas como "Quero te apoiar de qualquer forma que você precise", "Vamos superar isso juntos", "O que temos é forte e verdadeiro o bastante para lidarmos com qualquer coisa" e, no final da conversa, vou estar completamente apaixonada por ele.

Depois, o apito final do último jogo vai soar e nosso globo vai virar uma fina névoa. Daqui a um mês, mais ou menos, quando cada um de nós estiver trabalhando sei lá onde, Ben vai perceber que, embora tenha sido legal, não dá para ele construir uma vida com base nisso. Quando se está dançando coladinho no meio de uma *piazza* de paralelepípedos ou vivendo um de seus maiores sonhos juntos, é fácil acreditar que um sentimento pode superar qualquer coisa. A verdade nem sempre fica às claras até que se esteja em uma videochamada pela quarta noite seguida, sem mais nada a ser dito e sem saber como desligar.

Ou, pior ainda, o escândalo vai arruinar as chances do departamento de arrecadar fundos, aí o programa de ginástica vai ser o primeiro a pagar o pato. Ben vai dizer que a culpa não é minha, mas a verdade incontestável será que minhas ações terão levado à destruição dos sonhos de sua irmã. Natalie vai para uma faculdade em algum outro lugar e, toda vez que ela for reprovada em um teste ou acusada de levar bebida escondida para seu quarto no alojamento, vamos imaginar que tudo teria sido diferente se eu lidasse com meu passado de forma privada.

Essa não é nem a perspectiva mais pessimista. No meu coração, sei que ele vai acreditar em mim. Mas seria uma irresponsabilidade não lembrar que não há garantias quanto a isso. Não estou pronta para lidar com esse cenário.

Esfrego o papel ensopado entre os dedos.

– Sim, tenho certeza. Foi exatamente o que ele falou. Está fazendo uma matéria sobre vídeos de divulgação.

Ben parece aceitar isso e fica calado, pensativo.

– Melhor eu começar a trabalhar – digo. – E você vai perder o ônibus se não descer.

Ele hesita, mas, felizmente, não consegue distinguir o que o faz vacilar.

– É – diz. Ele me dá um beijo e caminha até a porta. Na soleira, estanca. – Eu não tinha parado pra pensar na possibilidade de um dos nossos treinadores sair.

Por sorte, Ben vai embora depois disso. Leva um tempo até eu conseguir me concentrar no trabalho. Em uma manhã, tudo mudou. Ben tem a chance de conquistar o que quer na Ardwyn. E só há pouco tempo comecei a me sentir confiante de que estou consolidando meu lugar lá, mas agora... não sei o que vai acontecer. Não se eu contar para o mundo como o basquete da Ardwyn me decepcionou.

Foi melhor não ter contado nada para Ben agora. Tem uma forma mais segura para isso. Primeiro, preciso clarear a mente e tomar uma decisão sobre falar ou não com Lily. Aí há jogos para vencer, talvez até um confronto direto com Maynard. Depois disso, vamos para casa, de volta a uma normalidade mais calma, e vemos como tudo se ajeita. Aí conto tudo para Ben com calma, antes que a história venha a público.

São, no máximo, dez dias. Eu dou conta.

Vinte e cinco

Um por um, cada jogador sobe a escada até a cesta, corta um pedaço da rede e passa a tesoura para o próximo. É tradição que o vencedor de cada região realize este ritual, então nós o fazemos depois de derrotar a West Virginia. Estou filmando para poder misturar essa gravação com os destaques do jogo. Se conseguirmos os direitos, vou usar um hip-hop que Gallimore sempre canta, um que fica repetindo o efeito sonoro de uma tesoura cortando.

Snip, snip, bum. Snip, snip, bum. No próximo sábado, vamos enfrentar a North Carolina, o time mais bem colocado, e a Arizona Tech pega a Iowa Plains University, uma escola modesta porém determinada, que treina numa quadra que era um celeiro. Os vencedores disputam o campeonato.

Os jogadores seguram pedacinhos de poliéster branco como se aquilo fosse um tesouro. Quando a rede pende pelo último fio, alguém oferece a tesoura ao treinador Thomas, que balança a cabeça e aponta para JGE. Ele sobe e corta o restante dela, então todo mundo se reveza para usá-la pendurada no pescoço. É como a juba de um leão ou um boá de penas. Uma echarpe que combina com um campeão.

Tudo isso logo vai acabar. Pensar nisso joga um balde gelado de pura nostalgia no momento. Já estou do lado de fora, como se minha câmera afastasse o zoom, ainda que a cena esteja se desenrolando diante de mim.

– Annie-Rad! – chama Andreatti, saltando na minha direção. Ele olha para baixo e admira a rede, a trama caindo em cascata por seus ombros e pelo peito. Ele a acaricia com afeto. – Quer usar um pouquinho?

Dou um tapinha leve na câmera.

– Finja que não estou aqui.

Meu celular não para de vibrar no bolso, mas só o pego quando estou no ônibus rumo ao aeroporto. **NOVA ORLEANS!**, Cassie me manda por mensagem. Ela declara que não vai perder as semifinais em sua cidade natal, mesmo tendo que faltar a uma reunião de comitê. **E também não faz diferença**, completa ela. **Vou pedir demissão quando voltar.**

Minha família já comprou as passagens. **Sinceramente, nem estou tão interessada nos jogos, diz Kat. Mamãe e eu estaremos lá só pra dar apoio moral, comer beignets e curtir o clima mais quente. Não necessariamente nessa ordem. Beignets no topo.**

Eba, respondo. Hesito e acrescento: **Você e a mamãe podem me visitar amanhã?**

Kat: ... por quê?

Annie: preciso conversar uma coisa pessoalmente com vocês

Kat: Parece um presságio...

Annie: nada de ruim. por favoooor

Kat: Quanto mistério. beleza, estaremos aí

Nosso avião pousa na Filadélfia às duas da manhã. Ben e eu passamos as últimas cinco noites dividindo quarto com Kyle e Jess, respectivamente, então vamos juntos para a casa dele. Escovo os dentes, visto uma de suas camisas e me entoco sob as cobertas. Ele sempre toma banho depois que sai do avião, então ouço o som da água e fico olhando para a parede.

Quando ele entra no quarto, finjo que estou dormindo. Ele tenta abrir e fechar gavetas sem fazer nenhum barulho e se atrapalha para achar a tomada no escuro e conectar o carregador. O cheiro bom de seu sabonete me envolve quando ele sobe na cama com o cabelo úmido e enrosca um braço pela minha cintura, se aninhando de conchinha em mim. Ele dá um beijo na parte de trás do meu ombro e murmura:

– Boa noite.

Ben gosta dos meus ombros, ele me contou. "E você nem me viu na época das regatas", respondi uma vez e ele riu. Talvez nunca veja.

Isto tudo logo vai acabar. Lá vem esse pensamento outra vez. E então não consigo evitar, sou dominada pela necessidade de estar perto dele. Arqueio as costas sem dizer nada e Ben solta um grunhido baixinho. Ele tenta me virar de frente, mas balanço a cabeça.

– Não, assim.

O sexo é devagar e sonolento, daquele que traz uma sensação de casa. Aperto a mão dele quando tenho um orgasmo e não solto até ele desabar ao meu lado.

O dia seguinte é domingo, mas, a essa altura da temporada, isso não quer dizer nada. Passo o dia presa ao computador como se fosse uma boia no oceano. Tenho uma ideia para um vídeo de divulgação. Vem se cristalizando há dias na minha mente. Fico com dor de cabeça depois de passar muito tempo imaginando o vídeo e preciso trazê-lo à vida, como se fosse um caso de constipação mental. É um alívio ter isso para fazer.

Agora que as semifinais chegaram, todas as celebridades da Filadélfia nos procuram. Quinta Brunson e Tina Fey vão narrar o vídeo, juntas. Vão falar sobre trabalho em equipe e o vínculo forjado quando se luta por um objetivo em comum. Uso *takes* dos rapazes se ajudando em tarefas e tranquilizando uns aos outros em momentos de nervosismo. Em vez dos lances mais impressionantes do nosso último jogo, escolho momentos dos garotos trabalhando juntos: uma série de passes precisos, uma movimentação bem executada de bloqueio e infiltração.

Fazer esse trabalho é o mais perto que chego de compreender o basquete, de saber por que fascina tanta gente. É o mais perto que chego de me entender.

Amo basquete porque se trata do time como unidade, mas também dos astros individuais. Amo porque é rápido, porque a energia pode mudar antes que se perceba, porque parece que nenhum resultado é impossível. Amo basquete porque amo drama, o que não falta aqui. Me apaixonei pelo basquete porque queria compartilhar algo com meu pai.

Acho que tudo o que a maioria de nós quer é compartilhar algo feliz com outras pessoas. Os fanáticos sofrem lado a lado nas horas difíceis para curtirem juntos os momentos conquistados a duras penas. Torcedores casuais sintonizam só nas partes mais emocionantes dos jogos mais importantes, porque não querem perder o que todo mundo está vendo. No basquete, ninguém torce sozinho.

Estou usando uma música incrível da Soul Rebels, uma banda de metais de Nova Orleans que combina jazz e hip-hop, e marquei alguns locais onde quero acrescentar imagens da cidade quando chegarmos lá.

Preciso sair do escritório às cinco para encontrar minha mãe e Kat. Achei que Ben fosse estar na sala de análise tática, mas não.

– Oi – diz ele, quando dou uma espiada em seu escritório. – O que você quer jantar?

Meu celular toca. É um número de Nova York.

– Você se importa se eu for pra casa hoje? Kat vai chegar em algumas horas. Faz muito tempo que não encontro com ela e, depois que chegarmos a Nova Orleans, vai ser um caos.

– Ah, tranquilo! – diz ele. – Vou ficar aqui até mais tarde mesmo. Divirtam-se.

– Pode deixar.

Tento dar um sorriso, mas ele sai todo estranho e minha boca se retorce sem força.

– Está tudo bem? – pergunta ele.

– Só estou cansada.

Digito uma mensagem para o número de Nova York – Lily – no elevador. Em nossa última conversa, perguntei se a outra pessoa que ela estava entrevistando para a matéria era aluna na Arizona Tech. Ela ficou calada por um instante. Então disse: "Annie, não tem só mais uma mulher. São *várias*."

Meu primeiro pensamento foi: será que eu poderia ter evitado que todas essas pessoas se ferissem se tivesse me posicionado mais cedo? Racionalmente, sei que não tenho culpa de nada. Mesmo assim, a questão invade minha mente. Tenho feito muitas sessões remotas com minha antiga terapeuta.

Meu segundo pensamento foi: ele fez isso com várias pessoas. Pessoas diferentes. Não existe um motivo específico para ele me escolher. Eu não teria como impedi-lo se tivesse ficado menos bêbada, ou se fosse mais estável emocionalmente, ou se tivesse dado outra resposta a qualquer uma de suas mensagens. É complicado, mas, sob certo aspecto, isso é um alívio.

No estacionamento, encontro Cassie me esperando na segunda fila, como tínhamos combinado. A princípio, achei que mamãe e Kat fossem bastar, mas percebi que precisava de Cassie também, tanto pela amizade quanto pelo conselho jurídico.

Mais tarde, as três sentam ao redor da mesa do meu apartamento enquanto estou no sofá, com uma manta no colo. Uma caixa de pizza vazia jaz no meio da mesa.

– Você não tem que fazer isso – diz Cassie. – Está num lugar legal agora. É melhor que as coisas continuem assim.

– Não estou fazendo porque tenho que fazer. Estou fazendo porque quero.

– Tem certeza que quer seu nome exposto? – pergunta Kat.

Tenho pensado muito nisso. Cassie diz que há uma chance de ele me processar por difamação, mesmo que eu tenha as capturas de tela. Sei que vou ter que ficar afastada das redes sociais. Mas preciso que as pessoas saibam que, apesar de tudo, encontrei meu caminho de volta ao basquete. E, se a Ardwyn me demitir por aparecer na matéria, elas também precisam saber disso.

Minha mãe vai até o sofá e pousa uma mão em cima da minha. Sua pele é macia. Ela usa o mesmo hidratante desde que me entendo por gente, um sem fragrância e com um aroma de loção que eu reconheceria em qualquer lugar. Um cheiro que me faz sentir segura.

– De qualquer maneira, estamos orgulhosas e amamos você.

– Não paro de pensar que esta pode ser minha última semana aqui. – Enrosco um pedaço da franja da manta no dedo. – Não quero fazer drama. Sei que não tem tanto tempo que estou aqui. Nem troquei minha habilitação pra cá ainda.

– Ai, merda – diz Kat. – Isso me lembrou que você recebeu uma convocação pelo correio pra ser jurada num processo, tipo, uns três meses atrás.

– Que ótimo. Depois de Nova Orleans, vou direto pra cadeia.

– Você não sabe como as coisas vão ficar – diz Kat, abraçando os joelhos. – E, no mais, semana que vem você vai realizar todos os sonhos que já teve relacionados ao basquete. Aproveita até a última gota disso. Faz a porra da sua obra-prima. Se esse for o fim, dê o máximo de si. Dê tudo o que você tem.

Vinte e seis

Pode até não dar para ver Quincy no vestiário do Superdome, mas é fácil encontrá-lo. Procure a aglomeração de repórteres, microfones e dispositivos de filmagem voltados para um ponto central. Ele é o ponto central.

Taylor e eu nos escoramos na parede em um canto. Taylor está comendo granola de um saco de silicone reutilizável. Eu estou mudando o peso de um pé para o outro, tentando aliviar a pressão dos sapatos. Recosto a cabeça no concreto.

– A gente deveria filmar isso? – pergunta Taylor, a testa se contraindo. Ela examina uma uva-passa e a joga de volta no saco.

Nem faço menção de pegar a câmera.

– Acho que aqueles 84 jornalistas já estão filmando bem.

Em defesa de Taylor, costumo registrar esse tipo de cena. Mas já tenho muita filmagem de hoje e, a esta altura, Quincy aprendeu o suficiente para se ater às mesmas respostas mecânicas que tem dado a semana toda. Não vai ter novidade ali. Além do mais, o dia foi longo – e são só dez da manhã.

– A semifinal de hoje contra a UNC vai ser a partida mais importante que você já jogou – diz uma repórter. – Como está lidando com a pressão?

– Só tentando me concentrar no que viemos fazer aqui – responde Quincy. – Me preparar pro jogo, ficar longe do celular e manter nossa rotina o máximo possível.

Ontem, no tempo livre, ele e JGE se reuniram no clube só dos dois para discutir o podcast de Super Mario. Manter a rotina não tem sido fácil. Ao longo de toda a semana, a máquina de marketing do basquete universitário pegou os esforços do treinador Thomas em manter a equipe longe de distrações e os mandou pelos ares feito uma superprodução de fogos de artifício de pré-jogo. Sessões de fotos, coletivas, treinos abertos para torcedores e imprensa. Foi divertido em alguns momentos, sem dúvida, mas fica muito difícil se concentrar no basquete em si.

Nem o vestiário é mais um refúgio. Dezenas de pessoas estranhas com crachás de identificação no pescoço andam de um lado para outro. As paredes de concreto do local estão lotadas de cartazes e faixas ostentando o nome e as cores da Ardwyn, a logo da liga universitária e o lema do torneio: "A estrada termina aqui."

O espetáculo tem seu auge hoje e na segunda-feira, mas começou assim que colocamos os pés em Nova Orleans. Quando o avião pousou, os funcionários do aeroporto estenderam um tapete personalizado, no tom azul da Ardwyn, e uma banda de metais começou a tocar no instante em que entramos no terminal. Torcedores de uniforme deixavam as filas do banheiro imensas, a ponto de contornar o quiosque de lanches como cobras de quatro cores. Quando passamos por ali, os trechos azul-escuros das cobras comemoraram.

Foi mais fácil nos concentrarmos depois que chegamos ao hotel. Ele fica numa área bem ruim da Canal Street e, do lado de fora, tem o cheiro de festas de estudantes regadas a muita bebida barata e de origem duvidosa. Mas é razoavelmente calmo e o quarto que divido com Jess dá para uma fileira interminável de palmeiras frondosas, como se acenassem para nós. De vez em quando, passa um bonde vermelho. Entre dois hotéis enormes do outro lado da rua, dá para ver um pequeno aglomerado de prédios coloridos, com varandas de ferro fundido: um ínfimo vislumbre do French Quarter.

– Como está o clima aqui em Nova Orleans? – pergunta outro repórter para Quincy, esticando o braço para aproximar o gravador.

– Ótimo – responde ele. – Ainda não conseguimos ver muito da cidade, mas a equipe do estádio é muito receptiva e o clima daqui é imbatível.

Seu treinamento para conversar com a imprensa valeu a pena. Todo dia tem sido a mesma coisa aqui: refeições, táticas e descanso no hotel, treino e tudo mais no estádio. De um lado para outro, de cabo a rabo pela Poydras Street no ônibus.

– A UNC não tem calouros em sua escalação inicial – diz um dos jornalistas. – Acha que a experiência deles é uma vantagem?

– Estamos nas semifinais, então espero um jogo difícil. Só posso dizer que minha mentalidade mudou e amadureci muito este ano. A experiência que tenho ganhado é valiosa pra mim e sou muito grato por isso.

Começo a perceber que essas palavras parecem muito as de alguém que está refletindo sobre o fim bem próximo de sua carreira universitária. Acho que ele já se decidiu.

Jess se aproxima, puxando o gorro caído.

– Minha bateria morreu.

Taylor joga uma amêndoa na boca e mastiga.

– Carregador tradicional ou portátil?

– Portátil, por favor. – Jess estende a mão.

Taylor tira um de sua bolsa. Jess estica o braço para pegá-lo, mas Taylor retrai a mão.

– Na verdade, você deveria ter um, sabe? Seu celular é pra trabalho!

Jess segura o rosto de Taylor nas mãos.

– Saiba que você é vista, estimada e valorizada.

Taylor solta um guincho baixinho e incompreensível.

Quando o grupo de repórteres passa de Quincy para JGE como um organismo vivo, a porta do vestiário se abre e Eric entra. Ele para e conversa com o treinador Williams, que segura uma prancheta na altura da boca entre eles e os repórteres, para evitar que alguém faça leitura labial. Quando terminam, Eric abre caminho pela multidão até mim.

Seus olhos se iluminam ao ver minha roupa.

– Você parece a Sra. Weston.

A Sra. Weston foi uma hippie idosa que nos deu aula de psicologia no ensino médio. A principal coisa que aprendi com ela – de tanto ir até o carro dela toda segunda-feira para ajudar a carregar uma caixa de livros até a escola – foi como identificar o cheiro de haxixe. Olho para a minha saia solta e a blusa estampada. É. Eric pode ter alguma razão.

– Fico honrada e horrorizada.

Eric se inclina para tirar Taylor e Jess da conversa. Não que elas estejam prestando atenção. Jess agora está com o carregador, mas elas estão falando sobre como arrumar um substituto para os fones de Jess, que foram esquecidos no avião.

– A Arizona Tech acabou de ir para o vestiário, então acho que não vamos ter problemas – diz Eric em uma voz baixa.

Os times seguem uma agenda coordenada. Se o Rattlers está no vestiário, não há chance de darmos de cara com Maynard no corredor quando formos para a quadra para um treino leve.

O nó que tem deixado meu estômago embrulhado a semana toda se afrouxa por um momento.

– Que bom. – Assinto, num agradecimento sem palavras.

Eric ergue a palma da mão para que eu bata nela, assim como faria com um jogador que precisasse de incentivo.

Toda vez que penso na possibilidade de ver Maynard esta semana, aquele nó fica mais apertado e retorcido. Do outro lado da sala, do outro lado da quadra, não importa – ele vai estar bem na minha frente, em carne e osso. Como vou conseguir me concentrar em qualquer outra coisa?

"Deixa tudo do lado de fora", me aconselhou Kat uma vez e esse se tornou meu lema. Não vou permitir que ele arruíne este momento para mim.

– Olha só isso – diz Eric, virando a tela do celular para mim.

É um post de Logan, de *A Casa da Praia*, a foto da janela de um avião com a legenda: **Destino - Semifinais, Aeroporto de Los Angeles > Aeroporto de Nova Orleans.** Uma risadinha boba sai de sua boca.

– É estranho eu estar nervoso? *Ele* vai *me* ver hoje à noite. Olha como o mundo dá voltas!

– Se controla – digo.

– Cinco minutos! – ressoa a voz do treinador Williams.

É hora do último treino – um treino leve e relaxado – antes do jogo da noite.

Coloco a bolsa no ombro e me viro para Jess e Taylor.

– Vou na frente pra montar tudo.

Vou abrindo caminho pelo vestiário até a saída e, quando meus dedos se fecham na maçaneta, a porta é aberta. Ben está do outro lado.

– Oi – digo, tocando no braço dele. – De onde você surgiu?

Ele parece tenso, a testa enrugada. A semana foi estressante para todo mundo, mas de um jeito bom, e essa não é a cara de alguém que está num estresse bom. Tem algo errado. Minha boca fica seca e, em vez de "Esqueci meu notebook" ou "Kyle estragou o almoço", minha mente na mesma hora voa para a pior possibilidade: "Acabei de encontrar com o treinador Maynard."

– Acabei de encontrar com o treinador Maynard – diz Ben.

Um bloco de gelo se materializa no meio da cavidade do meu peito.

– Ah, é? – digo, meio engasgada.

Ele me conduz pelo corredor até um lugar mais ao fundo. Mudando o peso de um pé para o outro, ele olha o entorno, o teto, a placa do banheiro, o tapete, tudo de um jeito descontente. Passa a mão com força pelo cabelo.

– Ô-ou, a coçada no cabelo, não – falo, tentando arrancar um sorriso.

Ele me ignora e meus batimentos cardíacos só disparam.

Por fim, Ben olha para mim.

– Annie, posso ser sincero?

– Claro – digo, devagar.

– Estou um pouquinho ansioso. – Ele solta algo que é uma mistura de suspiro e risada. – Tem tanta coisa que eu quero te falar. Sei que você não quer conversar sobre a gente até que a temporada termine. E o momento não é o ideal. Mas... a gente tá indo bem, não tá?

Não era esse o rumo que eu esperava que a conversa tomasse. Também não é aonde quero chegar no momento.

– Ben – digo, entrelaçando meus indicadores. – Sim, mas... por favor.

– Não preciso do fim da temporada pra saber o que eu sinto por você – diz ele.

Estou prestes a acabar com o seu ídolo, possivelmente ser demitida e condenar os esforços de arrecadação de fundos da faculdade, tudo de uma só vez, então...

– Sim, precisa, sim. De onde veio isso? O que isso tem a ver com o Maynard?

Ben mordisca o lábio inferior sem parar.

– Ele me ofereceu uma vaga na Arizona Tech pra próxima temporada. Um dos assistentes dele está saindo.

Fico boquiaberta. Era para o universo ser caótico, não *diabólico*. Eu me sinto como um pássaro que deu de cara numa vidraça.

– Entendi – consigo dizer através da onda de alerta que revira minha mente.

– Ele precisa que eu tome uma decisão até o fim da semana. Muitos times estão começando a preencher vagas agora que a temporada chegou ao fim pra eles e, se eu não aceitar o cargo, ele precisa encontrar outra pessoa.

– O quê? Isso não faz o menor sentido. É o fim de semana das semifinais. Como é que você vai conseguir pensar em outras opções? Diz que você precisa de mais tempo.

– Acho que ele pensou que fosse algo que eu não precisasse nem decidir – diz Ben. – Ele pareceu surpreso por eu não topar logo de cara. Faz anos que nós dois falamos sobre isso, mas não achei que fosse acontecer *agora*. Não quero dificultar a vida dele.

O bloco de gelo no meu peito vira lava.

– Ele é um *babaca*! – digo, com raiva.

– Por favor, não fala isso – pede ele.

– Você precisa pensar em você, não nele!

Ben arrasta a ponta de um pé pelo tapete.

– Preciso explicar uma coisa que talvez ajude você a me entender melhor. – Ele engole em seco. – O treinador sempre soube como eram as coisas na minha família. Depois da faculdade, ele nos deu um presente muito generoso. É até constrangedor admitir, mas... ele pagou a faculdade de enfermagem da minha mãe.

– O quê?

Minha voz está fraca. Quanto custa uma faculdade de enfermagem? Não faço ideia. Mas o preço tem zeros o suficiente para que seja relevante.

– Eu tenho que levar isso a sério... por ele – diz Ben.

E é exatamente por isso que ele te deu algo tão imenso, tenho vontade de dizer. É mais fácil controlar as pessoas que lhe devem algo.

– Mas o que isso tem a ver comigo? Parece que você já tomou a sua decisão.

– Não – diz ele. Seus olhos, agitados e suplicantes, se fixam nos meus. – Se tiver uma possibilidade de o Williams estar saindo... – Ele solta o ar, trêmulo, e para, revirando as palavras em sua mente, tentando decifrar quais pode usar e quais não são permitidas. – Sei que o que temos é meio recente, mas não quero partir se nós dois acharmos que pode dar em alguma coisa. E quero muito que dê em alguma coisa.

Cubro o rosto com as mãos e dou um grunhido. Meu coração está tomado pelas palavras dele, como um biscoito mergulhado no leite, mas... droga... tem muita coisa que precisamos discutir antes de ele fazer declarações como esta. E não há a menor possibilidade de conversarmos sobre elas agora. Meus nervos já estão em frangalhos por saber que Maynard está no mesmo local que eu. E o treino começa em uns noventa segundos.

– Por que isso é ruim?! – grita ele. Um grupo de repórteres sai do vestiário e ele espera até que tenham se distanciado. – Você acha que eu vou mudar de ideia completamente em uma semana? Não sou o *Oliver*. Não sou um babaca de 21 anos que não entende o que é se comprometer. E não sou um cara que tá de sacanagem em um reality show. A cada dia, isso se torna mais real pra mim. Mesmo que não seja assim pra você. Não posso continuar tentando adivinhar o que você sente e o que pensa do futuro, principalmente quando estou aqui te dizendo que me pediram pra tomar uma decisão até amanhã.

Sinto um nó apertado na garganta. Enrolo minha correntinha na ponta do dedo.

– O que você... Você quer que eu diga "tudo bem"? Está me ameaçando pra fazermos as coisas do seu jeito?

A voz dele falha e seu rosto fica vermelho.

– Não estou te ameaçando. Não estou tentando manipular nada. Eu durmo do seu lado toda noite e não posso nem dizer que *gosto* de você. Mas é o que faço, porque você falou que precisava desse limite e eu respeito. Agora estou te dizendo o que *eu* preciso. E preciso que você respeite isso. Ou você quer ou não quer. Não posso mais ficar no limbo. Não posso.

A expressão dele é tão frágil que parece vidro, transparente e vulnerável, e estou morrendo de medo de estilhaçá-lo.

Ben já teve gente demais indecisa sobre fazer parte ou não da vida dele. Ele merece alguém que diga que está do lado dele e que esteja falando a verdade.

Preciso ser essa pessoa. Sinto uma dor latejante no peito e sou arrebatada pela constatação: já sinto todas as coisas que tenho tentado evitar.

A ignorância obstinada ataca novamente. No começo, me convenci de que só flertar estava bom, até que não estava mais. Então, me convenci de que só beijar estava bom, até que não estava mais. Por fim, me convenci de que poderia ter tudo, menos as palavras, e isso bastaria para me proteger. Mas não bastou. Acontece que não é necessário dizer nada em voz alta para fazer uma promessa. Não precisamos nomear um sentimento para vivê-lo. Eu estava tentando controlar algo que não podia ser controlado. Era como tentar pegar uma onda com um copinho, o que me derrubou feio do cavalo.

Sarcasmo, negação, esquiva. Tenho muitas ferramentas no meu arsenal para momentos como este. Mas, se tem uma coisa que aprendi durante essa temporada linda e magnífica do melhor time que já existiu é que construir uma concha à minha volta nos últimos oito anos não foi uma maneira eficiente de evitar que me ferissem. Foi só mais uma forma de me ferir, só que com uma arma mais cega.

Ben é bom. Ele é muito bom. Dentro ou fora do globo de neve, não importa. Ele é confiável e o que existe entre nós é especial. Então, e se em vez de recuar como sempre, eu... não recuar?

O exército dentro de mim baixa a guarda. Pego as mãos dele.

– A gente tem muito o que conversar – digo, com a voz meio embargada. – Mas não aqui.

Ben dá um aceno rápido de cabeça.

– Eu sei e...

A porta do vestiário se abre e o time sai. Soltamos as mãos. Williams se desgarra do grupo, olhando ao redor, e se vira quando vê Ben.

– Callahan! – chama ele, em voz alta. – Vem comigo. Vamos rever os confrontos no garrafão.

Ben me dá um olhar de desamparo.

– Mais tarde – asseguro a ele. – Vamos arrumar tempo. Prometo.

Ele desaparece com Williams e eu volto para perto de Taylor e Jess, seguindo o fluxo de uma conversa trivial enquanto por dentro estou abalada. A caminho da quadra, cruzamos com algumas pessoas da equipe do North Carolina. O treinador Thomas e seu oponente se cumprimentam com um aperto de mãos firme e um abraço pontuado por um único tapinha nas costas. Thomas diz algo no ouvido do outro treinador e os dois dão risada.

Trabalho. Isso, eu deveria fazer meu trabalho. Meu equipamento está guardado no estojo da câmera, então procuro o meu celular. Melhor do que nada.

– Com licença – diz alguém enquanto estou gravando, um cara com um corte militar e camisa polo azul-clara. – É você que faz os vídeos de divulgação?

Ele se apresenta como Scott alguma coisa, do escritório de mídia do departamento de esportes da UNC.

– Nós passamos a temporada assistindo às suas produções – diz ele.

Não sei bem quem seria nós. Ele quer saber se tenho uma equipe ou se trabalho sozinha e como é meu processo. Faço perguntas educadas sobre o departamento dele. Prefiro andar descalça no asfalto quente do que fazer networking, mas o sujeito está sendo muito educado e, de qualquer modo, não posso sair daqui.

Ele olha ao redor como se conferisse se tínhamos privacidade. Estamos cercados de colegas de trabalho, mas ele parece chegar à conclusão de que não tem importância, porque me oferece seu cartão de visita do mesmo jeito.

– Se estiver pensando em mudar alguma coisa.

Ele vai embora com um aceno. Olho fixamente o cartão, então abro o zíper do bolso interno da minha bolsa e o guardo ali.

Prometi a Ben que conversaríamos mais tarde, mas é mais fácil falar do que fazer. Cada milissegundo do dia já tem algum compromisso, como um casamento da realeza. Mal dá para arrumar um minuto para ir ao banheiro, quem dirá encontrar com ele em algum lugar isolado para ter uma das conversas mais importantes da minha vida.

O time senta para jantar mais cedo que o normal no hotel, em um dos salões de festa menores, que tem um carpete escuro estampado para disfarçar qualquer imperfeição e um enorme lustre com detalhes dourados. O bufê é o mesmo aonde quer que vamos: frango, carne, massa, legumes. Molhos e temperos são apenas dos mais básicos, para evitar que alguém passe mal por causa de ingredientes desconhecidos. Nenhum atleta quer estar à base de antiácido durante os aquecimentos.

Assim que sento com meu prato, percebo que esqueci os talheres, então tenho que voltar. Minha mesa foi a última a pegar comida, por isso o bufê está sem ninguém, a não ser Quincy, que inspeciona a fileira de recipientes de metal em cima da toalha branca. Ele já está repetindo, fazendo uma torre de carnes magras no prato.

– Como você está? – pergunto.

– Pronto pra jogar – responde ele, erguendo os olhos do peito de frango grelhado. – Ficando inquieto.

– Você está o mais preparado possível. Vai ser incrível. – Puxo um garfo e uma faca da cesta. – Te vejo mais tarde.

– Ei, rapidinho – diz ele. Quincy coloca o prato na mesa do bufê. – Quero que você seja a primeira a saber. Vou voltar na próxima temporada.

– O quê? – digo com uma voz aguda, jogando os braços ao redor dele até onde consigo e o apertando. – Sério?

Ele ri e me abraça também.

– Sério. Não vou prometer nada além do próximo ano... Nunca vou ser um engenheiro astroquímico ou algo assim que nem o JGE... Mas quero ser um líder em quadra, é isso que eu quero, e a Ardwyn está me ajudando a me tornar essa pessoa. Também quero te agradecer.

Eu o solto.

– A mim? Pelo quê?

– Pela noite em que lesionei o tornozelo. Você ficou do meu lado e a coisa podia ter ficado feia se você não estivesse lá. E, agora, olha só aonde chegamos.

Aponto o garfo para ele.

– Não vem dar uma de sentimental pra cima de mim.

Ele faz um som de desdém.

– Não me diga o que fazer. Aquela noite foi um momento decisivo pra mim e você ajudou a dar certo.

– Você fez aquilo tudo sozinho – respondo. – Eu não fiz nada. Só escondi seu skate.

– Sei lá. Talvez não pareça nada, mas foi importante pra mim.

As palavras de Ben pipocam na minha mente: "Deixar as coisas melhores, mesmo que só um pouquinho."

Eu me viro, mas volto para ele.

– Também preciso te agradecer por uma coisa. Você ensinou todo mundo nesse time a me chamar de Annie-Rad.

Ele dá um sorrisinho.

– Foi mesmo.

– Dá licença, gente, só quero um guardanapo.

Eu me viro e lá está Ben, se inclinando para pegar algo na mesa.

– Benjamin – diz Quincy.

Ele inclina a cabeça, olhando para Quincy.

– Onde você arranjou tempo pra cortar o cabelo?

Ele tem razão. Eu não tinha reparado, mas o rosto de Quincy parece renovado. Ele dá tapinhas na cabeça.

– Ficou bom, não ficou? Chamamos um cara pra vir no hotel mais cedo.

– Pronto pra TV – comenta Ben.

Quincy volta para o seu lugar e Ben me dá um olhar doce e avaliador.

– Você tá bem? – pergunta ele. – Sei que a manhã foi cheia.

– Estou bem – respondo. – Quero conversar tudo com você. Quero mesmo. Estou com medo, mas não quer dizer que eu não queira.

Ben assente.

– Eu sei. Que tal amanhã, depois do jantar? Posso subornar Kyle pra ele ficar fora do quarto um tempo.

– Parece ótimo – respondo, e o nó no meu estômago afrouxa um pouco, em vez de apertar.

Um ano atrás, se me dissessem que eu passaria o fim de semana das semifinais trabalhando para a Ardwyn e ansiosa para conversar sobre um relacionamento sério com a porcaria do Ben Callahan, eu perguntaria se tinham usado algum alucinógeno.

Passei anos falando para todo mundo que conheço, inclusive para mim mesma, que certas coisas não eram para mim. Mas, por dentro, sempre teve uma voz que torcia, ansiava e nunca se calava, mesmo quando eu tentava reprimi-la. Ela sussurrava: *E se? E se as coisas fossem diferentes?*

E se eu tentar ser corajosa? E se valer a pena?

Aquela voz arrastou meu coração relutante por todo o caminho até aqui. Amanhã, vou ser corajosa e terminar o trabalho. Em um quarto silencioso de hotel, vou dizer a ele exatamente tudo o que quero e vamos lidar juntos com isso.

Só que, antes, temos o jogo contra a UNC, nosso maior desafio até aqui. Eles têm um bom treinador, são disciplinados e mantêm o equilíbrio mesmo sob pressão. Também chegaram à semifinal ano passado, então a maioria do time já passou por toda essa tensão.

Por isso, não é de surpreender que eles venham com tudo, completamente alheios à magnitude do momento. Eles assumem a liderança logo no começo, com uma estratégia coerente, ainda que nada criativa, focados em fazer a bola cair para aproveitar a vantagem de altura. Começamos o jogo com nervosismo, fazendo arremessos afobados, em vez de esperar pelos certos. Rosario tem problemas com faltas e Quincy perde alguns lances livres.

Acabamos pegando ritmo e começamos a diminuir a vantagem de quinze pontos deles. JGE pega alguns rebotes e Gallimore cava uma falta ofensiva que manda o pontuador principal da UNC para o banco pela maior parte do segundo tempo. A vantagem deles cai para doze, depois sete, depois dois.

A alguns segundos do fim, Quincy executa um passe entre dois defensores que me faz querer puxar uma régua para medir o espaço entre seus corpos. Não deveria ser fisicamente possível, mas ele passa a bola para Andreatti, que faz uma bandeja com facilidade e empata o jogo.

Quando a prorrogação começa, é como se fosse outra partida. Quincy e Gallimore mandam bem da linha de três de um jeito que ninguém no país conseguiria acompanhar. A UNC não sabe nem o que os atropelou. Ganhamos com uma diferença de dez pontos. Quando o alarme final soa, Andreatti está com a bola e a leva até a boca para lhe dar um beijão. Nossa banda entra em ação, soprando cornetas e tocando tambores como se quisessem abrir um buraco no teto. Taylor aperta meu ombro enquanto pula sem parar ao meu lado.

Estamos na final.

Agora posso parar de fingir que não tenho trabalhado em um vídeo de divulgação para o jogo de disputa do campeonato nas últimas três semanas. Já escrevi o texto, que está a caminho das mãos de Michael B. Jordan. Uma celebridade desse quilate, com uma voz linda e um papel principal em uma das franquias de filme mais icônicas da Filadélfia? Ele é perfeito para esse trabalho. Nem acredito que ele topou fazer.

Não vejo o jogo da Arizona Tech, nem acompanho o placar on-line. Não faz diferença para o meu trabalho. Apesar de Taylor e suas fantasias sobre um vídeo que destacasse ressentimentos antigos e caminhos entrelaçados que levam a um dramático embate contra Maynard, opto por não dar nenhum espaço para o adversário. Esse vídeo é todo da Ardwyn.

A abertura é uma cena dos jogadores sentados, se alongando antes do treino, filmada semana passada. Sem música, só a conversa casual, todo mundo lembrando os campeonatos em que jogaram quando eram crianças ou que viram na TV. Alguns rapazes zoando Andreatti porque ele nunca chegou à final de nada.

– Não se trata só de talento – diz ele, na defensiva. – Tem a ver com timing e sorte também. É como diz o velho ditado: "Prefiro ter sorte do que ser bom."

Quincy se intromete e juro que não escrevi um roteiro:

– Eu tinha um treinador que costumava dizer: "Prefiro ter sorte *e* ser bom." É assim que se ganha um campeonato. Tudo tem que se alinhar na hora certa. É o único jeito.

O último campeonato do meu pai foi no primeiro ano de Quincy e me lembro de ele dizer isso, impassível como sempre: "Prefiro ter sorte e ser bom." A partida foi numa universidade, numa quadra muito maior do que qualquer uma em que o time já tivesse jogado. Os jogadores estavam nervosos. "Não tem muito o que fazer em relação à parte da sorte", disse meu pai a eles. "Mas há muito a se fazer em relação a ser bom. E nós fizemos, ao trabalhar muito esta temporada. Ser campeão é especial e raro. Vocês trabalharam a temporada inteira, a vida inteira, de verdade, para os próximos 32 minutos. Esse trabalho, e não o que vier a acontecer nesse jogo, tornou vocês as pessoas que são, os caras que eu tenho orgulho de treinar. Vencer o campeonato é a cereja do bolo. Agora vão lá fazer seus lances."

Estou usando *takes* dos treinos, dos jogadores se exercitando e melhorando o condicionamento, o suor escorrendo pelo rosto deles. Indo para a sala de musculação antes do nascer do sol, com a neve no chão. Sentados na sala de análise tática, estudando uma gravação. Essas imagens são intercaladas com transições rápidas e repentinas dos maiores momentos da temporada, as enterradas mais impressionantes, os lances de três pontos mais incríveis, a torcida de estudantes bem barulhenta. Aí pego uma filmagem de Quincy aos 14 anos, olhando a cesta, pronto para arremessar um lance livre, e encontro uma tomada parecida desta temporada. Mesclo a primeira com a segunda, então parece que ele está crescendo diante da câmera. JGE e Gallimore me deram vídeos antigos da liga amadora em que participavam e usei um efeito similar neles. "Quem você se torna ao jogar basquete?", vai perguntar Michael B. Jordan. "O que esse esporte te deu? E, diante dessa oportunidade, o que você vai dar a esse esporte?"

Quando encerro a noite, olho o resultado da partida da Arizona Tech, mesmo sabendo o que vou encontrar. Apesar do vigor e do fato de ter o país inteiro torcendo por eles, a sorte da Iowa Plains chega ao fim. E, pelo que parece, a minha também.

Vamos jogar contra Maynard na segunda-feira.

Vinte e sete

Quando o áudio gravado para o vídeo de divulgação chega à minha caixa de entrada, abro o arquivo tão rápido que a pessoa que mandou ainda nem deve ter tirado o dedo do mouse. Passei a manhã toda atualizando meu e-mail, esperando por isso. É claro que não podia ter chegado enquanto eu comia uma barrinha de cereal no quarto de hotel com Jess pela manhã, vendo pela janela os torcedores da UNC de ressaca, com suas camisas azul-claras, cambaleando pela rua. Nem durante a viagem de ônibus ou a reunião do time.

Tinha que chegar agora, quando estou em pleno saguão do Superdome, rodeada pelo caos. Há dezenas de repórteres à minha volta, batendo papo e berrando em seus celulares, à espera da abertura das portas da sala de imprensa. De vez em quando, um carrinho de golfe passa entre a multidão, transportando equipamentos. Um fluxo constante de pessoas para na lata de lixo atrás de mim para terminar de beber seu café de cortesia e jogar o copo fora. Não é o local ideal para ficar escutando.

Procuro meus fones, agitada, e dou o play, me esforçando para ouvir enquanto JJ Jones acena para mim de longe, vestido como um ovo de Páscoa. Tento apertá-los ainda mais nos ouvidos, mas não ajuda. O problema não é o áudio. Meus fones são top de linha, com um cancelamento de ruído maravilhoso. A espuma macia que cobre meus ouvidos é tão grande que dava para uma criancinha usar como boia na aula de natação.

O problema é que preciso fechar os olhos e me concentrar, e não dá para fazer isso no meio dessa multidão, principalmente quando o sujeito ao meu lado não para de esbarrar na minha bolsa enquanto despeja mostarda em seu sanduíche e a espalha com o sachê vazio. Droga. Queria voltar para o hotel, ouvir lá e finalizar o vídeo neste minuto, mas antes preciso registrar a coletiva de imprensa.

Em tese, posso esperar até o fim da coletiva, mas não tenho autocontrole para isso. Estou com aquela sensação de manhã de Natal e esse anexo do e-mail é o maior presente sob a árvore.

A narração é a parte que falta no último vídeo. Imaginei a voz de Michael B. Jordan enquanto trabalhávamos no roteiro, mas ouvi-la de verdade... bom, vai ter um impacto diferente.

A princípio, topei esse trabalho porque não tinha opção. Mas agora eu sei: o verdadeiro motivo para ter aceitado o emprego foi poder fazer este vídeo. Talvez, com sorte, meu melhor vídeo. Depois da coletiva de imprensa, vou voltar para o hotel e juntar o áudio, quebrando-o para que entre nas batidas certas, sobrepondo-o à música de fundo. Então vai estar finalizado, pronto para Taylor fazer o upload logo de manhã.

Uma notificação surge na minha tela. Abro sem pensar.

Taylor: AI MEU DEUS tá incrível!!!!!

Sério? Já é bem ruim que ela tenha ouvido primeiro, mas a última coisa que quero é spoiler.

As portas da sala de imprensa vão se abrir a qualquer momento. Preciso encontrar um lugar silencioso aqui perto. Sigo apressada pelo saguão até que as vozes sumam e encontro um refúgio perto de uma sala de máquinas. Vai bastar. Dou um suspiro profundo e cerimonial antes de dar o play e...

– Entre todos os lugares do mundo...

Scott, do departamento de mídia da UNC, para de repente, com um sorriso largo e sem a menor noção.

Mas que saco. Espero que seu time perca pra Duke sempre que jogarem contra eles, pelo resto da vida.

Eita, calma lá. Ele me ofereceu um emprego ontem. Provavelmente não é uma boa ideia desejar coisas ruins para o lugar onde posso acabar morando ano que vem.

Tiro os fones de ouvido.

– Oi, Scott. – Minha voz está tensa por causa da educação forçada. – Vai ficar pra ver a final?

– Não, tô só arrumando as coisas. Já estamos indo embora. É estranho ficar ansioso pra ver o que você vai bolar pra amanhã, mesmo logo depois de vocês terem derrotado a gente?

– Um pouquinho – respondo, mostrando o polegar e o indicador separados por menos de um centímetro.

– Sabe, nosso programa é bem maior do que o da Ardwyn. Se você trabalhar com a gente, vai ter acesso a qualquer recurso de que precisar. E temos um nome bem consolidado nacionalmente, com conexões incríveis, então a chance de trabalhar com bons narradores é imensa.

Se ele soubesse... Resisto ao impulso de esfregar meu celular na cara dele.

– Acho que estamos nos saindo bem.

– Sem a menor dúvida. Mas, se quiser crescer ainda mais, me liga. – Ele estica o pescoço. – Parece que abriram as portas agora.

– Que ótimo – digo, entre os dentes.

Olho meu celular com desespero e sigo para a sala de imprensa para me aboletar no meu lugar de sempre, perto da frente e mais para o lado. As câmeras de TV ocupam um espaço privilegiado no meio, mas minha visão não é ruim. Todos se acomodam. Em geral, JJ viria gingando a essa altura, dizendo algo ridículo a respeito de arrogância ou determinação, mas ele não está em lugar nenhum. Que estranho. Ele estava bem aqui, não estava? Ben, Eric e o treinador Williams estão do lado oposto da sala, contra a parede, parecendo tão entediados quanto não suspeitos enfileirados pela polícia para serem reconhecidos por uma vítima.

Começa sem muita graça. Depois de uma semana direto com a imprensa, todo mundo já sabe a rotina. O treinador Thomas sobe os degraus da plataforma e senta diante dos microfones.

As perguntas começam na mesma hora. *O que significa pra você, do ponto de vista pessoal, comandar seu time em um campeonato nacional? Qual a importância do arremesso de três pontos para a perspectiva do seu jogo amanhã? Já parou pra pensar em quanto seu pai estaria orgulhoso se visse você hoje?*

Na metade da coletiva, JGE e Quincy se juntam a ele na mesa. *Como vocês se preparam para um jogo como esse? Já tiveram a chance de se divertir aqui em Nova Orleans ou estão completamente concentrados no basquete? O que torna esse time especial? O que significa para vocês estarem aqui? O que significa para suas famílias, que se sacrificaram tanto? O que significaria ganhar?*

O que significa?

O que significa?

Sinceramente, depois que começo a gravar e me certifico de que esteja tudo certo, deixo a câmera trabalhando e me desligo. Eu me obrigo a prestar atenção nas perguntas, caso alguém diga algo interessante, mas, durante as respostas, fico sonhando acordada com o áudio. Meu celular vibra no bolso: três ou quatro mensagens de texto, depois uma ligação e mais outra. A essa altura, Taylor está só tirando onda. Ela sabe que estou presa aqui. Coloco meu celular no modo silencioso e sem vibrar.

JGE termina de responder uma pergunta faltando dois minutos. O moderador esquadrinha as mãos erguidas na sala. Deve ser a última pergunta, não é? Hora de ir embora. Fico batendo o pé no chão.

– No fundo, à esquerda – diz o moderador.

O sujeito diz o próprio nome e o do veículo para o qual trabalha, então faz sua pergunta:

– Treinador, algum comentário sobre a história que saiu há poucos minutos na ESPN sobre o treinador da Arizona Tech, Brent Maynard?

Minha cabeça zune. Não. Não, não, agora não.

Ben está aqui, me lembro de repente. Merda. Ele fita o repórter, a testa franzida.

Thomas parece meio irritado.

– Estou sentado aqui há meia hora, então você sabe que não posso dizer nada, já que não faço ideia do que está falando.

– A ESPN está relatando os resultados de uma investigação...

Isso não deveria estar acontecendo. Não agora. Uma onda de pânico nauseante percorre meu corpo inteiro e vejo a sala oscilando. Eu me afasto da câmera e me seguro no encosto de uma cadeira.

– ... suposta sequência de más condutas sexuais...

Dá o fora daqui agora, droga, ordena meu corpo, embora eu não saiba muito bem onde estão meus pés. Abaixo a cabeça e passo pela fileira. É possível que eu tenha esbarrado em uma cadeira, mas não tenho certeza. É como andar por uma casa cheia de luzes estroboscópicas.

– ... pelo menos sete funcionárias juniores e alunas voluntárias...

Sete. Essa informação chega com uma clareza vigorosa, como um golpe. Eu fazia alguma ideia, pelas minhas conversas com Lily, mas não tinha um número exato. Não consigo respirar. Preciso sair daqui, mas também preciso ouvir isso. Fico perto da saída.

– A maioria das acusadoras é da Arizona Tech, mas pelo menos uma fez relatos que remontam à época de Maynard como treinador da Ardwyn.

Um breve silêncio, então a sala explode em um tumulto. Repórteres gritam um por cima do outro enquanto Thomas ergue as mãos. Alguém do departamento de relações públicas da universidade entra na discussão. O moderador diz algo, mas ninguém ouve. Tudo isso faz parte do pano de fundo desfocado de um retrato. A única coisa que vejo é Ben.

Ele olha para o local onde eu estava um minuto antes. Esquadrinha a sala quando percebe que não estou ali. Por fim, seus olhos, frenéticos e confusos, se fixam nos meus.

Nem consigo imaginar a expressão do meu rosto ou se ele precisa vê-la para compreender. Mas tudo se encaixa rápido para ele. Dá para ver quando acontece, quando constata que não é apenas uma história sobre Maynard. É também uma história sobre mim.

Devastação completa.

Vinte e oito

Provavelmente, essa é a pior maneira possível para isso ter acontecido. Eu deveria estar furiosa. Deveria estar apavorada. Mas estou entorpecida.

Ben dá um passo na minha direção. Ele precisa contornar a aglomeração de pessoas. Corro a mão pela parede atrás de mim até encontrar a barra para abrir a porta e escapar. Sem escolher conscientemente um destino, saio andando para longe da sala de imprensa, passo pela sala de máquinas e pelos banheiros. Para longe.

– Annie.

Não era para a história ser revelada agora. Como assim? Umas semanas depois da temporada, esse era o plano. Em tese eu contaria tudo para Ben esta noite, nos meus termos. Ele deveria ter tempo suficiente para digerir a história antes que ela viesse a público.

– Annie!

Continuo andando. Mas não posso fazer o caminho todo de volta até o hotel, ou até a Filadélfia, e em algum momento ele vai me alcançar. Está mais em forma do que eu. Quando chego a uma porta em que se lê SALA VIP, me arrisco e tento abrir. Destrancada e vazia.

Por fim, me viro, resignada.

– Aqui.

A sala parece o interior de uma garrafa de uísque, toda cheia de painéis de madeira e cadeiras de couro. Ben desaba em uma delas. Ele parece arrasado. Seu corpo se curva, as costas arqueadas, os cotovelos mal apoiados nos joelhos. Ele parece uma ferida aberta.

– Me conta.

Não consigo me sentar.

– Prometo que vou contar – digo. – Mas, antes, será que você pode procurar a matéria enquanto tento descobrir o que aconteceu? Não era pra ser publicada hoje. Preciso saber o que está acontecendo. Meu *nome* está no meio disso.

Ele começa a fazer um barulho ou dizer algo, mas fica preso em sua garganta. Sua voz é rouca quando ele torna a falar.

– Então é verdade?

Ao longo da última semana, pratiquei bastante isso de reviver a pior coisa que já me aconteceu. Lily Sachdev é uma jornalista extremamente meticulosa, com seu caderninho de notas e suas perguntas diligentes. Foi assustador, mas este momento aqui é igualmente apavorante.

– Sim – sussurro. – É verdade.

Seus olhos castanhos travam nos meus com tanta firmeza que é difícil desviar o olhar. Mas preciso falar com Lily e preciso ver a matéria. Talvez estejam soltando as informações aos poucos, publicando apenas uma parte hoje. Talvez os detalhes mais pesados da minha história sejam relatados na segunda parte.

Pego meu celular. Catorze ligações perdidas, vinte e duas mensagens. Ignoro a maioria.

Lily: Me liga o mais RÁPIDO possível. É urgente.

Lily: A história vai ser publicada logo. Meus editores acharam que precisamos publicar agora, enquanto BM ainda é de interesse do público. Vai ter menos olhos voltados para ele e para a história depois da final. Eu queria ter tido tempo para te avisar.

Lily: Desculpa, Annie.

– Achei – diz Ben.

Eu me inclino por cima do ombro dele.

– Vai passando. Provavelmente não temos muito tempo.

O polegar dele treme enquanto ele rola a tela, primeiro passando pela apresentação, depois pelos relatos de algumas mulheres da Arizona Tech.

Annie Radford. Merda, está ali. Meu nome. É tão avassalador que preciso desviar os olhos para o interruptor, os copos de cristal na prateleira, a foto da catedral de Jackson Square pendurada na parede.

Quando torno a olhar, Ben está lendo o resumo de Lily sobre a noite em que Maynard me levou do bar para casa.

– Eu tinha total confiança na família Ardwyn. – Não sei se Ben está prestando mais atenção no que digo ou no que está escrito na tela, mas continuo: – Maynard sempre foi como... um tio maneiro ou algo assim. Não fiquei incomodada por ele ter me visto bêbada naquela noite.

– Ele nunca agiu como um chefe normal – comenta Ben, em voz baixa.

– Sim. Ele topava minhas ideias de vídeo mais loucas, sempre perguntava que música eu estava ouvindo. Quanto tempo não passamos no escritório dele ouvindo ele contar histórias sobre sua carreira como jogador, os primeiros anos como treinador?

– Ele adora contar histórias – diz Ben.

– Ele sabe contar histórias melhor do que ninguém. Não sei pra você, mas, até hoje, ele ainda é o merda mais carismático que já conheci.

Ben assente, engolindo com dificuldade. Não consigo ver seu rosto desse ângulo, olhando para o celular por cima do ombro dele. É melhor assim.

– Naquela época, a aprovação dele era valiosa pra mim – continuo. – O jeito como ele nos tratava, como se nosso trabalho fosse importante, sabe?

– Ele levava a gente a sério.

– Exatamente. Não era só você que apreciava isso. Eu queria muito trabalhar com basquete. Maynard sabia do que estava falando e não precisava dizer que eu podia ir longe, mas ele falava mesmo assim.

Rolando mais a tela, Ben passa os olhos pelos parágrafos seguintes. Ao chegar a uma imagem das mensagens de Maynard para mim, fica paralisado. "Os metadados confirmam que as capturas de tela a seguir foram salvas oito anos atrás", informa o artigo. Obrigada, Cassie.

A última coisa de que preciso é reler essas mensagens. Eu me sento na cadeira diante de Ben e enterro o rosto nas mãos.

– Não sei quais ela usou na matéria.

– "Qual sua fantasia para o Dia das Bruxas?" – lê Ben. – "Você é uma jovem bonita." – Ben para e dá um pigarro. – "Vai me mandar uma foto fantasiada também?"

– Ele me mandava muitas mensagens. Eu respondia com um monte de "haha" sem graça. Eu já estava muito mal tentando esquecer o Oliver. O estresse das mensagens só piorou tudo. Comecei a sentir dor de estômago toda vez que meu celular tocava. Comecei a beber mais, dormir menos, não conseguia me concentrar no trabalho.

– Você contou pra alguém?

Um músculo na mandíbula dele lateja. Balanço a cabeça.

– Contar pra alguém ia fazer parecer que era algo sério e eu não queria que fosse. Só queria que as coisas voltassem ao normal. Eu ainda torcia pra que ele me contratasse em período integral depois da graduação.

Ben morde o lábio e lê mais da matéria.

– Como *assim*? – As narinas dele se inflam. – Ele chamou você pra ir ao *quarto* dele fazer anotações enquanto ele via filmagens?

– Chamou.

– Isso nem faz sentido – diz Ben, com raiva. – Ajudar com isso era função minha, não sua.

Eu o encaro.

– Não foi por isso que...

– Eu sei. Só não entendo. Como e por quê.

Ele franze a testa enquanto continua a leitura.

Meu coração dói ao vê-lo lutar contra isso. Traz à tona lembranças do que senti quando minhas noções de mundo e da pessoa que eu idealizava foram pulverizadas. É angustiante de ver. Mas eu tive oito anos para me acostumar aos fatos, ele só teve dez minutos até agora. Enquanto conversamos, tem uma foto de Maynard na mesa de Ben no escritório dele.

– Você pode largar o celular? Deixa eu te contar. – Estou contorcendo as mãos. – O ponto crítico foi quando fomos para a Flórida por causa do torneio de férias.

Eu andava com medo, porque sabia que ia ser uma merda, como era todo ano. Quatro dias no hotel em algum lugar quente, e todo mundo sempre agia como se fossem férias. Eu estava torcendo para que Maynard ficasse muito bêbado no bar do saguão com o restante dos treinadores e não me chamasse para ir ao seu quarto, mas não.

– Quando cheguei lá, ele tentou me fazer tomar uma cerveja com ele. Deu um gole na garrafa e então tentou me passar, como se fosse normal a gente dividir. Eu falei "Não, obrigada", e ele me disse: "Não tem problema se soltar de vez em quando. A gente tem trabalhado muito e merece relaxar." Só sei que depois ele começou a tocar meus ombros, fazendo massagem em mim.

A expressão de Ben passa de angustiado a homicida.

– Ele disse: "Você deve estar quebrada por causa do voo. Eu com certeza estou."

Fiquei paralisada. Esquece isso de lutar ou fugir: fiquei ali sentada, sem conseguir me mexer. Parecia que tinha um ácido abrindo um buraco no meu estômago e eu não conseguia lidar com o fato de que as mãos dele estavam *em mim*.

Sinto minha garganta se fechar. Tiro a garrafa d'água da bolsa e tomo um gole.

– Depois de alguns minutos, consegui me afastar e inventei uma história ridícula sobre odiar massagem e que uma vez tinha ganhado um vale-presente de um spa no meu aniversário, mas tinha dado pra minha irmã, falei que não estava me sentindo bem e fui embora. Na noite seguinte, fui direto pro meu quarto depois do jogo, mesmo com ele me chamando pra ir pro dele. Eu estava indo pra cama quando ele me mandou uma mensagem. Era uma foto, o contorno de uma ereção sob a calça dele.

Minha voz vacila. Ben chega para a frente apoiado nos cotovelos, pega minhas mãos e encosta a testa nelas. Dou alguns suspiros para me recompor antes de continuar, mas a lembrança daquela noite está vívida na minha cabeça.

Depois de receber a mensagem, fui para o banheiro e vomitei. Depois liguei para Cassie e a acordei, então contei tudo para ela. Choramos juntas, aí ela entrou no modo Cassie e começou a repassar todas as opções, mas nenhuma delas parecia viável. O que eu ia fazer? Ele era uma figura mítica no campus. Embora eu tivesse provas, era impensável agir contra ele.

Um pouco mais tarde, ele mandou outra mensagem. **Perdão. Aquilo era pra Kelly.** Eu sabia que era papo furado e não me sentia segura. Estava dividindo um quarto com Daria, a estagiária de fisioterapia, e por sorte ela voltou para o quarto bem nessa hora, porque eu estava com medo de que ele soubesse que ela estava no bar e viesse atrás de mim. Mas, na manhã seguinte, Daria precisou sair mais cedo para enfaixar tornozelos.

Aperto as mãos de Ben.

– Ele veio me ver na manhã do dia seguinte. Eu não deveria deixar ele entrar, sabia disso, mas o que eu ia fazer? Uma cena no meio do corredor?

Como se todas as pessoas cujos futuro e sustento dependiam do sucesso dele viessem me salvar. Não, meu plano era dizer que não o via daquele jeito, mas sem ressentimentos, e podíamos fingir que nada tinha acontecido. Não seria nada de mais. Eu não parava de pensar na porcaria do vídeo que tinha que terminar de editar pra enviar aos recrutas e que eu precisava da filmagem do jogo daquele dia. Que eu precisava lidar com aquela situação – ele – pra conseguir o vídeo. Eu estava naquele estágio do choque em que você segue a rotina porque não suporta aceitar que tudo mudou. Mas ele nem me deu tempo de dizer o que eu queria.

O rosto de Ben está oculto, apoiado em minhas mãos, mas meus dedos estão molhados com suas lágrimas.

– Ele disse que não conseguia parar de pensar mim. – Minha voz falha. – Que tínhamos uma ligação e que ele vinha tentando negar, mas não conseguia mais fazer isso. Que me desejava loucamente e sabia que era recíproco. Falou que fazia meses que eu vinha dando a entender isso com minhas mensagens e a forma como eu sempre me empenhava em me vestir bem. Que eu tinha estado constantemente por perto naquela primavera, arranjando desculpas pra ficar perto dele. Fingindo que só estava interessada no estágio. O estágio que ele conseguiu pra mim.

O estágio que, talvez, Ben tivesse conquistado no meu lugar se Maynard não tivesse motivos escusos.

Ben ergue a cabeça de repente e solta minhas mãos.

– Como você disse – fala ele. – Ele é um contador de histórias talentoso.

Fico mexendo na tampa da minha garrafa d'água.

– Ele falou que eu era sexy. E eu respondi: "Desculpa se passei a impressão errada." Quando penso nisso, dá vontade de arrancar os cabelos.

Quando finalmente falei algo, eu *pedi desculpa*. Depois fiquei imaginando o que teria acontecido se dissesse que ele estava maluco e o mandasse cair fora. Não faria diferença, hoje eu sei. Naquele momento, eu queria que a situação retrocedesse e, sinceramente, parte de mim se sentia mal por ele. Eu estava preocupada com os sentimentos dele, o que foi patético, porque ele nunca se importara com os meus.

Fecho os olhos.

– Então ele olhou pra baixo, pra si mesmo, e falou: "E aí? Você vai me deixar assim?" Eu não olhei. Passei por ele, saí pela porta, andei pelo corredor e corri pra fora, para um dos ônibus do time.

Cada sentimento de empatia que eu tinha por ele, qualquer resquício de admiração – tudo sumiu num estalo. A sensação que ficou foi amarga. Aquele era o sujeito que eu achava tão competente, tão motivador? Que eu admirava? Fui ao jogo. Minhas mãos não paravam de tremer. A filmagem ficou uma droga. Liguei para Cassie no intervalo e ela me colocou num voo de volta para casa.

Faço uma pausa e continuo:

– Saí no terceiro quarto, fiz as malas e já estava passando pela segurança do aeroporto antes de a partida acabar. Nunca mais tive notícias dele. Recebi mensagens de outras pessoas, suas inclusive, perguntando o que tinha acontecido, e ignorei todo mundo. Contei pra minha família e Eric e implorei a eles que não contassem a ninguém. Eu queria esquecer isso e deixar o basquete pra trás.

Eu só queria que acabasse. Concluí que um sistema onde uma pessoa assim tem tanto poder, o suficiente para enganar a maioria das pessoas e controlar as restantes, não pode ser saudável. A coisa toda era corrupta e podre, de cabo a rabo. Acreditei nisso por muito tempo.

Abro os olhos.

– Sempre achei... torci pra isso... que eu fosse a única. Mas há pouco tempo descobri que houve outras. Assim que ele foi para a Arizona Tech, começou a ficar atrás de uma estagiária lá. Até agora, ninguém antes de mim se pronunciou, mas Lily, a repórter da ESPN, duvida que eu tenha sido a primeira. Sempre teve pelo menos uma por vez. Provavelmente, tem uma agora mesmo.

Eu me calo, e o alívio se espalha pelo meu corpo. Pronto. Contei tudo a ele.

Ben se endireita e solta um suspiro entrecortado, os olhos vermelhos piscando rápido. Eu o vejo tentar se recompor para falar, mas não está indo muito bem.

Dou um sorriso fraco.

– Olhando pelo lado bom, você nunca mais vai poder me acusar de estar aproveitando a onda.

Ben ignora minha brincadeira. Provavelmente está na hora de desistir dela de vez.

– Eu não sabia – diz ele. – Como é que eu nunca soube?

Dou de ombros.

– Não tinha como você saber.

– Eu não deveria ter sido capaz de ver que tinha algo errado? Passei aquele tempo todo com ele, idolatrava o cara. Não era pra ter sinais?

– Ele não andava por aí usando um broche que dizia "Predador Sexual". Ele enganou muita gente, por muitos anos – digo.

Bem, nem todo mundo. Lily me contou que já faz tempo que há rumores em certos fóruns, mas foi só quando uma mulher da Arizona Tech a abordou que Lily teve o suficiente para montar a história.

Tive uma leve desconfiança no dia em que voltei. O que Verona tinha dito quando gravei sem querer a conversa dele com Ben e Lufton? Algo sobre o treinador Thomas: *Pelo menos ele não é um predador sexual.*

A tela de nossos celulares acende. O número de ligações perdidas e mensagens duplicou desde que olhei pela última vez. O nome do treinador Williams aparece na tela de Ben. Ele olha para baixo, mas ignora a chamada.

– Como você ficou depois que foi embora?

Seco os olhos antes de responder. Agora estamos os dois chorando.

– Fiquei entorpecida por um tempo. Então Oliver se mudou pra Boston e pensei: bom, nosso relacionamento foi a primeira peça de dominó da reação em cadeia que arruinou minha vida, então talvez eu devesse tentar salvar essa parte pra ter algo de bom depois da confusão toda.

Ben abre a boca para falar. Ergo as mãos.

– Meio perdida, eu sei. Mas foi por isso que insisti tanto na relação. E ele foi bom comigo em relação ao que aconteceu. Eu tinha ataques de pânico e ele ficava do meu lado. Foi ele que me convenceu a fazer terapia, o que ajudou. Provavelmente ele não previu que a terapia também me ajudaria a perceber que nosso relacionamento não estava dando certo, mas ajudou.

Ben esfrega o rosto.

– Não dá pra acreditar. Vivo falando pra todo mundo que ele é incrível. Minha mãe ama esse cara. A gente aceitou o *dinheiro* dele. – A voz de Ben falha. – Annie, você não me contou. Entendo você ter mantido segredo naquela época, mas somos próximos agora. Pelo menos achei que a gente fosse. *Por que* não me contou?

– Eu queria contar. Mas eu estava com medo e era complicado. Minha intenção era te contar hoje à noite.

– Foi por isso que o JJ quis te encontrar. – Ele pisca ao se dar conta. – Participar dessa matéria deve ter sido a maior decisão da sua vida. Você deve ter pensado nisso sem parar nas últimas semanas. E não disse nem uma palavra pra mim. Devo ser a pessoa mais desligada do mundo.

Tento ser paciente, mas está ficando difícil.

– Eu entendo, Ben, mas isso não tem nada a ver com você. No momento, estou presa nesta sala, com Maynard em algum lugar por aqui e uma porção de repórteres que sabem quem eu sou logo atrás da porta. Agora não é hora.

O som de algo pesado sendo levado pelo saguão interrompe o silêncio que se segue e um walkie-talkie apita por perto. Ben tensiona o maxilar ao olhar para a porta com raiva.

– Tem razão – diz ele. – Não deveríamos estar falando sobre isso.

Aqui, ele quer dizer. Não deveríamos estar falando sobre isso aqui.

– O que você quer fazer? – pergunta ele.

Talvez eu devesse responder "ficar um momento sozinha em silêncio" ou "ligar pra minha terapeuta", mas nada disso me vem à mente.

Respiro bem fundo.

– Preciso sair daqui. – Eu me levanto e ele faz o mesmo. – Preciso chegar até o meu computador no hotel. Falei com a imprensa coisas que podem prejudicar a Ardwyn. Não tenho ideia do que isso representa pro meu futuro. Mas preciso finalizar o vídeo, você entende?

Preciso me esconder em algum lugar onde nenhum administrador da universidade possa me achar. Cassie disse que a faculdade não vai me demitir logo de cara. Se quiserem se livrar de mim, vão deixar passar alguns meses e pôr a culpa no orçamento ou vão sabotar minhas avaliações de desempenho. Mas tenho vislumbres de algum funcionário do RH cortando meu acesso à rede, me dizendo para tirar um tempo para mim mesma, uma licença remunerada. Preciso trabalhar no vídeo, porque, não importa como isso vai terminar, não vou deixar minha história inacabada. Preciso do resto do dia.

Ben não questiona se é nisso que devo me concentrar agora, porque ele entende. É por isso que, quando ele tenta insistentemente ir embora comigo para terminarmos nossa conversa em particular, preciso convencê-lo a ir treinar. Porque ele também merece uma chance de se concentrar no basquete neste momento.

Ele pega uma porção de lenços de papel na mesa do canto e me entrega um.

– Então vamos.

Seco os olhos e abano o rosto molhado e quente. Estou exausta. Exausta demais para conjecturar se nosso recente relacionamento e meu futuro na Ardwyn podem sobreviver a isso.

A única coisa que posso fazer é tentar achar a saída.

Vinte e nove

Os repórteres estão reunidos no saguão. Não logo atrás da porta, mas na direção da sala de imprensa. O corredor é curvo, então é impossível ver, mas a conversa deles chega a mim e Ben.

Droga. Minha esperança era que eles ainda estivessem dentro da sala de imprensa. Ou, melhor ainda, que já tivessem ido embora, deixando o caminho livre para a minha fuga. Quanto mais espero, mais provável é que alguém venha na nossa direção, mas aguardo do mesmo jeito. É impressão minha ou eles estão falando mais alto? Com mais vigor? Mais frenéticos do que de costume? Como poderiam não estar, depois de uma bomba dessas?

Eles sabem. Sabem e vão escrever sobre isso. Meus batimentos disparam. É assustador e injusto e me sinto muito exposta, ainda mais aqui.

Apesar de tudo, vou sair deste estádio hoje e deixar minha história com esses repórteres e seus leitores. Não está mais presa dentro de mim e, pelo menos pelas próximas horas, vou deixá-la totalmente para trás. Por esse aspecto, estou livre.

Enquanto isso, Ben parece querer deitar no chão e mandar que eu siga em frente sem ele. Fico de coração apertado por vê-lo assim. Quantas emoções uma pessoa consegue sentir de uma só vez? Estou sentindo umas sete e já parece coisa demais.

Não foi por impulso que tomei a decisão de participar da matéria. Ao menos uma vez, pensei nos prós e contras primeiro, falei com Cassie, Kat, minha mãe e minha terapeuta. Eu tinha motivos válidos para recusar, é claro. A agonia de reviver minhas lembranças mais dolorosas; a decepção se ele sair dessa sem nenhuma consequência; o risco de exposição e assédio dos torcedores furiosos da Arizona Tech e uma miríade de misóginos. Os milhões de formas que a internet tem de pegar a verdade, distorcê-la até virar algo irreconhecível e então sair gritando isso para o mundo, como um cara correndo nu por um campo de futebol com o cabelo em chamas e as palavras *Terra Plana* escritas na bunda.

Mas os motivos para topar falaram mais alto. Sim, porque talvez ele perca o emprego. Sim, porque tem uma mulher por aí que vai ser a próxima que ele vai machucar e, talvez, essa matéria o impeça. Mas não posso contar com nada disso. Então, sim, na maior parte, por um motivo mais egoísta: porque ele nunca parou para ouvir merda nenhuma.

O que falei para ele nunca foi levado em conta. O que eu queria era irrelevante. Ele nunca ouviu, mas vai ser obrigado a ouvir agora. Ao longo desses últimos meses, finalmente aceitei que, ao largar o basquete, perdi algo bom por muito tempo. Uma raiva flamejante latente nasceu dentro de mim e eu não tinha onde colocá-la, até despejá-la no artigo como aço derretido. Paz interior, aceitação, cura: tudo muito bom. Talvez um pouquinho superestimadas. Mas a raiva... Às vezes a raiva é o melhor que temos. Não sei se tenho o poder de mudar alguma coisa, mas estou tão furiosa que vou tentar.

Como meu pai sempre dizia: "Não tenha medo de ocupar espaço no garrafão."

Talvez Maynard tampe os ouvidos com os dedos, feche os olhos e esbraveje suas negações. Mesmo assim, minhas palavras vão estar pelo mundo. Os amigos e a família dele, seus funcionários, jogadores e recrutas, seus chefes – eles vão ouvi-las. A fera incontrolável da internet vai absorvê-las e passá-las adiante. E minha voz vai ser mais alta e mais forte, porque não vou estar sozinha. Junto, haverá as vozes de muitas mulheres corajosas da Arizona Tech. Talvez ele saia disso com o mínimo de dano, mas essas mulheres não vão facilitar a vida dele. Nossas palavras vão persegui-lo, prender-se a ele e assombrá-lo aonde quer que vá.

Buuu, seu desgraçado.

– Deixa só eu pensar em como a gente vai fazer isso – diz Ben.

De um lado, os repórteres. Do outro, um portão alto de metal se destaca de uma parede à outra do saguão.

A realidade me atinge. Preciso passar por aquelas pessoas e elas sabem de *tudo*. Minha bravata desmorona. Pisco para afastar as lágrimas e me abraço, puxando as mangas do suéter pelos polegares.

– Ei. – Ben aperta meus ombros. – Vai ficar tudo bem. Vamos andar rápido, de cabeça baixa, perto da parede. Sei que vai parecer que todo mundo vai estar de olho na gente, mas não vai. Vou andando na sua frente.

Seus olhos estão vermelhos e as bochechas, manchadas. Ele mesmo não está muito discreto, mas não parece ligar para isso.

Fungo de um jeito tenebroso e úmido.

– Beleza. Vamos acabar com isso.

Seguimos devagar e rente à parede, passando pela multidão. Meu nariz vai tocando nas costas dele.

Seguro em um dos passadores da calça de Ben com uma das mãos e enfio a outra na bolsa, procurando os óculos escuros para tampar meus olhos inchados. Devem estar bem no fundo, então enfio ainda mais a mão.

É uma bolsa resistente, mas não faz milagre. Com uma das alças no meu cotovelo e a outra solta, a bolsa se abre demais e o item mais pesado cai no chão: minha garrafa de água. A tampa se solta com um estalido alto e o conteúdo se espalha para todo lado.

– Merda!

– Quanta água – diz Ben, pasmo.

O equivalente a oito horas de água, para ser mais exata.

Agora as pessoas estão olhando, não é só coisa da minha cabeça. Estão se aproximando com guardanapos e alguém saiu atrás de um zelador.

De alguma forma, através da multidão, faço contato visual com Quincy. Minha sorte é que estamos no ramo do basquete, porque ele consegue me ver por cima de todo mundo. Ele está com o treinador Thomas e o treinador Williams, ao lado de dois carrinhos de golfe que vão levá-los até o vestiário a tempo do treino. Seus olhos esquadrinham minha expressão angustiada e a comoção à minha volta.

Quincy ergue as mãos.

– Atenção, todo mundo! – A voz dele reverbera e a multidão se aquieta.

Os caras com guardanapos na mão viram de costas para a poça.

Do nada, Eric está ali, pegando minha garrafa de água.

– Você está bem?

– Estou.

– Tenho um grande anúncio para fazer – diz Quincy.

– Hora de ir – falo. Mas então, através da porta aberta da sala de imprensa, eu me dou conta. – Espera. Minha câmera.

– Eu falo pra Jess cuidar disso – diz Eric. – Vai.

– O anúncio tem a ver com meu futuro depois do jogo de amanhã! – grita Quincy.

– Vem – diz Ben, me puxando com delicadeza pelo pulso.

Do outro lado da multidão, Thomas e Williams aguardam com um dos carros de golfe.

– Entra nesse – diz Thomas. – É o James. Ele vai tirar você daqui.

O homem ao volante ergue a mão para confirmar.

– Na semana que vem... – continua Quincy – vou levar meu talento... rufem os tambores, por favor...

Alguém, em algum lugar, começa a batucar em uma lata de lixo. Thomas se agacha ao meu lado enquanto subo no carrinho.

– Vemos você amanhã, está bem?

O treinador me fita nos olhos, esperando que eu confirme que entendi.

Um nó se forma na minha garganta, mas consigo assentir. O local está girando, mas a mensagem dele é clara: *Ainda quero você aqui.* Do outro lado do carrinho, Williams diz algo para Ben, mas não consigo discernir as palavras.

Eu me preparo para discutir com Ben sobre se ele deve vir comigo. Preciso convencê-lo a não deixar que Maynard arruíne essa experiência para ele. É a final, e ele merece participar de cada passo do caminho.

Mas Ben não entra no carrinho de golfe. Em vez disso, faz um sinal para Eric, que se junta a mim. Meus olhos se prendem aos de Ben. Ele se mostra inexpressivo e não sei o que isso significa. Uma sensação inquietante me domina. Não é possível que ele esteja com raiva de mim por não ter contado.

À medida que James acelera, Quincy conclui sua declaração.

– ... vou levar meu talento de volta à Twitch e fazer uma transmissão ao vivo pela primeira vez no mês!

Os repórteres dão um grunhido em uníssono.

O estádio passa zunindo à medida que James conduz o carrinho rumo à saída. Apesar de estar confusa em relação a Ben, o alívio me inunda quando vejo isso. Salto antes que o carro pare totalmente e corro até a porta, os passos de Eric logo atrás de mim.

Estamos do lado de fora, sozinhos.

– Puta merda – digo, respirando fundo e esticando os braços como se fosse abraçar o céu azul reluzente.

Enfim solto as mangas do meu suéter. A direita tem um buraco que meu polegar abriu.

Estamos perto da área de carga e descarga onde o ônibus nos deixa todo dia. Não tenho ideia de como voltar para o hotel daqui, então abro um aplicativo para pedir um carro. A espera é longa, já que a cidade está cheia por causa do jogo. Quando conseguir um carro, vou ter que arrumar minhas coisas no hotel, esperar outro carro e ir... para onde? O Airbnb da minha família, talvez?

Assim que estiver em um lugar seguro, vou finalizar o vídeo. Thomas agiu como se os eventos do dia não mudassem nada, mas não quero pôr minhas fichas nisso quando as complicações ainda não chegaram ao fim.

– Você não precisa de um carro – diz Eric. – Chamei reforços.

– Minha família? Não sei nem o que elas se programaram pra fazer.

Mas espera. A programação delas para o resto do dia é irrelevante, porque elas não estão em um restaurante nem num museu ou num jardim botânico. Elas estão aqui, vindo pelo estacionamento na nossa direção. Mesmo de longe, eu reconheceria em qualquer lugar o cabelo claro e rebelde de Kate e a calça capri de férias da minha mãe.

Me jogo nos braços de Kat.

– Nunca fiquei tão feliz por ver vocês!

Minha mãe coloca uma das mãos nas minhas costas.

– Viemos assim que ficamos sabendo.

Horrorizada, eu me lembro do que minha mãe tinha programado para o dia.

– Você vai perder sua leitura de tarô! – Ela só falou nisso a semana inteira. – Vai treinar! – Expulso Eric de volta para o prédio. – Estamos bem.

Ele me abraça como se eu fosse um tubo de pasta de dente quase vazio.

– Estou orgulhoso de você.

Faço o melhor que posso para explicar para mamãe e Kat o que aconteceu: a coletiva de imprensa, minha conversa com Ben, nossa fuga, a longa espera por um carro e meu plano ainda não finalizado para concluir o vídeo.

– Levamos uma eternidade pra chegar até aqui – diz Kat. – A cidade está lotada.

– Verdade – concorda minha mãe. – E tem umas pessoas estranhas também. Pedi a um rapaz que tirasse uma foto minha em frente ao Lafitte's Blacksmith Shop hoje de manhã e ele tirou uma selfie minha e dele.

– A Cassie vai saber o que fazer – diz Kat.

– Boa ideia. Vou ligar pra ela – falo, tirando o celular do bolso.

– Não precisa – diz minha mãe. – Ela está bem ali.

Eu me viro. E lá está ela, trotando em nossa direção, os braços agitando-se e os cachos balançando. Cassie me abraça tão forte que quase caímos no chão.

– O Eric me contou – diz ela, ofegante. – Eu sinto muito. Eu estava no churrasco da minha tia. Vim pra cá o mais rápido que pude.

– Eu me sinto horrível por fazer você perder uma festa de família – digo.

– Eu me sinto horrível por isso acontecer bem agora – responde ela. – Qual é o plano?

Contamos para ela o que preciso fazer e nossa questão com transporte.

Cassie assume uma expressão estranha e tensa e não para de assentir de forma agressiva.

– Podemos ficar na casa dos meus pais – diz ela, e fica totalmente imóvel. Como se não confiasse em si mesma para se mexer.

– Tem certeza?

– Pra caralho. – Ela tampa a boca com uma das mãos.

– Nunca ouvi você falando palavrão – observa Kat.

E é então que me dou conta.

– Você está bêbada!

Cassie dá um passo para o lado, cambaleando de leve.

– Um *pouquinho*. – Ali está a fala um pouco arrastada. – Todos os meus parentes estavam lá. Tio Henry fez seu ponche vermelho especial. Eu fico bêbada umas duas vezes no ano, como é que eu ia saber que meu trabalho como amiga ia ser necessário hoje?

Dou uma risada e Cassie ergue um dedo.

– E você se ferrou, porque sou muitíssimo útil, mesmo quando estou embriagada – diz ela. – Minha prima foi para o escritório dela depois de me deixar aqui, porque ela ia trabalhar um pouco. Advogada workaholic, isso te lembra alguma coisa? O escritório dela fica em Poydras. Podemos pegar o carro dela, ir até o hotel e depois pra casa.

Cassie ergue a palma da mão à espera de um cumprimento. Kat cede e bate.

– O único problema é que minha taxa de álcool no sangue está muito alta. É óbvio. Quem for dirigir precisa ter cuidado. O trânsito não costuma ser muito ruim aqui, mas, com o torneio, a coisa está bem caótica hoje, principalmente perto do hotel. E cuidado com os bondes.

Kat e eu trocamos um olhar. Todas aquelas caronas nos levando e buscando: escola, shopping, cinema. As horas sentadas diante de casas de gente desconhecida com placas de à venda no jardim. Caronas desnecessárias até as estações de trem e aeroportos quando o transporte público ou carros de aplicativo dariam conta do recado. Minha mãe não se aguenta. É sua linguagem do amor.

Ela já está arregaçando as mangas, o maxilar firme. Este é o momento para o qual ela treinou a vida toda.

– Eu dirijo.

Trinta

Está escuro quando finalizo o vídeo. Acaba com uma cena do treino, a câmera se afastando enquanto os jogadores se alongam na quadra, como fazem todo dia. "Este é o seu momento", diz Michael B. Jordan. "Vá lá fazer seu lance."

Eu envio para Taylor. Enquanto espero a resposta, me debruço no parapeito da janela do escritório no segundo andar e olho lá para fora. O quintal atrás da casa dos pais de Cassie é de pedra desgastada, iluminado por luminárias de bronze. Uma faixa espessa de hera sobe pela cerca e flores brancas desabrocham na magnólia sob a janela. Fica a apenas uns quilômetros do hotel, mas parece outro mundo.

São sete e meia. O último jantar da temporada com o time deve ter acabado há pouco. Com uma pontada de ansiedade, sinto que minha vida está acontecendo em outro lugar. Eu deveria estar comendo peito de frango e ouvindo discursos motivacionais com todo mundo.

Taylor: Ficou INCRÍVEL.

Taylor: Tô chorando!

Taylor: Postando às nove da noite.

A paz me domina. Então é isso. A melhor coisa que já fiz na vida está pronta. Ben tinha razão: eu não tinha como criar algo assim cinco anos atrás.

Taylor: Sentimos sua falta esta noite.

Jess: ♥

Um emoji de coração? Da Jess? As coisas estão feias mesmo. Talvez seja melhor não estar com o time. A última coisa que preciso é de gente sem saber como me tratar.

Desço com calma a escada de madeira que range, fazendo a transição da minha concha de edição para o mundo real. Não que seja muito difícil aguentar essa versão de mundo real. A casa dos pais da Cassie é uma bela construção em estilo grego, com molduras originais, tetos altos e uma eclética coleção de arte. Eu a encontro sentada à mesa da cozinha, no escuro, abraçada a uma garrafa de água de coco como se fosse um bote salva-vidas. A seu lado tem uma bolsa de gelo descongelando.

– Como você está? – pergunto.

Cassie geme.

– Beber durante o dia é legal, disseram. Você vai abrir seu próprio escritório, vamos tomar umas doses, disseram. – Ela esfrega a testa. – Ninguém falou nada da ressaca das sete da noite.

– Ah, minha jovem doce e inocente… – Pego o gelo e o coloco na têmpora dela. – O lado bom é que, de manhã, você já vai estar totalmente recuperada.

– O lado bom é que, mesmo que eu não esteja, não tenho trabalho pra fazer amanhã antes do jogo.

– Qual o próximo passo, depois que você entregar o pedido de demissão?

– Viajar pra algum lugar legal, já que não tivemos lua de mel. Não estou pensando em nada muito além disso. – Ela toma um gole da água de coco e faz careta. – Então… como está o Ben?

Traço com o dedo uma rachadura na velha mesa.

– Tenho certeza que "arrasado" define bem. Acho que ele está com raiva de mim por não ter contado.

– Vai dar tudo certo. Eu sei que vai.

– Sei lá – respondo. – Aconteceu muita coisa. Está acontecendo muita coisa. O lance do Maynard, o trabalho… não tenho ideia do que vai acontecer com nenhum de nós. Nunca tivemos uma conversa de verdade sobre o que queremos um do outro. Nosso relacionamento é tão novo que não sei se vai aguentar isso tudo. Você acha que... ele acredita em mim, não é?

Cassie se senta direito. Ela parece horrorizada só de eu ter feito essa pergunta.

– Eu tenho *certeza* que ele acredita.

Ela tem razão. Ele acredita em mim, é claro. É só que... não tive notícias dele a noite toda. E continuo repassando algumas coisas que ele disse, suas expressões faciais, o fato de não ter tentado vir embora comigo. E se, quando Ben perguntou "Como é que eu nunca soube?", ele quisesse dizer "Não acredito que isso aconteceria sem eu saber"? E se, quando disse "Não dá pra acreditar", ele estivesse sendo literal?

Forço um sorriso.

– Tenho certeza que você tem razão.

– Bom, eu estou torcendo por vocês – diz Cassie. Ela pega o saco de gelo da minha mão. – Acho que meus olhos estão suando. Isso é normal?

Na sala de estar, encontro minha mãe vendo TV e Kat deitada no sofá, franzindo a testa para o celular.

– Estou atualizando a página da Wikipédia do Canalha – diz ela, sem erguer o olhar.

– É prudente fazer isso? – pergunto.

– Posso voltar a discutir com os trolls. Isso parece melhor, não?

– Ela mandou os comentários de um rapaz grosseiro para o chefe dele – conta minha mãe.

Eu me encolho.

– Ai, meu Deus. Por favor, não me conta o que estão falando na internet. Não quero saber.

Os polegares de Cassie voam pela tela.

– A maior parte das reações é positiva. Mas o resto precisa de punição.

– Vão fazer você se rebaixar ao nível deles, sabe disso, não é?

Kat me dá um sorriso animado.

– Já passamos desse ponto. Vou ficar aqui no inferno mais algumas horas. Te vejo do outro lado.

Minha mãe dá tapinhas no lugar ao lado dela.

– Vem aqui.

Eu me sento.

– Não quero você fazendo nada que tenha a ver com basquete até a hora de ir para o jogo amanhã. Você precisa desopilar.

Olho para a TV.

– Se eu for ao jogo, né – digo, um gosto amargo dominando minha boca.

– Annie, é o campeonato nacional!

– Não sei se vão permitir minha entrada. Posso ser *persona non grata* a esta altura.

– Acho que não vão ser tão duros assim. E, pra sua sorte, sua advogada está no cômodo ao lado.

Uma pancada alta ecoa da cozinha.

– Estou bem! – grita Cassie.

– Até amanhã ela fica sóbria – acrescenta minha mãe, envolvendo meus ombros em um abraço tranquilizador.

– Não quero ser uma distração. Não quero ver Maynard. E, acima de tudo, não quero que ele me veja. É melhor eu ficar longe. – Tento dizer isso com confiança, mas meu lábio inferior treme.

Minha mãe tira o som da TV e fica olhando para o controle remoto. Ela o vira, abre o compartimento de pilha com o polegar e o fecha com um clique de novo. Depois coloca o controle na mesinha de café.

– Você era minha filha corajosa – diz ela. – Você se jogava de cabeça em tudo desde novinha. Isso me deixava apavorada. Eu sempre estava com medo de que você se machucasse. E aí você se machucou e parou de ser corajosa, e isso foi pior ainda. Mas a sua coragem ainda vinha à tona quando se tratava dos outros. Não tinha sumido, você apenas a reservava para o restante de nós, não pra você mesma. Você sempre esteve do lado de quem era importante pra você. Acho que é fundamental fazer isso. Não gosto muito de basquete, sabia? Mas fui a mais jogos do que muita gente que adora.

Abro a boca, mas minha mãe ergue a mão.

– Não fique tão surpresa. Também não gosto tanto assim de fazer compras.

– Mãe!

– Mas amo minha família, então eu ia aos jogos de basquete e levava minhas filhas ao shopping para passar mais tempo com elas. Ainda me lembro de quando você gritou com o rapaz que estava criticando o estilo de treino do seu pai na arquibancada, uns anos atrás. E de quando você entrou naquela festa de fraternidade pra confrontar o garoto que estava espalhando que tinha fotos da Kat nua no telefone dele. Ultimamente, você tem sido minha menina corajosa de novo, cada vez mais, só que mais velha e mais sábia. Não pare agora. Você precisa estar ao lado das pessoas que são importantes e, desta vez, a pessoa que importa é você. É o campeonato nacional, e você deveria estar lá.

Beleza. Depois desta viagem, vou me sentar e ajudar minha mãe a descobrir aquele site de ancestralidade de uma vez por todas. Deito a cabeça no ombro dela e seco os olhos com a pobre da manga destroçada do meu suéter.

– Ai, credo, mãe, você é muito pisciana.

Ela dá uma risada e me envolve com um dos braços. No outro sofá, Kat ainda digita furiosamente em seu celular, os olhos reluzindo de malícia. É quase um momento perfeito.

Engulo em seco.

– Estou com saudade do papai.

Minha mãe me aperta mais.

– Eu também. Sempre.

– É estranho. Não fui a um único jogo de basquete desde que meu pai morreu até o dia em que a temporada começou. Tinha medo de que fosse me fazer sentir muita saudade dele. Mas percebi que foi o contrário. Quando estou em um jogo de basquete, por um tempinho, ele *está lá*. Não de um jeito religioso, é claro, e sei que a Kat está de sacanagem quando tenta nos convencer que tem um fantasma no seu sótão...

– Que grosseria! – intervém minha irmã.

– ... mas a sensação é a de que, se eu me virar, ele vai estar ali, atrás de mim. Só... o som da bola quicando, o cheiro de pipoca e pretzel, o ritmo do jogo. Era disso que ele era feito. Faz eu me sentir perto dele.

Minha mãe sorri.

– O basquete manteve vocês dois ligados durante toda a sua vida. Por que seria diferente agora?

Ficamos vendo TV em um silêncio confortável até que Cassie grita da cozinha:

– O jantar tá pronto!

Nós três nos entreolhamos, confusas.

– Não era pra você cozinhar – digo ao entrar na cozinha. – É uma surpresa os bombeiros não estarem aqui. Você deveria ter ido se deitar.

– Relaxa – diz Cassie, colocando uma panela na pia. – Mesmo na minha condição atual, eu dou conta.

Sigo o olhar dela até os quatro queijos quentes em cima da mesa.

– Queria fazer algo melhor, mas, quando abri a geladeira, encostei a cabeça na caixa de suco de laranja por um minuto e quase dormi. Achei melhor não exagerar.

– Isso está incrível – diz Kat, entrando na cozinha.

– Está perfeito – concordo.

Quando nos sentamos à mesa, Cassie pega um pedaço do queijo derretido que transborda de seu sanduíche e se vira para minha mãe.

– Está gostando de Nova Orleans, Sra. Radford?

– Estou amando. Nunca estive em um lugar como este. Acho que não *existe* outro lugar como este – diz ela. – Tirei algumas fotos hoje de manhã. – Ela pega seu celular e coloca os óculos de leitura. – Vamos ver. Uma porção de prédios lindíssimos no French Quarter. Ah, aqui está a foto com o cara estranho que tirou a selfie. Na verdade, ele era bem bonito.

– *Oh là là*, minha mãe – diz Kat. – Vamos dar uma olhada nele.

Ela vira o celular e nós três chegamos mais perto. *Puta merda.* Cassie dá um grito e sua cadeira inclina para a frente. Ela mal consegue se segurar na mesa. Dou risada e Kat se recosta com um sorriso perplexo.

Tiro o celular da mão da minha mãe para olhar mais de perto.

– Mãe, não é um cara estranho! As pessoas provavelmente pedem pra tirar foto com ele o tempo todo. Ele não entendeu direito o que você queria.

– O quê? Por que pediriam pra tirar foto com ele o tempo todo?

Cassie pega o celular.

– Porque... – Ela ofega. – É o Logan. De *A Casa da Praia*.

Eu vou ao jogo. Acho que sempre tive intenção de ir, para ser sincera. Mas, às vezes, é mais fácil dizer que não se quer uma coisa quando é outra pessoa que decide se você vai conseguir ou não. Quando embarco no ônibus, meio que espero que um estranho de terno rasgue meu passe de acesso pendurado no pescoço e me bote porta afora.

Não acontece.

Outra coisa que não acontece apesar do meu desejo: a Arizona Tech suspender Maynard na final. Eles soltam uma declaração covarde dizendo que levam as alegações a sério e vão conduzir e liberar o resultado de uma investigação minuciosa no devido tempo. Blá-blá-blá. Eles querem é ter um título nacional antes de lidar com qualquer consequência.

– Fico feliz por você ter vindo – diz Eric, durante o treino.

– Eu também – respondo.

Ontem à noite, pedi a ele que dissesse às pessoas para não falarem da matéria comigo e, até agora, todo mundo obedeceu. A não ser Taylor, que pergunta como estou de cinco em cinco minutos e não para de me oferecer lanchinhos. Ajuda muito o fato de o time estar diante do maior jogo de sua vida e precisar se concentrar.

Ben passa com as mãos nos bolsos e faz um trejeito esquisito, erguendo a sobrancelha e esticando o queixo, para me cumprimentar.

– Tudo bem? – balbucia ele, sem me encarar.

Eu não sabia que meu estômago podia afundar ainda mais, mas de alguma forma é o que acontece.

Procuro Maynard assim que o time dele entra em fila na quadra. Melhor acabar logo com isso. Quando o avisto, a lamúria estridente de um alarme de perigo é acionada na minha cabeça. Quero me limitar a uma rápida olhada, mas não consigo desviar os olhos.

O cabelo dele está ficando grisalho. Ele ainda usa o casaco muito comprido nas mangas e muito largo nos ombros, como se tentasse parecer inofensivo. Apesar das últimas 24 horas, ele se porta como se pertencesse a este lugar, totalmente à vontade, mesmo na frente de toda essa gente.

Não vou precisar falar com ele. Já planejei como executar meu trabalho hoje à noite enquanto o evito e, se ele chegar perto de mim, há uma dezena de pessoas aqui que vão derrubá-lo no chão, a começar por Taylor.

Estou do outro lado da quadra, filmando o aquecimento, quando Ben se aproxima de Maynard. Deixo a câmera de lado, a interação deles dominando a minha atenção. Ben se inclina para falar no ouvido dele. A conversa dura pelo menos três anos, cada um falando na sua vez. A expressão dos dois é indecifrável. Infelizmente, muitos treinadores são bons em manter o semblante inexpressivo quando tem uma arena inteira atenta a cada movimento deles. Então Maynard assente, bate nas costas de Ben uma vez e volta para seu banco. Quando Ben se vira, sua expressão é neutra, mas já o conheço bem o suficiente para identificar a tensão em seu maxilar. Ele não olha para mim.

Tenho quase certeza de que Ben apenas pediu que Maynard contasse seu lado da história. Preciso aceitar o que está acontecendo bem na minha cara: Ben está, no mínimo, ouvindo o que ele tem a dizer. Está se distanciando de mim. E é possível que esteja se alinhando com o inimigo.

O estádio vibra de expectativa quando os times se reúnem no centro da quadra para a disputa inicial pela bola, torcedores entusiasmados gritando cada vez mais. Eu me sinto morta por dentro.

A Arizona Tech começa com a bola. O ala corre agressivamente até a cesta e faz uma bandeja, atraindo a falta e convertendo o lance livre. Na posse seguinte, corremos a quadra toda e Quincy acerta uma cesta de três perfeita. Quinze segundos de jogo e os dois times já ditaram o tom.

Ainda bem que o basquete faz o melhor por mim. Ele toma conta de tudo. Praticamente paro de pensar em Ben. O Rattlers de Arizona são durões perto da cesta e não têm medo de contato. Cotovelos se enterram em abdomens, mas retribuímos da melhor forma possível.

A alguns segundos do final do primeiro tempo, o armador deles lança uma ponte aérea milagrosa no aro enquanto está caindo e o pivô deles enterra, deixando-os com uma vantagem de quatro pontos. Ai. É uma jogada arrasadora, que deixa o time deles preparado para assumir o comando na outra metade do jogo.

Na primeira posse do segundo tempo, Andreatti pega o armador deles desprevenido. Ele vai na direção do adversário e toma a bola com a sutileza de um batedor de carteira e dá o passe para JGE, que marca uma bandeja fácil.

Beleza, então. Não preciso me preocupar com a possibilidade de perdermos o ritmo. O jogo é apertado até o fim, ambos os times acertando arremessos impossíveis por pura força de vontade, jogando num ritmo implacável. A liderança muda de lado mais vezes do que consigo contar. Eu sabia que nosso time podia jogar nesse nível, mas nunca tinha visto os rapazes fazerem isso por quarenta minutos seguidos. Com base na barulheira que os torcedores da Arizona Tech estão fazendo, eu diria que eles sentem o mesmo em relação ao próprio time.

A sete segundos do fim, estamos atrás por um ponto. É hora do tigre, a jogada que ensaiamos no fim de cada treino para usar em situações exatamente como esta. Só que não importa quantas vezes pratiquemos, é impossível saber o que vai acontecer no meio de um jogo. Há infinitas possibilidades e todas dependem de decisões rápidas. Essa é a questão.

Quincy espera o passe longo de Gallimore, os olhos colados na bola. JGE limpa a sola dos tênis com as mãos, para ter maior aderência. Gallimore completa o passe sem problemas e Quincy quica a bola com calma pela quadra, como se fosse uma jogada qualquer, não os sete segundos mais importantes de sua carreira.

JGE faz um corta-luz clássico. Quando Quincy cruza para a outra metade da quadra e chega à linha de três pontos, ele tem que arremessar. Não é para fazer um tiro certeiro, ainda que ele já tenha feito alguns mais imprevisíveis. Só que Gallimore está à sua direita, alguns metros atrás dele. Está bem aberto e seu marcador, perdido em algum lugar do garrafão, perto da cesta. E Gallimore está em um de seus pontos preferidos na quadra, um lugar que Ben diria – disse, diversas vezes – que lhe dá a melhor chance de pontuar.

Quincy manda a bola para ele com facilidade. Gallimore balança os pulsos e solta um arco perfeito. A bola mergulha pela rede quando o sinal toca.

Milhares gritam de alegria e agonia. O resto do time invade a quadra, pulando em cima um do outro até que a pilha desaba. Fitas e bandeirolas chovem na quadra e Quincy deita em cima delas, movendo braços e pernas como se fizesse um anjo na neve. É um encerramento que os torcedores vão relembrar por gerações. Quando um torcedor fanático estiver tendo um dia ruim ou em um clima nostálgico, ele vai poder entrar no YouTube e dar play, várias e várias vezes.

Para mim, o fim é como o momento final de um sonho bom, logo antes de acordar e lembrar que a vida está um caos. Ben e eu deveríamos estar abraçados no meio desse caos. Eric deveria vir correndo até nós, os olhos brilhando de felicidade ao gritar "Mãe e Pai!" e nos derrubar no chão.

Em vez disso, é como se meu coração tivesse sido arrancado do peito.

Procuro Ben no meio da multidão automaticamente, mas ele desapareceu. Minha câmera é como um muro de tijolos. Capturo todo mundo do outro lado, tremendo de adrenalina, gritando em triunfo, chorando de alegria. Mas, do lado de cá das lentes, não há som nenhum e não consigo localizar nenhum tipo de sentimento.

Quando baixo a câmera, a Arizona Tech já foi para o vestiário e o treinador Thomas está dando uma entrevista no meio da quadra. Dezenas de pessoas continuam pra lá e pra cá, curtindo a atmosfera. Quincy vem até mim com as mãos cheias de fitas e amarra uma delas no meu rabo de cavalo. Taylor e Jess me puxam para um abraço triplo, como eu tinha imaginado que teria com Ben e Eric.

Eu me sinto um pouco melhor.

Onde você estava quando ganhamos tudo?, torcedores da Ardwyn vão perguntar uns aos outros daqui a uns anos. *Eu estava bêbado no bar*, alguns vão dizer. *Eu estava na festa do campus. Eu estava com a minha família, assistindo de casa.*

Eu? Eu estava de coração partido. Estava surtando. Mas estava aqui. Fiz parte disso e ninguém pode tirar isso de mim. E isso vai ter que bastar.

Trinta e um

Dez minutos por dia. Dez minutos para ver as notícias e só. Na semana que vem, cinco minutos por dia. Depois disso, vou cancelar meu alerta do Google e silenciar o nome de Maynard nas redes sociais. Meus amigos e minha família podem me avisar se tiver alguma coisa que eu precise ver.

Sento de pernas cruzadas na cama, o notebook em cima dos meus joelhos, e clico no primeiro artigo.

Arizona Tech procura novo treinador e especulações disparam.

Dou um sorriso. A manchete me dá uma sensação de aconchego, como um vídeo sobre amizades entre espécies em um centro de reabilitação para a vida selvagem. Dizem nos bastidores que Maynard tentou a cartada do vício em sexo, implorando à universidade que o deixasse ir para a reabilitação e lhe desse mais uma chance quando ele inevitavelmente ligasse para eles um mês depois, ao sair, alegando ter se tornado um novo homem.

Dizem também que ele sabia que a história seria publicada e se apressou em fazer melhorias em sua equipe para deixar a Arizona Tech tentada a mantê-lo. Deve ter sido por isso que Ben se viu com uma oferta de trabalho e um prazo ridiculamente curto para a resposta.

Apesar de tudo, a Arizona Tech não mordeu a isca. Demitiu Maynard no dia seguinte à final e uma porção de mulheres diferentes está entrando com processos contra ele e a universidade. Às vezes as pessoas recebem o que merecem, no fim das contas. Isso não quer dizer que eu vá ficar surpresa se ele for contratado na encolha como treinador assistente em uma universidade menor daqui a um ou dois anos. As pessoas têm memória curta, mas fiz minha parte.

Eu não tinha como jogar a merda no ventilador de uma vez, mas contribuí para uma mudança gradual. O impacto mais duradouro ainda vai ser sentido. A instituição de esportes universitários é seriamente falha, talvez até de maneira fatal. Ainda acredito nisso. Mas está menos problemática hoje do que estava um mês atrás, o que é bom o suficiente para me fazer ficar mais um tempo por aqui.

Rolo a tela pelo resto dos artigos novos. Arizona Tech, Arizona Tech, Arizona Tech. A parte da história que diz respeito à Ardwyn é quase uma nota de rodapé.

A Ardwyn sobreviveu incólume a esse escândalo, até agora. Talvez eu devesse ter previsto. A maioria dos alvos óbvios a serem culpados – o próprio Maynard, o ex-diretor de esportes, até mesmo o chefe do departamento responsável por queixas de má conduta sexual – saiu faz muito tempo, já que se passou um longo período desde então. Condenar instituições e estruturas não é empolgante quando há pessoas de verdade, com nome e rosto, para se culpar.

Além do mais, o time acabou de conquistar um campeonato, o que trouxe para a faculdade uma mina de ouro em boa vontade. Quando as pessoas falam da Ardwyn agora, nossa vitória domina o assunto. Uns dias atrás, o Reddit se agarrou a uma discussão ridícula, especulando que Maynard tinha saído da Ardwyn porque havia sido mandado embora discretamente devido a seu comportamento inadequado. Não é verdade. Ele foi embora por vontade própria, por um salário mais alto em uma universidade com padrões acadêmicos mais baixos, onde as admissões e as exigências acadêmicas seriam mais frouxas. Mas muitas pessoas querem acreditar nisso e a Ardwyn não vai tentar corrigi-las.

Os patrocinadores estão felizes, a liga universitária está prestes a jogar uma montanha de dinheiro em cima de nós por conquistarmos o título e uma infinidade de estudantes do ensino médio acrescentou a Ardwyn à sua lista de inscrição em faculdades. O cofrinho da universidade está transbordando. O emprego de ninguém está em risco e todos os outros esportes – incluindo a ginástica – estão seguros.

É por isso que passo a maior parte da semana depois do campeonato carregando meus móveis e outros pertences do apartamento de Kat para a minha casa. É hora de me estabelecer de verdade. Até penduro fotos nas paredes, embora mantenha a Mona Lisa Vito bem onde ela está.

Tenho um misto de sentimentos em relação a como a história (não) afetou a Ardwyn. Por sorte, no fim da lista de matérias mais recentes está a seguinte, de um jornal da Filadélfia: ARDWYN DARÁ INÍCIO A INVESTIGAÇÃO DE MAYNARD E REVISARÁ PROCEDIMENTOS CONTRA ASSÉDIO SEXUAL.

Ouvi falar sobre isso ontem e estou esperançosa, mas cautelosa. Nunca esperei que a Ardwyn cedesse à autorreflexão. Ela é presidida por um padre. Esse precedente não inspira muito otimismo.

É possível que a investigação seja só para manter as aparências, ou porque são obrigados a passar a mensagem de que levam o assédio a sério, ou porque querem ficar um passo à frente da Arizona Tech e vencer a batalha pelas manchetes. Porém a universidade contratou uma investigadora que é conhecida por não brincar em serviço. Ela é de uma firma em Washington e muito elogiada na mídia pela maneira como liderou a reforma antiassédio em diversas empresas que figuram na lista das 500 Maiores do país. A mudança não é garantida, mas parece possível.

E, com isso, terminam meus dez minutos de consumo de notícias. Enfim, é hora de sair. Fecho o notebook, pego um casaco e enrolo uma echarpe no pescoço. É um dia frio e vou ficar ao ar livre durante horas.

A rota do desfile dos campeões percorre o centro da cidade, desce pela Market Street até a prefeitura e volta para o campus. As líderes de torcida vão na frente, carregando um banner e acenando com bandeirinhas e pompons, seguidas por dois ônibus de dois andares cheios de jogadores e funcionários. Confetes azuis flutuam pelo ar como borboletas preguiçosas. As pessoas lotam as calçadas, crianças se sentam nos ombros dos pais. Todas as vozes gritam de uma forma que se harmoniza em um som fervoroso e interminável.

Eu me sento na dianteira do segundo ônibus para poder filmar os jogadores, já que a maioria deles dominou o segundo andar do ônibus da frente. Ao terminar, me jogo em um assento ao lado de Taylor, Jess e Donna.

– Vamos tirar uma foto – diz Taylor, passando o celular para Donna. Ela chega mais perto de mim. – Vem, Jess.

Jess se espreme no meio e Taylor puxa seu gorro, para deixar o rosto dela todo à mostra. Donna segura o celular longe e estreita os olhos. Ela toca no disparador.

– Ótimo – declara, olhando a foto.

Quando nos reunimos no estacionamento para embarcar nos ônibus pela manhã, vi Donna pela primeira vez desde que a história foi publicada. Ela não disse uma palavra, apenas me deu um abraço diferente, longo e apertado o suficiente para me fazer pensar.

Meu celular vibra no bolso. **Que fofo! Você tem amigas no trabalho!**, diz Kat, com uma imagem da tela de seu computador. Ela está vendo o desfile pela internet e a câmera passou por nós enquanto Donna tirava a foto. Mando um emoji de olhos revirando, embora ela tenha razão. Pode ser uma turma de pessoas diversas com as quais eu nunca teria me conectado de outra forma, mas, é, são minhas amigas.

Quando chegamos ao parque do lado de fora da prefeitura, o treinador Thomas faz um discurso. Então voltamos a lotar os ônibus, que seguem pelas ruas a caminho da Ardwyn.

Não falei com Ben hoje, mas é impossível ficar alheia à sua presença. Ele está no ônibus da frente, sentado com Eric. Parece feliz, a postura relaxada ao se inclinar para trás e ouvir algo que Verona diz em seu ouvido, o sorriso fácil ao mostrar para Eric um torcedor no meio da multidão. Percebo que ele cortou o cabelo. Só uma aparada, mas me dá um aperto no peito por não ter sabido disso antes de vê-lo hoje. Talvez ele esteja se preparando para entrevistas para vagas de treinador.

Não nos falamos desde que voltamos de Nova Orleans. Evitei o escritório, esperando que as coisas ficassem mais tranquilas. Ele me ligou uma vez, ontem à noite, mas fiquei com medo de atender.

Acho que é assim que termina. Valeu o risco. Sobrevivi a coisas horríveis. Posso fazer isso de novo.

Cassie está em algum lugar deste quarteirão com seus amigos da faculdade de direito. Esquadrinho a multidão, encontro Cass e aceno. No ônibus da frente, Eric também está acenando para Cassie. Mas Ben sumiu. Talvez tenha descido para o primeiro andar quando eu não estava olhando.

Não, não desceu. Ainda está no ônibus da frente, mas mudou de lugar. Está em pé no fundo, de frente para o ônibus em que estou, olhando com toda a concentração para a rua. Por um momento, o veículo dele freia e o meu se aproxima e então – como assim? – ele pula a grade traseira do ônibus dele e sobe na do meu. Ao passar a perna por cima, o ônibus dele acelera.

– Ai, meu Deus! – guincha um espectador do desfile, lá da calçada.

– O que ele está fazendo?! – grita alguém.

É bem o que estou pensando. Dou um pulo do meu assento, como se isso fosse ajudar. Se ele cair e for esmagado por um pneu, nunca mais vou conseguir olhar para o meu rolo de macarrão da mesma forma.

Por sorte, ele consegue pisar no ônibus, ainda que com total falta de graça, tropeçando e caindo sobre um joelho. Ele se levanta e se espana sem o menor constrangimento, como se pular de um ônibus para o outro fosse uma atividade normal.

– Oi.

Afundo de novo no meu lugar e cruzo os braços.

– Pensei que você fosse atleta.

– Salto com barreiras nunca foi minha praia.

Ele chega mais perto, a expressão cautelosa, como um zelador de zoológico que não sabe se é seguro se aproximar de um leão. Não que eu me sinta muito um leão.

Donna dá um pigarro e pega sua bolsa, se levanta e vai sentar algumas fileiras à frente. Jess se levanta também.

– O que está rolando? – diz Taylor. – Ah... isso é...? Mas colegas de trabalho em tese não podem... não tem uma regra que...?

– Quem se importa? – Jess a puxa pela mão. – Não é nada de mais.

– Não?

O rosto de Taylor fica vermelho e ela olha para as mãos unidas das duas enquanto Jess a leva embora. Jess tinha razão. As sardas de Taylor ficam mesmo ridículas quando ela está corada.

Ben senta no lugar ao meu lado.

– Como você está?

Agora que o pânico sumiu, irritação e confusão entram em cena.

– O que é isso? O que você tá fazendo aqui?

– Achei que a gente pudesse conversar antes de voltar para o campus.

Eu bufo.

– Você tá me ignorando totalmente há dias e agora quer conversar?

Ben inclina a cabeça na direção da minha.

– Eu quis conversar com você a cada minuto de cada dia, Annie.

Meus batimentos disparam com a suavidade na voz dele. Conversar.

Não sei se isso é bom ou ruim. Quero pular no colo dele e nunca mais sair dali, ou talvez pular para a rua, onde posso surfar por cima da multidão até voltar para Nova Jersey. Quero saber no que esta conversa vai dar, ou talvez nunca descobrir e então poder viver a melhor versão que eu puder imaginar dela pelo resto da vida.

Qualquer que seja o misto de emoções que sinto agora, vai ter que continuar sem solução por mais tempo.

– Hoje, não. Vou viajar por uns dias. Meu voo é hoje à tarde, mas volto na quinta-feira.

– Tudo bem – diz ele, assentindo com tranquilidade, como se Eric já tivesse contado aonde vou. – Sem problemas. Mas tem algumas coisas que eu preciso falar agora. – Ben se mexe e coloca uma das mãos no meu joelho, então pensa melhor e segura o braço do assento. – Primeiro, não consigo parar de ver seu último vídeo e pensar na sorte que temos por você ter voltado pra cá. Também comecei a fazer terapia. Tive uma sessão esta semana. Acho que preciso processar... tudo isso com um profissional.

– Que ótimo – digo, com frieza. – Sou uma grande fã de terapia.

– Segundo. – Ele vira os joelhos para mim, então me olha nos olhos. – Preciso que saiba que recusei a oferta de emprego do Maynard no sábado à noite. Antes da coletiva de imprensa, antes de saber de qualquer coisa.

Fico boquiaberta.

– Por quê?

– Pensei em esperar e ver como as coisas ficariam quando a gente conversasse. Se você me quisesse, eu poderia recusar. Se não quisesse, eu poderia ir. Mas eu já sabia que a possibilidade de eu trabalhar com ele deixava você desconfortável, mesmo sem entender o motivo. Eu sabia que isso ficaria pairando sobre a gente e não queria perder nem mais um segundo falando com você sobre ele quando podíamos estar falando de nós. – Ele solta uma risada anêmica. – É engraçado como as coisas aconteceram.

– Sei que foi pesado pra você – falo, minha garganta queimando.

– Além disso, me disseram que passo muito tempo me preocupando com o que devo fazer pelos outros. No fim das contas, eu não queria o emprego. Não tem Wawa no estado do Arizona.

Uma risada chorosa me escapa. Procuro um lenço no meu bolso.

– Sinto muito por ele ter feito o que fez com você. – A voz dele fica embargada de emoção. – Sinto muito por ele ter feito o basquete parecer um lugar inseguro pra você. Sinto muito pelas coisas que eu fiz este ano que te magoaram. Sinto muito por terem publicado a história antes do previsto. Você merece muito mais do que recebeu. Odeio ter dificultado a sua vida quando você precisou de tanta coragem pra voltar.

– Posso deixar tudo isso de lado – digo. – Mas, Ben, você me abandonou quando eu mais precisei de você. Achei que você não tivesse acreditado em mim.

Ben fica paralisado e boquiaberto.

– Eu não duvidei de você nem por um segundo.

– Você nem olhava pra mim!

– Eu estava com muita vergonha – diz ele. Suas mãos repousam em meu joelho e eu deixo. – Fiquei com vergonha por ter sido tão desligado, por ter piorado a situação pra você. Fiquei enojado por saber que Maynard achou que eu seria o tipo de pessoa que ele poderia contratar e que se tornaria seu cúmplice no que ele estava fazendo na Arizona Tech... por eu quase ter deixado isso acontecer. Eu não fazia a menor ideia de como consertar isso. Eu precisava pensar depois que você me contou tudo e eu não parava de falar besteira enquanto a gente conversava, então achei que você ficaria melhor se eu te desse espaço até eu conseguir me recompor dessa merda.

Contenho o impulso de perguntar por que ele simplesmente não me falou o que sentia. Não sou nenhuma especialista no assunto, afinal.

– Eu deveria ter te contado tudo antes – admito. – Meu instinto de auto-preservação é forte demais. Estou trabalhando nisso.

Ben curva o canto dos lábios para cima.

– Vi você falando com Maynard no jogo – digo. – Você não estava perguntando pra ele se era verdade?

Ben aperta meu joelho.

– Não. Eu disse a ele que estava enojado e que nossa relação terminava ali. Falei que vou devolver o dinheiro que ele deu pra pagar o curso da minha mãe. Não quero dever nada a ele, nem mesmo simbolicamente.

– E você não ficou com raiva de mim por causa da matéria? Nossos apoiadores podiam ter desaparecido. Nada de emprego. Nada de programa de ginástica.

– Estou orgulhoso de você. Queria poder ter ficado do seu lado desde o início. Caramba, Annie, você ainda não entendeu o que eu sinto por você?

– Você nunca quis falar sobre os seus sentimentos – digo, mal conseguindo manter a seriedade.

Ben balança a cabeça.

– Aliás, mais uma coisa.

Ficamos em silêncio quando ele desvia os olhos de mim e fita o ônibus à frente. Aproveito para examiná-lo: a marca no lábio inferior, onde ele está mordendo, a ponta do nariz vermelha por causa do frio. Ele parece mais concentrado na rua adiante do que o próprio motorista do ônibus. Seu rosto brilha sob o sol aquarelado de abril. Não falha: a iluminação perfeita sempre o encontra.

O silêncio continua. Talvez eu não tenha escutado o que ele disse direito. Talvez ele tenha mudado de ideia.

– Ben? – chamo.

– Só... espera um minuto. – Ele estica o pescoço. – Dois minutos. Me dá dois minutos.

Limpo o nariz outra vez e guardo o lenço. Quando ele finalmente volta a me olhar, seus olhos são tão gentis que não é justo. Parece que esse olhar está me abraçando.

E então ele se aproxima de mim, seu polegar desenhando meu maxilar, sua mão quente na minha nuca.

– Você é muito genial e corajosa. É a pessoa mais engraçada que eu conheço. Ganhamos um campeonato nacional, que foi a segunda melhor coisa que me aconteceu este ano, porque a melhor foi você. Você é a melhor coisa. Eu atravessaria a cidade toda na noite mais fria de janeiro só pra dar risada com você. Eu derreteria de calor no escritório todo dia se isso significasse que você está aquecida. Se esta for a última vez que eu te vejo, nem daqui a cinquenta anos vou conseguir comer bolo com granulado ou ver a Marisa Tomei sem sentir sua falta.

Ben olha para a rua mais uma vez. A multidão se reduziu a nada, as líderes de torcida foram embora. O ônibus está andando mais rápido.

– Eu te amo – diz ele. – O desfile acabou. Agora eu posso dizer isso.

Eu me recosto de novo e pisco, impressionada. Ele tem razão. Não sobrou um único confete no ar, e a última turba de torcedores está meio quarteirão atrás de nós. *Até que o último confete toque o chão depois do desfile sob a chuva de papel picado.* Ele seguiu minha regra ao pé da letra.

Meu coração está preenchido, transbordando no peito. Ele falou essas palavras sabendo tudo o que eu tive tanto pavor de contar a ele. Ele falou essas palavras mesmo depois que o mundo real desabou em cima de nós.

– Boa viagem. – Ele se levanta. – Te vejo quando você voltar.

Trinta e dois

Nunca estive no Arizona. Chego à porta de uma casa de fazenda baixa, feita de estuque, levando uma bandeja com legumes assados e molho e um pedido de desculpas. O salsão está queimado nas pontas e a tampa de plástico amassou.

– Passei num mercado perto do meu hotel – digo. – Obviamente, escolhi mal.

– Ah, por favor. – Monica usa óculos roxos e um coque alto e cacheado que balança quando ela fala. – Fico feliz por você ter vindo.

Monica me mandou um e-mail no dia seguinte à final.

Querida Annie,

Assunto: Levanta a mão se você já foi vítima de...

Desculpa, é uma piada ruim? Meu nome é Monica Valenzuela. Minha história: quando trabalhei no time de basquete da Arizona Tech como administradora, alguns anos atrás, tive o desprazer de chamar a atenção de Brent Maynard. Eu o denunciei por meio dos canais apropriados e nada aconteceu. Então me deparei com a história que Lily escreveu sobre o assédio sofrido pelas líderes de torcida no futebol americano profissional, mandei um e-mail para ela e cá estamos.

Enfim, não faz muito tempo que comecei a me reunir com algumas outras mulheres que passaram pela mesma situação que nós. O grupo foi aumentando cada vez mais e eu pensei: por que não tentar juntar o máximo possível de pessoas?

Na próxima terça-feira, algumas de nós vamos nos encontrar na minha casa, em Phoenix, para almoçar. Nada muito formal, só vamos ficar juntas, apreciar uma comida boa e conversar. Ninguém é obrigada a falar sobre nada que não queira, mas algumas de nós descobrimos que ajuda conversar com alguém que nos entende.

É um grupo de amigas do qual ninguém quer fazer parte, mas, ao entrar, você fica feliz por estar lá. Prometo.

Talvez seja uma ideia ridícula, por causa da distância e do convite em cima da hora, mas eu adoraria que você se juntasse a nós se conseguir. Se não, por favor entre em contato se quiser conversar por e-mail, telefone ou qualquer coisa, a hora que for.

Marquei o voo antes mesmo de enviar a resposta.

Na casa de Monica, as mulheres estão reunidas em grupinhos espalhados na cozinha e na sala de estar. O clima é animado. Quem vê de fora pode confundir a reunião com um chá de panela, só que, em vez de fazer brincadeiras, estamos nos unindo em uma vingança feminista.

Algumas conversas são sobre Maynard. Outras falam sobre trabalho, família e televisão. Uma mulher comenta que gostaria de voltar a trabalhar com basquete e outra se oferece para ajudá-la a entrar em uma faculdade em Tucson. As coisas vão se acalmando, quando entra uma convidada retardatária. Uma mulher alta com um corte curtinho repicado, sardas e um rosto que já vi em algum lugar.

O nome dela é Lauren. Estudava na Ardwyn no primeiro ano de Maynard como treinador principal, dois anos antes de eu entrar lá. A foto dela está na parede da cozinha do escritório, uma fotografia com todos os estagiários daquele ano na noite dos veteranos.

Não fui a primeira.

Lauren é afiada e prática e gosto dela logo de cara. Ela me convida para fazer uma trilha no dia seguinte.

– Algo fácil – peço, sem a menor confiança no meu sapato e sem saber muito bem se tenho o condicionamento necessário para sobreviver no deserto.

Lauren aceita e seguimos juntas por um caminho plano em sua maior parte, ao lado de formações de arenito e cactos que parecem alienígenas.

Lauren é dentista em Los Angeles. Ela recusou o pedido de entrevista para a história da ESPN, mas entrou em contato com Monica mesmo assim.

– Não acreditei que fossem ocultar meu nome e não estava disposta a me abrir ao escrutínio... e provavelmente assédio... dos torcedores fanáticos de basquete – explica ela.

Vamos devagar pelo caminho, bebendo água e falando sobre a vida. Quando a gente se conecta instantaneamente a alguém por causa de um trauma compartilhado e é improvável que voltemos a encontrar essa pessoa, dá para deixar a conversa fiada de lado.

Ela me conta sobre seu tratamento para fertilidade, seus cachorros adotados e a sogra narcisista. Abro meu coração em relação a Ben:

– Vou voltar amanhã e estou assustada. A gente se magoou. Só me apaixonei uma outra vez e não foi bom. Foi cansativo e me deixou completamente exaurida. Perdi o controle. O resto da minha vida sofreu porque toda a minha energia tinha sido sugada por esse relacionamento.

– Esse cara faz você se sentir assim também? – pergunta Lauren. – Não pensa no outro cara. Pensa só no de agora.

Pensar em Ben. Beleza. Quando penso em Ben, penso em... saquinhos de pretzel surgindo ao lado do meu computador. Risadas no escritório no escuro. Caminhadas longas e desnecessárias que passavam voando apesar do frio. Um relatório detalhado e sincero depois de cada episódio de *A Casa da Praia*. A cara dele ao ver meus vídeos pela primeira vez, o jeito como ele fala rápido quando está tentando convencer alguém da sua estratégia. O jeito como segura meu corpo, como respeita minhas necessidades, como andou na minha frente em meio a uma multidão de repórteres no Superdome, mesmo que tenha chorado mais do que eu. Ele assume os próprios erros. Leva a sério o que fala. Faz o que fala que vai fazer.

– Não – respondo. – Ele faz com que eu me sinta segura. Com mais certeza. Dele, de nós, de tudo. Estar com ele deixa o resto da minha vida melhor.

– Bom – diz Lauren. – Então vai logo pegar esse avião.

Trinta e três

Quando Ben abre a porta e vejo seu rosto familiar e seu corpo familiar usando sua calça familiar e a blusa de malha cinza familiar, quero me jogar nos braços dele. Mas não é o momento para isso, então resisto. Ele também deve sentir o mesmo impulso, porque se inclina, mas recua e enfia uma das mãos no cabelo. Quando me vê, seu rosto vai de inexpressivo a mais feliz que iluminação de Natal, e isso é tão bom que eu queria engarrafar a sensação e guardá-la em grandes proporções em um bunker preparado para o fim do mundo. Sorrio para ele do mesmo jeito bobo.

– Oi.

– Oi.

Dois poetas em ação.

– É bom te ver – digo.

Meu coração está ricocheteando dentro do peito. Achei que já estivesse batendo no ritmo máximo durante a caminhada até o apartamento de Ben, mas, ao que parece, era só o aquecimento.

– É bom te ver também. – Ele se encosta na soleira e seus olhos escuros e curiosos miram o chão. – O que tem na bolsa?

A bolsa de viagem que eu trouxe até aqui e está agora no chão, apoiada no degrau e prontamente esquecida.

– Pois é – respondo. Pego uma travessa com tampa na bolsa e a entrego a ele. – Isso é pra você.

Ben levanta o papel-alumínio devagarinho e olha o conteúdo.

– Ô-ou.

– Não é a lasanha do estresse – garanto a ele. – Juro. É a lasanha normal. Você ainda não tinha provado, então...

– Obrigado. – Ele ajeita o papel-alumínio e coça a nuca. – Quer entrar?

Mordo o lábio. Eu podia aceitar e fazer isso do jeito mais simples, mas vivo de criar narrativas e sou louca por momentos cinematográficos. Consigo fazer melhor do que o jeito mais simples, o que significa que tem mais uma coisa na minha bolsa.

– Tenho uma ideia melhor. – Eu me abaixo e pego a bola de basquete. – Vamos jogar uma partida.

O parque perto da casa de Ben é mais famoso entre o público infantil, para quem a atração principal é o mais novo e moderno trepa-trepa. Mas ao lado tem uma área verde cheia de mesas de piquenique e, logo atrás, uma velha quadra de basquete que raramente é usada, com suas marcações desbotadas pelo sol e as redes rasgadas.

– Lembra as regras? – Passo a bola de uma mão para a outra e de volta. – Se eu acertar, posso fazer uma pergunta. Se eu errar, pode me perguntar algo.

– Ah, eu lembro – diz ele. – Eu me lembro de você acertando oitenta por cento dos arremessos da linha de lance livre. Mas, por favor, vá em frente.

Ben recosta na cerca de arame, cruza as mãos na frente do corpo e me observa na expectativa.

Depois de acertar a primeira, eu me viro e o encontro no canto da linha de três pontos. O sol está atrás dele. Estreito os olhos e ergo uma das mãos para ver seu rosto.

– Como você está? – pergunto.

– Muito bem. – Ele arrasta a ponta do pé pela linha da quadra. – Senti saudade de você.

Talvez eu nunca me acostume com o jeito corajoso dele de ser direto comigo. Sincero. É como pular no mar na primeira semana do verão, quando a água ainda está gelada. Não consigo resistir e corro até ele para lhe dar um abraço rápido e esmagador, mas volto antes de me sentir tentada demais a desistir do jogo. Ele ri.

– O Williams vai aceitar a vaga na Meagher? – pergunto depois do segundo arremesso.

– Vai. Ele vai embora semana que vem.

O terceiro mergulha direto pela rede, sem dificuldade.

– E você? Vai se candidatar à vaga de treinador aqui, então?

Ele apoia as mãos no quadril.

– Depende de onde essa conversa vai dar. Se eu me candidatar, talvez não consiga a vaga. Kyle também quer e tenho certeza que vão considerar pessoas de fora.

Solto uma risada pelo nariz.

– Kyle vai ter sorte se não for rebaixado a responsável pela água. Vai ser você.

Eu me posiciono outra vez, faço meus dribles de sempre, me preparo para arremessar. A bola sobe em um arco em direção à cesta, como deve ser. Mas então, do nada, surge uma mão para tirá-la de seu curso e mandá--la voando pela lateral até bater na cerca.

– Ei! – reclamo, e Ben está parado na minha frente agora. Como ele consegue se mover tão rápido? – Parece até que você já foi jogador de basquete ou algo assim – falo.

– Você nunca disse que eu estava proibido de defender.

– Isso é interferência de trajetória. É diferente.

– Tá, tudo bem. Como foi sua viagem?

Ele vai até a lateral buscar a bola.

– Catártica. Fui para o Arizona.

– Eu soube. Fico feliz por você ter feito isso.

Estico a mão para pegar a bola, mas ele a afasta.

– Não, minha vez.

Ben me empurra de leve com o cotovelo para longe da linha de lance livre. Até mesmo esse breve contato me dá um frio na barriga. O arremesso sobe e cai pela cesta, seu movimento clássico.

– Vai ficar na Ardwyn? – pergunta ele.

– Vou – respondo. – É uma tentativa, mas estou otimista. Quero estar por perto para ver como vai ser a investigação e o que vai acontecer depois que a poeira baixar. JJ me procurou uns dias atrás pra falar de fato de uma oportunidade em potencial na ESPN, então esse é meu plano B, mas quero trabalhar aqui se puder.

Não posso prometer que queira ficar para sempre. Não sei nem se quero ficar além do ano que vem. Não vai ser a mesma coisa. Williams está saindo, JGE e Gallimore estão se formando. Dizem por aí que Thomas tem recebido ofertas da NBA, embora eu ache que ele não vai aceitar – pelo menos, ainda não. Até mesmo o nome de Eric está começando a circular nas listas de candidatos a treinador principal em faculdades menores.

Vivi uma temporada perfeita e sempre vou ter isso. Mesmo que o próximo ano seja diferente, mesmo que nunca mais seja tão bom quanto o que passou.

– ESPN. Eu *sabia* – diz ele.

– É em Connecticut. Fica a mais de trezentos quilômetros daqui.

– Números não são reais, Annie – diz Ben. Ele faz um gesto entre nós. – Mas isso aqui é.

Antes que eu possa responder, ele ergue a bola e eu levanto os braços, pulando para defender o arremesso dele. Ben me finta, dá uns passos atrás e faz uma cesta certeira de três pontos.

– Exibido – resmungo.

– Tá – diz ele. – Por mais que eu esteja adorando ver você dar um show aqui enquanto tento te acompanhar, vamos ao que interessa, porque estou morrendo um pouquinho de ansiedade. Como vai ser?

Ben tem sido paciente há muito tempo. Gritinhos alegres de crianças pequenas chegam do parquinho. Respiro fundo. O ar fresco tem cheiro de grama quente.

– Bom – começo. – A primeira vez que percebi que estava ficando caída por você foi no dia dos Namorados, quando você escreveu uma tese sobre um reality show em um guardanapo e me deu o melhor abraço da minha vida. Então vi suas almofadas pela primeira vez e fiquei mesmo caidinha por você.

Ben inclina a cabeça.

– Você gosta das minhas almofadas?

– Não.

Ele solta uma risada. Eu continuo:

– Eu comecei a me apaixonar por você, sem a menor dúvida, no domingo da seleção.

– Ótima noite – diz ele, de um jeito suave.

Mordo o lábio inferior, prendendo-o entre os dentes.

– Eu entendi que tinha me apaixonado perdidamente quando precisei decidir se participava ou não da matéria e percebi como eu ficaria arrasada se você me odiasse por isso. Só precisei de centenas de horas trabalhando juntos, caminhando juntos, ficando acordada até tarde na cama, conversando com você, pra eu ter consciência de que você é a melhor pessoa que já conheci. Pra eu passar por todas as etapas do fluxograma de *A Casa da Praia*.

Ben dá um sorriso de lado.

– Todas elas?

– Todas elas – confirmo. – Não sei o que vai acontecer, mas agora estamos aqui e não quero estar em mais nenhum outro lugar. Porque eu te amo.

O sorriso dele se abre totalmente.

– Nossa – diz Ben. – A jornada inteira. E você está falando na minha língua. – Ele aperta os olhos com a ponta dos dedos e respira fundo. Quando me encara, seus olhos estão brilhando. – Está resolvido. Se eu não conseguir a vaga de treinador, vou continuar no meu cargo atual mais um ano. Minhas fontes do financeiro só têm coisas boas pra falar do orçamento.

Seu cargo atual. Sinto meu coração afundar.

– O quê? Ben, não. Você precisa ser treinador. Tenho certeza que tem uma porção de opções no momento.

Ele pareceu sereno.

– Um ano – diz Ben. – E vemos isso juntos. Você teve que esperar muito tempo pra conquistar o que merecia. Posso esperar um ano.

A culpa atinge minha consciência.

– Era pra eu te incentivar a se colocar mais em primeiro lugar.

– Não estou sendo tão altruísta assim – diz ele, pegando a bola, que está parada atrás da cesta. – Vou poder ver as apresentações da Natalie. E o que eu mais quero é ficar com você. Eu te amo muito.

Seu sorriso é irritante e sonhador e não me canso dele. Estou correndo o risco de ficar tão molenga quanto um canudo de papel bem aqui se não parar com isso agora mesmo.

– Chega, Callahan! – grito. – Você não pode tirar minha roupa com os olhos a menos de cinquenta metros de um parquinho.

Ben balança a cabeça e arremessa a bola.

– Vamos jantar aquela lasanha ou você quer sair?

A sensação que tenho é de que meu sorriso vai partir meu rosto.

– Ainda estamos jogando?

– Foi mal, isso foi uma pergunta. Você precisa merecer minha resposta. Ele joga a bola para mim.

Balanço a cabeça, me reposiciono e faço o arremesso. A bola passa por cima dele e ele a pega.

– Dá pra você vir aqui agora? – peço.

Ben vem na minha direção e joga a bola por cima do ombro. Eu a sigo com os olhos. Não dá para evitar, é instintivo. Mas o sol está muito forte e eu a perco em meio à claridade. Olho de novo para ele, seu cabelo bagunçado, com um halo de luz ao redor, e seu sorriso iluminado, com os cantos preguiçosos. Quanto mais perto ele chega, mais fácil fica ver cada detalhe de seu rosto, do jeito que ele já me vê. E então seus braços são sólidos ao meu redor, meus olhos se fecham e só escuto o som da bola batendo no chão e quicando, um som tão natural e certo para mim que podia muito bem ser o som do meu coração.

Agradecimentos   .

Vou me permitir uma metáfora esportiva nestes agradecimentos: sou muito grata pelo time dos sonhos que fez este livro existir.

Agradeço a Allison Hunter, minha agente maravilhosa, por seu apoio incansável, seu instinto e sua visão sobre o que esta história poderia ser. Você sempre teria meu voto dos fãs em *A Casa da Praia*. Na Trellis, Natalie Edwards contribuiu com feedbacks inestimáveis e me guiou ao longo do processo, e Allison Malecha e Khalid McCalla forneceram excelentes respaldo e orientação sobre os direitos de publicação estrangeiros. Também sou muito sortuda por ter Maddalena Cavaciuti a meu lado.

Cassidy Sachs, minha incrível editora, entendeu este livro desde o início. Cassidy, estou impressionada com o cuidado que você dedicou a esse processo, além de seu entusiasmo, sua bondade e provavelmente seu arremesso, mesmo que eu não tenha visto isso (ainda). Trabalhar com o restante da equipe da Dutton tem sido um sonho: muito obrigada a Christine Ball, John Parsley, Caroline Payne, Hannah Poole, Erika Semprun, Tiffany Estreicher, Melissa Solis e Ryan Richardson. Também sou muito grata a Emma Capron e Frini Georgakopoulos por apoiarem este projeto.

Eu nem teria tentado escrever um livro se não fossem os mestres cujas palavras de incentivo me acompanharam ao longo dos anos. Um agradecimento especial a Jeff Silverman, por acreditar em mim, me tornar uma escritora melhor e me apresentar ao melhor jornalismo esportivo que existe. Também sou eternamente grata pelo que aprendi com Rick Eckstein e Karyn Hollis.

Para Karen Petrillo e os professores que ajudaram a cuidar dos meus filhos durante os anos em que estive trabalhando neste livro: obrigada, obrigada, obrigada.

Minhas comunidades de escrita on-line, incluindo a SF 2.0 e a 2024-ever Slack, têm sido grande fonte de conhecimento e amizade. Aos membros desses grupos: vocês e seu trabalho me inspiram.

Os primeiros leitores de partes ou do livro todo foram generosos em ceder seu tempo e atenciosos em dar seu feedback. Agradeço a Sarah Maclean, Ava Wilder, Ruby Barrett, Rawles, Shika, Emily, Nicole, Melanie, Samantha, Gennifer e Kate.

Sou muito sortuda de contar com o apoio de família e amigos. Agradeço ao pessoal da Villanova pelas inúmeras aventuras sem as quais esta história não existiria; a Sara, a melhor incentivadora, a quem sou grata por conhecer; a tias, tios e primos que me deixavam escapulir com um livro sempre que eu queria quando era pequena; e a Harry e Otis, meus fiéis companheiros, que ficaram do meu lado durante todo o processo de escrita. Meredith, houve muitos dias em que eu não teria conseguido escrever sem você. Obrigada por me dar espaço.

Mãe, você esteve do meu lado a cada passo, sem descanso e com amor, e isso é tudo para mim. Eddie, tenho orgulho de ser sua irmã e agradeço pela ajuda com minhas dúvidas.

Jeremy, ao longo deste processo, você me ofereceu seu humor, sua confiança inabalável e seus terríveis *fan-castings*. Amo você e nossa família.

Pai, obrigada por me deixar sentar no banco durante os jogos da JSBL, por me ensinar a rebater a bola suavemente e a mascar e cuspir sementes de girassol e por me levar à minha primeira partida de oitavas de final de um campeonato de basquete universitário. Várias das minhas melhores lembranças têm a ver com esporte e parte do motivo de serem as melhores é você estar ao meu lado nelas. Menos aquela vez em que você colocou uma bola na máquina de arremesso e ela quebrou meu nariz.

Talvez você sonhasse em me treinar para ser uma atleta profissional. Bom, no fim das contas, você me treinou para escrever este livro. Amo você.

Para saber mais sobre os títulos e autores da Editora Arqueiro,
visite o nosso site e siga as nossas redes sociais.
Além de informações sobre os próximos lançamentos,
você terá acesso a conteúdos exclusivos
e poderá participar de promoções e sorteios.

editoraarqueiro.com.br